김유정 문학의 다원적 지평

엮은이/ **김유정학회**

김유정 문학과 동시대 문학 연구를 중심으로, 장르 및 매체 변화에 따른 재창조작업에 관심을 가지고 연구의 지평을 확대하는 데 목적을 두고 2011년 설립된 학술연구단체이다. 매년 전국규모의 학슬대회를 개최하고 학술연구서를 출간하고 있다.

김유정 문학의 다원적 지평

2024년 12월 14일 발행
2024년 12월 11일 인쇄

엮은이/ 김유정학회
지은이/ 서보호 박보름 김아름 서동수 염창동 임경순 임보람
　　　유인순 이유진 김승희 이한나 윤인선 이현준
펴낸곳/ 도서출판 산책
　　　24227 강원특별자치도 춘천시 우두강둑길 185
　　　TEL 033.254.8912 FAX 033.255.8912
　　　E-mail book8912@naver.com

값 25,000원
ISBN　　979-11-981807-3-5

이 책은 춘천문화재단 2024 전문예술지원사업으로 제작되었습니다.

김유정 문학의
다원적 지평

The Pluralistic Dimension of
Kim Yu-jeong's Literature

서보호 박보름 김아름 서동수 염창동 임경순 임보람
유인순 이유진 김승회 이한나 윤인선 이현준

김유정학회 편

　김유정학회에서는 2023년 10월 <융합과 연결의 시대, 김유정 문학연구의 새로운 방법론 모색-치유인문학, 데이터, 디지털>이라는 주제로 김유정문학촌에서 학술대회를 진행했다. 학술대회의 부제목에서 드러나듯 김유정 문학을 치유와 돌봄의 관점에서 탐색한 연구, 데이터 인문학이나 지역콘텐츠 관점에서 분석한 연구 등에 대해 활발한 논의와 제언이 오갔다. 2024년 5월 대전 한밭대 한국언어문학연구소와 공동으로 <관계로 연결되다-김유정과 이후의 문학>이라는 주제로 김유정 문학과 김유정 문학상 수상작을 톺아보는 부정기 학술대회도 개최하였다. 2024년 10월에는 <김유정 문학에 나타난 지역(성)과 모빌리티>라는 주제로 김유정과 차상찬을 지역성의 관점에서 규명한 연구, 모빌리티 데이터 인문학의 관점에서 접근한 연구성과를 발표하였다. 김유정 문학을 새로운 방법론으로 해석하고자 한 다양한 시도들이었다고 자평한다.

　이런 2년 동안 김유정학회의 학술 활동 결과물과 지난 1년간 여러 학술지에 게재된 김유정 문학 관련 논문 성과를 모아, 『김유정 문학의 다원적 지평』이라는 제목으로 13번째 단행본을 출간한다. 김유정 문학을 언어적, 문체적으로 분석한 논문, 문학콘텐츠로서의 의미에 주목한 논문, 돌봄과 상호부조와 같은 윤리에 주목한 논문 11편과 창작소설 한 편을 수록하였다.

1부 <김유정 문학어의 분석적 이해>에서는 세 편의 논문을 실었다. 「김유정 소설의 계량학적 연구- 농촌소설과 도시소설의 어휘분석을 중심으로」(서보호)는 김유정 소설을 농촌소설과 도시소설로 구분하고 각 계열소설의 어휘를 계량언어학적으로 분석하였다. 논문은 농촌소설에서 해당 계열의 특징을 드러내는 유의미어들이 도시소설보다 두드러지고, 도시소설의 경우에는 인물의 직업과 관련된 어휘들이 다수 출현하여 계열별 특징이 있음을 밝혔다. 「1930년대 어문 환경과 김유정 문학어의 이해 - 어문규범 인식과 문학적 대응을 중심으로」(박보름)는 <한글맞춤법통일안>이 준용된 1930년대 어문환경에서 김유정 소설의 지문과 대화에 사투리가 빈번하게 사용된 점에 주목하여 어문규범으로 통제되거나 재단될 수 없는 문학어에 대한 감각을 형성시켰다고 보았다. 김유정의 문학어는 조선어 소설 쓰기의 준거로 여겨졌던 어문규범에 대한 자각적인 의식과 선택 속에서 형성되었다고 결론지었다. 「김유정의 문체 실험과 구인회-「두꺼비」, 「생의 반려」에 드러난 박태원과의 유사성을 중심으로」(김아름)는 김유정과 구인회 문인들과의 문학적 유사성을 문체론의 관점에서 접근하였다. 「두꺼비」는 기존의 문체적 자장을 위반하는바 구인회 문인들의 언어적 실험과 유사성을 지니며, 「생의 반려」는 양가적인 문체 전략, 자유간접문체를 적용함으로써 박태원과 유사한 문체적 전략을 보인다고 말한다.

2부 <김유정 문학의 윤리와 생태적 시선>에서는 생태, 윤리, 공감을 주제어로 한 논문 4편으로 구성하였다. 「김유정 문학에 나타난 중동태의 윤리와 아름다운 가상」(서동수)은 김유정이 강조했던 근본윤리와 근대성, 자연의 의미를 중동태의 관점에서 살펴보았다. 중동태의 윤리는 상호부조의 원리와 연결되어 있다. 결론적으로 김유정의 문학 행위는 근대라는 괴물에 맞서는 것이자 중동태의 윤리를 통해 아름다운 가상을 구원하려는 문학적 응전방식이라고 보았다. 「김유정 소설에 나타난 분배와 상호부조의 (불)가능성」(염창동)은 크로포트킨의 상호부조론에 대한 김유정의 관심과 사상이 금 모티프 소설에 잘 드러난다고 보았다. 소설「노다지」나「금」에서는 '분배'의 문제로 인한 인물들 간의 '상호부조'의 불가능성을 보여주며,「금 따는 콩밭」에서는 대안으로 전근대적 농촌 공동체를 통해 '상호부조'의 가능성을 제시하고 있다고 분석한다.「김유정 소설을 통해 본 공감 교육에 대한 투시」(임경순)는 김유정 소설을 대상으로 문학 교육의 한 방향으로써 공감 능력 신장과 의의를 제시하였다. 김유정 소설은 타자의 곤경에 관심을 가지며, 그의 작품을 읽으면서 독자들은 인물의 곤경과 절망에 눈물을 흘리게 된다. 이런 인물들에 대한 공감과 교육적 작용을 통해 길러지는 공감 능력은 문학 교육뿐 아니라 인문 교육에 중요한 의미가 있다고 보았다.「생태회복 수기와 돌봄의 윤리 ─ 김유정 작품을 중심으로」(임보람)는 김유정의 소설, 수필, 서간문을 생태회복 수기라는 장르로 다루면서 텍스트에 직간접적으로 나타나는 작가 자신의 병고와 치유에의 의지를 자연과의 연결 및 돌봄의 윤리라는 관점에서 독해하였다. 김유정의 작품은 작중인물과 자연의 관계를 고통에서 회복의 서사로 이행하도록 구조화하였으며, 자연과 작중인물의 연결망을 상호 돌봄의 윤리로 이끌어가는 전략을 취한다고 분석하였다.

　3부 <김유정 문학연구의 현재와 콘텐츠 확산>에서는 김유정 문학연구의 전개 양상을 세심히 살펴본 글, 미디어 콘텐츠와 텍스트 네트워크 분석을 통해 김유정 문학과 김유정문학촌의 확산성을 꾀한 글, 김유정 문학의 정신을 이은 김유정문학상 수상작을 다룬 글을 수록하였다.「김유정 문학연구의 전개양상」(유인순)은 김유정학회에서 발간한 12권의 김유정연구 단행본(2012~2023)에 수록된 학술 논문 135편, 김유정 관련 소설, 희곡, 시 18편을 대상으로 김유정 문학 연구의 양상을 유형화하고 있다. 이 글에서는 역사주의적 연구방법(원본비평, 작가연구, 전통성 연구), 사회 · 윤리적 방법(사회적 연구, 사회윤리적 연구), 형식주의적 방법(구조주의 · 기호학적 연구, 신비평 연구, 해석학적 연구, 언어 · 문체 · 담론 연구), 심리 · 원형적 방법(심리학적, 정신분석학적 연구, 원형비평적 연구), 페미니즘적 방법, 비교문학적 방법, 문학사 · 비평사적 방법, 문학교육적 방법, 스토리텔링 관련 연구로 나눠 방대한 논문들을 살펴보고, 마지막으로 김유정의 생애와 작품을 자료로 창작된 김유정 관련 문학 및 문화콘텐츠도 소개하였다. 「문학의 실감 미디어 콘텐츠 구현을 위한 생성 AI 분석 기반의 장소성 연구-김유정의 수필 '전차가 희극을 낳아'를 중심으로」(이유진)는 1930년대의 경성을 배경으로 도시 서민의 애환과 풍속을 담고 있는 김유정의 수필 「전차가 희극을 낳아」를 대상으로 생성 AI를 활용하여 문학의 장소성을 장소 이론의 틀로 분석하고, 문학 텍스트의 장소성이 실감형 문학 콘텐츠에서 어떻게 연출될 수 있는지 제안하고 있다. 이 글은 최근 부상하는 AI를 활용하여 문학 데이터를 몰입형 실감 미디어 콘텐츠 제작의 지침으로 활용할 가능성을 보여준다. 「텍스트 네트워크 분석을 이용한 김유정 문학촌 방문객의 장소 경험 연구」(이한나 · 김승희)는 구글과 네이버 리뷰 데이터 내용을 대상으로 텍스트 네트워크 분석방법을 이용하여 김유정문학촌 방문객의 개별적인 장소 경험을 도출하였다. 분석 결과 김유정문학촌은 문학을 매개로 한 장소성 뿐만 아니라 치유적 장소로서의 특징이 두드러진다고 보았다. 「김유정 신인 문학상 수상작 동화에 나타나는 '아이다움'에 관한 연구」(윤인선)는 김유정 신인 문학상 수상작 동화들이 아동의 천진난만함이나 미성숙함과 같은 '아동의 고유성'을 재현하기보다는, 환상이나 마법이 일으키는 유희적 요소를 매개로 아동을 교육하고 사회화시킨다고 보았다. 김유정 신인 문학상 수상작 동화는 동심의 고향으로 돌아가고자 하는 성인을 위한 작품으로 기능한다고 결론짓는다.

이번 단행본에는 창작작품 한 편을 싣는다. 이현준 작가의 단편소설 「아즐」(이현준)은 과거 주인공의 대학 시절과 현재를 교차 서술하면서 회고 장면에 작가 김유정과 관련된 개인적 에피소드, 김유정과 박녹주와의 관계를 둘러싼 논쟁적 지점을 영리하게 삽입하여 이야기를 전개하였다.

이번 단행본은 춘천문화재단 전문예술지원사업의 도움을 받아 발간한다. 춘천 지역을 대표하는 작가를 지속적으로 연구해 온 학회의 고투에 힘을 실어준 재단에 고개 숙여 감사드린다. 아울러 김유정학회 활동과 학술대회 개최를 지원해 주신 김유정문학촌 원태경 촌장님과 이승현 님을 비롯한 문학촌 관계자 여러분께도 진심으로 감사드린다. 원고 수합에서 교정작업과 출간까지 번거로운 작업을 함께 한 임보람 총무이사와 이현준 정보이사께 특별히 고마움을 전한다. 김유정 문학연구의 지평을 넓히려 한 이번 단행본이 독자들에게 김유정 문학을 새롭게 감상하는 길잡이 역할을 해주리라 기대한다.

2024.12.

김유정학회 회장 김양선

2부
/
김유정 문학의 윤리와 생태적 시선

3부
/
김유정 문학연구의 현재와 콘텐츠 확산

4부 / 창작 · 단편소설

1부

/

김유정 문학어의
분석적 이해

김유정 소설의 계량언어학적 연구*
- 농촌소설과 도시소설의 어휘 분석을 중심으로

서 보 호

I. 들어가며

김유정은 비교적 짧은 기간 동안 창작활동을 한 작가임에도 많은 수의 작품을 발표했으며 문학사적으로 중요한 위치에 있다. 그는 작품 활동의 전반기에는 주로 농촌을 배경으로 창작을 했으며 후반기에는 주로 도시를 배경으로 하는 작품들을 발표했다. 그와 관련된 평가나 연구들은 오랫동안 농촌을 배경으로 한 소설에 대해 많은 관심을 보냈지만, 도시소설은 비교적 최근에 들어서야 연구의 대상이 되었다. 잘 알려진 바와 같이 초기 연구에서부터 김유정 소설의 본질은 농촌과 토속성에 있는 것으로 평가되었으며, 그에 반해 도시소설은 농촌소설 만큼 완성도나 문학적 성취가 크지 못하고 농촌소설과 유사한 소재를 공유하고 있기도 해서 큰 주목을 받지 못했다.

다만 이러한 김유정 문학에 대한 이해를 비판하는 논의나, 그 과정에서 도시소설에 대해 주목하는 연구들도 발표되고 있다. 비판과 관련해서는

---

* 이 논문은 제15회 김유정학회 가을학술대회 발표문을 토대로 하여 『인문논총』 63집(2024.02)에 수록된 것을 수정·보완한 것임.

김유정 문학의 본질을 전통과 해학, 토속성과 사실주의에서만 찾으려고 함에 따라 초기연구에서 더 나아가지 못하는 후속연구에 대한 반성적 검토가 있다.(유인순, 1997: 60) 이러한 비판은 김유정의 문학이 보이는 주된 특징이 작품에 대한 치밀한 검토를 오히려 제한하고 있다는 평가(박상준, 2014: 10)와 맞닿아 있기도 하다. 이와 같은 염려들로부터 비롯되어 최근에는 도시소설에 대한 관심이 늘어가고 있는 추세이다. 이들 도시소설에 대한 연구들은 '소설의 언어'나 이야기 속 '도시체험', '근대성'에 주목하면서 농촌소설 연구에 가려져 있던 도시소설의 특징을 세밀하게 논의한다.(권은, 2018 ; 권채린, 2011 ; 이익성, 2008 ; 임보람, 2023) 또한 농촌소설에 대한 연구에 있어서도 김유정의 문학세계가 별도의 농촌적 현실을 상정하는 것이 아니라 도시에 대응되는 것으로서의 농촌을 상상하고 있음을 주목하는 논의들도 이어졌다. '도시에 대한 대타의식'(김종호, 2006: 111) 또는 '도시와의 구별짓기'(김화경, 2008: 216)를 통해 농촌소설을 창작했을 것이라는 논의들은 김유정의 문학세계에 영향을 미친 것이 농촌의 현실 뿐만 아니라 도시적인 의식과도 관련이 있음을 알려준다.

　이러한 연구의 흐름을 정리해볼 때 김유정 문학의 본령을 농촌소설에서 찾으려고 하는 초기연구에서부터 도시소설로의 연구주제 확대가 드러나고, 이러한 연구들은 기존의 농촌소설과 변별되는 도시적 특징을 드러내고자 했다. 다만 기존의 농촌소설에 대한 연구나 새롭게 도시소설에 주목하는 연구들은 한 가지 계열의 소설적 특성에 주목하거나 작가의 전기적 사실에 근거하여 농촌과 도시 사이의 관계를 설명할 뿐, 두 계열의 대비적인 특징에 대해서는 본격적으로 연구하지 않았다. 두 계열의 차이를 이해하는 것은 그 동안 개별적인 연구자의 시각에 의존해온 김유정 문학의 구분을 보완할 수 있음에도 충분히 다뤄지지 않은 것이다.

본고는 이러한 문제의식을 바탕으로 김유정 소설의 어휘를 계량적인 분석을 통해 살펴보고, 농촌소설과 도시소설의 특징을 대비적으로 이해하려고 하였다. 이를 통해 1차적으로는 농촌소설과 도시소설의 구분되는 특징을 논의하고, 한편으로 도시소설이 그 동안 농촌소설에 비해 주목되지 않은 이유가 있다면 무엇인지 다뤄보고자 한다. 이 과정에서 기존 논의들이 주장해왔던 바를 검토하는 동시에 어휘의 사용양상에 따라 두 계열의 작품들이 어떤 변별점을 갖는지 계량언어학적 관점에서 제시해보고자 한다.

본고에서 주목하는 어휘와 관련해서는 문체에 대한 연구를 통해 다양한 논의가 이어져왔으며, 이들 논의들은 주로 토속적인 언어감각(문재룡, 1983 ; 윤영성, 1988)이나 아이러니(김상태, 1973 ; 한만수, 1985)를 드러내는 문체와 관련하여 김유정의 문학세계를 이해했다. 최근에는 컴퓨터 프로그램을 활용한 통계적 분석이 이뤄지고 있는데, 김아름은 이러한 논의 방식을 활용하여 김유정의 특정 어휘들이 "등장인물에 대한 감정이입과 동시에 등장인물에 대한 거리두기를 시행하는 양가적인 문체 전략"으로 사용되고 있음을 밝히기도 한다.(김아름, 2023: 237)

이처럼 문체에 대한 연구는 작가의 창작원리나 문학적 특수성을 이해하는 방편으로 이전부터 연구되어 왔으나 최근에는 계량언어학이나 전산언어학을 바탕으로 한국어 텍스트에 대한 컴퓨터 기반 분석 작업이 문학연구에 동반되고 있다. 본고는 이러한 컴퓨터를 활용한 김유정 텍스트의 분석이 농촌소설과 도시소설이라는 김유정 문학 연구의 큰 흐름을 구분하는 데 의의가 있을 것으로 생각하고 논의를 진행하였다.

이를 위해 농촌과 도시소설, 두 계열의 소설에서 나타나는 특성을 비교해보기 위해 크게 세 가지 방식의 계량적 접근을 시도하고자 한다. 하나는 각 계열에서 출현하는 어휘들의 빈도를 비교해보는 것이며, 두 번째는 각 계열에 속한 개별작품 속에서 다른 작품과 변별되어 나타나는 유의미어는 무엇인지를 살펴보고, 세 번째는 공기어 분석(co-occurrence analysis)을 통해 어휘가 사용된 맥락을 분석하는 것이다. 이러한 계량적 분석 방식을 통해 김유정 소설 연구에서 흔히 농촌소설과 도시소설이라고 부르는 두 계열 간의 유의미한 차이가 있는지를 논의하고자 한다.

본고는 이러한 논의를 위해 다음의 텍스트 처리 과정을 거쳤다. 먼저 분석에 사용될 김유정 소설을 컴퓨터에 입력하여 DB로 만들었으며, 분석이 용이할 수 있도록 전처리 작업을 하였다. 이후에는 '파이썬(Python)' 기반의 KoNLPy(0.6.0) 패키지에서 지원되는 '꼬꼬마 형태소 분석기'를 활용하여 일반명사의 텍스트별 출현 횟수를 분석했다. 이 과정에서 모두 25개의 작품을 입력하였으며, 각각의 목록은 아래와 같다.

농촌소설(총 일반명사 수:13,957)			도시소설(총 일반명사 수:11,127)		
작품명	발표일	명사 수	작품명	발표일	명사 수
산골나그네	1933.3	1141	심청	1936.1	343
떡	1933.6	1216	봄과 따라지	1936.1	688
총각과 맹꽁이	1933.9	732	두꺼비	1936.1	1074
소낙비	1935.1.29.~2.4	1312	이런 음악회	1936.4	359
금따는 콩밭	1935.3	1090	야앵	1936.7	1034
노다지	1935.3.2~9	884	옥토끼	1936.7	290
금	1935.3	601	정조	1936.10	808
산골	1935.7	1160	슬픈 이야기	1936.12	825
만무방	1935.7.17.~30	2266	따라지	1937.2	1725
솥	1935.9.3.~14	1537	땡볕	1937.2	602
봄봄	1935.12	1099	연기	1937.3	322
아내	1935.12	919	형	1939.11	1280
			애기	1939.12	1777

〈표 1〉 소설의 목록과 일반명사 수

각 계열의 목록은 기존 연구에서 농촌소설과 도시소설로 다뤄지는 작품들을 대상으로 구성하였으며, 도시소설의 경우에는 유작인 「형」과 「애기」까지 포함하여 상대적으로 분량이 많은 농촌소설과 말뭉치의 규모를 맞추고자 하였다. 김유정 소설을 발표된 기간에 맞춰 나열하면 위 표를 통해서 이해되는 바와 같이 사건이 펼쳐지는 공간적 배경을 중심으로 비교적 뚜렷하게 두 계열의 소설이 구분된다. 다만 구분된 시기 안의 모든 작품들을 두 계열로 나눠서 목록에 반영하는 것은 적절하지 않은데, 「생의 반려」와 같이 미완성된 작품이나, 「봄밤」과 같이 길이가 지나치게 짧은 작품은 제외할 필요가 있다. 길이가 지나치게 짧을 경우 해당 작품을 통해 어휘의 빈도나 평균을 논의하는 데 왜곡이 일어날 수 있기 때문이다. 또한 그 외의 소설들을 모두 농촌소설과 도시소설로 규정하는 것도 문제가 있는데, 기존 연구마다 농촌소설과 도시소설로 구분되는 작품들이 조금씩 다르기 때문이다. 「동백꽃」의 경우에는 시기에 따른 구분에 적합하지 않아 목록에 포함시키지 않았다. 이러한 사항을 고려하며 본고에서는 기존 논의에서 다뤄진 농촌소설과 도시소설의 목록을 취합하여 위의 목록을 구성했다.

분석에 포함될 작품의 목록을 규정한 이후에는 해당 작품들을 입력 및 전처리하는 과정을 거쳤다. 특수기호와 띄어쓰기를 검토하여 분석에 용이하도록 데이터를 처리하였다. 옛글자의 경우, 현대어로 교정 가능하고 빈도수가 높게 출현하는 어휘들은 일부 수정했지만, 토속적인 어휘를 많이 사용하는 김유정 소설의 특수성을 감안하여 모든 어휘를 교정하지는 않았다.[1]

전처리가 완료된 김유정 소설 텍스트에 대해서는 크게 어휘의 출현 빈도수, 작품별 유의미어, 특정 대상어에 대한 공기어 분석을 진행하고자 했다. '파이썬' 기반의 '형태소 분석 과정'은 프로그래밍된 분석 절차에

---

1) 원시 말뭉치 구성에 활용된 텍스트 판본은 '김유정(2016). 『동백꽃』, 문학과지성사'이며, 「이런 음악회」, 「슬픈 이야기」, 「연기」, 「애기」의 경우 '김유정(2000). 『원본 김유정 전집』, 강'을 참고 하였다.

따라 김유정 전체 작품의 어휘를 품사별로 구분할 수 있는데, 본고는 그 중에서 주로 전체 작품의 일반명사 빈도와 작품별 일반 명사 빈도를 결과 값으로 얻고자 했다.

어휘의 출현 빈도수 분석과 달리 '유의미어'와 '공기어 분석'은 상대적으로 복잡한 과정이 동반된다. 계량적 연구에서 어떤 텍스트의 유의미어를 분석하는 이유는 어휘의 빈도수만으로 해당 텍스트의 특징을 이해하는 것이 충분하지 않기 때문이다. 가령 '눈'이라는 어휘가 김유정의 특정 텍스트에서 가장 많이 출현한다고 할 때 의미가 있을 수도 있지만, '눈'이라는 어휘는 일반적인 한국어 텍스트에서도 고빈도로 출현하는 일반명사로 다뤄진다. 때문에 개별 텍스트에서만 많이 출현하는 어휘를 이해하기 위해서 '유의미어'를 따로 분석할 필요성이 생긴다.

특정 텍스트의 유의미어를 구하기 위해서는 해당 텍스트와 비교할 수 있는 대상 텍스트가 필요한데, 연구목적에 따라 대상 텍스트는 다양하게 설정할 수 있을 것이다. 본고는 분석대상이 되는 25개의 텍스트 전체를 기준으로 하여 일련의 과정을 통해 어휘별로 '기댓값'과 '유의미성'을 계산했다. 예를 들어 '생각'이라는 어휘가 전체 텍스트에서 273회 출현한다면 이것을 전체 텍스트의 총 일반명사 출현 빈도로 나눈 후 이를 개별 작품의 명사 빈도에 곱했을 때, '생각'이라는 어휘가 어떤 작품에 출현할지 예상되는 값인 '기댓값'을 얻을 수 있다. '유의미성'이란 이러한 예상되는 기댓값과 비교하여 실제로 출현한 값이 높을 수록 높은 수치를 갖게 되는 것을 의미한다. 유의미성이 높은 어휘일수록 다른 작품과 달리 어떤 작품에서만 유독 더 많이 출현하기 때문에 해당 작품의 특성을 이해하기에 도움이 된다.[2]

---

2) 본고에서는 기존 논의에서 사용된 계량 언어학적인 접근방식을 활용하여 유의미어를 판별하였

공기어 분석(co-occurrence analysis)은 특정 어휘 여럿이 정해진 범위 내에서 함께 출현하는 경우를 가리키는데, 이때 함께 출현한 어휘들이 의미 전달과정에서 상대적으로 가까운 관계를 형성하고 있을 것으로 예상하고 이를 계량적으로 살펴볼 때 활용된다. "응칠이는 뒷짐을 딱 지고 어정어정 노닌다."라는 문장이 있다면, 이때 '응칠이'와 '뒷짐'은 공기어가 될 수 있다. 계량적 분석을 통해 다른 문장에서도 '응칠이'에 대한 공기어들을 추출 한다면 이를 통해 응칠이의 특성을 이해하는 데 필요한 데이터를 얻을 수 있다. 본고는 이러한 공기어 분석을 활용하여 농촌소설과 도시소설에서 함께 출현하면서도 서로 다른 맥락을 형성하는 어휘를 살펴보고자 했다.

이러한 빈도수 분석과 유의미어, 공기어 분석은 그 자체로 텍스트에 대한 완벽한 이해를 제공하는 것은 아니지만, 대개는 개별 연구자의 관점 에 의지하여 진행됐던 텍스트에 대한 이해에 보다 수량화된 근거를 제시 해줄 수 있다는 점에서 의미가 있을 것이다.

II. 어휘의 빈도 분석과 공간적 특징

아래 표는 각 계열에서 가장 많이 출현하는 일반명사의 빈도를 정리한 것이다. 계량적 언어 분석에서는 일반명사 외에도 고유명사, 대명사 뿐만 아니라 형용사와 동사, 부사 등 다양한 품사에 대한 빈도수 분석을 수행한

다(김일환, 이도길, 강범모(2010). "공기 관계 네트워크를 이용한 감정명사의 사용 양상 분석". 『한국어학』 49, 119-148 ; 문한별, 김일환(2011). "김남천 소설의 어휘 사용 양상에 대한 계량적 연구".『현대소설연구』 48, 377-402). 분석과정에 사용된 공식은 다음과 같다. t-점수는 사회과학과 통계를 활용한 연구에서 널리 사용되는 개념으로 본고에서는 어휘의 유의미성을 계산하는 데 사용했다.

기댓값(E) $E = \dfrac{Na \times Fa}{N}$ t-점수 $T = \dfrac{O-E}{\sqrt{O}}$

다. 하지만 본고에서는 문체적 특징을 파악하기 보다는 농촌소설과 도시소설의 소재적 구분 지점을 이해하고자, 분석 과정에서 일반명사의 빈도를 살피는 것에 주목하였다.

농촌소설				도시소설			
명사	빈도	명사	빈도	명사	빈도	명사	빈도
눈	155	손	101	생각	148	얼굴	79
소리	148	아내	101	눈	141	아버지	70
말	134	사람	97	소리	125	속	69
일	126	얼굴	89	말	122	입	69
생각	125	남편	88	때	106	뒤	66
몸	114	뒤	78	손	102	집	64
계집	109	산	72	사람	95	몸	63
때	108	돈	69	자식	94	방	59
집	104	앞	65	돈	87	아내	55
속	103	자식	64	일	83	앞	55

〈표 2〉 농촌소설과 도시소설의 최대빈도수 일반명사

농촌소설의 일반명사의 경우 '눈', '소리', '말'의 순서로 많이 등장하며, 도시소설의 경우에는 '생각', '눈', '소리'의 순서대로 일반명사가 많이 출현한다. 이와 같이 매우 유사한 어휘의 반복은 김유정 소설 전체에서 이러한 어휘들이 많이 등장하는 것으로 생각할 수도 있으나, 이러한 어휘들이 다른 소설 텍스트나 일반적인 한국어 텍스트에도 많이 등장할 가능성을 생각해볼 필요가 있다. 실제로 다른 소설 텍스트의 형태소 분석 결과를 살펴보면 '눈', '소리', '말', '일', '생각'과 같은 어휘가 많이 등장하는 것으로 파악된다.[3] 물론 농촌소설의 경우에는 '계집', '남편', '산', '자식'이, 도시소설의 경우에는 '자식', '입', '방', '아버지'가 다른 소설들에 비해 김유정 소설에서 많이 등장하는 어휘로 이해되고, '산'이나 '방'은

---

3) 김희찬(2000). "한국어 말뭉치의 계량적 처리 절차 연구". 서울대학교 국어교육과, 석사학위논문, 243쪽 참고. 위 연구를 참고하여 일반명사 기준 25번째, 전체 품사 기준 100번째 안에 들지 않은 일반명사의 경우에는 표에 음영을 넣어 표시하였다.

각각 농촌공간과 도시공간의 특징을 구분해줄 수 있는 어휘이기 때문에 주목할 만하다.

그러나 이와 같이 가장 많이 출현하는 빈도수만으로 텍스트를 이해하는 것은 한계가 있다. 앞서 분석한 결과를 활용하여 두 계열의 소설에서 고빈도로 출현하면서도 서로 다른 계열에서는 상대적으로 출현하지 않는 어휘를 확인할 수 있다면 보다 각 계열의 특징을 이해하는 데 도움이 될 수 있다. 이 경우 어휘 '때'는 농촌소설과 도시소설에서 많이 등장하는 일반명사 중 하나이지만, 각 계열의 소설의 특징을 살필 때는 큰 의미가 없는 정보가 되는 것이다. 이러한 방식으로 빈도수를 정리한 표가 아래와 같다.

명사	차이	명사	차이	명사	차이	명사	차이
산	[농촌] 66	집	[농촌] 40	딸	[도시] 20	얼굴	[농촌] 10
장인	[농촌] 60	아씨	[도시] 37	고개	[농촌] 20	앞	[농촌] 10
계집	[농촌] 59	속	[농촌] 34	돈	[도시] 18	입	[도시] 8
남편	[농촌] 53	위	[농촌] 31	모양	[농촌] 18	남	[농촌] 6
몸	[농촌] 51	자식	[도시] 30	병	[도시] 16	머리	[도시] 4
아버지	[도시] 50	바람	[농촌] 28	눈	[농촌] 14	전	[도시] 3
아내	[농촌] 46	애	[도시] 24	옆	[도시] 13	사람	[농촌] 2
누님	[도시] 46	소리	[농촌] 23	말	[농촌] 12	때	[농촌] 2
금	[농촌] 44	생각	[도시] 23	뒤	[농촌] 12	밥	[농촌] 2
일	[농촌] 43	밤	[농촌] 23	방	[도시] 12	손	[도시] 1

〈표 3〉 농촌소설과 도시소설 일반명사의 빈도수 차이(오름차순)

위 표는 농촌소설과 도시소설에서 고빈도로 출현한 일반명사들을 비교하여 그 차이를 오름차순으로 표현한 것이다. 농촌소설과 도시소설 각각에서 가장 빈번하게 출현하는 일반명사를 30위까지 정리하고, 각 30위까지의 목록 안에서 서로 다른 계열의 같은 어휘 빈도를 비교하여 40위까지 표기하였다. 이때 가장 차이가 많이 나는 일반명사는 '산', '장인', '계집', '남편', '몸' 순이었다. 이는 농촌소설에서는 쉽게 발견되는 일반명사이지만, 도시소설에서는 상대적으로 등장하지 않는 어휘였다.

가장 차이가 크게 나는 것은 일반명사 '산'인데, 이는 "궂은 산들을 비켜서 한 오 마장 넘어야 겨우 길다운 길을 만난다"나 "살기 좋은 곳을 찾는다고 나이 어린 아내의 손목을 끌고 이 산 저 산을 넘어 표랑하였다"와 같은 문장에서처럼 농촌소설의 배경을 설명할 때 빈번하게 사용되었다. 일반명사 '산'의 고빈도 사용은 실제로 춘천에서의 김유정의 경험을 토대로 한다는 점과 춘천 지역에 산이 많다는 점을 환기해볼 때, 김유정의 농촌소설이 '농촌(農村)'보다는 '산촌(山村)'에 가까운 방식으로 그려지고 있다는 사실을 알려주기도 한다. 어휘 '산'은 도시소설과도 명확히 구별되는 농촌소설의 특징적 어휘일 뿐만 아니라, '눈', '소리', '말', '일', '생각'만큼 다른 한국어 텍스트에서 빈번하게 등장하는 어휘도 아니라는 점에서 김유정의 농촌소설을 이해하는 데 중요한 어휘라고 할 수 있다.

'방(房)'의 경우는 '산'만큼 빈도수 차이가 나지 않는다. 이유는 여러 가지가 있을 수 있는데, 1차적으로는 농촌소설의 전체 데이터 규모가 좀 더 크고 농촌소설에서도 '방'이라는 공간이 꽤 등장하기 때문이다. 하지만 농촌소설의 특징을 드러내는 '산'만큼은 아니더라도 '방'은 도시소설의 특징을 드러내는 데 중요한 어휘로 파악되는데, 이는 김유정의 도시소설 안에서 구체적 지명이나 공간 배경이 고유한 힘을 발휘하지 못하고 도시의 일반적인 공간인 '거리', '집', '방'으로 배경이 축소되고 있다는 기존논의와도 관련된다.(박상준, 2014: 13-14) 이러한 논의를 참고할 때 '산'을 농촌소설의 특징을 드러내는 어휘로 이해하는 한편 '방'을 도시소설의 특징을 드러내는 어휘로 파악할 수 있다.

'산'과 '방' 외에도 빈도수 분석에서는 인물과 관련된 어휘들이 주목된다. 다만 인물을 가리키는 일반명사는 조금 다른 맥락에 놓여 있다. '남편'이나 '아내'와 같이 김유정 소설에서 등장인물의 이름 대신 사용되는 일반명사의 경우, 그것이 가족관계를 드러내는 일반명사라고 하더라도 다른 일반명사보다 가중되어 계산될 수 있다. 다만 이런 점을 고려하더라도 농촌소설에서 '여자'나 '아내'를 낮추어 부르는 '계집'이 두드러지게 나타나고, 도시소설에서 '누나'를 높여 부르는 '누님'이나 '아씨'가 빈번하게 등장한다는 것은 두 계열의 차이를 보여주는 것이기도 하다. 표면적으로는 '들병이 모티프'를 통해서도 이해할 수 있는 바와 같이 농촌소설에서 여성인물을 더 도구적으로 낮춰 부르는 경향이 있기 때문에 발견되는 특징일 수 있지만, 농촌소설보다 도시소설에서 출현한 인물의 직업이나 관계가 다양해지고 있기 때문에 이 점에 대해서는 좀 더 세심한 논의가 필요할 것이다.

또한 한 작품에서 유독 많이 사용되어 계열 전체의 빈도수를 높인 경우도 있다. 예를 들어 「봄봄」의 '장인', 「형」의 '아버지'의 경우에는 1인칭 서술자에 의해 특정 인물이 반복적으로 언급되는 경우가 많다. 이러한 경우에 빈도수가 높게 계량됐다. 이는 한편으로 어휘의 빈도수 비교의 한계를 보여주기도 하는 것이다. 어휘의 빈도 분석을 통해 농촌소설과 도시소설의 공간적 특징을 구분할 수 있는 어휘를 각 계열에서 발견하기는 했지만, 농촌소설 12편과 도시소설 13편을 두 계열로 묶어 서로 비교한 것이기 때문에 빈도수 비교만으로는 개별 작품이 각 계열에서 어떤 특성을 갖는지는 분석된 결과를 통해서 드러나지 않는다. 그렇기 때문에 다른 작품에서는 사용되지 않으면서 특정 작품에서만 두드러지게 사용되는 어휘들을 통해 각 계열 안에 놓인 작품에 대한 이해를 마련할 필요가 있다.

Ⅲ. 농사 관련 유의미어와 직업의 변화

'유의미어'란 단순하게 작품에서 많이 출현하는 어휘들을 가리키는 것이 아니라, 앞서 논의한 것처럼 어떤 어휘가 텍스트 전체에서 출현할 것이라고 예상되는 기댓값보다 많이 출현할 경우에 의미 있는 어휘로

판단하는 것이다. 아래는 농촌소설 계열에 속한 각 단편소설의 '유의미어'를 표로 정리한 것이다.[4]

산골 나그네	떡	총각과 맹꽁이	소낙비	금따는 콩밭	노다지
나그네	어머니	계집	아내	금	형
주인	떡	호미	엄마	흙	돌
옷	배	밭	남편	아내	아우
홀어미	댁	술값	주사	남편	불
머리	죽	술	서울	밭	금
방아	눈	인사	집	콩밭	바랑
계집	음식		처	줄	바위
위	경		비	버력	누이
방	이때		막대	금점	감
갈보	주악		동리	맥	몸
국수	그릇			곡괭이	금점
좁쌀	아버지			콩	산골
	맛			산	그때
	일어			구뎅이	발
	팥떡			산제	
	사람			논	
				더미	

금	산골	만무방	솥	봄봄	아내
감독	도련님	벼	아내	장인	장수
피	마님	송이	솥	성례	얼굴
금	밭	논	아이	키	병
굴복	생각	아우	남편	구장	창가
광부	나물	아리랑	함지박	사위	밥
굴	눈물	농군	짐	밥	낯짝
	물	산	술집	일	계집
	편지	노름	맷돌	자식	자식
	잣나무	마을	들병이	딸	멋
	산	지주	계집	욕	경
	바위	닭	꿈	장님	타령
	산속	코	윗목	소	
		돈	박		
		고개			
		동리			
		하나			
		화투			
		가을			
		빛			

〈표 4〉 농촌소설의 유의미어 목록

---

4) 사회과학이나 통계를 활용한 연구에서는 t-점수가 1.96 이상인 경우를 유의미한 것으로 보는데, 이는 95% 신뢰도를 의미하는 것으로 많은 연구에서 활용하고 있는 기준이다. 본고에서도 작품 별 유의미어 목록을 구성할 때에 t-점수가 1.96 이상인 어휘만을 기재하였다.

위 표를 직관적으로 살펴볼 때 「만무방」이 다른 소설들에 비해 '유의미어'가 많이 반영되었다는 것을 알 수 있다. 이는 1차적으로 이해하기에는 특정 작품의 규모가 클수록 많은 유의미어가 등장할 수도 있는 것으로 해석되지만, 어떤 특정 작품이 다른 작품들에 비해 일반적으로 사용하지 않는 어휘들을 많이 사용할 경우에도 유의미어는 증가한다. 예를 들어 「봄봄」은 「총각과 맹꽁이」의 음절수에 비해 97% 정도의 음절수를 가지고 있지만, 유의미어는 오히려 「총각과 맹꽁이」보다 많다. 또한 절대빈도에서 우위를 갖고 있던 '눈', '소리', '말', '일', '생각'과 같은 어휘들이 목록에서 대부분 생략되었는데, 모든 텍스트에서 빈번하게 등장하는 어휘는 유의미성이 떨어지는 것으로 계산돼 분석과정에서 낮은 점수를 갖게 된다. 때문에 유의미성이 높게 계산된 위의 유의미어 목록은 단순히 텍스트의 양이나 어휘의 절대빈도로 포착할 수 없는 텍스트의 특성을 이해하는 데 의미가 있을 것으로 파악된다.

위 표를 다시 살펴보면 '좁쌀', '밭', '콩밭', '콩', '논', '소'와 같이 농촌을 배경으로 하는 소설들의 특성을 드러내는 어휘들이 많이 포함되었다. 또한 '방아', '호미', '함지박', '맷돌'과 같은 어휘들도 농사일이나 곡식을 다룰 때 사용되는 어휘들로 농촌소설의 특성을 드러내준다. 작품 「솥」의 경우 사건의 발생과 흐름에 '함지박', '맷돌', '박'이 기여를 하고 있고, '솥'은 그 중에서도 결말까지 인물들 간의 갈등과 긴장을 유발하는 주요한 소재로 활용된다. 표에서 상단에 위치할수록 어휘의 유의미성이 높다는 점을 환기해볼 때, 목록에서 '솥'의 위치를 통해 해당 소설에 대한 서사적인 이해나 계량적인 접근이 서로 관련되어 있음을 알 수 있다.

또한 '금', '금점', '맥', '굴'과 같은 어휘들은 김유정 소설의 주요한 소재인 '금 모티프'가 농촌소설 계열의 소설에서 한 부분을 차지하고 있음을 알려준다. 이외에도 주목되는 부분은 여러 소설에서 '음식'과 관련된 어휘들이 넓게 나타난다는 것이다. 물론 음식과 관련된 어휘들을 음식의 섭취와 관련된 것들로 이해할 수도 있겠으나, 김유정 소설 전반에서 나타나는 농민이나 하층민들의 궁핍의 문제와 관련해서 다각적으로 이해하는 것이 적합할 것이다.

심청	봄과 따라지	두꺼비	이런 음악회	야앵	옥토끼
거지	아씨	두꺼비	재청	꽃	토끼
동무	사과	편지	응원	애	옥토끼
나리	야시	기생	음악	계집애	어머니
종로	발	시간	손바닥	언니	집
	골목	생각	고개	교양	
		시험	성악	대답	
		영어		아이	
		궐련		어린애	
				체모	
				한마디	
				말	
				사나이	
				사람	

정조	슬픈 이야기	따라지	땡볕	연기	형	애기
아씨	아내	방	아내	누님	형님	아가
서방	감독	구렁이	지게	황금	아버지	딸
어멈	벽	노파	병	취직	환자	며느리
행랑	놈	아우	간호부		돈	영감
행랑방	처남	얼짜	월급		어른	덕
술	남	버스	병원		사랑	색시
생각		누님	의사		아들	아들
귀신		마누라			양자	의사
돈		마루			울음	아내
애		순사			효성	마누라
일		방세			병	아버지
원		연애			병환	학교
		미닫이			누님	원
		공장			자식	배
		조카				혼
		지팡이				혼인
		계집애				떡
		문				
		자식				
		바보				
		영감님				
		손님				
		사글세				

〈표 5〉 도시소설의 유의미어 목록

앞선 농촌소설의 유의미어에서 '금', '벼'나 '자연물'과 관련된 명사들이 두드러지는 반면 도시소설에서는 '종로', '야시', '버스', '공장', '병원', '학교'와 같이 도시와 관련된 어휘들이 출현하고 있다. 다만 유의미어로 계산된 어휘들이 농촌소설에 비해 많지는 않은데, 이는 여러 가지로 해석될 여지가 있지만 근본적으로 농촌이나 도시와 관련된 소재가 작품에서 얼마만큼 다뤄지느냐의 문제와 관련이 있어 보인다.

유의미어는 다른 계량적 접근에 비해 해당 어휘가 어떤 작품에서만 특수하게 많이 출현할 경우 명시적으로 드러난다. 그런데 농촌소설은 '송이', '벼', '금'과 같이 사건의 전개에 중심적인 역할을 하는 것으로 농촌과 관련된 소재들이 직접 사용된다. 이와 달리 도시소설에서는 도시 관련 소재들이 출현하지만 작품에서 후경화 되고 농촌소설에서 만큼 빈번하게 언급되지 않아 유의미성이 두드러지지 않는 것으로 보인다.

또한 도시소설과 농촌소설의 유의미어 차이는 몇 가지를 더 확인할 수 있는데, 앞서 언급한 것처럼 농촌소설에서는 음식과 관련된 유의미어들이 많이 등장하지만, 도시소설에서는 '술'을 제외하면 음식과 관련하여 유의미하게 등장하는 어휘는 '사과'와 '떡' 뿐이다. 이는 도시소설이나 농촌소설이나 '궁핍'의 문제와 관련하여 풍요롭게 먹는 장면이 많지는 않지만, 도시소설에서는 음식을 추구하는 행위와 관련된 맥락이 더 희소하게 다뤄지고 있는 것으로 이해할 수 있다.

이 외에도 도시소설이나 농촌소설 모두 사람을 지칭하거나 사람의 지위를 나타내는 어휘들이 목록에 많이 반영되었다. 고유명사인 인물명은 형태소 분석과정부터 제외됐지만, 인물명을 '아내'와 '남편'처럼 관계를 나타내는 일반명사로 부르고 있는 경우에는 제외하지 않았다. 그렇기 때문에 위 표에는 인물 간의 관계를 나타내는 유의미어들이 많이 반영되었다. 주목할 점은 농촌소설의 경우 '남편'과 '아내'를 중심으로 가족관계를 지칭하는 일반명사들이 많이 포함되었지만, 도시소설은 이 외에도 사람의 직업이나 특정 상태를 나타내는 '거지', '동무', '나리', '기생', '사나이', '노파', '얼짜', '순사', '영감', '환자', '의사'가 반영되었다는 것이다. 물론 '의사'와 같은 어휘를 도시를 나타내는 어휘로 이해할 것인지는 여러 가지 해석이 있을 수 있으나 농촌소설에서 '의사'라는 어휘가 한 번도 출현하지 않는다는 사실을 통해 유의미하게 이해할 수도 있을 것이다. 이러한 직업을 가리키는 일반명사의 증가는 김유정의 도시소설이 농촌소설에 비해 공간적 특수성이 두드러지지 않아 '도시'를 드러내는 소설로 부르기 적합하지 않다는 지적에도 불구하고(안아름, 2022: 73), 도시 계열 소설이 가진 특수성을 드러내는 지표로 이해할 수 있을 것이다. 즉 농촌소설에서는 가족관계가 두드러진 어휘들이 주로 출현한다면, 도시소설에서는 가족 바깥의 관계가 두드러지는 경향이 있으며 이는 구체적으로 다양한 직업 관련 어휘를 통해 드러난다.

이처럼 농사 및 직업과 관련된 유의미어에 대한 논의는 단순히 각 계열의 소설이 공간적인 차이에서 비롯되는 소재의 차이를 가지고 있다는 점 외에도 의미가 있다. 농촌소설에서 농사와 관련된 유의미어들은 사건의 전개에 주된 역할을 맡거나 기여하면서 공간과 인물을 매개하는 역할을 하고, 이러한 역할을 하는 사물들이 도시소설에는 부족한 대신에 인물 간의 관계나 특징이 부각되는 것이다. 이는 같은 작가에 의해 비슷한 시기에 창작됐음에도 불구하고 계열의 차이에 따라 서사를 구성하는 원리가 다를 수 있음을 시사한다.

결과적으로 유의미어를 활용한 접근은 빈도수를 통해 각 계열의 특징을 이해하는 것보다 더 구체적이며, 각 작품의 특성을 확인하는 데 용이하다는 장점 또한 갖고 있다. 하지만 이러한 유의미어를 통한 접근에도 분명한 한계는 있다. 가령 「땡볕」의 결말에서 등장하는 '왜떡'은 죽어가는 아내를 위해 사주는 음식으로 인물의 감정과 서사적 분위기를 이해하는 데 중요한 소재이지만, 3회 등장하며 유의미성이 낮기 때문에(t-점수 1.635) 유의미어 목록에 반영되지 않았다. 이는 어떤 어휘가 단 한 번 등장하더라도 서사의 의미를 전달하는 데에 큰 몫을 할 수 있다는 점에서 '빈도'와 '어휘의 출현 기댓값'을 기반으로 하는 계량적 접근의 한계를 드러낸다.

때문에 계량적 분석을 통해 텍스트에 출현하고 있는 개별 어휘들에 대해 논의하는 것도 김유정의 소설을 이해하는 데 도움을 줄 수 있지만, 보다 텍스트 전체와 각 계열의 맥락이 어떻게 형성되고 있는지를 이해하기 위해서는 또 다른 접근이 필요할 것으로 생각된다. 다음 장에서 다루고자 하는 '공기어 분석'은 특정한 '대상어'를 설정하고 해당 대상어와 관련된 맥락을 살펴본다는 점에서 앞선 분석들과는 차이가 있는데, 이 점이 농촌소설과 도시소설의 특징을 이해하는 데 도움을 줄 수 있을 것이다.

Ⅳ. 농촌의 사물과 도시의 사람

어떤 텍스트에서 어휘들의 공기관계를 살펴보는 방법은 여러 가지가 있으나, 일반적으로 특정 대상어를 중심으로 공기어 네트워크를 구성하여 텍스트의 특성을 직관적으로 살피는 방법이 있다. 본고는 김유정의 소설 텍스트에 대해서 이러한 공기어 네트워크를 구성하고자 했다.

공기어 네트워크를 구성하기 전에 대상어를 선택하는 방법은 다양하다. 본고의 논의에서와 같이 두 가지 계열의 텍스트를 비교하고자 한다면, 두 계열에서 충분히 빈번하게 등장하는 어휘를 선택할 필요가 있다. 또한 두 계열의 텍스트 중 어느 한 쪽에 지나치게 관련된 어휘를 선택해서도 안 된다. 본고는 이러한 맥락에서 '생각'이라는 어휘를 선택하기로 했는데, 고빈도어 '눈', '소리', '말', '일', '생각' 중 '생각'이라는 어휘가 함께 출현하는 공기어를 살펴보는데 효과적이며, 비교적 가치중립적일 것으로 예상되었기 때문이다.

공기어 네트워크를 구성하는 과정은 다음과 같다. 먼저 기존의 데이터를 문장 단위로 분할하여 정리하고, '파이썬'을 활용하여 분석 대상이 되는 김유정의 텍스트에서 '생각'이라는 일반명사가 출현하는 문장을 찾는다. 이후 해당 문장들 안에서 대상어의 앞과 뒤의 각 4어절 범위 내에서 출현하는 일반명사의 목록을 확보한 후, 이를 네트워크 구성에 필요한 'edge list'로 만든다. 이때 출현 범위를 제한하는 이유는 범위가 지나치게 클 때 대상어와 연관성이 없는 어휘가 목록에 다수 포함될 수 있기 때문에, 텍스트의 특성이나 분석상황에 맞춰 제한 범위를 설정한다. 이를 통해 공기어 목록을 추출하고 이를 네트워크로 구성해야 하는데, 본고는 디지털 인문학 분야에서 사용되는 네트워크 분석 프로그램 중 'GEPHI'를 사용하여 작업을 진행했다.

아래는 이러한 과정을 거쳐서 만든 공기어 네트워크이다. '생각'을 대상어로 삼고 농촌소설(생각A)과 도시소설(생각B)의 일반명사 공기어 네트워크를 결합했다.

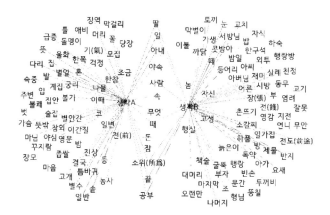

〈그림 1〉 농촌소설(생각A)과 도시소설(생각B)의 공기어 네트워크

네트워크에서 '생각'과 가까운 위치에 있는 어휘는 빈도수가 높고 중요한 어휘이며, '생각A'의 네트워크와 '생각B'의 네트워크 사이에는 둘 모두와 연결된 어휘들이 나열되어 있다. '생각A' 네트워크를 통해 드러나는 농촌소설의 경우에는 모두 73개의 어휘가 발견되었으며, 도시소설의 경우에는 80개의 어휘가 발견되었다. 이는 전체 텍스트의 규모는 농촌소설이 더 크지만 '생각'이라는 어휘가 도시소설에서 비교적 많이 사용되어 발생한 결과로 파악된다.

농촌소설에서 '생각'은 '솥', '농사', '좁쌀', '참외' 등과 같이 농촌을 배경으로 한 어휘들과 연결되어 그 특징을 보였다. 또한 '진상', '꾸지람', '이간질', '울화', '혼'과 같이 부정적인 감정상태나 관계에서 비롯된 부정적인 상황을 드러내는 표현들이 많이 발견되었다. 그 외에 사람을 가리키는 어휘로 '애비', '계집', '벗', '마님', '장모' 등이 출현하였다.

도시소설의 경우에는 '하숙', '기생'과 같은 어휘들이 등장하기는 하지만 농촌소설의 비해 도시소설의 특색을 드러내는 어휘는 많이 발견되지 않았다. 주목할 만한 것은 '형님', '부자', '대머리', '행랑', '늙은이', '언니', '영감', '촌뜨기', '어른', '동무', '아버님', '아씨', '자식', '서방님', '기생'과 같이 농촌소설의 비해 사람을 가리키는 어휘들이 많이 발견된다는 것이다. 이는 앞서 유의미어 분석을 통해서도 드러났지만, 농촌소설이 가족이나 결혼을 통해 형성되는 관계 안에서 벌어지는 일을 주로 그려내고 있다면, 도시소설은 가족 바깥의 존재들이 많이 출현하고 있음을 드러내주는 것으로 보인다.

또한 두 네트워크에서 공통으로 출현한 어휘들에 주목할 필요가 있는데, 같은 어휘라도 그 사용 양상은 상이했다. 가령 김유정의 소설에서 '생각'과 '돈'이 같은 문장에서 출현하는 경우에 돈은 풍요로움보다는 부정적인 의미로 사용되고 있다. 그런데 농촌소설의 경우에는 그것이 농촌 마을 사람들 간에서 벌어지는 수평적인 갈등에서 비롯된다면("다른 사람들은 **돈** 낼 **생각**커녕 이러면 다시 술 안 먹겠다고……"), 도시소설에서는 '돈'의 고갈이나 궁핍과 관련하여 보다 직접적으로 사용되고 있었다("아무리 **생각**하여도 **돈**을 변통할 길이 없어서……", "마지막이라는 **생각**으로 나머지 **돈**으로 왜떡 세 개를 사다 주고는……").

'생각'과 '딸'이 함께 출현하는 경우에도 농촌소설에는 '딸'에 대한 미움이 발생하는 원인으로 '생각'이 사용되고 있는 반면에("애비 한쪽 갖다줄 **생각**을 못한 **딸**이 지극히 미웠다"), 도시소설에서는 상실된 대상으로서 딸에 대한 그리움을 생각이라는 어휘를 통해 드러내고 있었다("정숙이가 잃어버린 **딸 생각**이 또 나나 보지?").

다만 '생각'과 '아내'가 함께 사용되는 경우에는 농촌소설이나 도시소설의 양상이 유사하였다("저녁거리를 기다리는 **아내**를 **생각**하며 좁쌀 서너 되를 손에 사들고……", "지게 위에서 무색하여질 **아내**를 **생각**하고 꾹 참아 버린다", "**아내**가 무슨 **생각**을 하였는지 왜떡을 입에 문 채 훌쩍 훌쩍 울며……"). 어휘 '생각'은 농촌소설과 도시소설의 맥락에 따라 사용되는 양상이 달랐지만, '아내'와 함께 사용될 때는 남편과 아내 사이의 관계나 감정을 드러내는 방식으로 유사하게 사용되고 있는 것이다.

이와 같이 공기어 분석과 공기어 네트워크는 직관적으로 어떤 맥락에서 생각이라는 어휘가 사용되었는지를 알려준다. 여기서는 일반명사 '생각'과 공기성을 갖는 일반명사를 네트워크로 표현한 것이지만, 김유정 소설에서 주요하게 다뤄지는 '몸', '금', '집'과 같은 어휘를 활용해서도 다양한 연구가 가능할 것으로 여겨진다.

앞선 공기어 분석 과정은 하나의 대상어를 설정하여 대상어에 대한 맥락이 어떻게 형성되었는지 이해하는 데 활용할 수도 있지만, 둘 이상의 대상어를 설정하여 여러 어휘가 등장하는 문장을 찾는 데 활용할 수도 있다. 특히 유의미어는 다른 어휘들보다 텍스트의 특성을 드러내는 데 중요한 자질을 갖고 있기 때문에 여러 유의미어가 등장하는 문장을 살펴보는 것이 텍스트를 이해하는 데 도움을 줄 수 있다.

유의미어에 대한 공기어 분석은 공기어 분석과는 달리 어휘 출현을 4어절로 제한하지 않았다. 그 이유는 먼저 하나의 대상어가 사용되는 맥락을 구체화 하는 것보다 둘 이상의 어휘가 사용되는 양상을 살피는 데는 상대적으로 제한이 덜 필요하기 때문이다.[5] 또한 다른 어휘들의 경우 '생각' 어휘 만큼 고빈도로 출현하지 않기 때문에 출현 범위를 제한할 경우 분석에 활용될 값을 충분히 확보할 수 없어 제한 범위를 문장으로 설정하였다. 작품에 따라 공기어 분석을 진행한 후 각 계열별로 5작품을 제시해보았다. 가장 유의미성이 높은 두 개의 어휘를 대상어로 삼아 분석을 진행했으며, 이때 가장 상위의 유의미어 2개가 한 번도 같이 출현하지 않는 경우에는 그보다 순위가 낮은 유의미어를 활용했다. 작품이나 유의미어의 특징에 따라 최소 1문장에서 7문장까지 유미의어의 공기 관계를 나타내는 문장들이 수집되었으며, 여기서는 대표적인 문장들을 표현하였다.

산골나그네	**주인**은 저녁 좁쌀을 쓸어 넣다가 방아다리에 깝신대는 **나그네**를 걸삼스럽게 쳐다본다
금따는 콩밭	그 **흙** 속에 **금**이 있지요?
만무방	자네 응고개 **논**의 **벼** 없어진 거 아냐?
솥	이 **솥**이 생각하면 사년전 **아내**를 맞아들일 때 행복을 계약하던 **솥**이었다
봄봄	하지만 **장인**님이 선뜻 오냐 낼이라두 **성례**시켜 주마, 했으면 나도 성가신 걸 그만두었을지 모른다

---

5) 다만 「슬픈 이야기」와 같은 작품에서 당시 유행하던 '장거리 문장'이 발견되는데, 유의미어들이 동시에 출현한다고 하더라도 지나치게 긴 문장 안에서 출현하는 경우에는 분석에서 제외하였다.

옥토끼	그리고 **어머니** 치마 앞에서 **옥토끼**를 집어내 들고 고놈을 입에 대보고 뺨에 문질러 보고 턱에다 받혀도 보고 하였다.
따라지	그럼 내 **방** 내 맘대로 치지 뉘게 물어 본단 말이유? 하고 제법을 딱딱이긴 했으나 뒷갈망은 **구렁이**에게 눈짓을 슬슬 한다
땡볕	보지는 않아도 **지게** 위에서 소리를 죽여 훌쩍훌쩍 울고 있는 **아내**가 눈앞에 환한 것이다
연기	**누님**에게 그 구박을 다받아가며 그래도 얻어먹고 있는 이 **황금** — 다시 한번 댓돌위에 쓱 그어보고는 그대로 들고 거리로 튀어나온다
애기	열이 나서 **딸**을 불러세우고 **며느리** 덕 못 보는 화풀이까지 엊어서 된통 야단을 쳤습니다

　유의미어를 활용한 공기어 분석은 해당 텍스트에 대한 주제를 파악하는 데 도움을 줄 수 있는데,(문한별 외, 2011: 390) 특히 위 표에서 「금따는 콩밭」, 「만무방」에서와 같이 그것이 인물의 단편적인 대화라고 하더라도 텍스트의 주제나 핵심적인 사건을 함축할 만큼 의미 있는 문장들을 탐색해준다. 이러한 유의미어의 공기 출현 양상을 통해 이해되는 바는, 농촌소설의 경우는 해당 문장을 통해 '농촌'이라는 배경이나 주요 소재가 쉽게 파악된다는 것이다. 그러나 도시소설의 경우에는 비교적 선명하게 도시적 배경이 두드러지지 않는다.

　물론 유의미어에 포함되지 않은 어휘들이 도시적 배경을 잘 나타낼 수도 있다. 그러나 한편으로 유의미어가 다른 텍스트에 비해 상대적으로 많이 출현하는 어휘와 고빈도로 출현하는 어휘를 나타낸다는 점을 환기해 보면 텍스트를 수용하는 독자에게 미치는 영향의 크기를 이해할 수 있다. 바꿔 말하면 유의미어 목록과 공기어 분석에 도시적 소재나 배경이 잘 반영되지 않는다는 것은 해당 텍스트가 그러한 요소들을 두드러지게 사용하지 않는다는 것을 의미한다. 이는 농촌소설과 비교할 때 더욱 선명하게 대비되는 부분이기도 하다.

앞서 빈도수 비교나 유의미어 비교를 통해서 드러나는 바와 같이, 농촌과 도시라는 공간적 특징은 '산'이나 '방', 직업이나 관계와 관련된 일반명사의 변화를 통해서 구분할 수 있었다. 이러한 구분은 도시와 관련된 지명이 1회 등장하기 때문에 도시소설이 아니라, 사건이 진행되는 배경으로 도시가 소설 속에 존재하고 도시에 거주하는 인물들이 등장한다는 점에서 도시소설의 존재 근거를 계량적으로 설명해주기도 했다.

다만 세부적으로 살펴보면 도시소설의 유의미어 추출 결과나 유의미어의 공기 관계 분석 결과가 농촌소설만큼 도시소설의 소재나 주제를 선명히 드러내지 못하고 있는 것도 사실이다. 농촌소설에는 농촌이라는 공간과 직접적으로 관계되는 사물들이 등장하여 서사의 전개에 기여하지만, 도시소설에서는 도시라는 공간을 드러내는 사물들이 상대적으로 부재한 것이다. 이는 어떤 점에서 초기 연구에서 도시소설이 농촌소설에 비해 그 특색이 두드러지지 않는 것으로 받아들여진 이유를 계량적으로 설명해주는 것이기도 하다. 특정 독자가 도시소설을 읽고 그 계열의 소설에서 도시적 성격을 뚜렷하게 느끼지 못하는 것은 분명 해당 텍스트에서 유의미성이 높으며 도시와 관련된 어휘가 충분하게 등장하지 않기 때문일 수 있는 것이다.

그러나 앞에서도 언급한 바와 같이 두 계열이 상이한 구성방식을 가지고 있다는 점을 전제할 때, 이는 초기연구에서처럼 농촌소설의 기준에 맞춰서 도시소설의 특색없음을 평가하는 것이 될 수 있다. 오히려 도시소설의 경우 유의미어 분석에서처럼 공기어 분석에서도 사람을 가리키는 어휘가 많이 발견된다는 점에 주목하고, 도시소설은 농촌소설에 비해 공간과 사물을 매개하는 방식이 아닌 인물과 인물 사이의 관계나 인물의 내면을 주되게 서술하고 있다는 의미를 찾을 수 있는 것이다.

그러므로 이러한 계량적 연구가 시사하는 바는 기존 문학연구의 관점으로부터 거리를 둘 때 텍스트의 또 다른 가치를 증명할 수 있다는 점일 것이다. 그것은 도시소설이 농촌소설에 비해 특색이 없다는 것을 증명하는 게 아니라, 농촌소설과는 다른 도시소설의 특징이 무엇인지 이해하는 것이기도 하다. 그런 의미에서 계량적으로 김유정의 텍스트를 이해할 때, 농촌소설의 특색 있는 사물들의 어휘 만큼이나 도시소설의 사람을 가리키는 다양한 어휘는 김유정의 문학세계를 이해하는 중요한 부분으로 파악된다.

V. 나가며

본고는 김유정 소설 연구에서 주요하게 다뤄져 온 두 계열 즉 농촌소설과 도시소설의 특징을 대비적으로 이해하기 위해, 김유정 소설의 어휘를 계량적인 연구방법을 통해 분석하였다. 크게 각 계열에서 출현하는 어휘들의 빈도 비교, 개별작품 유의미어 비교, 공기어 분석을 통한 계열 간 비교를 통해 이러한 논의를 진행했다.

그 결과 어휘의 빈도 분석을 통해 농촌소설과 도시소설의 공간적 특징을 드러내는 '산'과 '방'에 대해 이해할 수 있었다. 각 계열의 유의미어 비교를 통해서는 도시소설보다 농촌소설에서 해당 계열의 특징을 드러내는 유의미어들이 많이 출현하고 있음을 이해할 수 있었으며, 도시소설의 경우에는 도시적 배경이나 소재보다는 인물의 직업과 관련된 어휘들이 다수 출현하였다. 이러한 차이는 '생각'을 통해 구성하는 공기어 네트워크를 통해서 일부 드러났으며, 유의미어의 공기 관계를 통해 농촌소설과 도시소설의 특징을 살펴볼 때도 드러났다.

이처럼 도시소설과 농촌소설의 차이를 대비적으로 이해하는 것은 시기에 따른 작가의 주제의식이나 창작원리의 변화를 확인하는 데 도움을 줄 수 있다. 비록 두 계열이 비교적 짧은 기간 동안 창작되었지만 시기적으로는 충분히 구분될 수 있기 때문에 작가의 문학세계가 어떻게 변모했는지를 객관적으로 들여다볼 수 있는 것이다. 그 외에도 작품에 담긴 상이한 어휘들을 살피고 비교함으로써 공간에 따라 어떤 언어적 특징이 드러나며, 그러한 언어를 사용한 민중의 삶은 어떻게 다른지를 논의할 때 활용될 수도 있을 것이다.

끝으로 이러한 논의는 초기연구에서부터 농촌소설에 비해 주목받지 못한 도시소설의 특징을 드러냄으로써 김유정 연구를 재고할 수 있도록 한다는 점에서 의미가 있으며, 두 계열의 소설을 서로 다른 방식으로 이해할 필요를 제기했다는 점에서도 향후 도시소설 계열 연구에 도움이 될 것이다. 다만 텍스트에 대한 계량적 분석만으로 김유정 연구에 대한 해석적 지평이 충분히 넓어졌다고 볼 수는 없을 것이다. 그렇기 때문에 차후에는 계량적 연구를 통해 문학사적인 차원에서 김유정 문학의 새로운 의미를 살펴보기 위해 개별적인 분석방법들을 보다 심화하여 다루고자 한다.

참고문헌

김유정, 전신재 편, 『원본 김유정 전집』, 강, 2000.

김유정, 『동백꽃』, 문학과지성사, 2016.

전신재, 『김유정문학의 전통성과 근대성』, 한림대학교 출판부, 1997.

권 은, 「식민지 도시 경성과 김유정의 언어감각」, 『인문과학연구』 38, 2018, 65-90쪽.

권채린, 「김유정 소설의 도시 체험과 환등상적 양상」, 『현대소설연구』 47, 2011, 43-68쪽.

김상태, 「김유정의 문학적 특성」, 『전북대학교 논문집』 16, 1973, 27-41쪽.

김아름, 「김유정 단편소설에 드러난 페이소스의 문체와 양가적 문체 전략 -계량적 문체 지수를 중심으로」, 『어문논총』 95, 2023, 215-242쪽.

김일환 · 이도길 · 강범모, 「공기 관계 네트워크를 이용한 감정명사의 사용 양상 분석」, 『한국어학』 49, 2010, 119-148쪽.

김종호, 「1930년대 농촌소설의 농민의식 반영 양상」, 『비평문학』 24, 2006, 105-130쪽.

김화경, 「모더니티가 구성한 농촌과 고향-김유정 '농촌소설' 재론-」, 『현대소설연구』 39, 2008, 205-224쪽.

김희찬, 「한국어 말뭉치의 계량적 처리 절차 연구」, 서울대학교 석사학위논문, 2000.

문재룡, 「김유정 소설의 구조와 문체」, 성균관대학교 석사학위논문, 1983.

문한별 · 김일환, 「김남천 소설의 어휘 사용 양상에 대한 계량적 연구」, 『현대소설연구』 48, 2011, 377-402쪽.

박상준, 「반전과 통찰-김유정 도시 배경 소설의 비의」, 『현대문학의 연구』 53, 2014, 7-35쪽.

안아름, 「김유정 소설에 나타난 생(生)의 상상력」, 『인문과학연구논총』 43(4), 2022, 71-101쪽.

윤영성, 「김유정 문학의 문체연구」, 인하대학교 석사학위논문, 1988.

이상숙 · 김일환, 「백석시의 코퍼스 구축과 통계 분석 연구 - 현대시 코퍼스 연구 방법론 1 -」, 『우리문학연구』 74, 2022, 119-149쪽.

이익성, 「김유정 '도시소설'의 근대성」, 『한국현대문학연구』 24, 2008, 137-166.

임보람, 「김유정 도시소설에 나타난 '소리풍경' 연구」. 『서강인문논총』 66, 2023, 5-28쪽.

전은진, 「김수영 시에 나타난 어휘 연구」, 『청람어문교육』 61, 2017, 325-354쪽.

한만수, 「김유정 소설의 아이러니 분석」, 동국대학교 석사학위논문, 1985.

1930년대 어문 환경과 김유정 문학어의 이해
- 어문규범 인식과 문학적 대응을 중심으로

박 보 름

I. 서론 - 김유정 문학어 이해의 전환

김유정(1908-1937)이 작품활동을 해나가던 1930년대는 피식민지 언어로서의 조선어의 운명에 대한 상이한 입장들이 충돌하던 시기였다. 또한 1930년대는 <한글 마춤법 통일안>(1933)과 <사정한 조선어 표준말 모음>(1936)으로 대표되는 근대 어문 규범이 확립되어 가는 시기였으며, 작가들 역시 직접적인 논의 참여 또는 소설 쓰기를 통해 어문 규범 형성의 한 주체로서 그 과정에 동참하였다. 김유정의 소설 쓰기 역시 이러한 1930년대 어문 환경 속에서 이루어진 것이었다. 그러나 그동안 김유정 문학 연구에서 이 지점은 주요하게 다루어지지 않아 왔다. 최근 김유정 문학의 주제적 측면을 당대의 다양한 사상적 경향과 연결해 이해하고자 하는 시도들이 있었지만, 언어적 측면에서 김유정 문학에 대한 이해는 여전히 전통적 문체의 계승이라는 논의의 반복적 변주 차원을 넘어서지 못하고 있는 것으로 보인다.

김유정 문학의 언어적 측면은 등단 직후부터 최근에 이르기까지 주요한 관심과 평가의 대상이 되어왔다. 김유정이 활동하던 당대에 김유정 소설의 언어는 문장론을 중심으로 평가되었는데 김동인은 「금따는 콩밭」에 대해 '그 문장이 너무 거칠어 읽기 거북하다'[1] 라고 평하고 있으며, 김남천은 「산골」(『조선문단』, 1935.7)에 대해 논하며 '부적당한 언구의 남용'과 '비논리적 형용사' 사용을 이유로 김유정을 '언어의 곡예'에 빠진 '형식주의자'라고 비판한 바 있다.[2] 임화 역시 김유정을 '극단의 형식주의자' 중 하나로 꼽으며 '목가적 내용에 조선어의 무질서한 난용'이 '조선적인 것의 발굴=고양이란 유행적 슬로건으로 옹호'되고 있다고 부정적으로 평가하였다.[3] 반면 안회남의 경우 '멋드러진 말의 매력(魅力)'과 '스타일의 와일드한 맛'을 들어 김유정의 문학의 '언어와 문장'의 힘[4]을 고평하였다. 이렇듯 평가의 결론은 다르지만 모든 평자가 공통적으로 문장 표현의 풍부함과 함께 탈규범적 성격을 지적하고 있음을 알 수 있다.

그러나 1950년대 이후 단절적 문학사 인식에 대한 문제의식 속에서 부상한 전통론의 맥락에서, 김유정 문학의 해학성이 주목을 받기 시작하면서[5] 김유정 소설의 언어적 특성은 구어적 전통과의 연관성 속에서 설명되기 시작하였다. 비속어나 사투리의 적극적 활용, 수식어와 의성어 의태어가 풍부하게 사용된 만연체 문장, 미종결 문장어형의 빈번한 사용과 같은 김유정 소설 언어의 특징들은 판소리와 같은 전통적 구어체 문장과의 관련성 속에서 논의되어왔다. 이러한 구어적 특성은 김유정 문학의 계층적 지향과 관련하여 설명되기도 하였다.[6] 그러나 김유정 문학이 전통

---

1) 김동인, 「3월 창작평: 囑望한 新進」, 『매일신보』, 1935.3.26.
2) 김남천, 「최근의 창작(3) - 언어의 창건과 문장의 곡예」, 『조선중앙일보』, 1935.7.24.
3) 임화, 「조선문학의 新情勢와 현대적 諸相(12)」, 『조선중앙일보』, 1936.1.26.~2.13. 임화문학예술.전집 편찬위원회 편, 『임화문학예술전집 - 평론1』, 소명출판, 2009, 571쪽. 재인용.
4) 안회남, 「文章論 現役作家들의 伎倆 ❻」, 『조선일보』, 1936.9.9.
5) 이만영, 「김유정과 문학사 - 1930~60년대 김유정론의 전개 양상을 중심으로」, 『현대소설연구』 85. 한국현대소설학회, 2002, 457-463쪽.
6) 전상국, 「김유정소설의 언어와 문체」, 『김유정 문학의 전통성과 근대성』, 한림대학교 아시아문

적 문체를 계승하고 있다는 이러한 인식과 평가의 근거들이 위에 언급한 몇몇 문체적 특징들에 국한되어 반복되고 있다는 점에서 김유정 문학어의 특징과 효과에 대한 종합적인 연구는 이루어지지 못한 것으로 보인다. 문학어 사용 양상에 관한 여러 층위에서의 구체적 관찰을 통해 그 성격이 논의되어온 것이 아니라 몇몇 표피적 특성들이 문학사 서술의 필요에 호응함으로써 전통적 문체라는 틀 안에서만 평가되어온 것이다. 이로 인해 김유정 문학의 언어적 특징과 주제 구현의 내적 논리 역시 충분히 설명되지 못해온 것이 사실이다.

최근에는 이러한 연구사적 문제의식 위에서 문체론의 차원이 아닌 언어 사용 양상에 주목하여 김유정 문학의 언어와 주제를 연결시키고자 하는 연구들이 시도되고 있다. 먼저 양문규는 김유정 문학에서 발견되는 구어적 특성들에 주목하여, 김동인 이광수가 주장했던 언문일치체가 특정 지식인 계층에서 통용되던 사회적 방언이었다면 이와 달리 김유정 소설의 전통적 구어체 문체는 언어체계의 통일성이라는 서구적 근대의 기획으로부터 벗어난 또 다른 근대성을 지향하고 있음을[7]주장한다. 양문규의 논의는 김유정 문학에 나타난 구어적 표현의 구체적 양상과 문학적 효과를 1930년대 근대성의 문제와 연결지음으로써 김유정 문학의 문학사적 위치를 언어 문제를 중심으로 살펴보고자 했다는 점에서 의의를 지닌다. 그러나 구어적 특징과 근대성에 대한 모색 사이를 연결 짓는 내적 논리로서의 김유정의 언어 의식에 대한 객관적 탐색이 이루어지지 못하고 있다는 점에서 저자 자신이 우려하고 있듯 논의의 주요 근거가 연구자의 주관에 맡겨지게 된 측면이 있다.

화연구소, 1997, 295-296쪽.
7) 양문규, 『한국 근대소설의 구어전통과 문체형성』, 소명출판, 2003, 319-321쪽.

박진숙의 경우 김유정이 활동하던 시기가 표준어와 방언의 위계화가 이루어지고 있는 시기였음에 주목하여 언어 사용의 문제가 일제 식민 정책에 대한 인식과 연동되어 있음을 지적하며 김유정 소설의 사투리로 이루어진 구어적 문장들이 표준어에 대한 저항이자, '조선적 내면'을 보여 주는 방법이었음을 주장한다.[8] 이러한 논의는 김유정 문학어의 특성을 주제적 측면과 연결지어 김유정 문학을 식민지 현실에 대한 언어적 실천으로 평가하고 있다는 점에서 주목을 요한다. 그러나 조선어 어문 규범의 확립은 일제 식민 정책에 의해 강제된 것이 아닌 조선어학회를 중심으로 한 조선인 연구자들에 의해 주도된 것이었으며, 이러한 흐름 속에서 문인들은 표준어를 중심으로 한 통일적 어문 규범 성립의 한 주체[9]였다는 점에서 사투리 사용을 곧장 조선적인 가치와 연결 짓는 것에는 무리가 있어 보인다. 표준어-방언의 위계 문제는 근대적 문학어 확립에 대한 당대 문단 전체의 열망과 관련되어 있다고 볼 수 있기 때문이다.

김유정 문학어를 근대성의 문제와 연결지어 살펴보고자 했던 위의 시도들이 김유정 문학의 특징을 '기질적인 농민적 성향'[10]에서 기인한 것이거나, '생래적인 것'[11]으로 결론지어야 했었던 것은 김유정 문학어를 일정한 기준 속에서 설명하는 틀과 그것을 1930년대 어문 환경과 구체적으로 연결 짓는 작업이 부재했기 때문으로 보인다. 이러한 지점들을 보완하기 위해 이 글은 김유정 문학어의 특성을 1930년대 어문 규범과 그것이 확립되어가는 과정 속에서의 김유정의 언어적 경험들, 그리고 그것을 통해 형성된 언어 인식과 연결지어 이해하는 것을 목표로 삼는다. 이 글에서는 1930년

---

8) 박진숙, 「김유정과 이태준」, 『상허학보』 43, 상허학회, 2015, 176-185쪽.
9) 문혜윤, 『문학어의 근대』, 소명출판, 2008, 69-73쪽.
10) 양문규, 위의 책, 347쪽.
11) 박진숙, 위의 글, 182쪽.

대 어문 규범의 핵심 두 축이었던 표기법과 표준어 규범의 차원에서 김유정 문학어의 특징을 살펴볼 것이다. 그런 다음 그것과 관련되어 있는 김유정의 언어적 경험과 당대 문학장 안에서의 김유정의 문학어가 인식되었던 양상을 매체 환경을 중심으로 추적해볼 것이다. 이러한 탐구를 통해 1930년대 언어 현실 속에서 김유정 문학어가 보여주는 특징들의 의미를 규명하고 그것들이 어떻게 소설의 주제 형상화에 작용하고 있는지 구체적인 작품 해석을 통해 살펴볼 것이다. 이글은 김유정 문학의 언어 형식이 계통이 불분명한 전통 계승의 산물이 아닌 1930년대 언어 현실에 대한 구체적 경험과 인식에 바탕을 둔 문학적 대응의 결과였음을 밝힘으로써 1930년대 문학사 속에서 김유정 문학을 재위치 시키는 것을 목표로 한다. 또한 이를 통해 1930년대 작가들의 문학 행위를 어문 규범에 대한 인식과 언어관의 측면에서 새롭게 바라보는 하나의 시각을 제시하고자 한다.

II. 1930년대 어문 환경과 김유정 문학어의 탈규범성

1. 어문 규범 운동과 문단의 대응

식민지기 조선어 어문 규범의 기원은 1912년 총독부가 제정한 <보통학교용 언문철자법>에서 찾을 수 있다. <보통학교용 언문철자법>에는 철자법에 대한 규범과 더불어 '현대 서울말을 표준으로'한다는 표준어 규정이 명시되어 있다.12) 그 후 일제의 조선어 교육 정책은 몇 번의 변화를 거쳤으나 표준어 규정의 핵심은 그대로 유지되었으며, 조선어학회를 중심으로 한 민간의 연구를 대부분 수용한13) <신철자법>(1930)을 거쳐

---

12) 정승철, 『방언의 발견』, 창비, 2018. 58쪽.
13) 김병문, 『〈한글마춤법통일안〉 성립사를 통해본 근대의 언어사상사』, 뿌리와 이파리, 2022,

1933년 <한글 마춤법 통일안>(이하 <통일안>(1933))이 발표되었다. <통일안>(1933) 이후로도 반대론자들과의 적지 않은 논쟁이 있었으나 다수 지식인과 문인들이 <통일안>(1933)을 지지함으로써 식민지기 조선어 어문 규범을 둘러싼 논의는 일단락 된다.

이 시기 어문 규범은 표준어를 정하고 표기법을 확정하는 것을 중심으로 논의되었다. 먼저 표준어 규범의 경우 <보통학교용 언문철자법>(1912)의 기존 규정에 '중류 사회에서 쓰는'이라는 계층적 요소가 더해져 <통일안>(1933)이 마련되었으며 이 규범은 다시 <사정한 조선어 표준말 모음>(이하 <표준말>(1936))에서 확정되었다. 표준어 규범은 식민지하 조선어 어문 교육에 의해 기틀이 마련되었으며 조선어학회로 대표되는 권위 있는 전문가 집단에 의해 완성됨으로써 강력한 어문 규범으로 자리 잡게 된다. 1910년대 이후 조선어 교육을 받은 작가들에게 '표준어'는 규범적인 문어 체계로서 인식되었으며, 이들의 조선어 글쓰기는 자신의 출신 지역의 방언과 서울말, 하층 계층에서 사용되는 비속어와 중류 사회에서 사용되는 표준어 사이의 선택 행위였다고 할 수 있다.

<통일안>(1933)은 발표 이후로도 몇 년 동안 조선어학연구회로 대표되는 반대론자들의 비판을 받았었는데 종성 표기에 실제 발음되지 않는 자음들을 포함하고, 체언과 조사, 어간과 어미의 표기에 있어서 원형을 밝혀 적는 것을 원칙으로 삼음으로써 실제 언중들의 언어 사용과 동떨어져 있어 난해하다는 것이 그 주요한 이유였다. 이러한 비판에 대해 문인들은 <통일안>(1933)을 지지하는 견해를 취했는데, 강경애, 김동인, 김기진, 박영희, 박태원, 염상섭, 이광수, 임화, 채만식 등 당대의 대표적인 문인들을 포함한 문예가 78명의 이름으로 발표한 <한글 철자법 시비에 대한 성명서>14)에서 그 입장을 확인할 수 있다. 이 성명서에는 "문자 사용의

67쪽.

제일인자적 책무 상" 작가들이 조선어 학회의 <통일안>이 완벽을 이루도록 해야 한다는 주장이 담겨있다. 표기법의 경우 <통일안>(1933)이 발표된 이후 문인들은 대체로 지지 의사를 밝히고 이를 글쓰기에 적극적으로 적용하고자 했다.15)

조선어학회에서 펴낸 잡지 『한글』에는 <통일안>(1933)을 지지하는 문인들의 글이 실리기도 했는데, 통일안 반대론은 "용서할 수 없는 죄악이다."16)라고 강론한 김기진의 글이 대표적이다. 또한 이태준은 조선어학회에 의해 맞춤법을 적극적으로 지킨 작가로 상찬 되었는데, 당시 조선어학회의 기관지 『한글』에는 이태준의 「달밤」에 대해 "全篇을 '한글 맞춤법 통일안' 그대로 되었으니, 小說을 읽는 한편에 統一案에 對한 智慧를 얻을 수 있을것이다.(1934.8.)"라는 광고가 실리기도 하였다.17) 이태준의 소설은 그 자체로 <통일안>(1933)의 자랑스러운 선전물로도 여겨졌던 것이다.

그러나 조선어학회가 주도하는 어문 규범 운동이 처음부터 대다수 문인의 지지를 받았던 것은 아니었다. 1927년 '가갸날'을 기념하여 조선일보는 당시 한글 운동에 대해 작가들의 의견을 묻는 기획을 마련하였는데 이 지면에서 김기진은 "일반인이 발음할 줄 모를 만한 글자를 써 놓고 이것을 알라고하는 것은 무리"이며 "민중적이지 못하"18)다는 이유로 비판적 견해를 피력하고 있다. 김병문은 이 기획에 실린 원고들이 카프와 관련을 맺고 있던 신진 문인들에게 청탁된 것으로 조선어학회와는 다른 입장을 들어 보고자 하는 조선일보의 견해가 반영된 것이었으며, 전체적

---

14) 이 성명에 참여한 문인으로는 임화, 강경애, 김기진, 박영희, 백철, 이상화, 김동인, 전영택, 정지용, 최정희, 이태준, 박월탄, 김기림, 오상순, 박태원, 현진건, 채만식, 김억, 이광수, 염상섭 등이 있다. 『조선일보』 1934.7.10.
15) 한영목·김덕신, 「한글 마춤법 통일안(1933) 발표에 대한 문인들의 태도와 준용 실태 고찰」, 『한국언어문학』 62, 한국언어문학회, 2007, 7-9쪽.
16) 김기진, 「용서못할죄악」, 『한글』 1934.9, 15쪽.
17) 「달밤」, 『한글』 1934.8, 16쪽.
18) 김기진, 「우견(愚見)」, 『조선일보』, 1927.10.25.

으로 한글 운동의 민족주의적 성격에 대한 카프 계열 작가들의 우려가 반영되어있다고 지적한 바 있다.19) 카프 계열 작가들의 1933년 이후의 이러한 입장 변화의 원인은 같은 카프 계열 문인 박승극의 논평을 통해 확인할 수 있는데, 조선어학회와 대립각을 세웠던 조선어학연구회의 소리 나는 대로 적는 표기법은 과거의 관습을 따르고 있어서 대중에게 익숙한 동시에 "보수적이고 봉건적"이라고 여겨졌으며, 원형을 밝혀 적는 조선어 연구회의 표기법은 "과학적이고 진보적"이라고 여겨졌다는 것이다.20) 1920년대부터 1930년대 중반까지 이어진 표기법을 둘러싼 논쟁과 문인 들의 입장 변화는 표기법 문제가 단순히 철자 방식에 대한 기능적인 차원 의 문제가 아닌 언어의 과학적 사용, 즉 언어의 근대화와 관련된 문제였음 을 보여준다. 이 논란의 종착지가 전 문단의 <통일안>(1933) 수용이었다 는 것은 이데올로기적 차이를 막론하고 1930년대 작가들이 근대적 어문 규범의 확립이라는 공동의 목표를 공유하고 있었음을 보여준다. 김유정 문학어에 대한 이해는 이러한 1930년대 문단의 언어 현실에 대한 고려 속에서 이루어질 필요가 있다. 따라서 2장에서는 1930년대 언어 현실에서 가장 주요한 쟁점이 되었던 표기법과 방언의 문제를 중심으로 김유정 문학어의 주요 특징들을 살펴보고자 한다.

2. 김유정 소설의 표기 양상

김유정의 등단작은 1933년 『제일선』 3월호에 발표된 「산ㅅ골나그내」로 <통일안>이 발표되기 몇 달 전 출간되었다. 표기방식을 살펴보면 원형을 밝혀 적지 않고 소리 나는 대로 표기하고, 경음 표기를 쌍자음(ㄲ, ㄸ, ㅃ, ㅉ)이 아닌 된시옷(ㅼ, ㅼ, ㅽ, ㅆ) 으로 표기하는 등 이전의 표기법을 따르고

---

19) 김병문, 『〈한글마춤법통일안〉 성립사를 통해본 근대의 언어사상사』, 뿌리와 이파리, 67면. 333-335쪽.
20) 김병문, 위의 책, 335-338쪽.

있음을 확인할 수 있다. 조선일보 신춘문예 당선작으로 김유정의 존재를 문단에 알린 「소낙비」21)(1935.1)의 경우 <통일안>(1933.10)과 이에 대한 문인들의 대대적인 지지와 동참 선언(1934.7) 이후에 발표된 소설임에도 이전의 표기법이 유지되고 있음을 확인할 수 있다. 그러나 이것이 김유정 자신의 표기 방식이었는지 아니면 조선일보의 표기 방침에 의한 것이었는지는 확인이 어렵다. 「소낙비」 뿐만 아니라 다른 입선작들에서도 동일한 표기 양상이 발견되기 때문이다. 22)

표기법에 대한 김유정의 인식을 확인하기 위해서는 발표 지면별 표기법은 물론 동일 지면의 다른 작가의 표기법과의 비교가 필요하다. 김유정은 『매일신보』, 『조선일보』, 『조선중앙일보』와 같은 신문지상과 『개벽』, 『광업 조선』, 『문장』, 『사해공론』, 『신여성』, 『신인문학』, 『여성』, 『월간 소년』, 『조광』, 『제일선』, 『중앙』, 『창공』과 같은 잡지에 글을 발표하였다. 이 글에서는 등단작 「산ㅅ골나그내」가 발표되었던 잡지 『제일선』과 1930년대 문단에서 가장 영향력이 있었던 두 잡지 『개벽』과 『조광』을 대상으로 표기법 양상을 비교해 보도록 하겠다. 비교 작가의 경우 세 편의 잡지 중 두 잡지 모두에 소설이 실려 있는 김동인과 박태원, 사회주의 계열과 모더니즘 계열을 대표하는 작가 강경애와 김기림을 선정하였다. 비교의 기준은 <통일안>(1933)에서 가장 논쟁이 되었던 네 가지 지점인, 된소리 표기방식/ 체언-조사의 표기 방식 / 어간-어미 표기 방식/받침 표기 방식을 선정하였다.23)

---

21) 조선일보 당선 발표 기사에 따르면 원제는 「따라지목숨」이었다. 1935년 1월 29일부터 연재가 시작되어 2월 4일 6회를 마지막으로 연재가 중단되었다. 검열에 의해 삭제된 7회의 일부분이 일문으로 번역되어 『조선출판경찰월보』에 실렸다는 것이 다음 논문을 통해 확인되었다. 전문이 아닌 일부분인데다가 원문이 아닌 일본어 번역본이기 때문에 본고에서는 본격적인 해석의 대상이 아닌 참고의 대상으로만 삼고자 한다. 김정화· 문한별, 「김유정 소설 <소낙비>의 검열과 복원」, 『국어국문학』193, 국어국문학회, 2020.
22) 입선작인 최술의 「혼을 일흔 사람들」, 이경근 「차에서 맛난 여자」에서 동일한 표기 양상이 발견된다.
23) 김유정 소설이 발표된 모든 지면 및 해당 지면의 다른 모든 소설들을 검토한 것이 아니므로

지면	김유정의 경우	비교 사례(1)	비교 사례(2)
『제일선』 1933.3[24]	- 소설: 「산ㅅ골나그내」 ❶된소리표기: 된시옷 ❷종성표기: 기존표기법 대로 ❸체언-조사: 소리 나는 대로 ❹어간-어미: 소리 나는 대로	- 작가 및 소설 김동인, 「소설급고」 ❶된소리표기: 된시옷 ❷종성표기: 기존표기법 대로 ❸체언-조사: 소리 나는 대로 ❹어간-어미: 소리 나는 대로	- 작가 및 소설: 강경애, 「부자」 ❶된소리표기: 된시옷 ❷종성표기: 기존표기법 대로 ❸체언-조사: 소리 나는 대로 ❹어간-어미: 소리 나는 대로
『개벽』 1935.3[25]	- 소설: 「금따는 콩밭」 ❶된소리표기: 쌍자음 ❷종성표기: 〈통일안〉(1933)을 따르고 있음 ❸체언-조사: 원형을 밝혀서 표기 ❹어간-어미: 대체로 원형을 밝혀 적고 있으나 일관되게 소리 나는 대로 적은 예외 사례가 발견됨 [사례] '듣다'의 활용형: 드를라는가/드른 소리가 '늘어지다'의 활용형:느러진다/축 느러진	- 작가 및 소설: 김동인, 「거인은움즉인다」(2) ❶된소리표기: 쌍자음 ❷종성표기: 〈통일안〉(1933)을 따름 ❸체언-조사: 원형을 밝혀서 표기 ❹어간-어미: 원형을 밝혀 표기	- 작가 및 소설: 박태원, 「길은 어둡고」 ❶된소리표기: 쌍자음 ❷종성표기: 〈통일안〉(1933)을 따름 ❸체언-조사: 원형을 밝혀서 표기 ❹어간-어미: 원형을 밝혀서 표기 ※ 체언과 조사, 어간과 어미 활용형에서 원형을 잘못 밝혀 적은 사례, 파생어에서 과도하게 어근과 접사의 원형을 밝혀 적은 사례들이 발견됨.[26]
『조광』 1935.12[27]	- 소설: 「봄·봄」 ❶된소리표기: 쌍자음 ❷종성표기: 〈통일안〉(1933)을 따름 ❸체언-조사: 원형을 밝혀서 표기 ❹어간-어미: 대체로 원형을 밝혀 적고 있으나 일관되게 소리나는 대로 적은 예외 사례가 발견됨[28]	-김기림, 「철도연선」 ❶된소리표기: 쌍자음 ❷종성표기: 〈통일안〉(1933)을 따름체 ❸체언-조사: 원형을 밝혀서 표기 ❹어간-어미: 원형을 밝혀서 표기 ※ 파생어에서 어근과 접사의 원형을 밝혀 적은 사례들이 발견됨.[29]	- 작가 및 소설: 박태원「전말」 ❶된소리표기: 쌍자음 ❷종성표기: 〈통일안〉(1933)을 따름 ❸체언-조사: 원형을 밝혀서 표기 ❹어간-어미: 원형을 밝혀서 표기 ※ 용언의 활용형에서 어간을 잘못 밝혀적은 사례들이 발견됨.[30]

〈표 1〉 1930년대 김유정 소설의 지면별 표기양상 및 당대 문인들과의 표기양상 비교

엄밀한 의미의 정량적 검토라고 보기 어려우나 표기상의 경향성을 발견할 수 있다는 데에 의의가 있다고 할 수 있을 것이다. 김유정과 1930년대 소설의 표기양상과 관련한 보다 정밀한 분석은 후속 연구를 기약하도록 한다.

24) 해당호에 수록된 소설은 다음과 같다. 김동인 「소설급고」, 김유정 「산ㅅ골나그내」, 이종명 「개잇는풍경」, 조용만 「배신자의 편지」, 이석훈 「그들 형제」, 박노홍 「담뇨」, 박로아 「원수탕」, 강경애 「부자」.
25) 해당호에 수록된 소설은 다음과 같다. 김유정 「금 따는 콩밭」, 김동인 「거인은움직인다」, 박태원 「길은 어둡고」, 염상섭 「무현금」.
26) [사례] 조사 '부터'의 경우: 낮붙어, 그때붙어, 봄붙어, 어간 끝음절 '르'의 경우: 불으지지며, 접사의 원형을 밝혀적은 경우: 안악, 밖알, 새빨안, 싯빨언,

<통일안>(1933)이 발표되기 일곱 달 전 전에 출간된 『제일선』 1933년 3월호의 경우 김유정의 「산ㅅ골나그내」와 김동인의 「소설급고」, 강경애의 「부자」 모두 이전의 표기 규범을 따르고 있음을 확인할 수 있다. <통일안>(1933)이 발표된 이후 출간된 『개벽』 1935년 3월호, 『조광』 1935년 12월호에서는 김유정, 김동인, 박태원, 김기림의 소설 모두 대체로 <통일안>(1933)을 따르고 있음을 확인할 수 있다. 작가 개개인의 의식적 선택보다 잡지의 표기 원칙이나 인쇄 환경의 영향으로 일관된 표기법 규정이 적용되고 있는 것이다.

그러나 김유정의 경우 용언의 활용과 관련해서는 원형을 밝히지 않고 소리 나는 대로 표기한 용례들이 다수 확인된다는 점에서 다른 작가들과 차이가 발견된다. 이 용례들 중에서 특히 '드러(들어)' '느러(늘어)'같은 경우에는 용언의 어간을 밝혀 적지 않은 어형을 일관되게 사용하고 있어 주목을 요한다. 이 두 단어는 <통일안>에서 주된 비판의 대상이 되었던 2절 8항, "용언의 어간과 어미는 구별하야 적는다"는 규정의 부기에 원형을 밝혀 적어야 하는 어원이 분명한 것의 사례로 제시된 '넘어지다/ 늘어지다/ 떨어지다/돌아가다/들어가다/엎어지다/흩어지다'[31) 7개에 해당되는 사례이기 때문이다. <통일안>(1933)에서 원형을 밝혀 적어야 한다고 명시된 대표적 사례들이 김유정 소설에서는 일관되게 소리 나는 대로 표기되고 있는 것이다.

---

27) 해당호에 수록된 소설은 다음과 같다. 김유정 「봄·봄」, 신경순 탐정소설 「제2의 밀실」, 엄흥섭 「새벽바다」, 염상섭 「전말」, 함대훈 「우정」.
28) [사례] '들여다'의 활용형: 드려쌓아 / 들려다보았다
29) [사례] '집웅', '뜰악'
30) [사례] 용언의 어간을 잘못 밝혀적은 경우: 몰은체, 발아보다가, 살어진, 달은, 살어졌다(사라졌다)
31) 조선어학회, 『한글 마춤법 통일안(朝鮮語 綴字法 統一案)』, 한성도서주식회사, 1933, 9쪽. (한글학회 편, 『한글 맞춤법 통일안(1933~1980)』, 한글학회, 1989.)

반면 박태원, 김기림의 경우 파생어나 용언의 활용형에서 <통일안>(1933)의 핵심 요소였던 '원형을 밝혀 적는' 경향이 다소 강박적으로 적용되고 있음을 확인할 수 있다. 파생어의 경우 기존의 관습을 인정하여 <통일안>(1933) 6절 15항에서도 "명사 아래에 '이' 이외의 딴 홀소리가 붙어서 타사로 변하거나 뜻만이 변할 적에는 그 말의 원형을 밝히어 적지 아니한다."[32]고 규정하였는데도 두 작가의 경우 '밖알', '집웅', '뜰악'의 경우처럼 굳이 원형을 밝혀 적은 사례들이 발견된다. 또한 6절 20항의 경우 "어원적 어간에 다른 소리가 붙어서 토로 전성될적에는 그 어간의 원형을 밝히어 적지 아니한다."[33] 라고 규정하고 그 예시로 '부터'를 들고 있는데,『개벽』에 실린 박태원의「길은 어둡고」에서는 '낯붙어'의 경우와 같이 원형을 과도하게 밝혀 적고 있는 사례들이 발견된다. 동일한 지면에 실린 김동인의 소설의 경우 이러한 사례들이 발견되지 않고 있기 때문에 이것은 박태원의 표기 의식을 반영한 것이라고 볼 수 있다. 박태원의 경우 이러한 표기 경향은『개벽』에서도 발견되는데, '사라지다', '다르다', '바라보다'의 경우 어간의 어원이 분명하지 않은 경우에 해당됨에도 '살어진', '달은', '발아보다'와 같이 표기하고 있는 용례들이 발견된다.

이처럼 다른 작가들이 원형을 밝혀 적는 표기 규범 원칙에 경도되어 있었던 것과는 대조적으로 김유정은 비교적 자유롭게 표기 원칙을 적용했던 것으로 보인다. 이러한 표기 양상이 얼마나 의식적으로 적용된 것인지 규명하기 위해서는 전체 작품의 용례들에 대한 구체적인 관찰과 분석이 필요하겠지만 몇몇 특정 단어들만 철자법만을 혼동하였을 가능성은 낮기 때문에 이러한 표기 사례들은 김유정의 문학어 인식이 반영된 것으로

---

32) 조선어학회, 앞의 책, 18쪽.
33) 조선어학회, 위의 책, 21-22쪽.

이해할 수 있을 것이다. <통일안>(1933) 발표 이후 2년이 경과한 시점에서 일관되게 확인되는 이러한 표기상의 사례들은 김유정이 표기법의 적용을 유연하게 바라보고 있었음을 짐작하게 한다.

식민지기 철자법 논쟁에 대해 논쟁에 대해 조선어학회와 조선어학연구회 양 진영의 어디에도 속하지 않은 채 독자적인 조선어 연구를 펼쳤던 국어학자 홍기문은 "『좋아』나 『먹어』로 쓴다고 하더라도 『조하』나 『머거』로 일글것인 이상 『조하』나 『머거』로는 절대 못쓰고 『좋아』,『먹어』로 꼭 써야 한다고 욱일 것이 조금도 업다"[34]라며 표기법이 언어 문제를 대표하는 것으로 대두되는 것을 비판적으로 평가한 바 있다. 김유정 소설에 나타나는 표기법의 느슨한 적용 태도는 조선어 철자법 통일의 필요는 공감하되 그것이 마치 대단한 문제인 것처럼 논의되는 양상을 냉정하게 바라보았던 홍기문의 입장과 가장 가까워 보인다. 의미 전달에 있어서 언어 규범의 적용은 본질적인 것이 아니기 때문에 규범이 언제나 항상 지켜져야 하는 것은 아니었던 것이다.

3. 김유정 문학의 방언사용 양상 – '합세'와 '하게유'를 중심으로

문학어로서의 방언[35]을 탐구하는 궁극적인 목적은 방언의 사용이 어떠한 문학적 의도 속에서 이루어졌는지를 규명하는 것에 있다. 방언 연구가 의미를 갖기 위해서는 문학어로서의 방언의 사용/비사용이 의식적으로 이루어졌다는 것이 전제되어야 하는 것이다. 그런데 중부 방언 화자인 김유정의 문학을 연구 대상으로 삼는 경우 이러한 전제를 상정하는 데

---

34) 홍기문, 「조선어연구의 본령 – 현하철자문제에 대한 논구(9)」, 『조선일보』, 1934.10.17.
35) 방언은 특정 지역이나 계층에서 사용되는 언어 체계 자체를 뜻하며 일상적으로 그 자체로 표준어와 대립되는 개념이 아니다. 이 글에서는 해당 방언권에 포함되는 언어 요소를 통칭할 때는 '방언'이라는 용어를, 방언 중에서 표준어가 아닌 것들을 지칭할 때는 '사투리'라는 용어를 사용하고자 한다.

있어서 난점이 존재한다. 중부 방언 화자들의 경우 자신에게 익숙한 말이 곧 표준어라고 생각했을 가능성이 높기 때문이다. 예를 들어, 김유정의 소설 「소낙비」에는 '방문턱에 걸터안저서' 36) '도라지 더덕을 차저가는것이엇.' 37) '그러다 혹시 맛어죽으면' 38)과 같은 모음조화를 지키지 않고 'ㅏ'모음 어간 뒤에 'ㅓ'모음 연결어미가 이어지는 음운 현상이 발견되는데 이는 중부 방언의 대표적인 음운적 특징이다. <통일안>(1933) 부록1의 표준어 항목에 '-아/-어'의 교체 현상에 대해 모음조화를 따르는 표기법이39)이 명시되어 있기 때문에 이러한 음운적 특징은 표준어가 아닌 사투리에 해당한다. 그러나 이것을 김유정이 의식적으로 사투리로 인식하고 사용했는지는 확정하기 어렵다. 이러한 음운 특징이 서울을 포함한 중부 방언권 전 지역에서 널리 발견되기 때문에 김유정이 이것을 사투리가 아닌 표준어로 알고 있었을 가능성도 있기 때문이다.

김유정은 서울에서 출생하여 가족을 따라 서울과 춘천을 오가며 생활하다40) 7세 이후부터는 서울을 근거지로 생활하였으며, 휘문고보 졸업 후 약 2년간 춘천에서 생활하였다. 우리말의 방언권 구분에서 춘천은 서울과 같은 중부 방언권에 속한다. 중부 방언권은 서울, 경기, 충청, 강원 영서 지역을 포함하는 방언권으로, 표준어의 바탕이 된, 표준어와의 차이가 가

---

36) 김유정, 「소낙비」, 『조선일보』, 1935.1.29.~2.4, 전신재 편, 『원본김유정전집』, 한림대학교 출판부, 1987, 23쪽.(이하 김유정 소설 인용은 이 책을 바탕으로 하며, 소설명과 면수만을 표기하는 것을 원칙으로 함)
37) 「소낙비」, 25쪽.
38) 「소낙비」, 30쪽.
39) "용언이 활용할적에는 그 어간의 끝 음절의 홀소리가 ㅏ나 ㅗ일적에는 바침이 있거나 없거나 그 부사형 어미는 '아'로, 과거 시간사는 '았'으로 정하고, 그 홀소리가 ㅓ, ㅜ, ㅡ, ㅣ, ㅐ, ㅔ ㅚ ㅟ ㅢ일적에는 '어'나 '었'으로만 정한다."
40) 김유정의 출생지에 관해서는 서울설과 춘천설이 존재하나 조카 김영수가 최초의 춘천설을 번복하고 서울설을 주장함으로써 서울설이 보다 신빙성있는 주장으로 여겨지고 있다. 박세현, 「김유정 전기의 몇 가지 표정」, 김유정문학촌 편, 『김유정 문학의 재조명』, 소명출판, 2008, 39쪽.

장 적은 방언이라고 할 수 있다. 이 지점에서 김유정 문학어에서 방언 사용 양상을 확정하기 어려운 문제가 발생한다. 중부 방언 화자들의 경우 자신들이 원래 사용하는 말들 중 어떤 것이 표준어이고 비표준어인지 명확하게 구분하기 힘든 지점들이 존재하기 때문이다. 서울, 경기 지역 출신인 경우, 언어에 관심이 많은 지식인의 경우에도 자신들의 말과 표준어의 차이를 잘 인식하지 못하는 경우가 대부분이라는 논의41)를 참고할 때 서울에서 생애의 대부분을 보낸 김유정 역시 방언과 표준어를 항상 명확하게 구분하여 썼을 것이라고 보기는 어렵다.

하나의 지역 방언은 음운, 문법, 어휘의 차원에서 다른 지역 방언과 구분되는 요소를 지니며, 김유정 문학에서 방언의 활용 양상을 총체적으로 다루기 위해서는 각각의 차원을 종합적으로 살펴볼 필요가 있다. 그러나 그동안 김유정 문학의 방언에 대한 논의들은 음운과 문법을 제외한 어휘 차원에서 이루어져 왔는데, 이것은 이러한 중부 방언의 특징에서 비롯되었다고 할 수 있다. 중부 방언 화자의 경우 자신에게 익숙한 말들을 곧 표준어로 인식하고 사용했을 가능성이 높지만, 어휘의 경우는 상대적으로 이러한 위험으로부터 자유로운 편이기 때문이다. 비속어의 경우 대체로 직관적으로 표준어/비표준어 여부를 판단할 수 있으며, 널리 쓰이는 서울말이 있는 경우에도 굳이 서울에서는 쓰이지 않는 어휘를 사용한 경우는 작가의 의식적인 선택으로 볼 수 있기 때문이다. "아마 쇠돌엄마가 농군청에 저녁 제누리를 나르러 가서 아즉 돌아오지를 안흔모양이엇다."42)나 "머뭇머뭇하다가 그냥 돌아갈 듯이 봉당 알로 나려섯다."43)과 같은 사례들이 방언 사용을 명확하게 확인할 수 있는 사례들이다. '제누리'와 '알'은 강원, 경기

---

41) 양성우, 「서울·경기방언과 현대문학」, 『영주어문』21, 영주어문학회, 2011, 58-61쪽.
42) 「소낙비」, 27쪽.
43) 「소낙비」, 29쪽.

지역의 사투리44)로 '제누리'는 농사꾼이나 일꾼들이 끼니 외에 참참이 먹는 음식을, '알'은 아래를 뜻한다.45) '아래'나 '새참'처럼 널리 알려진 표준어형이 존재하는 '알'이나 '제누리' 같은 단어들은 비교적 분명한 의도 속에서 사용된 방언이라고 볼 수 있을 것이다. 이렇듯 김유정 문학어의 방언 사용 양상에서 어휘는 비교적 그 용례의 명확한 확인이 가능하며, 그렇기 때문에 지금까지 어휘의 측면에서 방언 사용 양상이 논해져 온 것이다.

그러나 어휘의 차원에 국한하여 방언의 쓰임을 논할 때 김유정 문학어에서 방언 사용의 기능과 의도에 대한 해석의 폭과 깊이는 제한될 수밖에 없다. 표준어가 아닌 비속어의 활용이 인물의 캐릭터나 심리를 생생하게 묘사하는 데 기능한다거나, 강원도 지역에서 사용되는 토착어 사용을 통해 토속적 정취를 불러일으킨다는 해석으로 귀결될 수 밖에 없기 때문이다. 그렇기 때문에 방언이 만들어내는 효과, 방언 사용의 문학적 의도를 규명하기 위해서는 앞서 지적한 난점들을 돌파할 수 있는 방법에 대한 모색이 필요하다.

이와 관련하여 소설 안에서 김유정 자신의 방언에 대한 인식을 엿볼 수 있는 대목이 있어 주목을 요한다.

> 농민이 서울 사람에게 꼬라리라는 별명으로 감잡히는 그 이유는 무엇보다도 사투리에 있을지니 사투리는 쓰지 말자며 '합세'를 '하십니까'로 '하게유'를 '하오' 로 고치되 말끝을 들지 말지라.46)

---

44) 사투리는 표준어와 대비되는 개념으로, 엄밀히 말하면 방언에 포함되는 개념이라고 할 수 있다. 중부 방언에는 표준어인 말과 표준어가 아닌 말이 있으며, 여기서는 중부 방언 중에서 표준어가 아닌 말들을 뜻하는 것이므로 사투리라는 개념을 사용하였다.
45) 우리말샘 (https://opendict.korean.go.kr) 검색결과 참고.
46) 「소낙비」, 34쪽.

「소낙비」의 한 대목인 이 구절은 산골 생활을 청산하고 서울로 떠나려는 부부간의 대화로, 인물의 말이기는 하나 김유정 자신의 사투리 인식을 간접적으로 확인할 수 있는 대목이다. 남편 춘호는 산골에서 나서 자라 서울에 한 번도 가본 적이 없는 아내에게 서울에서 지켜야 할 필수 조건 중 첫 번째로 사투리를 쓰지 말 것을 제시한다. 이들 부부의 서울행이 아내의 매춘을 통해 도모되고 있다는 점에서 서울살이에 대한 춘호의 맹목적 동경은 소설속에서 비판의 대상이 된다. 이렇듯 서울말, 즉 표준어가 춘호의 욕망의 표상이 되고 있다는 점에서 표준어에 대한 김유정의 '저항의 한 단면'[47)]이 드러나고 있다는 박진숙의 해석은 설득력을 갖는다고 볼 수 있다.

　그러나 이러한 해석을 확정하기에 앞서 몇 가지 해결해야 할 의문이 있다. 김유정이 이 구절에서 구체적인 예시로 들고 있는 사투리의 용법과 의미를 먼저 짚어볼 필요가 있는 것이다. 김유정이 사투리의 여러 측면 중에서 종결어미와 억양을 예로든 이유, 많은 종결 어미 중에서도 '합세'와 '하게유'를 제시한 이유에 대한 설명이 필요하다. 사투리의 지역성, 토착성을 직관적으로 전달하기에는 어휘적 차이를 제시하는 것이 더 효과적이었을 것이다. 그런데 김유정은 종결어미와 억양을 사투리의 표상으로 제시하고 있는 것이다. 사투리에 대한 김유정의 인식을 확인하는 데 있어서 이 지점에 대한 탐색이 필요해 보인다.

　종결어미 '-합세'의 경우 「소낙비」에 1회 등장하는데, 춘호처가 춘호에게 빨리 서울로 떠날 것을 호소하며 '빚은 낭종 갚더라도 얼핀 갑세다유'[48)]에서 그 용례를 확인할 수 있다. 이 소설에서 춘호와 춘호처는

---

47) 박진숙, 앞의 글, 182쪽.
48) 「소낙비」, 33쪽.

강원도 인제 출신으로 빚 때문에 고향을 떠나 '호랑이숲'이라고 불리는 강원도 산골 마을에 터를 잡고 있는 것으로 설정되어있다. '갑세다유'는 『한국방언자료집』 강원도 편에 제시된 청유형 어미 '-가십시다/-갑시다/-가세요/-가세유'49) 중 하나인 '갑시다'에 해당하는 어형이라고 할 수 있다.

다음으로는 '-하게유'의 경우 「소낙비」에는 사용되지 않았으나50), 농촌을 배경으로 한 김유정의 다른 소설들에서 빈번하게 사용되고 있는 특징적인 어미라고 할 수 있다. 그러나 특정한 상하 친소 관계의 화자와 청자 사이에서만 사용될 수 있는 종결어미의 특성상 소설마다 출현 빈도나 양상이 다르다. 「소낙비」보다 1년 먼저 발표된 「산ㅅ골 나그내」(『제일선』, 1933)에서 사용된 '-하게유'의 용례를 참고하면 '-하게유'는 아내가 남편에게, 집주인이 호의를 베푸는 나그네에게, 가게 주인이 손님에게 사용하는 종결 어미로, 친근한 연장자 또는 호의를 품고 있는 존대의 대상에게 사용하는 종결 어미임이 확인된다. 『한국방언자료집』 강원도 편에는 '-하게유' 또는 이와 비슷한 어형이 확인되지 않으나 『한국구비문학대계』의 춘천지역 피조사자의 발화 자료에서는 '-하게유'와 형태가 유사한 청유형 어미인 '-하시기유'가 확인된다.51)

---

49) 한국정신문화연구원 어문연구실, 『한국방언자료집2-강원도 편』, 한국정신문화연구원, 1990, 257쪽.
50) '-하게유'는 친밀하고 우호적인 화자와 청자 사이에서 사용되는 어미이므로 소설의 내용과 인물 간의 관계에 따라 그 사용 여부가 결정된다.
51) 해당 자료에서 다루고 있는 구비문학 조사는 춘천시, 춘성군 신북면, 남면, 신동면, 북산면에서 진행되었는데 춘천시와 춘성군 북산면를 제외한 춘성군 신북면, 남면, 신동면의 조사지에서 '-하시기유'의 용례가 발견된다. 본문의 표는 각 지역별로 사례가 분포하고 있음을 보여주기 위한 자료로 전체 사례가 아닌 지역별 사례 한 개씩 만을 제시했다. 서대석 편, 『한국구비문학대계 2-2 춘천시·춘성군편』, 한국정신문화연구원. 1981, 345-589쪽.

예문	출전	작중 화자	작중 청자	피조사자 출생년도
"아부님, 이거 잡수시기요"	춘성군 신북면 설화4	양아들	아버지	1911년생
"음식이던지 뭐던지 좀 많이좀 허시기유"	춘성군 남면 설화10	자식	어머니	1922년생
"그러니 금계포란지진데 게다 산을 쓰자고 산자릴 잡으시기요"	춘성군 신동면 설화2	현명한 며느리 (조력자)	풍수쟁이 (피조력자)	1905년생

〈표 2〉『한국구비문학대계 2-2 춘천시·춘성군편』에 사용된 종결어미 '-하시기유'의 사례

높임의 선어말 어미 '-시'가 결합되어있고, 'ᅦ'가 'ㅣ'로 바뀐 차이가 있지만, 기본 어형은 유사하다고 할 수 있다. 피조사자들은 김유정과 비슷한 연배로「산ㅅ골 나그내」에 사용된 '-하게유' 용례들과 마찬가지로 자식이 부모에게, 호의를 품고 있는 존대의 대상에게 사용하는 종결 어미라는 것을 확인할 수 있다.

이상의 논의를 통해 볼 때 도출되는 '-합세'와 '-하게유'의 공통점은 이 두 종결어미가 강원 방언의 존대등분 상 '아저씨체', 표준어 존대등분으로 치면 '하오체'에 해당되는 종결어미라는 것이다. 강원 방언에서 청자는 1)애들 2)'자네'라고 칭할 수 있는 사람 3)'아저씨', '아주머니' 등 장년층에 속하는 사람 4)'아버지', '할아버지' 등 노년층에 속하는 사람으로 구분된다. 각각의 청자에 대응되는 존대등분이 각각 '영수체', '자네체', '아저씨체', '할아버지체'이며, 각각 표준어 존대등분의 '해체' '하게체', '하오체', '하십시오체'에 대응된다. 중부 방언 내에서 경기, 충청 방언의 경우 '아저씨, 아주머니'가 '아버지, 할아버지'와 동일한 청자에 속해 세 개의 존대등분을 갖는 방면 강원 방언은 네 개의 존대등분을 가진다.[52]

---

52) 최명옥, 『한국어의 방언』, 세창출판사, 2015. 142-143쪽.

흥미로운 것은 이 강원 방언에서 '아저씨체(하오체)' 만이 독특한 억양으로 실현된다는 것이다. 강원 방언에서 '아저씨체'는 상승조 억양으로 실현되는 독특한 특징을 지닌다. 같은 중부 방언권인 경기, 충청 방언의 경우 '아저씨체'의 억양이 표준어와 마찬가지로 하강조로 나타나지만, 강원 지역의 경우 상승조를 나타낸다. '키가 커유↘'가 아니라 '키가 크우↗'로, '반가워유↘'가 아니라 '반갑소↗'의 경우와 같이 상승조로 실현되는 것이다.53) 그러므로 '아저씨체'(하오체)의 말끝을 드는 것은 다른 중부 방언과 구별되는 강원 방언의 고유한 특징이라고 할 수 있다. 즉, "'합세'를 '하십니까'로 '하게유'를 '하오'로 고치되 말끝을 들지 말지라." 라는 서술은 강원도 방언의 고유한 특징을 정확하게 포착해서 압축적으로 표현한 결과라고 할 수 있다.

유럽어의 청자 대명사(address pronouns)의 사용 양상에 대한 관찰을 통해 상대 경어법의 일반적 속성과 현대적 변화 양상을 고찰한 Brown과 Gilman의 연구54)에 따르면 상대 경어법은 '권력'(power)과 '유대'(solidarity)라는 두 차원의 영향 아래에서 실현된다. 상대를 어떤 대명사로 부를 것인가에는 '체력, 부, 나이, 성별, 교회, 국가, 군대, 가족 내에서의 제도화된 역할' 과 같은 '권력'(power)기반의 차이55)만이 아니라, '정치적 구성원, 가족, 종교, 직업, 성별, 출생지'와 같은 '동일한 생각이나 행동 성향을 만드는 유사점'에 의해 결정되는 '유대'(solidarity)의 요소 역시

---

53) 유구상, 「중부 방언의 경어법」, 『새국어 생활』3, 국립국어원, 1991. 52-53쪽.
54) 유럽어에는 공통적으로 존칭의 청자 대명사 'V'(영어의 thou)와 비존칭 청자 대명사 'K'(영어의 you)가 존재하며 사회적 지위의 변화 가능성이 낮았던 시대에는 상위 계층 내부에서는 'V'가 하위 계층 내부에서는 'K'가 사용되었다. 그러나 평등의 이데올로기가 확대되고 사회적 지위의 변화 가능성이 높아지면서부터 'V'는 거의 사라지게 되었고 청자 대명사로 'K'가 더 널리 사용되게 되었다. Brown and Gilman, 'The pronouns of power and solidarity', edited by T. A. Sebeok, *Style in Language*, MIT press, 1960, 253-276쪽.
55) *Ibid.*, 255-256쪽.

작용56)한다는 것이다. 실현 방식의 차이는 존재하지만, 우리말의 상대 경어법도 이러한 설명이 가능하다. 종결 어미의 선택은 상호 간의 권력 관계와 유대감의 정도에 따라 결정되기 때문에 하나의 종결 어미 어미는 다른 종결 어미로 온전하게 교환될 수 없는 것이다.

강원 방언의 '합세'가 표준어 '하십니까?'로 대체될 경우 존대등분상에 차이가 발생한다. 사투리 '-합세'는 강원 방언의 네 개의 존대 등분 중 두 번째 단계인 '아저씨체'에 해당하지만, 서울말 '하십니까?'는 표준어의 네 개의 존대 등분 중 가장 높은 '하십시오'체에 해당하기 때문이다. '하게유'와 '하오'의 경우 표준어의 '하오체'에 해당하는 동일한 존대등분에 해당하지만, 각각의 종결 어미가 실현되는 관계적 양상에는 차이가 있다. 앞서 살펴봤듯 '-하게유'에는 아내-남편, 자식-부모, 주인-손님과 같은 관계적 친밀함이나 호감이나 호의가 내포되지만 '-하오'에는 그러한 요소가 내포되어 있지 않다. 김유정이 '-합세/-하게유'와 '-하십니까/-하오'의 차이를 사투리와 표준어의 차이로 제시하고 있는 것은 바로 사투리와 표준어 사이에는 온전하게 번역될 수 없는 화자와 청자 사이의 관계, 유대의 요소가 존재한다고 생각했기 때문이다. 그렇다면 김유정은 어떻게 사투리 종결 어미 '-합세'와 '-하게유'를 통해서만 표현될 수 있는 지점들에 대한 자각을 할 수 있었을까? 이 질문에 답하기 위해서는 지향과 문학적 방법론을 막론하고 대부분 작가들이 어문 규범을 통한 근대적 문체 수립을 추구했던 1930년대 글쓰기 환경에서 김유정의 문학어 인식이 형성되었던 배경과 문학어를 통해 표현된 언어 인식이 1930년대 문단에서 수용되었던 양상에 관한 탐구가 필요하다.

---

56) *Ibid.*, 257-258쪽.

Ⅲ. 김유정 문학어의 형성배경과 수용 양상

1. 김유정의 어문 교육 경험과 문학어 인식

작가의 문학어 인식을 확인할 수 있는 가장 직접적인 방법은 작가 스스로 자신의 언어 의식에 대해 밝히고 있는 글을 참고하는 것이다. 그러나 작가 스스로 그러한 기록을 남기지 않았을 경우 언어 의식의 형성과 관련된 경험들, 번역이나 어문 교육 활동의 양상을 살피는 것도 하나의 방법이 될 수 있다. 김유정이 휘문고보 졸업 후 2년간 고향 춘천에서 야학 활동을 한 것은 잘 알려진 사실이다. 그러나 이 야학이 국문 교육, 즉 당대 어문 규범에 대한 교육 활동이었다는 점은 주목되지 못해왔다.

김유정의 소설 「안해」(『사해공론』, 1935)에서는 김유정이 야학 활동을 어떻게 인식하고 있었는지 확인할 수 있는 대목이 있다.

> 대체 이걸 어서 배웠을가, 얘 이년 참 나보담 수단이 좋구나, 하고 나는 퍽 감탄하였다. 그래스더니 낭종 알고보니까 년이 어느 틈에 야학에 가서 배우질 않었겠니. 야학이란 요 산뒤에 있는 조고만 움인데 농군 아이에게 한겨울동안 국문을 아르킨다. 57)

이 대목을 참고하면 김유정에게 야학 활동은 '국문을 알으키는' 활동이었던 것으로 보인다. 이 외에도 김유정의 가장 가까운 벗이었던 안회남이 남긴 「겸허-김유정 전」(『문장』,1939)과 김유정과 함께 야학운동을 주도했던 조카 김영수의 「김유정의 생애」(『김유정 전집』, 1968)을 통해서 야학 활동의 구체적인 성격을 확인할 수 있다.

> 유정이 고향 춘천에서 동리에다 강당을 지어놓고 마을의 빈한한 집 아이들 수십 명을 모집하여 글을 가르친 일이 있다. 월사금도 받지 않고 오히려 아이들에

---

57) 「안해」, 158쪽.

게 책값과 학용품대를 주어 공부를 시킨 것이다. 물론 강당도 유정이 제 돈을 들여 지었다. 그러니까 그의 조부 때 한 일과는 정반대의 일인데, 유정은 이렇게 착하고 좋은 일을 고향땅 백성들에게 베풂으로써 조금이라도 선조의 죄악을 씻으려 했던 것이며, 사람들의 눈총을 피하려 했었음일까. (...) 이 사업이 무슨 일로 계속을 못하게 됨에, 그때부터서 유정은 문학을 하기 시작했다. 58)

안회남의 회고를 통해 볼 때 김유정은 매우 주도적이고 열성적으로 야학 활동을 펼쳤으며, 이러한 활동은 등단 직전까지 이어졌던 것으로 보인다. 또한 안회남 역시 김유정의 야학 활동을 '글을 가르친 일'로 이해하고 있었음을 알 수 있다. 그렇다면 이 글을 가르친 일이란 구체적으로 어떤 것이었을까?

이때 그의 조카(영수)가 마을 사랑방을 얻고 20여 명의 아동을 모아서 東亞日報社 '브나로드' 팜플렛을 교재로 야학을 시작했습니다. 며칠 안 되어 집주인은 사랑방을 쓴다 하여 동짓달에 부랴부랴 움을 팠습니다. 제 맘대로 쓴다는 기쁨에서 그와 아이들은 저희들의 놀이터를 즐겁게 이용하였습니다. 아이들에 둘러 싸여서 한 때는 시름을 잊고 한 일에 몰두할 수 있었으나 집안에 돌아왔을 때는 심사가 좋지 않았습니다.59)

김영수에 따르면 이들이 야학에서 국문 교육에 활용한 교재는 '東亞日報社 브나로드 팜플렛'(이하 팜플렛)이었다. 김영수는 이 팜플렛으로 야학을 시작한 시기를 1930년 겨울로 회상하고 있는데, 동아일보에서 브나르도 운동이 시작된 시기는 1931년 7월로 야학 활동의 시작한 시기와 해당 팜플렛을 교재를 사용하기 시작한 시점을 구분하지 않고 서술함으로써 빚어진 혼동으로 추정된다. 김영수의 회고에서 주목을 요하는 것은 이들의 어문 교육 활동의 자료였던 동아일보 팜플렛이다. 이 팜플렛의

---

58) 안회남, 「겸허-김유정전」, 『문장』, 1939.10. 유인순 편, 『정전 김유정 전집2』, 소명출판, 2021. 376쪽.
59) 김영수, 「김유정의 생애」, 유인순 편, 『정전 김유정 전집2』, 소명출판, 2021. 475쪽.

구체적 내용과 성격, 이것을 통한 어문 교육의 경험이 김유정의 어문 규범에 대한 인식과 문학어에 형성에 대한 끼쳤을 영향은 중요하게 검토될 필요가 있다.

브나르도 운동의 일환으로 전개된 문자보급운동은 <통일안>(1933)을 널리 보급하고자했던 조선어학회와 동아일보의 노력의 일환이었다.[60] 1931년 제1회 「학생 하기 브·나르도」 운동의 '조선문 강습' 교재는 조선어학회의 핵심 구성원이었던 국어학자 이윤재가 편찬한 「조선어 대본」이었다.[61] 야학을 시작한 시기를 놓고 볼 때 김영수가 말한 '동아일보사 브나로드 팜플렛'이란 이 「조선어 대본」이었을 가능성이 높다. 「조선어 대본」 경우 현재 전해지지 않기 때문에, 2년 뒤인 1933년 제3차년도 교재로 활용된, 「한글공부」(1933.7)을 통해 그 내용을 짐작할 수밖에 없다. 동일한 필자에 의해 편찬되었다는 점, 이 강습 자체가 <통일안> 중심의 문자 교육을 위해 기획되었다는 점을 고려할 때 「조선어 대본」을 대신하여 「한글공부」를 통해 앞서 제기한 질문에 대한 탐구를 이어갈 수 있을 것이다.

「한글공부」는 우리말 음운을 홀소리(모음)와 닿소리(자음)로 구분해 제시한 뒤, 단어를 통해 음운의 결합을 익힐 수 있도록 한 뒤, 어미의 활용 예시를 보여주는 짧은 예문을 통해 문장을 익힐 수 있도록 하였으며, 그 뒤에는 재담과 속담, 노래, 이야기, 지리, 역사, 문맹타파가를 통해 배운 것을 활용해 직접 글을 읽어보는 연습을 해볼 수 있는 연습을 해볼 수 있도록 구성 되어있다. 1장부터 8장까지는 장별로 설명하고자 하는

---

60) 신용하, 「1930년대 문자보급운동과 브·나르도 운동」 31-3, 『한국학보』, 일지사, 2005. 114쪽.
61) 정진석, 「문자보급을 통한 농촌계몽과 민족운동」, 『문자보급교재:1929-1935』, LG상남재단, 1999. 25쪽.

음운들이 사용된 단어들과 함께 짧은 예문들이 실려 있으며, 이 예문들은
표준어 격식체 문장으로 작성되어있다. 다음은 1~8장에 실린 문장 형태의
예문의 일부이다.

> 1장: 문장 형태의 예문 없음.
> 2장: 그가 누구냐. 더리고 가거라.
> 3장: 마바리가 가드라. 보리가 누르다.
> 4장: 아기가 자오. 아버지가 주므시오. 이리로 오시오. 그리로 가지 마오.
> 5장: 키가 크다. 터가 너르다. 코고고 자오. 차 타고 가려하오.
> 6장: 까치가 우오. 여우 꼬리가 기오. 거꾸로 하지 마오. 아이가 꾸아리부오.
> 7장: 개 두 마리가 싸우오. 시계가 네시 치오. 토끼 귀가 크오. 내게 보내 다오.
> 8장: 과자 사 주오. 바꿔주오. 거기 놔 두오. 고루 나눠 주오. 62)

ㄴ, ㄷ, ㄹ의 예시를 보여주기 위해 어미에 '-냐', '-다', '-라'를 사용한
1-3장과 5장의 일부 예외를 제외하고는 모두 '-하오체' 문장이라는 것을
확인할 수 있다.

12장은 재담, 속담, 노래, 이야기, 지리, 역사로 이루어져 있는데, 완결
적인 문장으로 이루어진 독립적인 글들이 실려 있다. 다음은 이야기, 지리,
역사의 도입 부분이다.

> (이야기) 한석봉은 지금부터 한 삼백오십년전, 개성 사람이올시다. 젊엇을
> 때에 십년 작정을 하고, 산중 어느 절로 글씨 공부를 하러 갓습니다. 집이 구차하
> 므로, 어머니는 떡장사를 하여서 그 뒤를 대어주엇습니다. 그러나 한 오년쯤
> 지나서, 석봉은 어머니가 어찌 보고싶든지 참다 못하야, 공부를 그만 두고 집으로
> 왓습니다.
>
> (지리) 조선은 십삼도로 나뉘엇으니, 경기도 · 충청북도 · 충청남도 · 전라북
> 도 · 전라남도 · 경상북도 · 경상남도 · 강원도 · 황해도 · 평안북도 · 평안남도 ·
> 함경북도 · 함경남도올시다. 십삼도 안에는 십사부, 이백십팔군, 이도, 사십구읍,

---

62) 이윤재, 「한글공부」, 동아일보사, 1933.1-11쪽. (정진석 편, 『문자보급교재:1929-1935』,
LG상남재단, 1999.)

이천사백삼십오면이 잇습니다. 인구는 이천삼백만입니다. 압록강·한강·낙동강·대동강·두만강을 조선의 오대강이라 하니, 그 중에 제일 큰 강은 압록강입니다.

(역사) 동명성왕은 고구려 나라의 시조요, 온조왕은 백제 나라의 시조요, 박혁거세는 신라 나라의 시조올시다. 박제상은 신라의 충신이요, 을지문덕은 고구려의 명장입니다. 대조영은 조국 고구려를 회복하야 발해 나라를 세웟고, 왕건은 삼국을 통일하야 고려 나라를 세웟습니다. 최현은 고려의 명장이요, 정몽주는 고려의 충신입니다. 63)

첫 문장의 경우만 예외적으로 독자들에게 글의 시작을 알리는 어미 '-올시다'를 사용하고 있으며 이후 모든 문장은 '-ㅂ니다'로 끝나는 하십시오체 문장임을 확인할 수 있다.

「한글공부」의 예문들은 「소낙비」에서 왜 많은 종결어미 중에서 '하십니까'에 대응되는 '합세'를, '하오'에 대응되는 '하게유'를 예시로 들었는지에 대한 하나의 설명을 제공한다. 김유정이 소설을 쓰기 시작할 무렵 야학을 통해 제자들에게 가르치던 문장들이 '하십니까'/'하오'의 문장들이었기 때문이다. 춘호가 아내에게 '하십니까'와 '하오'를 가르치는 대목은, 김유정이 야학에서 농군의 자녀들에게 국문을 가르쳤던 경험의 문학적 형상화라고 할 수 있다. 어문 교재는 문자를 익히는 도구와 수단에 그치는 것이 아니라, 언어 규범의 준거로 기능한다. 그러한 의미에서 야학 활동 경험과 「소낙비」의 문장을 나란히 놓고 볼 때 김유정의 문학어는 1930년대 조선어 어문 규범 교육 현장에서의 구체적인 경험을 통해 형성된 언어관의 산물임을 확인할 수 있다.

---

63) 이윤재, 위의 책, 17-20쪽.

2. 1930년대 매체 환경과 김유정 문학어의 수용 양상

지금까지 살펴본 특징들을 고려할 때 김유정의 문학어는 1930년대 어문 규범의 영향력에서 빗겨나 있는 것으로 보인다. 그렇다면 이러한 특징들은 1930년대 문학장 안에서 어떻게 평가되었을까. 이 질문에 답하기 위해서는 작가 김유정의 이름을 알린 「소낙비」의 신춘문예 당선 배경에 대해 살펴볼 필요가 있다. 김유정이 신춘 문예에 당선되고 지면을 얻을 수 있게 되기까지의 과정은 김유정 사후 발표된 이석훈의 회고를 통해 확인할 수 있다. 「산ㅅ골나그내」이후 2-3년간 소설 발표 지면을 얻지 못하자 이석훈과 안회남이 인맥을 통해 몇몇 잡지에 직접 원고를 맡겨 게재를 부탁하였으나 번번이 거절당했으며 결국 이석훈 자신이 "새삼스레 현상 응모도 쑥스런 짓이지만 할 수 없으니 그거라도 해보자"고 권하여 '조선, 중앙, 동아' 세 신문에 모두 응모를 하여, 조선일보에는 1등으로 뽑혔고, 다른 두 신문에도 모두 입선을 하였다는 것이 회고의 주된 내용이다.[64] 「소낙비」 당선으로 이름을 알린 김유정은 여러 지면에 소설을 발표할 수 있게 된다.[65]

이석훈이 '중앙'이라고 표현한 신문은 조선중앙일보로 1935년 신춘문예에 「노다지」의 입선 사실을 확인할 수 있으며, 김동인이 작성한 선후감에 "한 개의 奇譚—이 이상 더 말할 수가 없다."라는 논평을 확인할 수 있다. [66] 「노다지」는 『조선중앙일보』에 1935년 3월 2일부터 9일까지 연재된다. 『동아일보』의 경우 「황금과 농부」[67]라는 제목의 작품이 오선에

---

64) 이석훈, 「유정의 영전에 바치는 최후의 고백」, 『백광』, 1937.5. 유인순 편, 『정전 김유정 전집2』, 소명출판, 2021. 430-436쪽.
65) 조선일보신춘현상문예 당선전까지 김유정이 발표한 소설은 「산ㅅ골 나그내」(『제1선』 1933. 3), 「총각과 맹꽁이」(『신여성』 1933.9)이 전부였다.
66) 김동인, 「단편소설 선후감(4) - 가작 「노다지」 김유정 작」, 『조선중앙일보』, 1935.1.8.
67) 「황금과 농부」에 대한 정확한 서지 정보는 확인된 바 없으나, 제목과 발표 시기 등으로 미루어 보건데 「금따는 콩밭」(개벽, 1935.3)을 해당 제목으로 투고한 것으로 추정된다.

들었던 작품 중 하나로 언급되어 있으며, 작성자를 밝히지 않고 있는 선후 감에서 "되려 희곡으로 썻드면 싶은 재료다. 어휘는 상당히 례부하나, 이런 작가는 자칫하면 붓장난에 그쳐버릴 위험을 다분히 가지고 잇다"[68] 라는 짧은 평가를 확인할 수 있다.

『동아일보』선후감을 살펴보면 다른 소설들의 경우 소재나 주제의 측 면을 주로 언급하여 평가하고 있으나, 김유정의 소설에만 어휘나 문장에 대한 논평만을 제시하고 있는 것이 이례적이다. 문학에서 "작가 자신이 쓰는 말, 즉 지문은 절대로 표준어"이어야 하며, 방언은 "표현하는 방법으 로 인용하는 것" 즉, 대화에서만 사용되어야 한다는 주장[69]이 통용되었던 당시의 표준어 의식을 고려하면 이 평가가 대화가 아닌 지문에서의 사투 리 사용을 문제시하고 있음을 알 수 있다. 이 해『동아일보』에는 당선작인 김경운(현경준)의 「격랑」 외에 입선작 중에서는 김정혁의 「이민열차」만 이 연재되었으며, 김유정의 소설은 그 후로도『동아일보』에는 단 한 편도 실리지 못한다. 똑같이 입선한『조선중앙일보』에는 소설을 연재하게 되 지만, 『동아일보』에는 연재 기회를 얻지 못했던 것이다.

김유정의 소설은『동아일보』만이 아니라 동아일보사에서 발간하는 잡 지『신동아』에도 발표되지 못했는데, 앞서 언급한 이석훈의 글에 이에 대한 자세한 정황이 소개되어 있다. 김유정이 작고한 직후인 1937년 4월 1일에 "유정의 영전에 바치는 최후의 고백"이라는 제목으로 자신과 유정 사이의 여러 일화들에 대한 감회를 밝히고 있는 이 글에『신동아』에 김유정의 소설이 실리지 못한 일을 중요하게 언급하고 있어 주목을 요한다. 이 글에는 김유정의 소설 원고를 당시『신동아』주간이던 주요섭에게 맡겼는데 5-6개

---

68) 「신춘문예 선후감(2)」, 『동아일보』, 1935. 1. 10.
69) 이태준, 임형택 해제, 『문장 강화』, 창비, 2005. 38-41쪽.

월 간 발표해주지 않아 화가 나서 원고를 돌려받고 보니 표지에 영자로 '좋다'라고 주서는 해 놓았다는 일화가 소개되어 있다.[70] 또한 신춘문예 당선 이후에도 한 번 더 당시 『신동아』의 편집을 맡고 있던 이무영에게 소설 게재를 부탁한 적이 있었는데 이무영이 '예-쓰, 오어,노'를 대답하지 않아 결국 실지 못했었다는 일화 역시 소개되어있다. 다른 매체에 대한 언급 없이 오직 『신동아』만을 지목하여 "그 후 오늘날까지 유정의 작품을 『신동아』에서는 볼 수 없었다."라고 토로하고 있는 것으로 보아 김유정의 소설이 『신동아』에 실리지 못한 것은 이석훈에게 풀리지 않는 의문과 불만으로 남아있었던 것으로 보인다. 『동아일보』나 『신동아』에 김유정의 소설이 실리지 못했던 이유는 무엇일까. 주요섭이 「소낙비」 초고에 '좋다'는 평까지 붙여놓고 『신동아』에 게재하지 못했던 이유를 주요섭이 남긴 다음 글을 통해 짐작해 볼 수 있다.

> (전략) 둘째로 보급 방법의 요체는 무엇보다도 글쓰는 사람들이 선봉대가 되어 통일안대로 쓰도록 노력해서 앞으로 조선서 나오는 간행물은 그 무엇이든지 모두 통일안 철자법을 좇도록 할것이며, (…중략…)「신동아」잡지에서는 될수 있는대로 통일안을 쫓아가고 있습니다. 그런데 제일 난관이 집필자 제씨의 철자법의 통일이 없이 각인각양인데다가 인쇄소 직공들도 신철자법에 대하여 퍽 무식하니까, 제대로 하기가 무척 힘이 듭니다. 그러나 힘을 다하여 통일안을 쓰고 있습니다. [71]

위의 글은 이석훈이 김유정의 원고를 주요섭에게 맡겼을 바로 그 시점으로 추정되는 1934년 9월에 『한글』에 발표한 것으로 <통일안>(1933) 사용을

---

70) 이석훈은 주요섭에게 맡긴 소설의 제목을 「흙을 등지고」라고 밝히고 이 소설을 "짤막하게 줄여서 조선일보에 보냈는데 혹 「따라지」였는 듯도 하다"라고 서술하고 있어 주요섭에게 보냈던 소설이 「소낙비」의 초고였음을 확인할 수 있다. 제목을 혼동하고 있지만 해당 소설을 줄여서 보냈다고 서술하고 있으며, 신춘문예 당선발표 기사에도 「소낙비」의 원제를 「따라지 목숨」으로 밝히고 있기 때문이다.
71) 주요섭, 「비판과 토의는 자유 우리는 이것을 좇자」, 『한글』, 1934.9. 2쪽.

지지하는 문인들의 연속 투고문 중 하나이다. 『신동아』주간 주요섭 명의로 발표된 이 글은 문인 주요섭 개인의 견해뿐만 아니라 『신동아』의 표기법 적용 지침을 밝히고 있다고 볼 수 있다. 『신동아』는 『동아일보』와 더불어 조선어학회와 <통일안>(1933)을 적극적으로 지지하고 있으며, 집필자의 철자법 통일에 각별한 주의를 기울이고 있었음을 확인할 수 있다. 김유정의 소설이 『동아일보』, 『신동아』에 실리지 못한 것이 사투리나 철자법 때문이었음을 짐작하게 하는 대목이다.

『동아일보』, 『조선일보』, 『조선중앙일보』의 <통일안>(1933) 적용 정도를 평가한 1935년의 한 논평에서 『조선일보』가 세 신문 중 가장 뒤처져 "낙제를 면하기 어렵다"고 평가[72]하고 있는 것으로 보아 『조선일보』는 <통일안>(1933) 적용에 가장 소극적이었던 것으로 보인다. 그렇다면 이러한 경향이 조선일보 신춘문예 당선작 선정에도 작용했었는지 살펴볼 필요가 있다. 원고의 모집과 당선작 선정, 그리고 당선작 발표에 이르기까지 조선일보 신춘문예의 운영은 대체로 학예부가 담당했고, 고선(考選)의 운영 방식은 해마다 차이가 있는데, 1929년에는 박영희와 최독견이 고선에 참여했다고 밝히고 있으나 대부분의 경우 선자에 대한 정보를 밝히지 않았다.[73] 「1935년 신춘문예 현상모집 공고」에 "고선(考選)은 편집국(編輯局)"이라고 되어 있음을 확인할 수 있다. [74]

1934년 말에서 1935년 초 조선일보 편집국 내부에서 고선에 관여했을 것으로 추정되는 가장 유력한 인물은 홍기문(1903-1992)이다. 벽초 홍명희의 아들이자 국어학·국문학·역사학 분야에 대한 전문적인 연구 활동

---

72) 송주성, 「마춤법과 삼신문」, 『한글』 3-9, 1935.11.
73) 손동호, 「식민지 시기 『조선일보』의 신춘문예 연구」, 『우리문학연구』 67, 우리문학연구회, 2020, 251쪽.
74) 「1935년 신춘문예 현상모집 공고」, 『조선일보』, 1934. 12. 7.

을 펼치며 조선일보 조사부장, 학예부장을 역임했던 홍기문은 「소낙비」가 당선되던 당시에 조선일보 편집국의 핵심 인사였다. 신간회 사건으로 감옥살이를 마치고 1932년 조선일보에 재입사 한 후 1933년에는 편집부 산하의 조사부장으로, 1935년 1월에는 학예부장으로 임명되었기 때문이다.[75] 홍기문은 카프 소속 비평가로도 활동한 바 있으며 1930년대 중반 이후에는 조선일보 학예부장으로 있으며 『조선일보』연재 소설 결정에도 깊이 관여했다.[76] 김유정은 신춘문예 당선 이후 『조선일보』와 조선일보사에서 출간하던 잡지 『조광』에 1935년부터 1937년 초까지 2년 남짓의 시간동안 7편의 작품을 발표하였는데, 이는 김유정의 전체 소설이 발표된 지면들 중 가장 큰 비중을 차지한다.[77]

주목해야 할 것은 홍기문이 조선어학회와 동아일보가 주도하는 <통일안>(1933)제정에 비판적이었다는 사실이다. 표기법과 표준어는 조선 사회 전반의 주요 관심사였으며 조선일보 역시 이 문제를 주요하게 다루었다.[78] 앞서 살펴보았던 카프 계열 문인들이 조선어학회 중심의 한글 운동에 비판적인 입장을 발표했던 지면 역시 『조선일보』와 홍기문의 기획이었음을 상기할 필요가 있다. 『조선일보』에는 표기법 논쟁과 표준어 제정에 대한 홍기문의 논설이 수차례 연재되었는데, 1934년 「조선어연구의

---

75) 강영주, 「국학자 홍기문 연구2-1930년대 홍기문의 언론활동과 학술연구」, 『역사비평』92, 역사문제연구소, 2010. 262쪽.

76) 한설야는 1936년 소설 『황혼』을 조선일보에 연재하게 된 경위에 대해 "당시 학예부장이던 홍기문형에게 선참 꾸중"을 들은 뒤 "며칠 전에 김복진군을 만났는데 중앙일보에 자네 소설을 실었으면 하는 의견이었으나 내 자의로 조선일보에 실리도록 됐다"는 말을 들었다고 회고한 바 있다. 강영주, 위의 글, 265쪽.

77) 유고작을 포함하여 지금까지 밝혀진 김유정의 소설은 32편으로, 조선일보와 『조광』의 뒤를, 조선중앙일보와 같은 곳에서 펴낸 잡지 『중앙』이 4편, 잡지 『여성』이 4편으로 잇고 있다.

78) 1935년 1월 4일 「"우리말"을 정선할 표준어사정위원회」라는 제목의 단신에서 표준어 사정위원회의 활동 시작을 보도하고 있으며, 1월 7일, 1월 8일에도 그 구체적인 결정 내용에 대해 보도할 만큼 표준어사정 문제에 관심을 갖고 보도했다. 이후에도 <조선어표준어사정위원이독회>(1935.8.6.) <조선어표준어 사정제이독회>(1936.7.30)와 같은 후속 보도들을 계속이어졌다.

본령 법칙지상과 언어순화의 몽상」이라는 글에서는 당시 조선어연구의 가장 큰 문제점 중 하나로 표준어 제정을 들고 있다. 또한, 「표준어제정에 대하여」라는 제목의 논설을 1935년 1월 17일부터 1월 23일까지 8회에 거쳐 연재했다.

(1)
　옛재로 언어순화의 몽상이니 그들이 그들의 사유적 법칙을 가져 모든 말을 교정하야 놓고 다시 그 교정한 말로써 민중을 강제코자 하는 것이다. 물론교육이나 선전의 힘이 어느 정도까지 언어에 대하여 영향하는 바이 없는 깃은 아니로되 순전히 교육과 선전의 힘만을 발어 언어의 교정을 기필한다는 것은 어리석은 닐이니 …(중략)… 그 외에도 언어순화의 동공이곡으로 간주할 수 있는 것은 수다한 동일어의 단일화운동과 무리한 표준어의 제정운동이다. 조팝도 조선어 조밥도 조선어, 모도도 조선어 모두도 조선어, 하여서도 조선어해서도 조선어, 다 같은 조선어에서 어느 하나를 취하고 어느 하나를 버린다는 것도 웃으운 소리려니와 무조건자기네의 편의를 딸아 이 말을 표준삼느니 저 말을 표준삼느니 하는 것도 웃으운 소리다.[79]

(2)
　사실상 옛날이나 지금이나 조선서 서울 말을 치는 것도 서울안 양반 계급의 말을 지적하는 것이요 결코그 이하 계급의 말을 포함하는 것이 아니였으므로 그것은 오직 수도어 본위만이 아니요 귀족계급본위까지를 겸한 것이라고 보아야 한다. …(중략)…그러나 노동계급내지 농민계급의 말이 전혀 문제외로 되어 있다는 것을 이저서는 안 된다. 그뿐 아니라 어느 민족에 있어서든지 어느 지방에 있어서든지 그들이 가장 다대수를 점하고 있다는 것도 그와 같이 기억해주지 않으면 안 된다. …(중략)… 더구나 지금 조선으로 말하면 동식물의 명사를 그들이 제일만히 보관해가 지고 있는 것이 사실이다. 그들의 말을 제외하고 어디서 동식물명을 차즈려는가? 또는 중산 이상계급의말이 가장 한문화한데 반하여 고유한 조선어를 그들이 비교적만히 보전해오는 것도 사실이다. 그들의 말을 제외하여 그 잔존의 고유어를 왜 배제코자 하는가?[80]

인용문(1)은 1934년 10월 9일 조선일보 지면에 발표된 글로 언어순화 운동과 표준어 제정을 동일선상에 두고 비판하고 있는 글이며, (2)는 표준

---

79) 홍기문, 「조선어연구의 본령 법칙지상과 언어순화의 몽상」, 『조선일보』, 1934.10.09.
80) 홍기문, 「표준어제정에 대하여 - 각계급어와 표준어의 제정」, 『조선일보』, 1935.1.17.

어 사정위원회가 활동을 시작한 직후인 1935년 1월에 "표준어 제정에 대하여" 라는 제목으로 연재된 글 중 한편으로 표준어 제정이 농민과 노동자의 언어를 반영하지 못하고 있음을 비판하고 있는 글이다.

홍기문의 이러한 입장은 조선일보 신춘문예 당선작 선정 기준에도 반영되었던 것으로 보인다. 아래 인용문은 1935년 1월 1일자 조선일보에 실린 신춘문예현상 단편소설 심사 후기이다.

> …(전략)… 무엇보담도 새로운 현상은 신신치 않한 연애갈등을 취재한 것이 훨씬 줄어들고 자기들이 생장한 어농촌내지 자기 기 살고 있는 노동자의 거리 등을 묘사한 그것이다. 더구나 우리를 기쁘게 하는 것은 그 어농촌이나 노동자의 거리도 어떠한 추상적이론을 증명키 위하여 끌어온 것 보담 그곳의 일상생활 그대로를 묘사키 위하여 애를쓴 경향이 확실히 나타난다는 그것이다. 81)

'어농촌'의 '일생생활 그대로를 묘사키 위하여 애를 쓴 경향'에 대한 평가를 앞서 제시한 홍기문의 '서울 양반들의 말을 중심으로 제정되는 표준어에는 각 지역의 대다수를 이루고 있는 노동자 농민의 언어가 배제될 수 밖에 없다'는 문제의식과 겹쳐 읽으면 이러한 평가가 단지 문학의 소재에 대한 평가가 아닌 언어적 측면에 대한 평가라는 것을 확인할 수 있다. 홍기문의 표준어 제정에 대한 논설과 <신춘문예선후감> 그리고 「소낙비」에 반영된 '농민의 말'로서의 사투리에 대한 김유정의 인식을 통해 「소낙비」의 당선에 홍기문과 김유정이 공유하고 있었던 공통의 문제의식을 확인하게 된다.

김유정이 「소낙비」 당선 이후 같은 해에 조선일보에 「만무방」을 연재하고, 『조광』이 창간되자마자 6편의 소설을 연달아 발표할 수 있었고, 『조광』에 김유정의 유고 특집 지면이 꾸려졌던 것은 홍기문의 문제의식

---

81) 「신춘문예선후감」, 『조선일보』. 1935.01.01.

과 김유정의 문학어에 대한 인식이 모종의 공감대를 형성하고 있었기 때문이었던 것으로 보인다. 김유정의 문학어는 천재적 문재나 선험적 농민의식에서 비롯된 것이 아니라 조선어의 나아갈 방향에 대한 날선 대립들이 매일 새롭게 대두되고 있던 첨예한 현장 속에서 형성되었고, 당대의 어문 규범에 대한 상이한 입장 속에서 배제되거나 공명되었던 것이다. 당대 조선의 언어 현실 속에서 김유정의 소설은 규범화되지 않은 언어로, 서울만이 아닌 '농촌의 일상생활 그대로를 묘사'하는 하나의 언어적 실천이었다. 조선어의 규범화를 비판적으로 바라보는, '조팝도 조밥도 조선어'라고 생각하는 사람들에게 김유정의 소설은 조선어의 나아갈 방향을 제시하는 언어적 전위였던 것이다.

Ⅳ. 김유정 문학어와 소설 해석의 문제 - 「소낙비」의 경우

그렇다면 김유정의 이러한 문학어 인식은 소설 속에서 어떻게 발현고 있을까. 종결 어미를 통한 경어법 실현 용례를 통해 사투리와 표준어의 문제를 소설 속에서 본격적으로 문제시하고 있는 소설 「소낙비」의 실제 종결 어미 사용 양상을 중심으로 이 지점에 대해 살펴보도록 하자.

> (1) 「쇠돌어멈 말인**가**?왜지금막나갓지 곳온댓스니 안방에 좀 들어가 기다렸스면……」
> 하고 매우 일이 딱한 듯이 어름어름한다.
> 「이비에 어딀 갓**세유**?」
> 「지금 요 박게 좀 나갓**지**, 그러나 곳 올걸……」
> 「잇는줄 알고 왓는듸……」
> 춘호처는 이러케 혼잣말로낙심하며 섭섭한낫흐로 머뭇머뭇하다가 그냥 돌아갈 듯이 봉알 알로 나려섯다. 리주사를 처다보며 물차는 제비가티 산드러지게
> 「그럼 요담 오겟**세유** 안녕히 계십**시유**」
> 하고 작별의 인사를 올린다.

「지금 곳 온댔는데 좀기달리**지**」
「담에 또 오**지유**」
「아닐세 좀 기달**리게 여보게** 여보게 이봐!」

위의 인용문은 남편의 매질을 이기지 못한 춘호처가 리주사와 모종의 거래를 하기 위해 리주사가 혼자 있는 쇠돌 어멈네 집에 찾아가 대화를 나누는 대목이다. 리주사가 춘호처에게 사용하는 종결 어미 '-가?' '-지' '-게'는 강원 방언 존대등분의 '자네체'에 해당된다. 반면 춘호처가 리주사에게 사용하는 종결어미 '-지유', '-(으)세유' 는 강원 방언의 존대등분에서 가장 높은 '할아버지체'에 해당된다. 작중에서 리주사는 오십줄의 남성으로 마을 최고의 부호이자 유력자이며, 춘호처는 나이 열아홉의 어린 새댁이다. 리주사는 나이는 어리지만 유부녀인 춘호처에게 장성한 아랫사람을 대할 때 사용되는 '자네체' 종결어미를 사용하여 말하고 있다. 춘호처는 연장자이자 사회적 지위가 높은 리주사에게 가장 높은 존대등분인 '할아버지체'를 사용하여 말하고 있다.

위의 인용문의 대화 이후 두 사람이 성적 관계를 맺게 되는데, 그 이후 두 사람이 사용하는 언어에는 변화가 생긴다.

(2)
「너 열아홉이라**지**?」
하고 리주사는 취한 얼골로얼간히 무러보앗다.
「니에-」
하고 메떨어진 대답. 게집은 리주사손에 눌리어일어나도 못하고죽은 듯이 가만히 누어잇다.
리주사는 게집의 몸둥이를다씻기고나서 한숨을 내뽑으며담배한대를 떡피어 물엇다.
「그래 요새도 서방에게 주리경을 치느**냐**?」
하고 뭇다가 아무 대답도업스매
「원 그래서야 어떻게 산단말이냐 하루이틀 아니고, 사람의 일이란 알수 잇는 거**냐**? 그러다 혹시 맛어죽으면 정장하나 해볼곳 업는거**야**. 허니네명이 아까우면 덥어놋코 민적을 가르는게 낫겟**지**-」

하고 계집의 신변을 위하야염여를 마지안타가 번뜻 한가지 궁금한 것이 잇엇다.
「너참, 아이낫다 죽엇다 드구나?」
「니에-」
「어디 난듯이나 십으냐?」
계집은 얼골이 홍당무가 되어지며 아무말못하고 고개를 외면하엿다. (…중략…)
「얘 이 살의때꼽줌 봐라 그래 물이흔한데 이것좀 못씻는단말이냐?」 (…중략…)
그리고 자기딸이나 책하듯이 아주대범하게 꾸짓엇다.
「왜 그리 게집이 달망대니? 좀든직지가 못하구……」 (강조-인용자)

리주사의 경우 호칭어가 '여보게'에서 '너'로 바뀌고 어미의 경우 자네체 어미 '-지'와 영수체 어미 '-냐?'가 혼동되어 쓰이고 있는데, 전체적으로 자식이나 나이어린 아이를 대할 때 사용되는 영수체 어미가 더 빈번하게 사용되고 있음이 확인된다. 이웃 아낙에서 첩 또는 매춘부의 지위로 하락하게 된 춘호처의 지위가 종결어미의 변화를 통해 단적으로 드러난다. '딸이나 책하듯 대범하게'라는 서술자의 서술을 통해 이러한 존대 등분의 변화가 무엇을 의미하는지 명시적으로 강조된다.

여기서 주목을 요하는 것은 춘호처의 응답어, '니에(네)'이다. 앞 장면의 사투리로 이어지던 대화와 비추어볼 때 표준어 '네'를 늘려 발음한 형태인 '니에'라는 응답어는 다소 이질적이기 때문이다. 「소낙비」에서 '니에'/'네'는 이 대목에만 등장하며, 다른 소설에서도 사투리 화자 사이의 대화에서는 용례를 찾아볼 수 없으며, 서울을 배경으로 한 소설들에서 서울말을 사용하는 화자들의 대화에서만 등장한다. 다음은 김유정의 다른 소설들에서 사용된 응답어 '네'의 용례들이다.

(가) 「그봐! 이젠 다시 오지마라 이번엔 할수없지만 또 다시 오면 그땐 노파를 잡아갈테야?」
「네- 다시 갈리있겠습니까 그저 이번에 그 아끼고란 녀만 흠씬 버릇을 아르켜 주십시오.」[82]
(나) 「아씨! 전 오늘 이사를 가겠어요」하고 어멈이 앞으로 다가슨다. 아씨는 어떻게 되는 속인지 몰라 떨떠름한 낯으로

「어떻게 그렇게 곧 떠나게 됐나?」

「네! 앞다리도 다 정하고해서 지금 이잣짐을 옮길랴구 그래요」하고 어멈은 안마당에 놓였든 새끼뭉태기를 가지고 나간다. 83)

(다) 노승의 하는 말이 그게 온 무슨 소린지 도시 영문을 모릅니다.

「그럼 어째서 내 눈에는 보이지를 않습니까?」

「네 차차 보십니다. 인제 내 보여드리지요. 」84) (강조-인용자)

인용문 (가)의 「따라지」(『조광』, 1935.11), (나)의 「정조」(『조광』, 1936.5)는 서울을 배경으로 한 소설로 인물들이 모두 표준어를 쓰고 있음을 알 수 있다. (다)의 「두포전」(『소년』, 1939.1)의 경우 강원도가 배경으로 설정되어 있으나 설화체 형식의 글로 인물의 대화에서 사투리가 아닌 표준어 격식체 문장이 사용되고 있다. 김유정 소설에서 '네'는 사투리가 아닌 표준어로 사용되고 있는 것이다. <표준말>(1936)에 '네'는 비표준 유의어 항목에 표준어 '예'의 사투리로 제시되어 있는데, <표준말>(1936)의 비표준 유의어 항목에는 서울 이외의 지역의 사투리가 수록된 것이 아니라 당대 서울 사람들이 쓰던 서울 사투리를 명시해 놓은 것으로85) '네'는 당시 '예'와 널리 혼동되어 사용되던 서울말이었음을 알 수 있다.

춘호처가 리주사의 물음에 '니에'라고 답할 수 밖에 없는 이유는 강원도 사투리 중에는 이 상황에서 리주사의 물음에 답할 말이 없기 때문이다. 리추사와 춘호처가 성관계를 맺기 전, 즉 사회적 지위의 차이는 존재하지만 한 동네 이웃이라는 유대감을 공유하고 있었기에 사투리로 대화하는

---

82) 「따라지」, 300쪽.

83) 「貞操」, 271쪽.

84) 「두포전」, 328쪽.

85) "(전략) 표준어를 될수만 있으면, 전조선 각 지방의 사투리(方言)를 있는대로 다 조사하여, 여기에 대조하여 놓는 것이 떳떳한 일이겠으나, 이것은 간단한 시일에 도저히 성취할 수 없는것일뿐더러, 분량이 너무 많아 인쇄에도 곤난을 면하기 어려울것이므로, 그리 못된 것을 매우 유감으로 생각하는 바이며, 여기에 유어(類語)로 대조한 것은 다만 서울에서 유행하는 즉 서울 사람으로서 여러 가지를 쓰는 서울 사투리만을 수용함에 그치었습니다." 이윤재, 「『사정한 조선어 표준말 모음』의 내용」, 『한글』 4-11. 1936. 12. 6쪽.

것이 가능하다. 그러나 금전적 거래가 전제된 성적 결합 이후 두 사람 사이의 관계는 변화하게 된다. 리주사의 발화에 드러난 종결 어미의 변화를 통해 두 사람 사이의 권력(Power)의 차이가 더욱 커졌으며, 춘호처의 대답 '니에'를 통해 두 사람 사이의 유대(Solidarity)는 감소하거나 사라졌다는 것이 드러난다. 춘호처의 달라진 지위와 존재적 취약성이 두 사람 사이의 존대 등분의 변화와 사투리 사용 양상의 변화를 통해 단적으로 드러나는 것이다.

이러한 춘호처의 사투리 사용 양상 변화는 이 인물의 성격과 이 소설의 주제 의식을 이해하는 데 있어서 중요한 정보로 심층적으로 탐색될 필요가 있다. 「소낙비」에 대한 기존 연구에서 춘호처에 대한 이해는 주요한 쟁점이 되어왔다. 이 소설에서 춘호처는 "호강을 할수잇섯슬 그런 갸륵한 기회를 깝살려버린 자기행동을 후회"[86]하다가 스스로 기회를 만들어 리주사와 관계를 맺는 인물로 그려진다. 또한 "복을 받을려면 반듯이 고생이 따르는법이니 이까짓거야 골백번 당한대도 남편에게 매 나안맛고 의조케 살수만잇다면 그는 사양치안흘 것"[87]이라며 매춘 행위를 통해 생활의 개선과 부부관계의 안정을 얻고자 하는 나름의 계산으로 자신의 행위를 정당화하는 면모가 부각되기도 한다. 이러한 춘호처의 적극적인 면모는 춘호처 본인은 물론 춘호와 리주사에 대한 도덕적 판단을 하기 어렵게 만드는 요소로 작용하여 이 소설의 의미를 풍부하게 만들어주는 동시에 쉽게 해석되지 않는 수수께끼처럼 만드는 요소였다. 이 소설을 식민지 농촌의 피폐한 현실과 가부장제라는 이중의 고통에 희생당하는 여성-민중의 비참한 현실을 보여주는 리얼리즘 소설로서의

---

86) 「소낙비」, 27쪽.
87) 「소낙비」, 31쪽.

의미 이상을 찾아내고자 하는 논의들이 지속적으로 이루어진 것도 이 때문이었다.

'숭고' 개념을 통해 「소낙비」의 부조리한 상황을 '쾌왜 불쾌가 공존하여 경계가 무화되는 것으로 해석한 논의[88],' 춘호처의 주체성을 중심으로 이 소설의 매춘은 '여성 주체의 잠재력과 남성 권력의 취약성을 상정한다'[89]고 본 해석이 그 대표적인 경우이다. 이러한 연구들은 아내의 매춘을 통해 유지되는 혼인 관계라는 아이러니의 문학적 의미를 각각 숭고라는 미학적 범주로, 여성 주체성의 문제로 해석해내고자 하는 시도였다고 할 수 있다. 그러나 이 아이러니 자체의 의미와 춘호처의 주체성을 강조할 경우 이 소설에서 보여주고 있는 식민지 농촌의 문제, 즉 농사를 통해서는 삶의 기반을 꾸릴 수 없고 처음에는 거부했었던 매춘에 어쩔 수 없이 내몰리게 되는 현실의 문제들이 의미화 되지 못하는 문제가 발생한다.

이 장면에서 드러나는 경어법의 변화와 춘호처의 사투리 사용 양상 변화는 이러한 해석상의 난점을 해결하는 하나의 실마리가 될 수 있다. 춘호처의 사투리 사용 양상의 변화에서 춘호 처의 내면의 변화를 짐작할 수 있기 때문이다. 앞서 살펴본 Brown과 Gilman의 상대 경어법 연구에 따르면 근대 이후의 텍스트들에서 화자와 청자 사이의 감정이나 관계의 변화에 의한 호칭 대명사의 교체가 거의 이루어지지 않는다. 한번 비존칭 대명사로 호명하기 시작했다는 것은 호칭에서의 존중의 철회를 의미하기 때문에 계속해서 비존칭 대명사가 사용된다는 것이다. 그들이 발견한 유

---

88) 김미현, 「숭고의 탈경계성 - 김유정 소설의 '아내 팔기' 모티프를 중심으로」, 『한국문예비평연구』38, 한국현대문예비평학회, 2012, 195-196쪽.
89) 이경, 「김유정 소설에 나타난 친밀성의 거래와 여성주체」, 『여성학연구』44, 부산대학교 여성연구소, 2018. 224쪽.

일한 예외는 독일의 한 연구에 제시되어있는 매춘부와 고객 사이의 호칭 대명사 변화 사례이다. 매춘 여성과 고객이 함께 있을 때 서로 비존칭 대명사 'du'를 사용하다가 '리비도적 유대'가 사라진 후에는 존칭 대명사 'Sie'를 사용한다는 것이다.[90] 이 사례와 달리 춘호처의 사투리 사용 양상은 그 방향이 반대, 즉 유대감이 축소 또는 제거되는 방향으로 변화되고 있는데, 이를 통해 춘호처는 리주사에게 성적 거래에 의해 연출되는 일시적인 성애적 유대 조차 느끼지 않고 있음을 알 수 있다. 춘호처의 사투리 사용 양상 변화는 춘호처의 존재적 취약성과 춘호처의 내면의 변화를 짐작하게 한다.

현재 전하는 이 소설의 판본은 검열로 삭제된 7회 연재분이 누락된 미완성본으로, 춘호처가 춘호의 배웅을 받으며 리주사를 만나러 가는 것으로 종결되고 있다. 7회의 일부만이 일문 번역본으로 전해지는데 이 일문 번역본에는 리주사와 춘호처의 만남 장면이 묘사되어 있어, 두 사람 사이의 거래 관계가 본격화되고 있으며 춘호처가 자신의 선택을 실현해 나가고 있음을 알 수 있다. 춘호처는 주체적으로 선택하고 행위 하는 인물이지만 그 선택과 행위는 취약한 존재적 조건 속에서 이루어지고 있는 것이다. 이 소설이 그려내는 주체의 형상은 고통을 억압한 신경증적 주체가 아닌 고통 속에서 고통과 더불어 선택하고 행위하는 주체이다. 서울에 가면 사투리를 버리고 서울말을 써야 한다는 춘호의 기획은, 한 번도 서울에 가본 적이 없는, 서울말이 무엇인지 모르는 춘호처의 매춘 현장에서 통해 우연하고 돌발적으로 실현된다. 그리고 춘호처가 서울말을 발화하는 지점에서 서술의 문면에 감춰져 있던 인물의 고통이 발현된다. 사투리가 발화되거나 발화되지 못하는 지점을 통해 인물의 내면을

---

90) *Ibid.*, 279-280쪽.

드러내고 있는 이 소설은 김유정이 사투리를 문학적 자원으로 사용하고 있는 하나의 양상을 보여준다. 김유정 문학의 언어 사용 문제, 나아가 1930년대 작가들의 언어적 고민의 다양성과 깊이를 이해하기 위해서는 이러한 하나하나의 양상들을 발굴하여 탐구할 필요가 있다.

V. 결론 - 규범 밖의 언어들

김유정의 또 다른 소설 「안해」에서 야학은 '국문을 알으키는' 곳인 동시에, 들병이가 되기 위해 창가를 배워오는 곳으로 그려진다. 이 소설의 구조가 아내의 '들병이 되기' 과정을 중심으로 짜여있으며, 창가 실력은 들병이가 되기 위해 익혀야 할 핵심 자질로 다뤄지고 있다는 점에서 이 소설 속에서 그려지는 '야학'의 성격은 문제적이다. 이렇듯 아내들의 들병이 되기의 과정과 언어 학습이 연동 되어 다뤄지고 있다는 점에서 「안해」는 「소낙비」와 유사점을 공유한다. 「소낙비」의 아내는 매춘이 이루어지는 순간에 사투리를 잃어버리고, 「안해」의 아내는 야학에서 신식 창가를 배워 들병이가 되어간다. 이 두 소설 모두 매춘의 모티프가 어문 교육, 근대식 교육과 연동 되고 있는 것이다. 국문 교육, 표준어 교육으로 표상되는 언어의 표준화와 규범화의 문제에 대한 김유정의 인식을 확인할 수 있는 지점으로 이후 김유정 문학 연구에서 중요하게 다뤄져야 할 필요가 있다.

1930년대 조선어는 규범에 의해 재단되어야 할 대상인 동시에, 있는 그대로 지켜야 할 대상이기도 했다. 그리고 이러한 딜레마는 피지배 민족의 언어로서의 조선어의 위기에서 비롯된 것이었다. <통일안>(1933)과 <표준어>(1936)로 수렴되는 1930년대 어문 규범 운동이 이미 '국어'로서의 지위를 잃어버린 조선어의 소멸 위기를 극복하고, '민족어'로서의 지위를 사수하고자 하는 노력의 일환으로 수행되었음은 주지의 사실이다. 그러나 문제는 과학적이고 체계적인 통일된 조선어 구상의 논리와 통일된 제국의 언어로서 피식민 민족에게 강요되었던 일본어 통용 논리가 상통하는 지점이 존재한다는 것이다. 모든 조선어 문장은 수도 서울의 중류 계층 이상이 사용하는 표준어로 이루어져야 하며 강원도 산골의 사투리는 축출되어야 한다는 주장에 동의할 때 제국의 언어는 식민지의 중심인 일본의 언어여야 한다는 논리에 대응하기란 쉽지 않다. 식민지기의 민족주의자들의 경로가 보여주듯 이 논리의 유일한 대응 수단인 '민족'이라는 관념은 깨어지기 쉬운 유약한 무기였기 때문이다.

김유정의 2년 동안의 야학 활동은 그가 민족어로서의 조선어의 보존과 확산의 필요성에 깊이 공감하고 있었다는 것을 보여준다. 그러나 이 경험을 통해 김유정은 피지배 민족의 언어로서의 조선어와 문학어로서의 조선어를 분리해서 사유하게 되었던 것으로 보인다. 피지배 민족 내부에서 민족어의 이름으로 다시 중심이 호명되고 주변이 배제되며, 그러한 호명의 방식이 문학장 내에서도 불가피한 것으로 받아들여지던 현실 속에서 김유정은 말이란 그 말을 사용하는 사람들의 것임에 주목했다. 김유정에게 문학어가 토양으로 삼아야 할 것은 통일된 조선어, 규범으로서의 조선어만이 아닌 규범 외부의 말들, 서울이 아닌 강원도 산골의 사투리, 중류층에 속하지 못하는 사람들의 말을 포괄하는 것이었다.

김유정은 사투리와 표준어를 대립적이거나 경쟁적인 것으로 인식한 것이 아니라, 자신이 표현하고자하는 바를 정확하게 표현하기 위해서 사투리, 표기법에 맞지 않는 말들을 문학의 언어로서 확보하고자 했던 것으로 보인다. 이 선택은 배제적이거나 경쟁적인 것이 아닌 확장적인 것이었다. 표준어가 아닌 특정한 사투리 종결 어미, 소리 나는 대로 표기되는 말을 통해서만 표현할 수 있는 무엇이 존재하기 때문에 그러한 말들은 문학어로서 보존되어야 하는 것이었다. 「소낙비」의 용례를 참고할 때 그것은 조선적인 것이라기보다는 개별적인 것, 내밀한 것, 고유한 것에 가깝다. 그리고 그것은 식민지 조선 사람들의 개별적이고, 내밀하고, 고유한 것이기에 역으로 조선적인 것이 된다. 이 때의 조선은 식민 지배 이전의 잃어버린 낙원으로서의 전통적 조선이 아닌 현재의 조선, 식민지 조선에 가깝다. 김유정 소설에서 사투리의 상실로 표상되는 것은 전통이나 민족 정신의 상실이 아닌 개개인 삶의 주체성의 위기이기 때문이다.

김유정은 어문 규범이 정립되어가는 1930년대 조선의 복잡한 언어 현실 속에서 규범에 얽매이지 않는 표기 방식과 정교한 사투리 사용을 통해 자각적이고 의식적으로 문학어를 운용했다. 김유정의 문학어는 계통이 불분명한 선험적 전통이 아닌, 식민 권력의 언어 제국주의에 대한 대항인 동시에 모방의 위험을 안고 있던 조선어 어문 규범에 대한 대응의 산물이기 때문이다. 이러한 측면을 고려할 때 김유정 문학에서 전통적 문법이라고 통칭되어온 지점들은 김유정 문학어의 세밀한 용법에 대한 우리의 이해가 미처 미치지 못한 지점들일지도 모른다.

참고문헌

● 기본자료

전신재 편,『원본김유정전집』, 한림대학교출판부, 1987.

유인순 편,『정전 김유정 전집2』, 소명출판, 2021.

『개벽』,『매일신보』,『동아일보』,『조광』,『조선일보』,『조선중앙일보』,『제일선』,『한글』.

● 단행본

김병문,『<한글마춤법통일안> 성립사를 통해본 근대의 언어사상사』, 뿌리와 이파리, 2022.

문혜윤,『문학어의 근대』, 소명출판, 2008.

서대석 편,『한국구비문학대계 2-2 춘천시·춘성군편』, 한국정신문화연구원, 1981.

양문규,『한국 근대소설의 구어전통과 문체형성』, 소명출판, 2003.

이태준, 임형택 해제,『문장강화』, 창비, 2005.

임화문학예술전집 편찬위원회 편,『임화문학예술전집 - 평론1』, 소명출판, 2009.

정승철,『방언의 발견』, 창비, 2018.

최명옥,『한국어의 방언』, 세창출판사, 2015.

한국정신문화연구원 어문연구실,『한국방언자료집2-강원도 편』, 한국정신문화연구원, 1990.

한글학회 편,『한글 맞춤법 통일안(1933~1980)』, 한글학회, 1989.

● 논문

강영주,「국학자 홍기문 연구2-1930년대 홍기문의 언론활동과 학술연구」,『역사비평』 92, 역사문제연구소, 2010.

김정화·문한별,「김유정 소설 <소낙비>의 검열과 복원」,『국어국문학』 193, 국어국문학회, 2020.

김미현,「숭고의 탈경계성 - 김유정 소설의 '아내 팔기' 모티프를 중심으로」,『한국문예비평연구』 38, 한국현대문예비평학회, 2012.

박진숙,「김유정과 이태준」,『상허학보』 43, 상허학회, 2015.

손동호,「식민지 시기『조선일보』의 신춘문예 연구」,『우리문학연구』 67, 우리문학연구회, 2020.

신용하,「1930년대 문자보급운동과 브·나르도 운동」 31-3,『한국학보』, 일지사, 2005.

유구상,「중부 방언의 경어법」,『새국어 생활』3, 국립국어원, 1991.

이 경,「김유정 소설에 나타난 친밀성의 거래와 여성주체」,『여성학연구』44, 부산대학교 여성연구소, 2018.

이만영,「김유정과 문학사 - 1930~60년대 김유정론의 전개 양상을 중심으로」,한국현대소설학회,『현대소설연구』85, 2002.

전상국,「김유정소설의 언어와 문체」,『김유정 문학의 전통성과 근대성』, 한림대학교 아시아문화연구소, 1997.

정진석,「문자보급을 통한 농촌계몽과 민족운동」,『문자보급교재:1929-1935』, LG상남재단, 1999.

한영목·김덕신.「'한글 마춤범 통일안'(1933) 발표에 대한 문인들의 태도와 준용 실태 고찰」,『한국언어문학』62, 한국언어문학회, 2007,

Brown and Gilman, *The pronouns of power and solidarity*, T. A. Sebeok, edited by Style in Language, MIT press, 1960.

● 웹사이트

우리말샘 https://opendict.korean.go.kr

김유정의 문체 실험과 구인회

- 「두꺼비」, 「생의 반려」에 드러난 박태원과의 유사성을 중심으로*

김 아 름

Ⅰ. 김유정과 구인회, 그리고 문체

김유정은 독보적인 입담을 활자의 세계로 구현해 낸 작가다. 김유정이 사용한 토속어나 사투리, 의성어, 의태어는 "만무방의 텃밭에서 맨발로 뛰는 열린 언어"[1]라는 평을 이끌어 낼 만큼 생기 넘치는 것이었다. 이처럼 언어 의식에서 출발하여 기법, 형식적인 측면으로까지 김유정을 연구하는 흐름은 대부분 구어체적 특성에 수렴되는 경향이 짙다. 김유정의 문체는 광대나 전기수에 가깝다고 분석한 송희복의 연구[2], 작중 인물의 말투에 의존함으로써 친숙한 구어를 사용하는 이야기꾼의 면모를 보인다고 주장한 양문규의 연구[3]가 대표적이다. 특히 이런 구어체는

* 본 논문은 2023년도 신한대학교 학술연구비 지원으로 연구되었음

1) 전상국, 「김유정소설의 언어와 문체」, 전신재편, 『김유정문학의 전통성과 근대성』, 한림대학교 출판부, 1997, 296~301쪽.
2) 송희복, 「청감(聽感)의 시학, 생동하는 토착어의 힘- 김유정과 이문구를 중심으로」, 『새국어교육』 77호, 한국국어교육학회, 2007, 760쪽.
3) 양문규, 「한국근대소설에 나타난 구어전통과 서구의 상호작용」, 『배달말』 38호, 배달말학회, 2006, 357쪽.

김유정의 문체 실험과 구인회 89

판소리체에서 기인했다는 연구 흐름이 주를 이루는데, '-렸다', '-느냐' 등의 어미를 사용하는 부분, 판소리 놀이판의 특징을 긴 호흡으로 문장으로 옮기는 부분, 문장 중간에 추임새를 넣는 부분들이 주된 근거로 사용되어 왔다.4) 이처럼 소설의 형식이나 지닌 개성과 독자성에 주목한 연구들이 김유정을 연구하는 한 흐름이라는 것은 근대소설사에서 매우 흥미로운 지점으로 읽힌다. 근대 문학 연구는 시대적 특성상 공시성을 주요한 관심사로 도출하는 경향이 있기 때문이다. 이상이나 박태원의 소설이 공시적인 관점에서 모더니즘의 기조에 수렴된다는 연구들을 떠올려보면 더욱 그러하다. 따라서 이 연구는 김유정이 공시적인 관점에서 검토된 경향이 적다는 점을 주된 문제의식으로 삼는다.

이는 김유정이 구인회 활동을 해왔다는 참작하면 더욱 특기할 만하다. 그동안 김유정은 "가장 비(非) 구인회적인 작가로 분류될 만하다"5)고 평가받아 왔는데, 이는 구인회가 모더니즘을 대표하는 단체라는 인식에서 기인하는 평가다. 이처럼 선행연구들은 문학적 지향이 같은 문인들의 단체로 구인회를 바라보는 견해에 의견을 모았다. 그 문학적 지향의 자리를 차지하는 것은 때로는 '순수문학'이었고, 때로는 '모더니즘'이었으며, 때로는 '예술파'였다. 물론 현순영처럼 "구인회 회원들의 문학적 지향을 하나의 개념으로 추상화할 수 있는지"6)에 의문을 제기하는 연구자들도 왕왕 있어왔다. 구인회를 모더니즘 단체로 규정하면, 이태준의 작품들을 괄호 안으로 묶어버려야 하는 결과를 초래할 가능성이 있기 때문이다.7)

---

4) 이와 관련해서는 다음 논문을 참고할 수 있다. 김현실, 「김유정 문학의 전통성- 고전 문학과의 비교를 통해서」, 『이화어문논집』 6호, 한국어문학연구소, 1983. ; 전신재, 「김유정 소설의 구비문학 수용」, 『아시아문화』 2, 한림대출판부, 1987.
5) 장영우, 「'구인회'와 한국 현대소설」, 『현대소설연구』 54호, 한국현대소설학회, 2013, 20쪽.
6) 현순영, 「구인회의 활동과 성격 구축 과정-- 구인회의 성격 구축 과정 연구 (2)」, 『한국언어문학』 67호, 한국언어문학회, 2008, 444쪽.

그러나 그럼에도 불구하고 구인회는 '문학적 글쓰기'라는 공통적 지향을 가진 단체로 규정할 수 있다. 언어 체계가 동시대의 모든 문인들에게 공통적인 규정을 제공한다고 간주했을 때, 그 공통적인 규정 안에서 특별한 발화(parole)를 만들어내는 순간, 그 발화는 개개인의 문학적인 변별점이 된다. 이러한 맥락에서 구인회는 『시와 소설』이라는 동인지를 발행하면서 특수한 발화 형태를 고집해왔다. 소설의 문장을 통해 언어적인 실험을 벌이는가 하면, 문체의 다양화를 추구하기 위해 노력해 왔기 때문이다. 따라서 구인회의 문인들이 가지고 있던 공통의 지향점을 언어적 측면에서 접근해보는 것은 구인회에 소속되었던 개별 작가들에게 반드시 필요한 작업일 것이다. 구인회의 언어적 지향성은 구인회 소속 작가들에게 영향을 미쳤음이 분명하기 때문이다. 따라서 김유정을 구인회라는 동시대적 맥락 안에서 살펴보아야 할 필요성도 여기서 생겨난다.

물론 김유정과 구인회의 동질성을 찾아내는 연구가 전혀 진행되지 않은 것은 아니다. 김한식은 김유정이 구인회와 공유할 수 있었던 공통점에 의문을 품으면서, 김유정의 「두꺼비」가 내용적인 측면에서나 형식적인 측면에서 구인회의 소설과 닮아있음을 지적한 바 있다.[8] 조경덕은 김유정의 말년 도시 배경 소설은 구인회의 소설 문법을 일정 정도 따르고 있다[9]고 지적하였으며, 김미지의 경우, 김유정 소설의 농촌 유랑민이 도시로 유입되는 과정과 박태원의 『천변풍경』에 드러난 농촌 유랑민들의 유사성을 언급한다.[10] 방민호의 경우, 구인회로 모인 이상과 김유정의 생애사적

---

7) 이 지점에서 구인회의 『시와 소설』에 이태준이 소설을 발표하지 않았다는 점도 함께 언급될 필요가 있다.
8) 김한식, 「절망적 현실과 화해로운 삶의 꿈 - '구인회'와 김유정」, 『상허학보』 3호, 상허학회, 1996, 306쪽.
9) 조경덕, 「김유정의 소설 쓰기와 자기 인식-「슬픈 이야기」, 「따라지」분석」, 『한국문학이론과 비평』 55호, 한국문학이론과비평학회, 2012., 243쪽.

공통점11)을 언급하기도 하였는데, 이 연구는 이러한 선행연구와 문제의식을 공유하고자 한다. 특히 이들 연구는 내용적인 측면에서의 유사성을 주로 언급하고 있는 바, 형식적 측면에서의 유사성에 대한 연구가 필요하다는 점을 강조하고자 한다. 물론 권은이 김유정의 도시소설이 다양한 형식적 실험을 추구하고 있어 모더니즘으로서의 면모를 보인다고 분석12)한 바 있기는 하지만, 이것은 구인회 안에서 이루어진 해석은 아니다. 김유정이 구인회와 공유하고자 했던 문학의 형식에 대한 고민은 무엇이며, 그것을 자신의 작품에서 어떻게 '표현'했는지의 지점은 김유정 문학을 공시적인 궤도에서 이해하는 데 있어서 매우 중요한 작업일 수 있다.

따라서 이 연구는 여타 김유정의 작품들과 다른 문체적 행보를 보여준 「두꺼비」와 「생의 반려」에 주목한다. 김유정은 비록 뒤늦게 구인회에 합류했지만, 동인지 『시와 소설』에 「두꺼비」를 1936년 3월 발표한 후, 같은 해 8월부터 『중앙』에 동일한 소재로 「생의 반려」를 발표한다.13) 따라서 이 두 작품을 동일한 선상에서 논하는 것은 그리 놀라운 일이 아니다. 특히 두 작품은 그가 동시대적 관점에서 문체와 언어적 실험에 적지 않은 관심을 가지고 있었음을 보여주는 좌표가 될 수 있다. 그럼에도 불구하고 두 작품에 대한 본격적인 문체 연구가 없었다는 점이 이 연구의 출발점이다. 김유정 소설의 문체 연구를 위한 선행 연구로서 필자는 이미 김유정의 1936년 발표 소설 11편에 대한 계량적 문체 연구를 선행한

---

10) 김미지, 「기생(寄生)과 공생(共生) 사이-구인회 도시소설과 겹쳐 읽은 김유정 소설」, 『구보학보』 26호, 구보학회, 2020, 269-297쪽.
11) 방민호, 「김유정, 이상, 크로포트킨」, 『한국현대문학연구』 44호, 한국현대문학회, 2014, 313쪽.
12) 권은, 「식민지 도시 경성과 김유정의 언어감각」, 『인문과학연구』 38권, 성신여자대학교 인문과학연구소, 2018, 65-90쪽.
13) 김유정, 『원본 김유정 전집』, 강, 2012. 이 글에서 김유정 소설을 인용할 때는 이 책의 쪽수만 밝힘.

바 있다. 이 연구는 기존에 분석한 김유정 소설의 계량적 문체 지수들을 토대로 김유정 문체의 특징을 전제하고, 그 특징 안에서 두 텍스트의 문체적 실험에 대해 정치하게 분석하는 것이 주된 내용이 될 것이다.

이를 위해 이 연구는 두 가지 방법론을 지향한다. 첫째, 이 연구는 비교연구를 지향한다. 공시적으로 문학을 연구한다는 것은 결국 다른 문학작품과의 비교대조를 통해서만 가능하기 때문이다. 특히 두 텍스트가 구인회 작가들과의 공통적인 언어적 지향을 보였는지를 점검하기 위해서는 구인회 문인들과의 비교가 필수적으로 요구된다. 구인회의 일원 중에서 동인지 『시와 소설』에 김유정과 함께 소설을 발표한 유일한 소설가는 박태원이다. 따라서 이 연구는 박태원을 중심으로 한 구인회의 언어적 지향성과 김유정의 텍스트를 비교하는 작업을 수행한다. 둘째, 이 연구는 필자가 선행한 계량적 문체 연구가 지니는 한계를 극복하기 위해 융합적 문체 연구를 지향한다. 우선 이 연구는 지능형 형태소 분석기와 세종기획의 한마루2.0등을 활용하여 두 소설의 고빈도어를 추출한다.[14] 그러나 주지하다시피 이러한 계량적 문체론은 다소 거칠어 민감한 뉘앙스를 포착하기 어렵다는 위험요소[15]를 내포하고 있기도 하다. 따라서 이 방식으로 추출한 고빈도어에 직관적 문체론을 융합하여 다각도에서의 문체적 접근을 꾀하고자 한다. 이러한 작업을 통해 김유정의 문체가 지닌 독자성을 구인회라는 시대적 흐름 안에서 규명해 냄으로써, 기왕의 연구사가 지닌 틈새를 메우는 것을 궁극적인 목적으로 삼는다.

---

14) 일반적으로 어종수를 추릴 때는 굴절형, 어간형, 어근형의 세 가지 중 하나를 선택하게 된다. 이 연구에서는 '활용형 어미들이 문체에 영향을 미친다'는 판단 하에, 좀 더 세부적으로 문체적 특징을 감별해내기 위해 굴절형을 선택하여 어종을 구분하였다.
15) 김상태, 『문체의 이론과 해석』, 집문당, 1982, 102-103쪽 참조.

II. 「두꺼비」의 예외성과 구인회의 언어적 실험들

주지하다시피 「생의 반려」와 「두꺼비」는 5개월 사이에 발표되었던 데다가 기생을 흠모한 김유정의 자전적 요소가 소재로 사용되었다는 점 때문에 종종 비교의 대상이 되어왔다. 「두꺼비」는 박녹주에게 구애를 벌이다가 두꺼비에게 이용당한 과정을 모티프로 활용하고 있는 텍스트이자, 김유정이 구인회의 동인지 『시와 소설』에 발표한 텍스트이기도 하다. 「생의 반려」는 5개월 뒤에 『중앙』에 연재되었는데, 박녹주에 대한 구애뿐만 아니라, 그에 얽혀있는 가족 문제까지 다룸으로써 좀 더 확장된 작품 세계를 보여주는 텍스트로 이해할 수 있다. 이 두 텍스트는 동일한 화소를 사용하고는 있지만, 「두꺼비」는 1인칭 주인공 시점, 「생의 반려」는 1인칭 관찰자 시점을 사용하고 있다는 점에서 큰 차이를 보인다. 흥미로운 것은 「생의 반려」가 김유정 소설이 지니는 양가적 문체 전략과 기법이 어느 정도 적용된 형태를 보이는 반면, 「두꺼비」는 김유정의 기존 문체가 가지고 있던 특징들과 전혀 다른 양상을 보인다는 점이다. 「두꺼비」는 김유정이 자신의 이야기를 재구성한 사소설이라는 배경 덕분에 주목을 받아온 작품이기도 한데, 농촌 하층민을 주된 등장인물로 삼던 김유정이 자기 자신의 이야기를 서술하는 방향으로 작품 세계를 확장시킨 것은 구인회의 성격을 의식하고 있었기 때문이라는 평가16)를 내리는 것은 그리 놀라운 일이 아니다. 특히 박태원, 이상 등 개성 강한 모더니스트들 사이에서 김유정의 위치가 다소 예외적이라는 평가는 왕왕 있어 왔으나, 김유정은 『시와 소설』에 「두꺼비」를 발표하면서 종전과 다른 방식, 종전과 다른 문체 전략을 추구함으로써 자신을 구인회라는 단체에 복속시킨다. 그 문

---

16) 노지승, 「맹목과 위장, 김유정 소설에 나타난 자기(self)의 텍스트화 양상」, 『현대소설연구』 54호, 한국현대소설학회, 2013, 118쪽.

체 전략은 세 가지 측면에서 접근 가능하다.

첫째, 문장 길이의 측면에서 예외적이다. 문한별은 1930년대 작가의 작품 5편씩을 기준으로 괄목할 만한 계량적 문체 연구를 보여준 바 있는데, 이 연구에 따르면 연구에 따르면 김유정은 유진오, 이효석, 이태준, 계용묵과 비교했을 때 가장 짧은 문장을 구사하는 작가[17]라고 보아도 무방하다. 그러나 그럼에도 불구하고 「두꺼비」는 "길고 복잡한 문장"을 주로 사용하여 구인회와 형식적 유사성을 보이는 텍스트[18]다. 그 길고 복잡한 정도를 보다 객관적으로 살펴보기 위해서는 다음과 같은 통계 수치를 활용해볼 수 있다.

〈표 1〉「두꺼비」 발표 전후 발표된 소설의 문장 길이

	「두꺼비」	「생의 반려」	「봄과 따라지」	「가을」	「이런음악회」	「동백꽃」
발표연도	1936.3	1936.8	1936.1	1936.1	1936.4	1936.5
글자수	10911자	27066자	6131자	7589자	3446자	6799자
원고지매수	75.6매	164.3매	31.5매	42.7매	20.3매	43.8매
낱말수	2741개	6674개	1695개	1923개	842개	1857개
문장수	81개	622개	157개	263개	55개	120개
1문장 당 평균글자수	134자	33.38자	39.05자	32.1자	62.6자	56.65자

우선 두 텍스트의 글자수와 문장수를 추출해보면, 「생의 반려」가 1문장 당 평균 글자수로 33.38자를 사용하는 데 반해, 「두꺼비」는 1문장 당 134자를 사용한다는 점을 확인할 수 있다. 이때 주목할 점은 「생의 반려」는 대화체를 활용하는 소설이라는 점이다. 주인공들의 대화문과 대화문을 열고 닫아주는 지문을 하나의 문장으로 환산한 결과라는 점을

---

17) 문한별, 「한국 현대소설의 기계적 문체 분석 가능성을 위한 계량적 방법론 – 1930년대 작가를 중심으로」, 『국어국문학』 170호, 국어국문학회, 2015, 432쪽.
18) 김한식, 「절망적 현실과 화해로운 삶의 꿈- '구인회'와 김유정」, 『상허학보』 3호, 상허학회, 1996, 306쪽.

감안한다면 실제적으로 체감되는 문장 길이는 「두꺼비」가 4배 이상으로 훨씬 길다는 것을 확인할 수 있는 것이다. 이는 비슷한 시기에 작성한 다른 단편에서도 확인되는 특징이다. 「두꺼비」 발표 전후에 발표된 4편의 소설로 범주를 넓혀보아도, 각각 39.05자, 32.1자, 62.6자, 56.65자로 평균 47.6자를 1문장 당 평균 글자수로 사용하고 있는 것을 보면, 김유정은 다른 소설들과는 확연하게 다른 형식적 실험을 추구하면서 「두꺼비」를 작성하고 있음을 확인할 수 있다. 중요한 것은 이러한 문체 실험을 통해 김유정이 추구하고자 했던 문체 효과일 것이다.

> (가) "그러게 편지를 헐려면 그 당자에게 넌즛넌즛이 전하는수밖에 없다."하고 의수하게 꾸려대었다.
> 여기까지 말을 하니 그는 더 묻지 않았다. 그런대로 올곧이 듣고, 우편으로 부친 편지를 후회하는 모양이었다.
> 이렇게 되니까 나도 그대로 안심되지 않을수 없었다. 왜냐면 그는 나를 통하야 편지를 보내고 답장만 보면 고만이었다.(281-282쪽, 「생의 반려」)

> (나) 뭐라 대답해야 좋을지 잠시 어리둥절하다가 이내 제가 리경흅니다, 하고 나의 정체를 밝히니까 그는 단마디로 저리 비키우 당신은 참석할 자리가 아니유, 하고 내손을 털고 눈을 흘기는 그 모양이 반지를 받고 실레롭다 생각한 사람커녕 정성스리 띠인 나의 편지도 제법 똑바루 읽어줄 사람이 아니다. (208쪽, 「두꺼비」)

위의 (가)는 명렬군이 갑자기 인편이 아닌 우편으로 편지를 보내 '수취 거절'로 돌아온 상태를 서술한 부분이며, (나)는 두꺼비로 인해 옥화에게 자신의 편지가 제대로 전달되지도 않았음을 알아차린 리경호의 상태를 서술한 부분이다. 두 장면 모두 그동안 편지가 전해지지 않았다는 것을 주인공이 알아채는 장면이지만, 이 동일한 화소를 그려내는 방식은 사뭇 다르다. 「생의 반려」에서는 단문을 사용하면서 서술자가 사건을 일목요연하게 정리해내는 데 초점을 맞추지만 「두꺼비」에서는 다른 사건들을 개입시키면서 의도적으로 장문을 채택하여 복잡한 문장의 형태를 만들어가고 있음을 확인할 수 있다. 이러한 문체적 차이는 동일한 화소라 할지라도 「두꺼비」를 독해하는 데 더 많은 주의력을 기울일 필요가 있음을 시사한다.

이는 박태원이 『시와 소설』에 발표한 「방란장 주인」의 문체 전략과 닮아 있다. 주지하다시피 「방란장 주인」은 하나의 문장으로 소설을 완성한다는 완벽한 언어적 실험이 감행된 텍스트다. 김유정은 박태원만큼의 장거리문장을 사용하지는 않았지만, 「두꺼비」를 하나의 단락으로 작성함으로써 평소 자신이 가지고 있던 문체적 자장에서 벗어나 구인회의 실험에 동참하는 모습을 적극적으로 보여주는 것이다. 일반적으로 주술 관계가 한 번 이하로 이루어지는 단문의 경우, 독자의 입장에서 빠르게 읽을 수 있으며, 서술자가 전달하는 내용이 명확하게 전달되는 특징을 갖는다. 그러나 김유정이나 박태원이 사용한 장문의 경우, 독자로 하여금 독서 속도를 느리게 만들 뿐만 아니라 독자의 호흡에 의존하면서 휴지를 만들어가는 읽기를 시행할 수밖에 없게 만든다. 따라서 독서할 때 상당한 집중력을 요구하는 문장 유형이라고 할 수 있는데, 김유정은 이러한 장문을 통해 「두꺼비」를 독해하기 어렵게 직조함으로써, 1인칭 주인공 시점의 소설이 가지는 단선적이고 단순한 구도를 보다 복잡한 형태로 전환시키는 문체적 효과를 거둔다.

둘째, 고빈도어의 "하고"의 용례 또한 예외적이다. 전술한 바처럼 「두꺼비」가 장문이라는 계량적 사실로만 문체적 특징을 단정 짓는 것은 「두꺼비」에 대한 이해를 단선적으로 만들 염려가 있다. 따라서 문체지수를 좀 더 적극적으로 활용하는 방식이 필요한데, 이때 문체지수란 통계 수치들을 문체론적으로 활용할 수 있다는 측면에서 탄생한 개념이다. 그 중에서도 고빈도어는 언어 통계학에서 가장 기본이 되는 문체지수다. 일반적으로 빈도가 낮은 어휘와 비교했을 때 빈도가 높은 어휘를 기억효과가 높다[19]고 알려져 있기 때문에 이러한 빈도효과(frequency effect)를 고려했을 때, 고빈도어는 항상 중요하게 취급받을 필요가 있다. 「두꺼비」의 고빈도어를 점검해보면 아래와 같은 양상을 발견할 수 있다.

<표 2> 「두꺼비」 고빈도 어휘 - 굴절형 어휘 통계

빈도순위	굴절형 어휘	어근	빈도수	사용률[20]
1	하고	하다01/vv	48	1.75
2	그	그01/mm	26	0.94
3	이	이01/mm	17	0.61
4	내가	나03/np	16	0.58
5	나는	나03/np	15	0.54

위의 표2에서 「두꺼비」에서 "하고"가 최고빈도어로 집계되어 있다는 점이 확인 가능하다. 이는 김유정 여타 소설에서도 보이는 경향성인데, 주목할만한 점은 이 "하고"가 기존의 문체적 특징과는 다른 양상으로 사용되고 있다는 점이다. 「생의 반려」에서의 "하고"가 인물에 대한 양가적 묘사를 가능하게 해주는 문체 전략으로 활용되었다면, 「두꺼비」에서의 "하고"는 문장을 확대하는 방식으로 작동한다. 다음의 예시문이 대표적이다.

> 내일이 영어시험이므로 그렇다고 하룻밤에 다 안다는 수도 없고 시험에 날 듯 한놈 몇 대문 새겨나볼가, 하는 생각으로 책술을 뒤지고 잇을때 절컥, 하고 밖앝벽에 자행거 세놓는 소리가 난다. 그리고 행길로 난 유리창을 두드리며 리상, 하는 것이다. 밤중에 웬놈인가, 하고 찌뿌둥이 고리를 따보니 캡을 모루 눌러붙인 두꺼비눈이 아닌가. (201쪽, 밑줄- 인용자)

"하고"의 범주를 넓혀 소설 도입부의 "하다" 용례를 검토해보면 매우 짧은 범위 내에서도 빈번하게 이 "하다"를 사용하고 있는 것을 확인할

---

19) 김동성, 『언어 자료 분석을 위한 통계학』, 한국어국어대학교출판부, 2010, 23-45쪽.
20) 고빈도어 집계에 등장한 사용률은 빈도수를 전체 어절수로 나누고, 그것을 다시 백분율로 계산한 결과다.

수 있다. 이때 이 "하다"는 인용절을 사용하여 내포문을 만들어가는 방식으로 기능한다. 일반적으로 겹문장의 생성 방식을 홑문장과 홑문장이 이어지는 접속문, 홑문장이 다른 문장의 한 성분이 되는 내포문으로 분류했을 때, 김유정의 경우, "하고"를 빈번하게 사용하여 후자의 내포문을 전략적으로 생성하는 한 방식을 보여준다. 이러한 내포문이라는 문체적 선택은 김유정이 구어체를 활용하면서 확보하고 있던 리듬감이나 속도감, 즉 극도의 말맛을 억제한 채 의도적으로 문장을 확대하고 있었다는 것을 의미하는데, 김유정이 구인회의 문인들과 언어적 실험정신을 공유하고 있었다고 판단할 수 있는 근거가 된다.

구인회의 문인들은 『시와 소설』을 발행하면서 여러 가지 흥미로운 언어적 실험에 동참한 바 있는데, 가장 눈에 띄는 것은 언어를 전경화시키는 글쓰기를 지향했다는 점이다. "언어미술"이라는 말로 시를 표현했던 정지용부터 "소설은 인간사전이라 느껴졌다"는 이태준이 『시와 소설』에 참여했던 것을 상기해보면 구인회라는 단체는 조선어라는 랑그 안에서 문인이 어떻게 언어를 전경화시킬 수 있는지에 대한 고민을 하고 있었다고 해도 과언이 아니다.[21] 이러한 맥락에서 보았을 때, 김유정이 사용한 내포문은 구인회가 추구한 언어의 전경화에 가장 효과적인 수단이다. 다음의 인용문도 마찬가지다.

> 나는 모두가 꿈을 보는 것 같고 어리광대같은 자신을 깨다랏을때 하 어처구니가 없어서 어벙히 섯다가 (선생님 누굴 만나러오섯슈), 하고 대견히 묻기에 나도 펴놓고 (옥화를 좀만나볼가해서 왓다)니까 (흥), 하고 콧등으로 한번 웃드니…(후략)… (207쪽, 괄호- 인용자)

---

21) 이와 관련해서는 이미 다음에서 논한 바 있다. 김아름, 「구인회의 『시와 소설』에 나타난 문학적 글쓰기의 양상들」, 『우리어문연구』 50호, 우리어문학회, 2014, 197-222쪽.

김유정의 문체 실험과 구인회　99

위의 인용문에 사용된 "하고" 역시 선행 문장을 내포문으로 만들어주는 기능을 한다. 내포문을 안은 문장과 안긴 문장으로 구별했을 때, 일반적으로 독자에게 더 강조되는 것은 안긴 문장이다. 인용문의 괄호 안에 들어가 있는 안긴 문장을 살펴보면, "하고" 앞부분에 등장하는 "선생님 누굴 만나러오셨슈"라는 대화체나 "흥"이라는 감탄사 등은 다른 문장들보다 강조되면서 전경화되는 특징을 보인다. 이처럼 언어를 전경화 시키는 전략은 구인회가 발행한 『시와 소설』 내에서 비단 소설에만 국한된 것이 아니다. 정지용이 발표한 「유선애상」이나, 이상이 발표한 「가외가전」은 지시 대상이 무엇인지, 또 구절들의 연결고리가 무엇인지를 고민하게 만드는 작품들이다. 구인회의 문인들이 이처럼 언어의 배치와 실험에 노력을 기울였다면, 김유정이 사용한 내포문은 이와 유사한 언어적 지향을 보인다고 할 수 있다.

셋째, 고빈도어 "나는"의 후행 어휘 배치는 특기할 만하다. 1인칭 주인공 시점으로 작성된 이 소설에서 김유정이 "나는"이나 "내가" 등을 빈번하게 사용하고 있음을 고빈도어 순위에서 이미 확인할 수 있다. 이것의 문체 효과를 살펴보기 위해서는 보다 구체적인 용례를 파악할 필요가 있다.

〈표 3〉「두꺼비」의 '나는' 활용 용례

고빈도어	후행 서술	지배적 후행 어휘
나는	고만 얼떨떨해서 간신이 눈만 끔벅일뿐이다.	얼떨떨해서
	얼빠진 등신처럼 정신없이 나려오다가	얼빠진
	내분에 못 이기어 속으로 개자식 그렇게 속인담. 하고	내 분에 못 이기어
	복장이 두군거리어 나도 모르게 한거름 앞으로 나갓으나	복장이 두군거리어
	고만 가슴이 섬찍하야 뒤로 물러서서는	가슴이 섬찍하야
	겁을 집어먹고 이 머리를 흔들어보고 저머리를 흔들어보고	겁을 집어먹고

이상의 표3에서 확인할 수 있는 것처럼, 「두꺼비」는 "나는"이라는 고빈도어를 활용하면서 후행 서술에 심리를 드러내는 어휘들을 결합시키는 방식으로 문장을 완성하고 있다. 특히 이때의 후행 서술에는 '얼떨떨하

다', '섬쩍하다'등의 성상형용사를 사용하는 경향이 짙으며, 이는 화자의 심리상태를 나타낸다는 측면에서 주관성 형용사로 이해할 수 있다. 뿐만 아니라 후행에 배치된 '분'이나 '겁'등의 명사도 화자의 심리 상태를 나타 낼 수 있는 어휘로 설정되어 있으므로, 대개 김유정은 고빈도어 "나는" 이후에 화자의 감정이나 심리를 드러내는 서술을 이어가는 방식으로 문체 전략을 채택하고 있다고 할 수 있다.

이 용례가 주목을 요하는 것은 그간 김유정이 다른 작품에서 인물을 양가적인 관점에서 묘사한 것을 고려했을 때 발견되는 예외성 때문이다. 주인공의 심경을 직접적으로 드러내는 글쓰기는 독자로 하여금 주인공에 게 친밀감을 갖거나 동정심을 갖는 등, 페이소스를 느끼는 방향으로 독해 될 수 있다. 특히 「두꺼비」를 "대담한 자기표백적 문학"22)의 일환으로 이해했을 때, 인물의 심경을 직접적으로 드러내는 방식으로 글쓰기를 함 으로써 독자들에게 자기옹호적인 문학의 방식으로 읽힐 수 있다는 점에서 문제적이다. 따라서 「두꺼비」는 김유정의 문체적 자장에서 벗어난 작품 이며, 오히려 박태원이 언급한 심경소설의 범주에서 이해가 가능한 문체 전략을 선보인다고 할 수 있다.

박태원은 "한 작가가, 창작에 있어서의 '심리해부'의 수련을 위하여서 는, 가히 심경소설 제작을 꾀함보다 나은 자 없을 것"23)이라고 주장한 바 있다. 이때의 심경소설은 한 작가가 진리를 굽히지 않기 위해 "자기자 신의 그리 아름답지 않은 '발가숭이'를 그대로"24) 그려내는 텍스트이다. 실제로 박태원은 소설 속에서 자기 자신을 텍스트화하는 데 매우 적극적

---

22) 히라노 켄, 「사소설의 이율배반」, イトウ, セイ 외, 유은경 역, 『일본 사소설의 이해』, 소화, 1997, 180쪽.
23) 박태원, 「표현, 묘사, 기교-창작여록」, 1934, 류보선 편, 『구보가 아즉 박태원일 때』, 깊은샘, 2005, 270쪽.
24) 같은 곳. 박태원은 이 글에서 사소설과 심경소설을 크게 구분하지 않고 사용하고 있다.

이었던 작가이기도 했는데, 이러한 맥락을 고려해보면 김유정은 「두꺼비」를 통해 박태원의 창작 방식을 상당 부분 수용한 것으로 보인다. 특히 사소설이 인물의 행동과 심리에 집중하면서 서사를 구축해가는 방식을 채택한다고 간주했을 때, 김유정의 「두꺼비」에서 독자의 여운이 가장 직관적으로 드러나는 부분은 소설의 마지막 부분이다. 끝내 옥화가 자신의 사랑을 받아주지 않았음에도 불구하고 주인공은 "기생이 늙으면 갈데가 없을 것이다, 지금은 본체도 안하나 옥화도 늙는다면 내게 밖에는 갈데가 없으려니" 라는 생각을 하게 되는데, 이러한 주인공의 심리를 직접적으로 드러내는 문체 전략은 객관적 글쓰기보다 주관적 글쓰기를 지향하는 사소설적 문법을 따른 것으로 이해할 수 있다.

Ⅲ. 「생의 반려」의 문체적 자장과 박태원의 자유간접문체

전술한 바대로 김유정은 구어체를 빈번하게 사용한다. 대표적인 작품으로는 불쌍한 카페 여급(「야앵」)을 비롯하여 돈 주고 산 아내가 도망가버린 우둔한 소장수(「가을」)등을 언급할 수 있는데, 그가 그리는 인물은 독자로 하여금 동정과 연민의 감정을 유발시킨다. 따라서 "구어의 세계에서 독자는 주인공들이 겪는 세계와 일체감을 갖게 된다."[25]고 보는 견해가 일반적으로 팽배해 있다. 그러나 김유정이 독자와 등장인물의 거리를 좁히는 방향으로만 문체적 전략을 채택한 것은 아니다. 김유정의 1930년대 소설에서 고빈도어를 추출해보면 "이다"를 이어 "하다"가 2위를 차지하는 것을 확인할 수 있는데[26] 이를 통해 김유정은 인물과의 거리두기를

---

25) 양문규, 앞의 글, 356쪽.
26) 필자는 이미 아래 논문에서 김유정이 1936년 발표한 11편의 작품을 대상으로 계량적 문체지

추구하는 문체 전략도 즐겨 사용한 바 있다. 이 장에서는 이러한 인물과의 거리두기를 양가적인 문체 전략으로 파악하고, 이것을 김유정의 문체적 자장으로 전제하고자 한다. 특히 이 장에서는「두꺼비」에서는 예외적인 문체 실험을 벌였던 김유정이 「생의 반려」에서는 "하고"를 통해 자신의 문체적 자장으로 회귀하는 방식을 선택하고 있다는 점을 논하고자 한다.

「생의 반려」는 '나명주'라는 기생을 짝사랑하는 명렬의 이야기를 기본 골자로 하고 있지만 서술자는 명렬의 편지 심부름을 해주는 친구로 설정되어 있는 텍스트다. 1인칭 관찰자 시점으로 전개되는 특징을 보이기 때문에 이 과정에서 김유정이 '나'라는 서술자를 선택하여 어떠한 어휘를 반복적으로 사용하고 있는지를 살펴보는 것은 소설의 서술 전략을 이해하는 데 있어서 유의미한 성과를 줄 수 있다.

<표 4>「생의 반려」고빈도 어휘 - 굴절형 어휘 통계

순위	굴절형 어휘	어근형	빈도수	사용률
1	하고	하다01/vv	116	1.73
2	그는	그01/np	106	1.58
3	그	그01/mm	93	1.39
4	그리고	그리고/ma	73	1.09
5	나는	나03/np	63	0.94

표4에 따르면 "하고"는 총 1.73%로, 가장 빈번하게 사용된 굴절형 어휘다. 그러나 이는 "하-+고"의 형태만 고려한 결과이며, "하다"를 원형으로 삼는 어휘들을 모두 포함하면 사용률은 2.99%까지 높아진다. 김유

수를 도출하여 양가적 문체 전략에 대해 분석한 바 있다. 기존 연구는 김유정 소설의 전체적 특징을 조망하기 위해 진행된 것이므로 개별 작품을 정치하게 다루지는 못하였다. 따라서 이 연구는 기존 연구의 한계점을 보완하기 위한 후속 연구로 진행한 것임을 밝힌다. 김아름, 「김유정 단편소설에 드러난 페이소스의 문체와 양가적 문체 전략- 계량적 문체 지수를 중심으로」, 『어문론총』 95호, 한국문학언어학회, 2023, 215-242쪽.

정이 1936년 발표한 소설들로 범주를 넓혔을 때도 양상은 비슷하다. 이때 "하다"를 원형으로 삼는 어휘들의 사용률은 2.14%로, 전체 고빈도어 중 2위에 해당한다. 이처럼 김유정이 「생의 반려」에서 가장 빈번하게 사용한 "하고"의 사용 용례를 보면 다음과 같다.

> "사람이 일을 해야지 놀면 쓰나!"
> 하고 제법 점잖이 훈계를 하는 것이다.
> 나는 모욕당한 자신을 느꼈으나 꾹 참고 차를 마셨다. (…중략…)
> "허 시간이 늦었구면, 시간이 안늦었으면 극장엘 가치 갈랴했드니"
> 하고 뽐을 내는 것이다.(268쪽)

위의 장면은 서술자인 '나'가 명렬군의 편지를 명주에게 전하기 위해 박인석이라는 친구와 애써 대화를 이어가는 장면이다. 박인석이라는 친구는 기생집의 출입이 잦은 인물이었기 때문에 서술자는 박인석을 "돈푼좀 있다고 자네, 여보게, 어쩌구, 하는 꼴이 좀 아니꼬웠다"(267쪽)고 설명한다. 이때 주목할 만한 점은 박인석의 말투와 별개로 박인석을 묘사하는 서술자의 태도다. 큰따옴표 이후, 서술자는 "하고 제법 점잖이 훈계를 하는 것이다."라거나, "하고 뽐을 내는 것이다."와 같은 말을 덧붙임으로써 박인석에 대한 가치 평가를 유도하고 있다. 독자로 하여금 박인석의 말투에 친밀감을 느끼게 하는 것이 아니라, 박인석의 말을 서술자의 말로 평가함으로써 그 평가를 독자가 수용하도록 하는 양상을 띠는 것이다. 이것이 얼마나 의도적이었는지를 확인하기 위해 "하고"의 용례를 몇 개 더 추출해보면 다음과 같은 양상을 띤다.

> (가) "이년아! 밥을 먹으면 좀 얌전히 앉어 처먹어라, 기집애년이 그게 뭐냐?"
> 하고 얼토당토 않은 흉게를 하는 것이다.(280쪽)
> (나) "내 왜 이고생을 하나! 늘큰이 자빠 는 저 병신을 먹일랴고? 어여 뼈까지 긁어먹어라, 이놈아!"
> 하고 그 병이 또 시작되었다.(278쪽)

(가), (나)는 서술자가 부정적으로 평가하는 인물인 명렬군의 누나에 대해 서술하는 부분이다. 이 부분을 보면 "얼토당토 않은 흉게"를 한다거나 "그 병이 또 시작되었다."와 같은 부정적인 서술이 등장하는 것을 확인할 수 있다. 따라서 김유정은 「생의 반려」에서 이 "하고"를 이용함으로써 대화문에 인물들의 어휘를 고스란히 차용하여 독자로 하여금 친숙함을 느끼게 하는 문체를 사용하면서도, 동시에 인물에 대한 가치 평가를 덧붙임으로써 거리두기를 시행하는 양가적인 문체 전략을 채택하고 있다고 할 수 있다. 즉, 「생의 반려」는 기존의 김유정 소설 문체의 자장으로 회귀한 작품이라고 이해할 수 있는 것이다.

그러나 보다 중요한 점은 김유정이 이처럼 본연의 문체적 자장으로 회귀하는 모습을 보이면서도 자유간접문체에 관심을 보였다는 점일 것이다. 김유정은 「생의 반려」에서 1인칭 관찰자 시점을 채택하면서도 '그는'이라는 고빈도어를 통해 자유간접문체를 구사한다. 「생의 반려」에서 "그는"은 2순위에 해당할 정도로 빈번하게 사용된다. 이때, "그는"은 그/NP+는/JX[27]라는 두 개의 형태소로 구성된 굴절형 어휘이며, 이를 어근형으로 파악해보면 대명사 '그'는 총 208번이나 사용되었다. '그'의 직접적인 지시 대상인 '명렬'을 집계해보면 총 62번인데, 이는 이 소설이 관찰자의 입장에서 명렬의 짝사랑 이야기를 전개하는 서술방식을 선택하고 있기 때문이다. 특히 김유정은 이 자기반영적 소설을 보다 객관적인 형태로 서술하기 위해 1인칭 관찰자 시점으로 변화시킨 것으로 보인다. '나'는 명렬의 삶을 적당한 거리를 둔 채 객관화하여 바라볼 수밖에 없는 관찰자이기 때문이다. 이를 통해 작가는 등장인물과 독자의 거리를 원거리로 조정하는 효과를 성취한다. 그러나 과연 1인칭 관찰자 시점을 채택하면서

---

27) NP는 대명사를, JX는 보조사를 나타내는 일반적인 품사집합 기호이다.

'그'를 묘사하는 방식이 과연 객관적이었는가 하는 지점은 다시 살펴볼 필요가 있다. 다음의 용례를 보자.

> (가)그럼 어째서 명렬군이 하필 그런 여자에게 맘이 끌렸겠는가. 여기에 대하야는 나는 설명을 삼가리라.
> 우선 명렬군의 말을 들어보자.
> <u>그가</u> 명주를 처음 본것은 작년 가을이었다. 수은동 근처에서 오후 한시경이라고 시간까지 외고 있는것이다.(중략)
> 그럴수록 <u>그는</u> 초조를 품고 더욱 열심히 편지를 띠었다. 밤은 전수히 편지쓰기에 허비하였다. 그리고 낮에는 우중충한 방에서 이불을 들쓰고는 날이 저물기를 고대하였다.
> (252면-253쪽, 밑줄- 인용자)

> (나) 이제 생각하야 보건대 사람은 아마 극히 슬펐을 때 가장 참된 사랑을 느끼는 것 같다. 요즘에와서 명렬군은 생의 절망, 따라 우울의 절정을 걷고 있었다. <u>그의</u> 환경을 뒤집어본다면 심상치 않은 그 행동을 이해 못할 것도 아니다. (253쪽, 밑줄-인용자)

인용문 (가)는 1인칭 관찰자 시점에서 명렬과 명주의 첫 만남을 서술하는 장면임에도 불구하고, '그', 즉 명렬의 관점에서 서술되고 있어 관찰자의 시선으로 보기 어렵다. 특히 "우선 명렬군의 말을 들어보자" 다음에 전개되는 (가)의 내용은 밑줄 그은 부분, 즉, 주어인 '그가'나 '그는'을 '내가' 혹은 '나는'으로 바꾸어도 무방하게 서술되어 있다. 따라서 관찰자 시점에서 '그'의 이야기를 서술하고 있기는 하지만 객관적인 서술이라기보다는 객관을 위장한 서술에 가깝다고 할 수 있다. (나)의 경우도 마찬가지다. "이제 생각하야 보건대 사람은 아마 극히 슬펐을 때 가장 참된 사랑을 느끼는 것 같다"는 문장은 '나'의 서술인지 '명렬'의 서술인지가 모호할 만큼, '관찰자'가 관찰의 대상인 명렬의 사랑을 '옹호'하기 위한 목적을 가지고 기능하고 있다. 특히 명렬의 사랑을 "참된 사랑"이라고 표현하면서, 그 사랑이 명렬의 환경에서 온 것임을 독자들에게 피력하고 있다.

이처럼 관찰자의 목소리와 명렬의 목소리가 혼용된 문체들을 우리는 자유간접문체로 파악할 수 있다. 일반적으로 자유간접문체는 인용표지 없이 인물 내면의 의식을 곧장 전달하는 방식을 의미한다. 따라서 서술자의 목소리와 인물의 목소리가 중첩되어 나타나는 특징을 지닌다. 특히 자유간접문체는 3인칭 소설에서 주로 사용되는 경향이 있다. 하지만 1인칭 관찰자 시점으로 작성된 이 소설의 위 인용문에서 '그는'이라는 고빈도 어 뒤에 등장하는 문체들은 서술자의 목소리와 작중 인물의 목소리를 혼용하고 있다는 점, 별도의 인용표지가 없다는 점, '그는'을 '나는'으로 바꾸어도 의미 변화가 거의 없다는 점에서 자유간접문체로 파악할 수 있다. 이 연구에서 주목하는 점은 김유정의 「생의 반려」에서 서술자인 '나'의 목소리와 '명렬'의 목소리가 구분 없이 혼용되는 부분들을 어렵지 않게 발견할 수 있다는 점이다. 다음과 같은 사례가 대표적이다.

> (1) 그는 자기의 머릿속에 따로히 저의 여성을 갖고있는 것이다. 말하자면 그와 가치 생의 절망을 느끼고, 죽자하니 움직이기가 군찮고 살자하니 흥미없는 그런 비참한 그리고 그가 지극히 존경하는 한 여성이 있는 것이다. (…중략…) <u>그리고 명주는 우연히 그 여성의 모형이 되고 말았을 그뿐이겠다.</u> (256쪽, 밑줄-인용자)

> (2) 그는 학과의 흥미만 없을뿐 아니라 우선 학교와 정이 들질 않았다. (256-257쪽)

> (3) 그는 그 속에서 여러 가지를 보았으리라. <u>즉 어머니로써 동무로써 그리고 연인으로써 명주가 그에게 필요하였던.</u> (263-264쪽, 밑줄- 인용자)

(1), (2), (3)의 인용문은 모두 "그는"이라는 주어를 채택하고 있지만, 그 뒤의 문장 표현을 살펴보면 '그'의 심리나 생각과 관련된 서술들이 주를 이루고 있어, 주어부를 "나는"으로 바꾸었을 때 오히려 자연스러운 문장들임을 확인할 수 있다. 서술자는 (1)에서 명렬의 '머릿속'을, (2)에서

명렬의 심리를, (3)에서 명렬의 감정을 중점적으로 서술하고 있는데, 주목할 만한 점은 이러한 서술들이 "그는"이라는 고빈도어 이후에 후행서술로 등장함으로써 마치 이 소설이 1인칭 관찰자 시점이 아니라, 1인칭 주인공 시점으로 작성된 듯한 인상을 준다는 것이다. 뿐만 아니라 (1)과 (3)의 밑줄 그은 문장을 살펴보면 '나'의 시점에서 바라본 서술이라고 하기에는 불가능한 서술 내용이다. 특히 이 부분은 명렬의 의식과 생각을 곧장 전달하고 있다는 점에서 자유간접문체의 특징을 띤다. 따라서 이 소설에서 자유간접문체는 '그는'을 활용함으로써 문체적으로 객관성을 위장하면서도, 후행 서술을 '명렬'의 시점으로 서술함으로써 주관적으로 명렬의 심리를 드러내는 양가적인 방식으로 작동하며, 화자와 등장인물의 경계를 모호하게 만든다.

주지하다시피 이러한 자유간접문체는 박태원의 주요한 문체적 특징으로 지적되어 온 것이기도 하다. 이미 여러 논자들은 대표적인 자기 반영적 소설로 꼽히는 「소설가 구보씨의 일일」을 통해 박태원이 자유간접문체를 구사하고 있다는 데 의견을 모으고 있는데, 박태원의 다음과 같은 구절에서 자유간접문체의 전략을 엿볼 수 있다.

> 한 권 대학 노트에는 윤리학 석 자와 '임'자가 든 성명이 기입되어 있었다. 그것은 일종의 죄악일 게다. 그러나 젊은이들에게 그만한 호기심은 허락되어도 좋다. 그래도 구보는 다른 좌석에서 잘 안 보이는 위치에 노트를 놓고, 그리고 손톱을 깎을 것도 잊고 있었다.28)

이는 구보가 끽다점에서 다른 이의 윤리학 노트를 훔쳐 보는 과정을 묘사한 부분이다. 이때 "젊은이들에게 그만한 호기심은 허락되어도 좋다"라는 문장은 인물에 대해 옹호하기 위해 서술자가 덧붙인 서술인지 구보

---

28) 박태원, 『소설가 구보씨의 일일』, 깊은샘, 2006, 54쪽.

의 자의식인지가 불분명하게 서술되어 있다. 윤영옥은 이러한 자유간접문체에 대해 "인물의 내적 세계와 외적 세계 사이의 이동을 자유롭게 하며, 나아가 인물의 외적 세계를 내적 세계에 흡수하여 내적 세계의 확장을 가져온다."[29])고 분석한 바 있다. 이처럼 인물의 내적 세계가 확장되는 과정은 박태원의 「소설과 구보씨의 일일」과 김유정의 「생의 반려」가 자기 서사라는 점을 떠올렸을 때 더욱 문제적이다. 박태원이 3인칭 소설에서 인물의 언어와 서술자 언어를 혼용한 것이나, 김유정이 1인칭 관찰자 소설에서 관찰자의 언어와 관찰 대상의 언어를 혼용한 것은 동일한 문체 전략으로 보이기 때문이다. [30])

그렇다면 김유정에게 이러한 문체 전략이 필요했던 이유는 무엇인가. 「두꺼비」를 통해 완성한 자기 서사가 「생의 반려」로 새롭게 탄생되는 과정에서의 시점 변화에 주목할 필요가 있다. 1인칭 주인공 시점에서 1인칭 관찰자 시점으로의 변모를 통해 김유정은 서술자와 인물의 거리, 인물과 독자의 거리를 확보하고자 한 것으로 보인다. 일반적으로 서술자가 서술대상의 외모나 대화, 행위를 거리두기를 한 채 서술하게 되었을 때 독자들은 그 서술을 보다 객관적인 입장에서 신뢰하게 된다. 누구의 시선으로 서술하는지의 문제가 서술자와 인물의 거리, 또는 독자와 인물

---

29) 윤영옥, 「「소설가 구보씨의 일일」에 나타난 자유간접문체에 관하여」, 『현대소설연구』5권 5호, 현대소설학회, 1996, 175쪽.
30) 물론 이러한 자유간접문체뿐만 아니라 의식의 흐름 기법이나 내적 독백 등을 자유롭게 사용하는 모더니스트 작가들의 전략은 제임스 조이스 등과의 연관성을 밝히는 방향으로 지속적으로 논의되어 온 부분이기도 하다. 다음의 논문을 참고할 수 있다. 김미지, 「한중일의 '제임스 조이스' 담론과 매체 네트워크」, 『구보학보』28호, 구보학회, 2021, 95-122쪽.
특히 김유정을 이러한 관점에서 언급한 이만영은 "새로운 창작 이론의 왜곡된 이해"라는 김남천의 주장을 인용하면서 김유정을 신심리주의에 경도된 작가로 보는 인식들에 논한 바 있다. 이만영, 「김유정과 문학사- 1930~60년대 김유정론의 전개 양상을 중심으로」, 『현대소설연구』85호, 한국현대소설학회, 2002, 455쪽.
다만 이 연구에서는 연구 범위상 이 부분에 대한 논의는 남겨두기로 한다.

의 거리를 결정짓기 때문이다. 따라서 「생의 반려」에 드러난 김유정의 문체 전략은 이러한 거리두기를 위한 시도이기도 하다.

김유정은 이처럼 거리두기를 시행하면서 양가적인 문체 전략을 채택함으로써 두 가지 방식으로 독자들에게 인물에 대한 판단을 유보시키거나 지연시키는 효과를 거두고 있다. 첫째, 기존의 문체적 자장 안에서 "하고"나 "이렇게" 등의 구어체적 어휘들을 사용하여 선행문장에서 인물에 대한 페이소스를 느끼게 묘사하면서도, 후행 문장에서는 전술한 부분을 위배하거나 새롭게 평가를 내리는 형용사들을 나란히 병치시킨다. 둘째, 김유정은 1인칭 관찰자인 '나'를 설정하여 '명렬'로부터 거리두기에 성공한 것처럼 객관성을 위장하고 있지만, 결국 자유간접문체를 통해 '명렬'의 생각이나 감정을 적극적으로 옹호하는 양가적인 태도를 드러냄으로써 인물에 대한 적극적인 해명을 시도하고 있다는 해석이 가능하다.

흥미로운 것은 이 지점에서 오히려 관찰자인 '나'가 '명렬'의 또 다른 페르소나로 읽힌다는 점이다. 박태원의 「소설가 구보씨의 일일」에 등장한 "구보"가 "박태원의 페르소나이기도 하고, 박태원의 패러디이기도 하며, 결국 박태원이기도 하다"[31]는 메타픽션적 관점의 해석은, 자기반영적 소설인 김유정의 「생의 반려」에도 여전히 유효하다. 김유정은 「생의 반려」를 통해 자신의 페르소나를 둘로 구분하고, 한 명에게는 관찰자의 역할을, 한 명에게는 관찰 대상의 역할을 부여한다. 그리고 두 페르소나 간 시점의 자유로운 이동을 통해 관찰자인 '나'는 명렬의 내적 세계를 흡수함으로써 그것을 다시 외적 세계로 객관적으로 표출하는 역할을 충실히 수행해준다. 이처럼 여러 인물에 '자기서사'를 투영한 김유정의 「생의

---

31) 노태훈, 「구보의 픽션, 박태원의 메타픽션 -「소설가 구보씨의 일일」 연구」, 『구보학보』 17호, 구보학회, 2017, 281쪽.

반려」는 인물에 대한 거리두기를 시행하면서도 자유간접문체를 통해 끊임없이 내적 세계를 확장해나갔다는 점에서, 오히려 박태원의 자기 반영적 소설들과 유사성을 보이는 문체를 활용하는 작품이라고 할 수 있다.

Ⅳ. 위반의 글쓰기, 방해의 미학

이상에서 살펴본 바대로, 김유정이 자기 서사의 일환으로 작성한 두 편의 소설 「두꺼비」와 「생의 반려」는 문체적 측면에서 구인회 작가들의 언어적 실험과 유사한 특징을 보인다. 전자가 김유정의 문체적 자장에서 완전히 벗어나 문체적 실험들로 점철된 예외적인 특징들을 보여준다면, 5개월 뒤 발표된 후자는 김유정의 문체적 자장 안으로 일정 부분 회귀하면서도 자유간접문체라는 새로운 문체적 시도를 선보인다는 점에서 그러하다. 이처럼 이 연구는 김유정이 구인회 문인들, 특히 박태원의 언어 실험에 동참하고 있었다는 근거로서 장문, 내포문, 자유간접문체 등을 제시하였다.

중요한 것은 이러한 김유정의 문체 전략이 독자에게 어떠한 문체 효과를 주는지의 측면일 것이다. 보통 독자들을 글을 읽을 때 그것을 통해 어떠한 정서적 반응을 일으키기 마련이다. 글이 기본적으로 의사소통의 수단이기 때문이다. 그러나 김유정의 「두꺼비」는 이러한 하버마스식 의사소통의 합리성을 위반한다. 특히 그라이스의 협조의 원리를 떠올려보면 김유정은 장문이나 내포문 등을 통해 태도의 격률을 위반하고 있음을 알 수 있다.[32] 태도의 격률이란 모호한 표현을 피하고 간결하게 정보를

---

32) 한국기호학회 엮음, 『기호학연구 제 5집: 은유와 환유』, 문학과지성사, 1999, 105쪽.

제공해야 함을 의미하는데, 김유정은 장문을 통해 의도적으로 내용 전달을 지연시키는 문체 전략을 구사한다. 아울러 내포문을 통해 의도적으로 문장을 횡적으로 확대시킴으로써 독자로 하여금 의미 파악을 지연시킨다. 「생의 반려」에서도 마찬가지다. 김유정은 양가적 문체나 자유간접문체를 사용함으로써 자기 서사를 완성시키는 과정에서 태도의 격률을 위반함으로써 인물에 대해 양가적인 관점에서 해석하게 만들거나, 인물에 대한 가치 판단을 유보하고 모호성을 유발시킨다.

이처럼 의미파악을 지연시키거나 모호성을 유발시키는 위반의 글쓰기가 구인회 문인들, 특히 모더니스트들의 미학이라는 점은 특기할 만하다. 모더니스트들은 '문학주의'를 표방하면서 문학형식을 끊임없이 실험함으로써 문학을 '언어의 건축물'로 인식[33]하고자 노력했다. 이것은 리얼리스트들이 총체성의 세계를 규명하기 위해 합리적인 언어 선택을 강조했던 것과 차별적인 지점이다. 특히 리얼리스트에게 있어서의 제 1의 창작원리란 세계를 적확하게 모방하거나 재현하는 것이었다. 이를 통해 소설의 내용이 독자에게 제대로 전달될 수 있기 때문이다. 따라서 A. 아이스테인손의 주장대로 리얼리즘이야말로 "주체가 객체와 '사이좋게 지내는' 글쓰기 양식"인 셈이다. 그에 따르면 이러한 리얼리즘과 모더니즘의 차이는 의사소통에 대한 태도에 의해 발생한다. 리얼리즘의 글쓰기 양식 안에서 개인은 공통된 이해에 토대하고 있는 사회를 납득할 수 있게 된다.[34] 이에 반해 모더니스트들의 포부는 "의사소통이라는 규범적인 언어의 안정성으로 도피하려는 것에 저항하는 것"[35]이라고 보았다. 이것을 아이스테인손은 방해의 미학이라고 부른다.

---

33) 서준섭, 『한국 모더니즘 문학 연구』, 일지사, 2000, 19쪽.
34) A. Eysteinsson, 임옥희 역, 『모더니즘 문학론』, 현대미학사, 1996, 245쪽.
35) 위의 책, 249쪽.

아이스테인손의 견해에 따르면, 김유정은 모더니스트들과 마찬가지로 「두꺼비」를 통해 위반의 글쓰기를 시행함으로써 방해의 미학을 구현한다. 인물과 독자의 거리가 가깝게 설정된 「두꺼비」의 경우, 독자로 하여금 1인칭 주인공 시점이기 때문에 얻을 수 있는 손쉬운 독서행위를 방해하면서 의도적으로 장문을 구사하거나 언어를 전경화시키면서 방해의 미학을 성취하고 있기 때문이다. 그러나 김유정이 자기 서사를 통해 그려낸 세계 인식의 결과가 「생의 반려」에서 1인칭 관찰자 시점으로 객관성을 확보하기 위한 변화를 추구했다고 크게 달라지지는 않는다는 점도 반드시 언급되어야 할 것이다. 인물과 독자의 거리두기를 시도한 「생의 반려」에서조차 김유정은 양가적 문체를 구사하거나 자유간접문체를 활용하여 가치판단을 유보시킴으로써 방해의 미학을 보이기 때문이다.

이 연구는 이처럼 동일한 화소를 다룬 두 편의 소설 문체를 문체적 자장 안에서 검토함으로써, 김유정이 구인회 작가들, 특히 박태원과 문학적 공감대를 형성하고 있었음을 공시적인 관점에서 규명하고자 했다. 특히 그간 인상 비평에 그치거나 간단한 언급에 그쳤던 「두꺼비」나 「생의 반려」와 구인회 문인들과의 문학적 유사성을 문체론의 관점에서 접근했다는 데에서 이 연구는 나름의 의의를 갖는다. 물론 두 소설 이후, 김유정은 사소설적 창작 세계를 「슬픈 이야기」나 「따라지」 등 가족들의 이야기로까지 확장해가는 모습을 보여주지만, 이 연구의 범주에 넣지 못했다는 한계는 남는다. 따라서 김유정의 개별 작품들에 대한 지속적인 문체 연구를 시행할 예정이다.

참고문헌

● 단행본

김동성, 『언어 자료 분석을 위한 통계학』, 한국어국어대학교출판부, 2010.

김상태, 『문체의 이론과 해석』, 집문당, 1982.

김유정, 『원본 김유정 전집』, 강, 2012.

박태원, 『구보가 아즉 박태원일 때』, 깊은샘, 2005.

서준섭, 『한국 모더니즘 문학 연구』, 일지사, 2000.

박태원, 『소설가 구보씨의 일일』, 깊은샘, 2006.

한국기호학회 엮음, 『기호학연구 제5집: 은유와 환유』, 문학과지성사, 1999.

A. Eysteinsson, 임옥희 역, 『모더니즘 문학론』, 현대미학사, 1996.

イトウ, セイ 외, 유은경 역, 『일본 사소설의 이해』, 소화, 1997.

● 논문

권 은, 「식민지 도시 경성과 김유정의 언어감각」, 『인문과학연구』 38권, 성신여자대학
        교 인문과학연구소, 2018, 65-90쪽.

김미지, 「기생(寄生)과 공생(共生) 사이-구인회 도시소설과 겹쳐 읽은 김유정 소설」,
        『구보학보』 26호, 구보학회, 2020, 269-297쪽.

_____, 「한중일의 '제임스 조이스' 담론과 매체 네트워크」, 『구보학보』 28호, 구보학
        회, 2021, 95-122쪽.

김아름, 「구인회의 『시와 소설』에 나타난 문학적 글쓰기의 양상들」, 『우리어문연구』
        50호, 우리어문학회, 2014, 197-222쪽.

_____, 「김유정 단편소설에 드러난 페이소스의 문체와 양가적 문체 전략- 계량적
        문체 지수를 중심으로」, 『어문론총』 95호, 한국문학언어학회, 2023,
        215-242쪽.

김한식, 「절망적 현실과 화해로운 삶의 꿈 - '구인회'와 김유정」, 『상허학보』 3호, 상허
        학회, 1996, 295-319쪽.

김현실, 「김유정 문학의 전통성- 고전 문학과의 비교를 통해서」, 『이화어문논집』 6호,
        한국어문학연구소, 1983, 297-318쪽.

김희찬, 「한국어 말뭉치의 계량적 처리 절차 연구」, 서울대학원 석사학위논문, 2000.

노지승, 「맹목과 위장, 김유정 소설에 나타난 자기(self)의 텍스트화 양상」, 『현대소설
        연구』 54호, 한국현대소설학회, 2013, 115-144쪽.

노태훈, 「구보의 픽션, 박태원의 메타픽션 -「소설가 구보씨의 일일」 연구」, 『구보학보』 17호, 구보학회, 2017, 265-289쪽.

문한별, 「한국 현대소설의 기계적 문체 분석 가능성을 위한 계량적 방법론 - 1930년대 작가를 중심으로」, 『국어국문학』 170호, 국어국문학회, 2015, 425-454쪽.

방민호, 「김유정, 이상, 크로포트킨」, 『한국현대문학연구』 44호, 한국현대문학회, 2014, 281-318쪽.

송희복, 「청감(聽感)의 시학, 생동하는 토착어의 힘- 김유정과 이문구를 중심으로」, 『새국어교육』 77호, 한국국어교육학회, 2007, 751-775쪽.

양문규, 「한국근대소설에 나타난 구어전통과 서구의 상호작용」, 『배달말』 38호, 배달말학회, 2006, 341-365쪽.

윤영옥, 「「소설가 구보씨의 일일」에 나타난 자유간접문체에 관하여」, 『현대소설연구』 5권 5호, 한국현대소설학회, 1996, 165-187쪽.

이만영, 「김유정과 문학사- 1930~60년대 김유정론의 전개 양상을 중심으로」, 『현대소설연구』 85호, 한국현대소설학회, 2002, 455쪽,

장영우, 「'구인회'와 한국 현대소설」, 『현대소설연구』 54호, 한국현대소설학회, 2013, 9-39쪽.

전신재, 「김유정 소설의 구비문학 수용」, 『아시아문화』 2, 한림대출판부, 1987.

조경덕, 「김유정의 소설 쓰기와 자기 인식-「슬픈 이야기」, 「따라지」 분석」, 『한국문학이론과 비평』 55호, 한국문학이론과 비평학회, 2012, 243-262쪽.

현순영, 「구인회의 활동과 성격 구축 과정-- 구인회의 성격 구축 과정 연구 (2)」, 『한국언어문학』 67호, 한국언어문학회, 2008, 443-486쪽.

● 기타 자료

한마루2.0

지능형 형태소 분석기

2부

/

김유정 문학의
윤리와 생태적 시선

김유정 문학에 나타난 중동태의 윤리와 아름다운 가상

서 동 수

Ⅰ. 서론

본고의 목적은 김유정의 문학 세계를 중동태의 관점에서 고찰하는데 있다. 김유정에 대한 논의는 선행 연구를 통해 이미 많은 성과를 거두었다. 그럼에도 김유정 연구가 여전히 현재진행형인 것는 김유정 문학의 다층성과 그동안 진행되어온 해명들이 새로운 해명을 요구하는 상황으로 이어지고 있기 때문이다. 최근의 연구 경향 중의 하나는 김유정의 "위대한 사랑"[1]의 정체를 묻는 것이다. 물론 새로운 주제는 아니지만 최근의 연구는 크로포트킨, 마르크스 등을 통해 보다 분석적인 입장을 취하고 있다.[2]

---

1) 김유정, 「병상의 생각」, 『산골 나그네(외)』, 범우, 2004, 507쪽. 이하 김유정의 글은 제목과 면수만 표기함.

2) 관련된 논의로는 최원식, 「모더니즘 시대의 이야기꾼」(『민족문학사연구』43, 민족문학사연구소, 2010). 방민호, 「김유정, 이상, 크로포트킨」(『한국현대문학연구』44, 한국현대문학회, 2014), 서동수, 「김유정 문학의 유토피아 공동체와 크로포트킨의 상호부조론」(『스토리앤이미지텔링』9, 건국대 스토리앤이미지텔링연구소,2015),진영복, 「김유정 소설의 반개인주의 미학」(『대중서사연구』23(4), 대중서사학회, 2017). 홍기돈,「김유정 소설의 아나키즘 면모 연구」(『어문론집』70, 중앙어문학회, 2017), 홍래성, 「반(反)자본주의를 위한 사랑의 형상화-김유정론」(『한민족문화연구』56, 한민족어문학회, 2016) 등이 있다.

많은 성과에도 불구하고 본고에서 다시 한번 크로포트킨을 호출하는 이유는 김유정이 회구하였던 대안 세계(아름다운 가상)의 '윤리성' 때문이다. 김유정의 문학은 크게 근대성 비판과 대안 세계의 구축으로 요약할 수 있다. 이는 작품 속 현실비판이 풍속이나 폭로의 차원, 그리고 특정 지역이라는 로컬리티를 넘어서는 이유이기도 하다. 특히 근대성 논의는 그의 문학이 비판을 넘어 '대안 세계'로 확장되는 계기가 되었으며, 그 연결고리에 크로포트킨의 사상이 자리하고 있다. 김유정에게 크로포트킨의 상호부조론는 단지 '서로 협력하여 선을 이룬다'는 의미에 그치지 않는다. 이 정도의 주장이라면 굳이 크로포트킨을 특정할 이유가 없다. 그리고 김유정에게 문학의 존재 이유가 "인류 상호 결합의 근본 윤리"[3]임을 기억할 필요가 있다. '근본 윤리'라는 표현은 단순한 수사적 차원이 아니다. 여기에는 "궁핍한 우리 생활을 위하여 남은 한 길"[4]이라는 김유정의 절박함이 담겨 있다. 또 하나 주의할 점은 '상호부조'와 '근본 윤리'의 구분이다. 상호부조 자체는 '근본 윤리'가 아니다. 상호부조는 그 '근본 윤리'를 실천하기 위한 방법론이다. 상호부조가 대안 세계를 구성할 방법론이라면 '근본 윤리'는 상호부조의 내적 동력이자, 대안 세계의 구성 원리이다. 김유정의 "근본 윤리"에 대해 진지한 질문을 요청해야 하는 이유가 여기에 있다.

이에 본고에서는 중동태라는 개념을 통해 김유정의 '근본 윤리'를 고찰하고자 한다. 이를 위해 첫째, 크로포트킨의 상호부조론과 중동태의 관련성, 둘째, 김유정의 근대 비판과 톨스토이와의 관련성, 셋째, 김유정 소설 속 '공포의 자연'과 아름다운 가상과의 관련성을 중심으로 논의하고자

---

3) 「병상의 생각」, 508쪽.
4) 위의 글, 507쪽.

한다. 고대 인도-유럽어에서 널리 쓰인 중동태는 문법을 넘어 인식의 영역까지 영향을 미치고 있었는데, 윤리의 차원으로 확장한 고쿠분 고이치로(國分功一郞)의 논의를 중심으로 고찰하고자 한다. 그리고 이 과정에서 톨스토이의 영향을 살피고자 한다. '근본 윤리'라는 발상의 기저에는 근대성에 대한 김유정의 문제의식이 자리하고 있었다. 특히 근대 예술과 과학에 대한 톨스토이의 인식이 김유정에게 미친 영향과 이것이 크로포트킨의 상호부조와 '근본 윤리'로 이어지는 과정도 함께 살피고자 한다. 마지막으로 김유정 작품에 빈번히 등장하는 '공포의 자연'과 "근본 윤리"가 어떤 관련이 있는지 살피고자 한다. 그동안 자연은 전통성과 향토성의 관점에서 민중의 발랄함, 건강성의 측면에서 논의되어 왔으나, 실제로 김유정의 소설 속 자연은 알 수 없는 거대한 힘으로 인간의 삶을 압도하고 응시하는 '공포'의 존재로 등장하는 경우가 빈번하다. 이에 작품 속 '공포의 자연'이 갖는 의미와 역할도 함께 살피고자 한다. 이러한 논의를 통해 김유정이 "우리의 최고 이상"이라고 말했던 "위대한 사랑"[5]의 정체를 해명할 수 있을 것이며 동시에 작가 김유정의 존재 이유("내가 마땅히 걸어야 할 길"[6])를 밝히는 계기가 될 수 있을 것이다.

II. 중동태의 세계와 윤리학

우리에게 낯선 용어인 중동태는 능동태-수동태의 구분 이전에 이미 고대 인도-유럽어에서 널리 쓰이던 태였다. 지금도 고전 그리스어를 배우기 위해서는 중동태를 배워야 한다. 산스크리트어, 라틴어, 일본어에도

---

5) 위의 글, 507쪽.
6) 「밤이 조금만 짧았더면」, 481쪽.

중동태의 흔적이 남아 있으며, 심지어 한국어를 중동태의 관점에서 연구한 논문도 있다.[7] 또 호머의 『일리아스』가 중동태의 소산이라고 주장하는 평론가들도 다수이다. 하지만 중동태는 여전히 우리에게 낯선 대상이다. 하지만 고쿠분 고이치로는 잊혀진 중동태를 다시 호출하여 오늘날 능동태-수동태 대립 구조의 인식론적 문제점 및 해결방안을 제시한다.[8]

그렇다면 중동태란 무엇인가? 고이치로가 언어학자 벤베니스트(Émile Benveniste)와 영문학자 호소에 잇키(細江逸記)의 논의를 바탕으로 정의한 중동태의 모습은 다음과 같다.

> 능동에서 동사가, 주어에서 출발하여 주어 바깥에서 완수하는 과정을 지시한다. 이에 대립하는 태인 중동태에서 동사는 주어가 그 장소가 되는 그러한 과정을 나타낸다. 요컨대 주어는 과정이 내부에 있다. (중략) 주어는 그 과정의 행위자임과 동시에 그 중심이다. 주어(주체)는 주어 안에서 성취되는 어떤 일(태어나다, 자다, 자고 있다, 상상하다, 성장하다 등)을 성취한다. 그리고 그 주어는 바로 자신이 그 동작주인 과정의 내부에 있다.(107면)

우선 주목할 점은 오늘날 능동태-수동태의 구분 이전에 능동태-중동태의 구분이 선행했다는 점 그리고 시간이 지나면서 중동태가 점차 수동태로 변화해 갔다는 점이다. 즉 최초에는 능동과 중동의 대립만이 존재했으며, 이 속에서 능동은 오늘과는 전혀 다른 의미로 쓰였던 것이다.[9] 능동-중동의 관계 속에서 중요한 것은 '행위 주체'가 아니라 '주체의 위치'이다. 중동태와의 관계에서 능동은 "동사가 주어에서 출발하여 주어 바깥에서

---

7) 김영일, 「한국어 문법론에서 중동태의 설정을 위하여」, 『한말연구』55, 한말연구학회, 2020.3.
8) 고쿠분 고이치로, 박성관 옮김, 『중동태의 세계』, 동아시아, 2019, 201쪽. 이하 중동태의 설명은 모두 이 책을 따르며 특별한 경우를 제외하고는 따로 각주 표시를 하지 않는다.
9) 고이치로는 중동태에서 수동태(자동사, 타동사, 사동 표현)가 태어났음을 여러 사례를 통해 증명하고 있다. 이는 능동태의 의미를 오늘의 수동태와의 관계(책임의 귀속) 속에서 규정할 것이 아니라 중동태와의 관계 속에서 새롭게 정의할 것을 요구하는 것이다. 이를 통해 현재의 능동과 수동이 대립에서 발생하는 '하느냐'와 '당하느냐'의 의미는 새롭게 재정의될 수 있기 때문이다.

완수하는 과정을 지시"한다. 예를 들어 그리스어와 산스크리트어 '가다'는 '어디론가 가버리다', '떠나가다'라는 뉘앙스가 있어서 영어의 'come'에 대립하는 'go'에 가까워, 동작이 주어가 점하는 장소의 외부에서 완결된다는 점에서 능동태의 동사이다. 반면에 그리스어 '가다(ἔρχομαι에르코마이)'는 '돌아오다'라는 의미가 있어 동작이 주어가 이루어지는 자리로 (과정의 내부) 향한다는 점에서 중동태의 동사이다. 그리스어 '이루어지다', '염려하다', '겪다', '참고 견디다' 등도 모두 동작이 모두 주어의 과정 속에 있다는 점에서 중동태의 동사이다.

주체(주어)의 위치(안과 밖)에 따른 태의 구분이 중요한 이유는 의지와 책임의 문제로 연결되기 때문이다. 고이치로에 따르면 능동(하다)-수동(당하다)의 구분은 우리에게 행위에 대한 '의지-책임' 문제를 강요한다. 예를 들어 어떤 사람이 협박에 못 이겨 돈을 주는 경우 그의 행위는 자발적(능동)인가 아니면 비자발적(수동)인가. 이 문제는 그리 간단치 않은데, 어떤 사람이 책임을 지기 위해서는 자발적 의지에 따른 능동적인 행위이어야 하기 때문이다. 정신병자에게 법적 책임을 묻지 않은 이유가 여기에 있다. 하지만 이러한 논리는 편의주의적이기도 하다. 예를 들어 밤늦도록 TV나 게임 때문에 반복적으로 지각을 하는 학생의 경우 의지가 약한 수동적 인물로 평가한다. 그러나 학교가 벌칙을 부여할 때가 되면, 돌연 그 학생은 자유로이 선택할 수 있는, 의지를 갖춘 능동적인 인물로 간주된다. 이는 능동적이었기 때문에 책임을 지운다기보다는 책임 있는 존재로 간주해야 할 필요성이 발생했기 때문에 능동적이었다고 해석하는 것이다. 고이치로는 행위에 관한 복수(複數)의 요소들을 배제한 채10) 의지와 책임을 강요하

---

10) 학생이 밤 늦게까지 TV 시청이나 게임을 하지 않을 수 없는 여러 요인들을 고려할 수도 있기 때문이다. 예를 들어 부모가 매일 밤 늦게까지 싸움하는 소리를 듣지 않기 위해, 또는 감당할 수 없는 어떤 불안을 잊기 위해 게임 등에 몰두할 수도 있다.

는 것을 '사건의 사유화'라고 부르고 있다. 능동태(하느냐)와 수동태(당하느냐)로 대립하는 언어는 '이 행위는 누구의 것이냐?'고 묻는 '심문하는 언어'라는 것이다. 고이치로는 그 원인을 '능동태-수동태'의 대립적 언어 구조에서 찾고 있다. 언어란 사고의 토대이자 가능성이라는 점에서 오늘날 '심문하는 언어'의 강박은 우리에게 제3의 경우를 생각할 수 있는 언어 구조가 부재하기 때문이다.

그렇다면 중동태적 사유를 부활시키면 어떠한 일이 발생하는가? 우선 행위의 위치에서 주어(주체)를 사고하게 되면 자발성-비자발성, 의지-책임과는 다른 인식이 가능해진다. 고이치로는 그 사례로 고대 그리스에서 '존재론'이 발생한 이유를 들고 있다. 그에 따르면 고대 그리스에는 '의지'라는 개념이 존재하지 않았다. 아리스토텔레스의 저술에 '자유 의지'라는 개념이 부재한 것도 이 때문이다. 이처럼 존재를 지칭하는 동사 '있다'를 의지의 차원이 아닌 중동태(행위의 과정)로 인식할 수 있었기에 '존재'에 대한 객관적 사유(존재론)가 가능했다는 것이다.

고이치로는 궁극적으로 중동태의 사유가 불러올 공동체의 변화 가능성을 스피노자를 통해 설명한다. 고이치로는 중동태의 관점에서 스피노자의 본질, 변양, 양태의 개념을 사유한다. 잘 알려져 있듯이 스피노자에게 신이란 우주 혹은 자연 자체이고 세상 만물은 그러한 실체가 다양한 방식으로 '변양(affectio)'한 것이다. 변양이란 성질이나 형태를 띰을 의미하며, 실체의 변양으로 존재하는 개별적 사물을 양태라 부른다.11) 스피노자에게 능동과 수동은 변양의 두 가지 양상이다. 변양은 그 변양을 겪는 물체의 본성만으로 설명될 때 능동이라 불리고 그 변양을 겪는 물체의 본성만으

---

11) 고이치로는 아감벤의 주장을 인용해 이른바 스피노자의 '양태적 존재론'은 소위 능동-수동 쌍이 아닌 '중동태적 존재론'으로만 이해할 수 있다고 강조한다.

로 그것이 설명되지 않을 때에 수동이라 불린다. 그런데 이 두 과정은 개별적이 아니라 함께 일어나는데, 핵심은 변양의 질적 차이이다. 동일한 자극을 받아도(수동) 사람마다 다른 방식으로 변양하며, 심지어 동일한 사람이 동일한 자극을 받더라도 경우에 따라 다른 방식으로 변양할 수 있기 때문이다. 스피노자는 개별적 존재들이 '자기의 있음(본질)'을 일정한 비율로 유지하고자 하는 힘을 '코나투스(conatus)'라 불렀다.[12] 코나투스는 자극을 받는 수동의 차원이지만 동시에 자극에 대해 자신을 유지하고자 한다. 스피노자는 변양이 우리의 본질을 충분히 표현할 때(주어가 행위의 과정 안에 있을 때)가 능동이며, 반대로 외부의 자극에 압도당해 개체의 본질을 거의 표현하지 못하거나 오히려 자극을 가한 외적 존재의 본질을 많이 드러낼 때를 수동으로 규정한다. 능동과 수동을 양자택일이 아닌 정도의 차이로 이해한다면 수동적인 삶을 감소시킬 뿐만 아니라 능동적 삶을 증가시킬 수는 있다는 것이다.

고이치로가 본 스피노자의 능동의 윤리는 중동태의 모습과 다르지 않다. 중동태가 행위의 주체보다 행위의 과정에 의미를 두었듯이, 능동의 윤리란 바로 수동적 변양을 강요하는 사태를 내부로 끌어들여 '성찰'을 요구함으로써 '자기의 있음'을 사유하는 삶인 것이다. 고이치로가 다시금 중동태의 윤리를 요청하는 이유도 의지와 책임의 문제를 새롭게 사유함과 동시에 '하다'와 '당하다'의 경직된 인식 구조에서 벗어날 수 있는 가능성 때문이다.

---

12) 고이치로는 'affectio(변양)'과 '코나투스(conatus)'를 중동태로 이해해야 한다고 설명하고 있다.

III. 김유정의 인식론과 중동태의 윤리

1. 들병이와 중동태의 윤리

주지한 것처럼 중동태의 사유는 기존의 능동-수동의 인식틀을 벗어나는 것이다. 즉 행위 주체 중심이 아닌 행위 과정 속에서 사유하는 것이며, 이러한 '성찰'을 통해 존재의 본질을 유지하려는 윤리이다. 이러한 차원을 잘 보여주는 텍스트 중의 하나가 「조선의 집시-들병이 철학」(1935)이다. 김유정의 '들병이' 논의는 대부분 논쟁의 성격을 띠고 있는데, 들병이를 주체적 존재와 성착취의 희생자로 나누는 것이다.13) 그런데 이러한 접근은 능동(하다)-수동(당하다)의 관점에서 책임의 소재를 묻는 것과 다르지 않다. 즉 행위 주체의 자발성에 대한 책임 공방인데, 이러한 방법으로는 주체의 책임을 묻기가 쉽지 않다. 우선 주체성을 강조하기 위해서는 '들병이의 행위가 '자발적 의지의 발현임을 증명해야 한다. 그런데 문제는 '의지'라는 개념이 우리가 통상 이해하는 '하고자 함'과는 다르다는 데 있다. 고이치로는 그 이유를 아렌트의 '선택'과 '의지' 개념을 통해 이를 설명한다. 아렌트는 우선 아리스토텔레스의 『니코마스윤리학』을 논구하면서 '프로아이레시스(선택)'가 의지의 발현이 아니라 과거로부터의 귀결로 규정하고 있다.14) 선택은 과거의 여러 사태를 돌아보며 숙고의 과정을 통해 나온 행위라는 것이다. 반면 의지는 과거와의 단절이다. 의지는 실현의

---

13) 관련된 대표 논의로는 권경미, 「들병이와 유사가족 공동체 담론」(『우리문학연구』66, 우리문학회, 2020)와 권창규, 「가부장 권력과 화폐 권력의 결탁과 경합:김유정 소설을 중심으로」(『여성문학연구』42, 한국여성문학학회, 2017) 등이 있다.

14) 아리스토텔레스는 합리적 선택과 자발성과의 차이를 설명하면서, 합리적 선택은 과거의 귀결인 '숙고'의 결과라고 정의하고 있다. 원문은 다음과 같다. "합리적 선택의 대상은 숙고 끝에 결정되기 때문이다. (중략) 합리적 선택의 대상은 우리 힘이 미치며 숙고 끝에 우리가 욕구하는 것이므로, 합리적 선택은 우리 힘이 미치는 것들을 향한 숙고 끝의 욕구라고 할 것이다. 우리가 숙고 끝에 결정했다면 그것은 숙고에 따라 욕구하기 때문이다"(아리스토텔레스, 천병희 옮김, 『니코마스 윤리학』, 숲, 2022, 101-102쪽.)

방향으로 향하는 어떠한 힘 또는 원동력이자 자신이나 주위를 의식하면서 작용하는 힘이기도 하다. 그런데 의지는 주의를 의식함에도 불구하고 그 상황으로부터 독립되어 있다. 이는 다양한 정보를 의식하면서도 그로부터 독립하여 판단이 내려졌다는 것을 의미한다. 즉 의지는 자기 이외의 것에 접속되어 있음과 동시에 그로부터 단절되어 있지 않으면 안 되는 것이다. 그렇기에 의지는 일반적인 의미의 '하고자 함'이 아니라 과거의 모든 것들과 결별이자 진정한 '미래'를 향한 출발점이 된다. 여기서 '미래' 역시 과거와는 다른 무엇이어야 한다. 미래가 과거의 귀결이거나 축적이라면 그것은 과거의 연장일 뿐이기 때문이다. 따라서 의지는 '무로부터의 창조 (ex nihilo)'에 가깝다.[15] 아렌트는 니체와 하이데거의 의지 개념 역시 과거의 망각에서 시작하고 있다고 주장한다.[16] 이렇게 본다면 그들의 들병이 생활을 새로운 미래를 향한 과거와의 단절로 보기는 어렵다. 오히려 여러 선택지들(현실적 상황에 대한 숙고) 가운데 생존에 가장 최적화된 방식의 '선택'에 가깝기 때문이다.

두 번째는 아내(들병이)를 성착취의 희생자로 보는 것인데, 이는 남성의 '권력'과 '폭력'을 중심에 두고 의지와 책임을 묻는 것이다. 이 역시도 간단치 않은데, 고이치로는 그 이유를 푸코의 폭력-권력 개념을 통해 설명하고 있다. 푸코에게 폭력 관계는 신체나 물체를 강제하고 굴복시키며,

---

15) 이러한 의지의 예로 라캉의 정신분석이 추구하는 '주체', 이른바 상징계적 주체에서 실재(the real)의 주체로의 도약이나 들뢰즈의 '탈주'와 '횡단' 개념들을 볼 수 있다.

16) "의지는 결코 시작을 소유하지 않았으며, 망각을 통해서 본질적으로 그것을 버리고 포기하고 있다. (중략) 의지는 '존재했던it was' 것에 직면하여 더 이상 말할 어느 것도 갖고 있지 않다. '존재했던 그것'은 의지의 의지하기를 거부하며… '존재했던 것'은 의지에 저항하고 반대한다. (중략) 즉 의지는 자기 자신 때문에 … 지나간 것인 과거 때문에 고통받는다. … 따라서 의지 자체는 소멸하는 것을 의지한다. … 모든 '존재했던 것'에 대한 의지의 적대감은 모든 것을 사라지게 하는 의지로 나타나며, 여기에서 모든 것이 마땅히 사라지는 것을 의지하는 것으로 나타난다."(한나 아렌트, 홍원표 옮김, 『정신의 삶:사유와 의지』, 푸른숲, 2023, 555-559쪽.)

박살 내고 파괴하고 온갖 가능성을 죄다 닫아버린다. 물리적 폭력 앞에 완전히 장악된 자에서 볼 수 있듯이 폭력 관계의 바탕에는 수동성의 극(極)밖에 남지 않는다. 이렇게 본다면, 폭력으로 아내를 들병이로 내모는 사태의 책임은 오직 폭력을 행사하는 남성(남편)에게만 물을 수 있으며 아내(들병이)는 철저히 당하는 입장이기에 책임 문제에서 완전히 자유로워지는 것처럼 보인다. 하지만 권력 관계로 본다면 사정은 달라진다. 푸코는 권력을 억압이 아닌 '행위의 산출'로 보았다. 훈육을 통해 규범적 개체를 생산하듯 권력은 사람이 가진 '행위하는 힘'을 이용해 행위를 산출한다는 점에서 '생산적(자발성)'인 면을 지니고 있다. 이렇게 본다면 권력으로 아내를 들병이로 내모는 남편은 능동적이다. 반면 아내의 행위는 조금 복잡해진다. 권력은 상대에게 어느 정도 선택의 자유를 부여하며, 이 때문에 '행위의 산출'(자발성)이 가능해진다. 따라서 아내의 들병이 행위를 온전히 수동적으로 보기는 어렵다. 하지만 행위하도록 강요당했다는 점에서 능동적이라고 규정하기도 어렵다.

하지만 중동태의 관점에서 설명하면 다른 해명이 가능하다. 김유정이 들병이에게 주목하는 지점은 주체의 위치이다. 우선 들병이와 술집 주인의 관계를 보면, 이들이 벌이는 사건은 행위 절차의 과정 속에 있다. 술집 주인은 들병이와의 행위 과정 속에서 술과 밥을 팔아 경제적 이윤을 올리며, 들병이 역시 술집 주인과의 행위 속에서 생존에 필요한 것들을 얻는다. 들병이와 마을 총각들의 관계도 마찬가지다. 들병이는 술을 팔아 좋고, 마을 총각들은 "독신자의 생활을 강요하고 정열의 포만 상태"인 성적 욕망을 "주기적으로 조절하는 완화작용"(454면)을 할 수 있어 좋다. 들병이는 "십전도 좋고 20전도 좋다"(453면)며 처분대로 받으며, 청년들도 "무심히 산재(散財)를 한다든가 탈선"(454면)을 하지 않는다. 이처럼 마을 사람들이 들병이를 환대하는 이유는 행위 과정 속의 사건이기 때문이다. 김유정은 들병이와 남편이 일으키는 윤리적 문제에 대해 모른 척하지 않는다. "들병이와 관련되어 발생하는 춘사(椿事)가 비일비재"하여 "빈궁한 농민들을 잠식하는 한 독충"이라는 비난도 알고 있다. 하지만 김유정은 이를 "일면만을 관찰한 편견"으로 인식한다. 왜냐하면 "들병이에게는 그 해독을 보가(報價)하고도 남을 큰 기능"이 있으며 그 핵심에 "그런 모든 가면 허식을 벗어난 각성적 행동"(450면)을 가능케 하는 '근본 윤리', 즉 '사랑'이 자리하고 있기 때문이다.

김유정에게 '사랑'은 단순한 연애 감정을 넘어서는 "관계의 지속성"이다. 들병이 남편은 "아내의 밥을 무위도식하며 일종의 우월권을 주장"하며 때로는 아내의 돈을 압수하거나 투전을 하는 등 착취자처럼 보인다. 하지만 김유정은 이들 관계의 중핵인 "끈끈한 사랑 즉 사랑의 지속성"(453면)에 주목한다. 일탈 행위에도 불구하고 그 중심에는 "절대로 현장을 교란하거나 가해하는 행동"을 하지 않는 "들병이 남편으로서의 독특한 예의"(457면)가 있다는 것이다. 심지어 "들병이에게 철저히 열광되면 그들 부부 틈에 끼어 같이 표박(漂迫)하는 친구"가 생겨도 남편은 "이 연애지상주의자의 정성을 박대하지 않"(458면)으며 오히려 "의좋게 동행"하는 관계로 이어진다. 이처럼 모든 사건의 중심에는 관계의 지속성이 있다. "아내는 근육으로 남편은 지혜로, 이렇게 공동전선을 치고 생존경쟁"을 하지만, 이는 경쟁과 착취라는 일방향이 아니라 서로를 향한 과정(중동태의 윤리)으로 수렴된다.

중동태의 삶을 총체적으로 바라볼 수 있는 글로는 「내가 그리는 신록향」과 「강원도 여성」이 있다. 이 두 글은 순박한 자연공동체의 표상처럼 보이기도 하지만 김유정의 '근본 윤리'가 실현되는 중동태적 세계의 표상이기도 하다.

주위가 이렇게 시적이니만치 그들의 생활도 어디인가 시적이다. (중략) 그들이 모이어 일하는 것을 보아도 퍽 우의적이요, 따라서 유쾌한 노동을 하는 것이다. (중략) 논에 모를 내는 것도 이맘때다. 시골에서는 모를 낼 적이면, 새로운 희망이 가득하다. 그들은 즐거운 노래를 불러가며 가을의 수확까지 연상하고 한 포기의 모를 심어 나간다. 농군에게 있어서 모는 그들의 자식과 같이 귀중한 물건이다. 모를 내고 나면, 그들은 그것만으로도 한 해의 농사를 다 지은 듯싶다. (중략) 아낙네들은 기회를 타서 머리에 수건을 쓰고, 산으로 송화를 따러 간다. 혹은 나무 위에서, 혹은 나무 아래에서, 서로 맞붙어 일을 하며, 저희도 모를 소리를 몇 마디 지껄이다가는 포복절도하듯이 깔깔대고 하는 것이다.
　　이것이 오월 경 산골의 생활이다.
　　산 중턱에 번 듯이 누워 마을의 이런 생활을 내려다보면 마치 그림을 보는 듯하다. 물론 이지(理智)없는 생활이 아니고는 맛볼 수 없을 만한 그런 순결한 정서를 느끼게 된다.[17]

이 글이 현실의 사실적 재현이 아님을 기억할 필요가 있다. 글의 제목처럼 '지금 여기' 시골에 대한 '묘사'로 볼 수도 있지만 다른 글 속의 '시골'은 "그리 아름답고 고요한 곳이" 아닌 "퇴폐한 시골, 굶주린 농민, 이것이 자타없이 주지하는"[18] 세계임을 명시한 바 있다. 동일한 공간에 대한 인식의 괴리는 현실과 관념의 거리이다. 다시 말해 '내가 그리는 신록향'의 공간은 중동태의 윤리가 재현되는 '아름다운 가상'인 유토피아이다. "유토피아가 존재하지 않는 곳(no place) 또는 가장 이상적인 세계라는 측면에서 수필 속 고향은 비현실적으로 과장된 세계이며, 관념의 과잉이 만들어낸 가상의 고향, 이른바 '아름다운 가상'이다."[19] 아름다운 가상의 근본 윤리는 중동태의 삶이다. '모'를 단지 먹기 위한 식량이 아닌 자식처럼 대하고, 갈꾼들을 위해 각종 음식을 준비하는 일을 "무슨 명절이나 공연에 기꺼웁"게 느끼고, 갈꾼들과 동네 사람들이 "음식을

---

17) 「내가 그리는 신록향」, 460-464쪽.
18) 「잎이 푸르러 가시던 임아」, 447-448쪽.
19) 서동수, 「김유정 문학의 유토피아 공동체와 크로포트킨의 상호부조론」, 『스토리앤이미지텔링』9, 스토리앤이미지텔링연구소, 2015.6, 106쪽.

나누는 것이 그들의 예의"로 인식하는 것은 그들의 행위가 자신만의 행위로 그치지 않기 때문이다. "일꾼에게 밥을 해내기에 눈코 뜰 새 없이" 바쁜 아낙네들이 틈을 내 송화를 따러 산에 가면서도 "포복절도하듯이 깔깔대고 하는 것"도 다름 아닌 서로의 행위가 과정의 절차 속에 있기 때문이다. 비록 고단한 환경 속에 위치하고 있으나, 그들은 외부의 환경에 지배되지 않을 뿐 아니라 자신의 본질을 잃지 않는 방향으로 변양되고 있는 것이다.[20] 고이치로는 한 강연에서 가장 이상적인 변양이자 중동태의 사례로 성경 속 '선한 사마리아인'을 언급한 바 있다.[21] "사마리아인의 마음을 움직인 것은 '가엾은 마음이 들었다'이다. '가엾은 마음'의 그리스어 '에스플랑크니쎄($\dot{\epsilon}\sigma\pi\lambda\alpha\gamma\chi\nu\acute{\iota}\sigma\theta\eta$)'는 내장이나 창자를 말하는 것으로, 창자가 끊어지는 듯한 아픔을 의미한다.(우리 말의 '애가 끊어진다'와 유사하다)"[22] 이러한 감정은 타인을 돕는 원인이자 동시에 그 감정이 원인이 되어 존재의 본질을 표현한다. 김유정의 수필과 성경의 사건은 모두 서로의 행위가 서로를 위하는 과정 속으로 수렴된다는 점에서 중동태의 삶이다. 게다가 "무뚝뚝하고 냉담"해 보이지만 "목마른 사람에게 물을 떠주고, 먹고, 하는 것은 으레 또는 마땅히 있는 일"[23]이라 여기는 강원도 여성들의 행위 역시 중동태의 윤리가 실천되는 곳이다. 그렇기에 이곳은 "주위가 이렇게 시적이니만치 그들의 생활도 어디인가 시적(詩

---

20) 이와 반대의 양상을 보여주는 것이 소설 「떡」이다. 「떡」은 서사의 전면에 "이것은 떡이 사람을 먹는 이야기다. 다시 말하면 사람이 즉 떡에게 먹힌 이야기"(89쪽.)임을 선언하고 있다. 고이치로도 지적하듯이 '먹다'는 능동태의 동사이다. 그래서 "원래는 사람이 떡을 먹는다"(89쪽.)가 당연하지만 옥이는 외부의 자극(배고픔)에 압도당해 수동적 존재로 전락한다. 「노다지」, 「만무방」, 「금」 등은 모두 물신의 욕망에 사로잡혀 '자기의 있음(존재)'을 잃어가는 이야기이다.
21) [인문공간 세종] 고쿠분 고이치로, '중동태의 세계와 언어'https://www.youtube.com/watch?v=dcsI1e04PAs
22) 리처드 할로웨이, 주원준 옮김, 『HOW To READ 성경』, 웅진지식하우스, 2010, 160쪽.
23) 「강원도 여성」, 486쪽.

的)"인 '아름다운 가상'이 될 수 있는 것이다.

2. 김유정의 '사랑'과 크로포트킨의 상호부조 그리고 중동태

그간의 연구는 김유정 문학의 바탕에 크로포트킨의 상호부조론이 있음을 보여주고 있다. 김유정에게 상호부조란 참다운 인생을 위해 남은 '단 하나의 길'이자 서로가 가까이하기 위해 애를 쓰는 것이다. 그런데 주목할 점은 상호부조라는 행위의 근저에 '사랑'이 자리하고 있다는 점이다.

> 오늘은 순전히 어지러운 난장판인 줄 압니다. 마는 불행 중에도 행이랄까, 한쪽에서는 참다운 인생을 탐구하기 위하여 자신의 몸까지도 내어버리는 <u>아름다운 희생</u>이 쌓여감을 봅니다. 이런 시험이 도처에 대두되어 가는 오늘날, 우리가 처할 길은 우리 머릿속에 틀지어 있는 그 선입관부터 우선 두드려내야 할 것입니다. 그리고 나서 새로이 눈을 떠 새로운 방법으로 사물을 대하여야 할 것입니다.
> 그러나 그 새로운 방법이란 무엇인지 나 역시 분명히는 모릅니다. 다만 <u>사랑</u>에서 출발한 그 무엇이라는 막연한 개념이 있을 뿐입니다.(중략)
> 그 사랑이 무엇인지 우리는 전혀 알 길이 없습니다. 우리가 보았다는 그것은 결국 그 일부 일부의, 극히 조그만 그 일부의 작용밖에는 없습니다. 그리고 다만 한 가지 믿어지는 것은 <u>사랑</u>이란 어느 시대, 어느 사회에 있어서나 좀더 많은 대중을 우의적으로 한 끈에 꿸 수 있으며 있을수록 거기에 좀더 위대한 생명을 갖게 되는 것입니다.
> 오늘 우리의 최고 이상은 그 <u>위대한 사랑</u>에 있는 것을 압니다.(「병상의 생각」, 507면. 밑줄:인용자)

김유정의 글 속에서 '사랑'은 출현 빈도수가 높은 단어이다. 물론 단순히 연애 감정을 뜻하는 경우도 있으나, 특정한 관(觀)을 드러내기 위해 '사랑'이라는 용어를 사용하기도 한다. 예를 들어 "사랑이 따르지 않는 곳에는 결코 참된 미움이 성립되지 못한다"[24], "들병이는 끈근한 사랑 즉 사랑의 지속성을 요한다"[25] 등이 그것이며, "인류 상호 결합의 근본 윤리로 대보

---

24) 「전차가 희극을 낳아」, 472쪽.

인" 것도 사랑이다. 김유정이 「병상의 생각」 말미에 크로포트킨의 상호부조를 긍정한 것도 "우리의 최고 이상"인 "그 위대한 사랑"의 실천에 가장 적합하다고 보았기 때문이다. 즉 서로를 위해 "자신의 몸까지도 내어버리는 아름다운 희생"의 근간에 '사랑'이 있으며, 이를 바탕으로 "대중을 우의적으로 한 끈에 꿸 수" 있는 상호부조도 가능하다고 본 것이다.

주지한 바처럼 사랑은 중동태의 삶이다. '사랑'이라는 감정은 나(주어)에게서 시작해 끝나버리는 능동(하다)이거나 타자의 힘에 의해 당해버리는 수동의 차원이 아니다. 사랑의 감정과 실천은 나와 너의 과정 속에 위치한다. 뿐만 아니라 사랑은 두 사람의 양태를 긍정적인 방향으로 변양시켜 "아름다운 희생"과 "서로서로 가까이 밀접하느라 앨 쓰는" 행위를 가능케 한다. 실제로 크로포트킨이 언급한 상호부조 역시 중동태의 행위에 가깝다.

> 단순히 동등함, 공평함이나 정의라는 개념보다 이 원리(상호부조:인용자)는 우월하고 행복에 훨씬 도움이 된다. 그리고 인간은 개인적이거나 아니면 기껏해야 종족에 대한 사랑에 의해서가 아니라 인간 존재 한 사람 한 사람과 자신이 하나라는 인식을 통해서 자신의 행위를 이끌어가야 한다고 호소해왔다. 진화의 맨 처음 단계로까지 거슬러 올라가는 상호부조의 실천 속에서 윤리 개념의 긍정적이고 신뢰할 만한 기원을 찾게 된다. 그리고 우리는 인간의 <u>윤리적인 진보라는</u> <u>측면에서 상호투쟁보다는 상호지원이야말로 주요한 부분을 차지한다</u>는 사실을 확인할 수 있다. 오늘날까지도 이러한 생각을 널리 확장시켜나가야 우리 인류가 훨씬 더 고상하게 진화해나가면서 확실한 보장을 받을 수 있다.26)(밑줄:인용자)

크로포트킨이 쓴 『만물은 서로 돕는다』의 결말은 중동태의 윤리와 다르지 않다. 각각의 존재가 각자로 그치지 않고 모두가 공동의 존재라는 인식을 통해 자신의 행위를 이끈다는 상호부조 원리는 행위의 과정이자

---

25) 「조선의 집시-들병이 철학」, 453쪽.
26) P.A. 크로포트킨, 김영범 옮김, 『만물은 서로 돕는다』, 르네상스, 2014, 348쪽.

존재의 본질을 드러내는 변양이라는 점에서 중동태의 윤리와 일치한다. 그리고 크로포트킨도 "상호부조 원리의 두드러진 중요성은 윤리 개념"에 있으며 "상호부조가 우리들의 윤리 개념에 실질적인 기반이라는 점은 너무나 명확"27)하다고 강조한 바 있다. 결국 '사랑'은 김유정이 강조했던 '근본윤리'의 다른 이름이다. 김유정의 '사랑'은 크로포트킨의 상호부조의 원리와 중동태의 윤리와 함께 삼위일체가 되어 아름다운 가상을 구성하는 순환계를 이룬다.

김유정은 중동태의 세계를 위해서는 "우리 머릿속에 틀지어 있는 그 선입관부터 우선 두드려내"어 "새로운 방법으로 사물을 대하여야"28) 한다는 인식의 전환을 요청한다. "그래야 비로소 유다른 행복과 그 무엇인가 알 수 없는 커다란 진리를 깨달"29)을 수 있기 때문이다. 김유정에게 중동태는 인식의 전환을 가져올 새로운 '근본윤리'였다. 중동태의 윤리를 통해 비로소 우리는 책임 소재를 심문하는 세계에서 벗어나 "서로서로 가까이 밀접하느라 앨 쓰는"'사랑'의 공동체를 꿈꿀 수 있다는 것이다.

김유정에게 '위대한 사랑(중동태의 윤리)'의 희구는 단지 문학청년의 치기가 아닌 생의 종말을 앞둔 예술가의 실존적 과제였다. "그 위대한 사랑이 내포되지 못하는 한 오늘의 예술이 바로 길을 들 수 없고", "이것을 바로 찾고 못 찾고에 우리 전 인류의 여망이 달려"30) 있다는 절박한 인식은 "그 길을 완전히 걷는 날 그날까지 나의 몸과 생명이 결코 꺾임이 없을 것을 굳게굳게 믿는 바이다."31)라는 신념으로 응축되고 있었다.

---

27) 위의 책, 347쪽.
28) 「병상의 생각」, 513쪽.
29) 「강노향 전」, 503쪽.
30) 「병상의 생각」, 513쪽.
31) 「길-아무도 모를 내 비밀」, 474쪽.

Ⅳ. 김유정의 근대성 비판과 톨스토이

김유정에게 근대성의 고민은 폭로와 비판을 넘어 대안세계의 "근본 윤리"를 요청하는 계기로 이어진다. 근대성 비판과 관련해 가장 많이 언급되는 텍스트는 「병상의 생각」이다. 이 글의 주된 내용은 크로포트킨의 상호부조를 바탕으로 근대성의 문제들을 조목조목 비판하는데 있다. 그런데 여기에는 또 하나의 참조점이 필요한데, 바로 톨스토이의 예술론이다. 그동안 톨스토이는 주로 김유정 소설에서 인물의 별명 차용 정도로만 언급되었다.[32] 하지만 톨스토이의 중요성은 인물의 별명이 아니라 근대성에 있다. 김유정이 「병상의 생각」에서 보인 근대성 비판의 중심에 톨스토이가 있는데, 이를 확인할 수 있는 텍스트가 톨스토이의 저서 『예술이란 무엇인가』(1897)이다.[33] 잘 알려진 것처럼 톨스토이는 근대 초부터 국내에 소개되기 시작했으며, 특히 그의 예술론도 1921년 잡지 《개벽》을 통해 소개되었다는 점에서 김유정과의 비교 가능성을 높이고 있다.[34] 톨스토이의 영향은 크게 근대 예술과 근대 과학에서 확인할 수 있다.

김유정은 「병상의 생각」에서 '인류 상호 결합'의 장애물이 근대성이며, 이것이 부각되는 지점이 근대 예술과 과학임을 강조하고 있다. 먼저 근대예술의 문제점으로 '예술을 위한 예술'과 여기서 파생된 '형식(기교)'과 '표현'을 들고 있다. 김유정은 제임스 조이스의 심리주의나 졸라의 자연주의를 "주문의 명세서나 혹은 심리학 강의, 좀 대접하여 육법전서의

---

32) 홍래성, 앞의 글, 140쪽. 홍래성은 김유정이 톨스토이를 자신의 롤모델로 삼았다고 주장하면서 근거로 김유정이 아나키즘 사상을 논하는 글에서 높은 빈도로 톨스토이를 언급한다는 점, 그리고 「심청」, 「따라지」의 인물을 톨스토이에 비유한다는 점을 근거로 들고 있다.
33) 톨스토이, 이강은 옮김, 『예술이란 무엇인가』, 바다출판사, 2023, 273-274쪽. 이하 이 책의 인용은 면수만 표기함.
34) 金惟邦 抄, 「톨스토이의 藝術觀 」, 《개벽》9호, 1921.3,

조문 해석 같은 지루"하며, 근대문학이 발명한 "새롭다는 문자"의 "의미가 무엇인지 그들의 설명만으로는 도저히 이해키가 어렵"다며 난해성에 대해 비판하고 있다. 그런데 톨스토이의 『예술이란 무엇인가』에도 이와 같은 맥락의 주장이 나오고 있다.

> "예술을 위한 예술 이론에 따르면 우리 마음에 드는 대상을 다루는 것, 그것이 예술이고, 마찬가지로 학문을 위한 학문이론에 따르면 우리를 흥미롭게 하는 대상을 연구하면 그것이 학문이 된다."(톨스토이, 273-274쪽.)

> "요즈음에는 몽롱함, 수수께끼 같은 것, 무지, 대중에게 전혀 이해되지 않는 난해함뿐만 아니라 부정확함과 모호함, 거칠고 조잡한 언어가 오히려 예술작품의 시적 덕목으로 여겨지기까지 한다. (중략) 이런 입장이 허용된다면 예술이란 오로지 극소수 선택된 자들에게만 이해되는 것일 수 있으며, (중략) 그 결과는 예술에 치명적일 것일 수밖에 없는 것 (중략) 근대 예술가들은 니체와 바그너에 기대어, 몽매한 대중들에게 이해를 구할 필요가 없으며, 가장 높은 교양을 지닌 사람들, 그러니까 한 영국 미학자의 표현에 따르면 '가장 교양 있는 사람(the best nurtured men)'의 시적 상태에 호소하는 것으로 충분하다고 생각한다." (톨스토이, 115-118쪽.)[35]

톨스토이 역시 "예술을 위한 예술"의 자의성과 난해성을 비판하고 있다. 톨스토이는 졸라에 대해 "세세한 묘사들은 지루하기만 할 뿐 읽을 필요조차" 없어 "조금도 감동을 느끼지 못"할 뿐 아니라 "어떤 분노가 치밀어"(204쪽) 오른다고 비판한다. 난해성에 대해서도 근대 "예술이 점점 다 배타적으로 되어감으로써 점점 더 이해될 수 없는 것이 되고, 점점 더 많은 수의 사람들이 갈수록 더욱 불가해한 예술에 직면"(140쪽)하고 있다고 비판하고 있다. 뿐만 아니라 김유정과 톨스토이는 위대한 예술에 대해서도 한 목소리를 내고 있다. 김유정은 "예술이란 그 전달 정도와

---

35) 김유정이 「병상의 생각」에서 비판하는 멜서스, 니체, 졸라 등의 인물은 톨스토이의 저서에도 등장하고 있으며 관점 역시 다르지 않다.

범위에 따라 그 가치가 평가되어야" 하기에 "조이스의 <율리시즈>보다는, 저, 봉건시대의 소산이던 <홍길동전>이 훨씬 뛰어나게 예술적 가치를 띠고 있"다고 주장했는데, 톨스토이 역시 "위대한 예술작품은 모두가 이해하고 받아들일 수 있을 때 위대하다"(143쪽)고 강조하고 있다.

톨스토이의 영향은 근대 과학의 입장에서도 확인할 수 있다. 김유정과 톨스토이는 근대 과학을 자연과학뿐만 아니라 근대 학문을 포괄하는 용어로 보았다.36) 김유정에게 근대 과학의 문제점은 우선 인공성에 있다. 김유정은 근대과학을 "화장과 의장 혹은 장신구를 벗겨내고 보면" 생명성이 없는 "먹지 못하는 육괴", "인공적 협잡"37)으로 보았는데, 톨스토이도 과학이 "미를 끝없이 인위적인 것으로 대체"하여 "여성의 자연적 얼굴보다 분칠한 얼굴을, 자연의 나무와 물보다 금속제 나무와 유사 광천수를 더 선호"(127쪽)하게 만들어 "인간을 인공적 불구로 만들어낼 수단을 궁리"(281쪽)하고 있다고 비판하고 있다. 또 김유정은 근대과학의 폭력성을 비판한다. 과학이 자연의 이치를 밝힌다는 명목으로 결국엔 "군함을 깨뜨리고 광선으로 사람을 녹이고, 공중에서 염병을 뿌리"는 폭력의 도구임을 지적하는데, 톨스토이 역시 인간을 위한다는 과학이 가진 자들을 위하거나 전쟁과 같은 폭력으로 전유되고 있다고 지적하고 있다.38) 또한

---

36) 김유정은 근대학문의 영역을 "학교에서 수학을 배웠고, 물리학을 배웠고, 생리학을 배웠고, 법학을 배웠고, 그리고 공학, 철학 등 모든 것을 충분히 배운 사람의 하나입니다. 다시 말하면 놀라울 만치 발달된 근대과학의 모든 혜택을 골고루 즐겨오는 그 사람들의 하나입니다"(509면)라고 언급하고 있는데 톨스토이 역시 근대학문의 방향성을 언급하면서 "그렇게 되면 수학, 천문학, 물리학, 화학, 생물학 등은 공학과 의학과 마찬가지로 종교적·법적·사회적 기만에서 해방되도록 도움이 되는 방향으로 연구를 진행할 것이고 한 계급이 아니라 만인의 선을 위해 기여하는 학문이 될 것이다."(282쪽.)라고 언급하고 있다.
37) 「강원도 여성」, 484쪽.
38) "우리는 우리의 과학이 우리에게 폭포의 에너지를 이용할 수 있게 하고, 그 힘으로 공장을 돌리거나 산에 터널을 뚫을 수 있도록 해준다며 대단히 기뻐하고 자랑스러워한다. 그러나 유감스럽게도 우리는 사람들의 이익을 위해서가 아니라 사치품이나 살인 무기를 생산하는 자본가들의 배를 불리기 위해서 이 폭포수의 힘을 활용하고 있다. 우리는 전쟁을 피하려

김유정은 '과학은 자신들의 연구 대상을 "취미의 자유" 즉, "그들의 취미 여하에 의하여 취택"할 수 있다는, 이른바 가치중립성("과학을 위한 과학의 절대성")'을 비판하고 있는데[39], 톨스토이도 "우리 시대의 학자들은 자기 입장에 부합하는 연구 대상만을 선별하는 것을 정당화하기 위해 학문을 위한 학문이라는 이론을 꾸며"내고 있으며, 이는 "예술을 위한 예술이라는 이론을 꾸며내는 것과 완전히 유사하다"(273쪽)고 비판하고 있다.

김유정과 톨스토이는 모든 문제의 근원을 근대의 인식틀에서 찾고 있다.

> ① 과학에서 얻은 진리를 이지권내(理智圈內)에서 감정권내(感情圈內)로 옮기게, 그걸 대중에게 전달하는 것이 예술이라면, 그럼 우리는 근대과학에 기초를 둔 소위 근대예술이 그 무엇인가를 얼른 알 것입니다.(김유정, 「병상의 생각」, 510쪽.)

> ② 참된 학문은 어느 시대와 사회에서 가장 중요하다고 여겨지는 진리와 지식을 탐구하여 그를 사람들의 의식으로 도입하고, 예술은 이 진리를 지식의 영역에서 감정의 영역으로 옮겨놓는다. 따라서 학문이 걸어가는 길이 그릇되면 예술의 길 역시 그릇되게 된다.(톨스토이, 271쪽.)

위 인용문은 모두 근대 예술을 배태시킨 동인이 근대 학문임을 지적하고 있다. 김유정은 근대 예술을 "과학에서 얻은 진리를 이지권내(理智圈內)에서 감정권내(感情圈內)로" 옮긴 것으로 보았는데 이는 톨스토이의 주장과 일치한다. 톨스토이도 근대 예술을 "진리와 지식을 탐구하여 그를 사람들의 의식으로 도입하고, 예술은 이 진리를 지식의 영역에서 감정의 영역"으로 옮긴 것으로 보고 있기 때문이다. 더 나아가 김유정과 톨스토이는 문학의 방향성에 대해서도 동일한 목소리를 낸다. 김유정이 "좀 더

하지 않고 불가피하다고 여기며 끊임없이 그에 대비하면서, 터널을 뚫기 위해 산을 폭파하는 데 사용되는 다이너마이트를 전쟁의 무기로 사용하고 있지 않은가.(275-276쪽.)
39) 서동수, 앞의 글, 118쪽.

많은 대중을 우의적 한 끈에 꿸 수" 있는 "위대한 사랑"에서 찾고 있듯이, 톨스토이도 "몹시 다양한 모든 사람을 하나의 감정으로 결합하고 분열을 제거"하여 "사람들이 자유롭고 기쁜 마음으로 타인에게 봉사하고 이를 조금도 의식하지 않은 채 자신을 희생하는 마음을 지니게"(284쪽) 만드는 것에 두고 있다.

톨스토이는 예술의 사명을 "만인의 상호결합 속에서 만인의 행복과 형제애"를 통해 "인류의 평화로운 공동생활이 사람들의 자유롭고 즐거운 활동에 의해 이루어지도록 만드는 것"(283-285쪽)으로 보았는데 이는 크로포트킨의 상호부조의 세계와 다르지 않다. 톨스토이와 크로포트킨 사상의 유사성에는 몇몇 이유가 있다. 당시 그들은 사상 면에서 적자생존의 아비 격인 멜서스와 경쟁과 투쟁을 생존원리로 삼는 다윈주의를 강하게 비판하고 있었다.[40] 또 크로포트킨은 톨스토이의 문학을 높이 평가하고 있었다. 크로포트킨은 1901년 보스턴 강연 주제인 「러시아 문학의 이상과 현실」을 1905년 뉴욕에서 책으로 출간하는데, 책 전체의 6분의 1정도를 톨스토이의 작품과 예술론에 대해 상세히 다루면서 그를 이 시대의 가장 중요한 작가로 평가했다. 특히 크로포트킨은 참된 행복을 위해 인류가 보다 높은 단계에 도달할 것을 주장하면서, 톨스토이의 인도주의야말로 이 모든 것을 총괄한다고 결론짓고 있다. 톨스토이는 1897년 캐나다에서 강연하던 크로포트킨에게 도움을 요청하는 편지를 보낸 바 있다. 러시아에서 핍박받던 두호보르파(Doukhobors)가 이주할 수 있도록 도와달라는 내용인데, 편지를 받은 크로포트킨은 곧바로 톨스토이에게 답장을 보냈다.

---

40) 크포포트킨의 『만물은 서로 돕는다』와 톨스토이의 『예술이란 무엇인가』에는 맬서스와 다윈 등에 대한 비판이 바탕을 이루고 있다. 톨스토이는 멜서스를 "악의적인 평범한 사람"으로 보았다.(박홍규, 『표트르 크로포트킨 평전』, 틈새의시간, 2021, 268쪽.) 톨스토이와 크로포트킨의 관계에 대해서는 박홍규의 책을 따랐다.

이렇게 본다면 왜 김유정의 텍스트 안에 크로포트킨과 톨스토이의 사상이 함께 등장하는지 이해할 수 있다. 김유정에게 크로포트킨은 사상의 아비였다. 그런데 톨스토이가 아비와 같은 러시아 출신이었으며, 무엇보다 사상의 아비와 인식을 함께 하는 동지였다. 따라서 김유정에게 톨스토이의 수용은 매우 자연스러운 것이었다.

V. 공포의 자연과 아름다운 가상의 구원

김유정에게 근대란 파국 그 자체였다. 이러한 상황에서 김유정에게 문학, 이른바 소설 쓰기란 중차대한 의미를 지닐 수밖에 없는데, 그것은 세계의 파국을 정지시키고, 아름다운 가상을 구원하는 길이기 때문이다. 그렇다면 임박한 파국에 맞서는 김유정의 방식은 무엇일까. 이 물음에 대한 대답은 김유정에게 '소설'이라는 형식의 의미와 '쓰기'의 목적을 밝히는 일이기도 하다. 결론적으로 김유정에게 소설 쓰기란 근대라는 괴물의 정체를 폭로, 고발하는 일이자 동시에 근대로부터 아름다운 가상을 구원하는 것이다. 아름다운 가상을 더 이상 실현할 수 없을 때 남은 최후의 수단은 대상을 미적 가상으로 남겨놓는 것이다. 문맹 퇴치를 위한 금병의 숙 건립 등 상호부조를 향한 실천이 식민지 현실로 인해 불가능해졌을 때, 게다가 한계상황의 육체를 짊어진 김유정이 할 수 있는 것이란 관념의 유토피아를 타락한 세계로부터 분리하는 것이다. 미노스 왕이 미노타우로스를 미궁에 가두듯, 김유정은 인공적이고 폭력적인 세계를 소설이라는 감금 장치 속에 봉쇄함으로써 유토피아의 관념(아름다운 가상)을 구원하고자 한다. 김유정의 '자연'이 소설과 비소설에서 극명한 차이를 보이는 이유도 이 때문이다. 건널 수 없는 심연인 이 차이는 두 세계 간의 화해 불가능성이자 아름다운 가상의 구원 이유가 된다. 김유정은 소설의 세계

(현실의 재현)와 아름다운 가상(유토피아의 재현)을 분리하고 봉쇄하는 전략을 사용함으로써 유토피아의 가능성을 보존하고자 했다. 즉 김유정은 가상을 통한 가상의 구원이라는 사고 실험을 창안했는데, 이는 '이상 김해경이 자살 충동에서 벗어나고자 지적 유희 차원인 대칭성을 고안한 것'[41])과 같은 방식이다. 파국을 우회하면서 유토피아의 신념을 포기하지 않는 것, 이것이야말로 김유정이 말했던 문학의 사명("인류사회에 적극적으로 역할을 가져오는 데 그 의미를 두어야 할 것입니다")[42])인 것이다.

김유정에게 근대를 봉쇄하기 위한 장치는 '공포의 자연'이다. 그동안 김유정의 '자연'은 주로 '낭만적인 향수와 흙에 대한 예찬'[43])이나 '근대 기획의 비판과 향토의 심미화'[44]) 속에서 논의 되었다. 하지만 또 하나 분명한 점은 김유정 소설 속의 자연이 공포의 대상으로, 그것도 매우 빈번하게 출현한다는 것이다.

> ① 사방은 배앵 돌리어 나무에 둘러싸였다. 거무튀튀한 그 형상이 헐없이 무슨 도깨비 같다. 바람이 불적마다 쏴아, 하고 음충맞게 건들거린다. 어느 때에는 짹,짹, 하고 목을 따는지 비명도 울린다.
> 그는 가끔 뒤를 돌아보았다. 별일은 없을 줄 아나 호옥 뭐가 덤벼들지도 모른다. 서낭당은 바로 등 뒤다. 쪽제비인지 뭔지, 요동 통에 돌이 무너지며 바시락바시락한다. 그 소리가 묘하게도 등줄기를 쪼옥 긁는다. 어두운 꿈속이다. 하늘에서 이슬은 내리어 옷깃을 축인다. 공포도 공포려니와 냉기로 하여 좀체 견딜 수가 없다.(「만무방」, 129쪽)

> ② 음산한 검은 구름이 하늘에 뭉게뭉게 모여드는 것이 금시라도 비 한 줄기 할 듯하면서도 여전히 짓궂은 햇발은 겹겹 산 속에 묻힌 외진 바람을 통째로

---

41) 김윤식, 『이상연구』, 문학사상사, 1993.
42) 「병상의 생각」, 512쪽.
43) 이재선, 『한국현대소설사』, 홍성사, 1978, 316쪽.
44) 김양선, 「1930년대 소설과 식민지 무의식의 한 양상-김유정 소설에 나타난 향토의 발견과 섹슈얼리티를 중심으로」, 『한국 근대문학 연구』10호, 2004, 148쪽. 이러한 논의를 잇고 있는 것으로 권채린의 「김유정 문학의 향토성 재고」(『현대문학의 연구』41, 2010.6)가 있다.

자실 듯이 달구고 있었다. 이따금 생각나는 듯 살매들린 바람은 논밭간의 나무들을 뒤흔들며 미쳐 날뛰었다.(「소나기」, 38쪽)

③ 험한 산중에도 중충하고 구석빼기 외딴 곳이다. 버석만 하여도 가슴이 철렁한다. (중략) 감때 사나운 큰 바위가 반득이는 하늘을 찌를 듯이, 삐 치솟았다. (중략) 그러면 이번에는 꿈인지 호랑인지 영문 모를 그런 험상궂은 대가리가 공중에 불끈 나타나 두리번거린다. (중략) 꼼짝 못할 함정에 들은 듯이 소름이 쪽 돋는다. (중략) 방금 넘어올 듯이 덩치 커다란 바위는 머리를 불쑥 내밀고 기을 막고 막고 한다. 그놈을 끼고 캄캄한 절벽을 돌고 나니 땀이 등줄기로 쭉 내려흘렀다.(「노다지」, 54-55쪽)

수필과 달리 소설 속 자연은 '공포' 그 자체이다.[45] 자연은 음산한 검은 구름이 몰려들고 살매들린 바람이 미쳐 날뛰며, 칠흙 같은 어둠 속에서 정체를 알 수 없는 존재가 두리번거리며 목을 따는 비명 소리가 그치지 않는 곳이다. '무서운 자연'의 모습은 「소나기」, 「금따는 콩밭」, 「노다지」, 「총각과 맹꽁이」, 「금」, 「만무방」, 「산골」, 「솥」 등 농촌을 배경으로 한 작품에서 빠짐없이 등장한다.

물론 자연이 항상 공포의 대상으로만 등장하는 것은 아니다. 여기에는 일종의 규칙성이 있는데, 이른바 근대의 폭력성이 드러날 때이다. 「산골」에서 도련님을 향한 이쁜이의 순수한 사랑이 나타날 때의 자연은 '하늘은 맑게 개이고 흰 꽃송이는 곱게 움직이며 갖가지 나무들과 바람으로 산골의 향기'가 넘치는 아름다운 모습이다. 하지만 이쁜이의 육체만을 탐하는 도련님의 행위 앞에서는 '험상스런 바위와 우거진 숲, 숭칙스러운 산으로 뺑뺑 둘러'싸인 무서운 자연으로 급변한다. 「만무방」에서도 "삼십여 년

---

45) 김유정의 자연을 공포의 시선으로 바라본 주요 연구로는 김양선의 글이 있다. 여기서 그는 '공포스러운 타자'로서의 자연을 "근대적 규율제도로 순치되지 않는 일탈적 저항의 국면"으로 보고 있다. 그에 따르면 김유정 작품 속 향토의 "서정성과 야만성은 식민주의 이데올로기에 포섭된 현실을 인지하면서도 이에 저항하려는 작가의 복합적 의식이다."(김양선, 앞의 글, 159-160쪽.) 본고에서는 이러한 주장을 수용하면서 '봉쇄'의 입장에서 논의하고자 한다.

전 술을 빚어 놓고 쇠를 울리고 흥에 질리어 어깨춤을 덩실거리"던 때의 자연은 "산산한 산들 바람, 귀여운 들국화, 흙내와 함께 향긋한 땅김이" 느껴지는 긍정의 모습이다. 하지만 응칠이가 폭력적인 사태를 준비하자 이내 자연은 "거무튀튀한 그 형상이 헐없이 무슨 도깨비" 같이 두려운 존재로 다가와. 그들에게 "더르르 몸을 떨"고, "이마의 식은 땀을 씻으며", "불길한 예감이 뒤통수를 탁 치고" 지나가는 기분을"(「만무방」) 안긴다.

「금따는 콩밭」은 이러한 자연의 모습을 상징적으로 잘 보여준다. 콩밭에서 금을 캐려는 사건을 다룬 이 작품은 물신이라는 근대적 욕망이 어떻게 중동태의 삶을 파국으로 몰아가는지, 그리고 자연은 그것을 어떻게 방어하는지를 보여준다. 영식의 고향은 풍요롭지는 않지만 그래도 "논으로 밭으로 누렇게" 변해가는 것을 보며 "농군들은 기꺼운 낯을 하고 서로 만나면 흥겨운 농담"(78쪽)을 나누는 상호부조의 세계였다. 하지만 이 세계는 콩밭에 금이 있다며 유혹하는 수재의 등장으로 균열이 시작된다. 근대적 물신의 중개자인 수재는 "자네, 돈벌이 좀 안 할려나. 이 밭에 금이 묻혔네 금이."(71쪽)라며 영식을 유혹한다. 물신의 유혹은 현재적 상황을 비관하도록 하며 동시에 지금과는 다른 미래를 보장해줄 것처럼 다가온다. 금점으로 도망간 머슴들이 "다비신에다 옥당목을 떨치고 희짜를 뽑"(72쪽)고 있다는 것이다. 게다가 물신의 유혹은 집요하다. 수재는 영식이의 마음이 열리도록 계속 찾아오고 결국 술에 취한 영식이는 콩밭을 뒤엎기로 결정 한다. "일년 고생하고 끽 콩 몇 섬 얻어먹느니보다는 금을 캐는 것이 슬기"로울 것이며, "이렇게 지지하고 살고 말 바에는 차라리 가로지나 세로지나 사내자식"(72쪽) 노릇 한 번 해보겠다는 판단이 섰기 때문이다. 그러나 콩밭을 갈아 엎는 영식의 행위 앞에 자연은 돌변한다.

땅 속 저 밑은 늘 음침하다. 고달픈 간드렛불, 맥없이 푸르끼하다. 밤과 달라서 낮에 되우 흐릿하였다. 겉으로 황토 장벽으로 앞뒤 좌우가 콕 막힌 좁직한 구뎅이. 흡사히 무덤 속 같이 귀중중하다. 싸늘한 침묵, 쿠더부레한 흙내와 징그러운 냉기만이 그 속에 자욱하다.(67쪽)

"그다지 잘 되었던 콩포기는 거반 버력더미에 다아 깔려" "마치 사태 만난 공동묘지"는 근대적 물신에 점령당한 세계의 은유이다. 이제 자연은 더 이상 농군들에게 "흥겨운 농담"을 자아내는 얼굴을 허락하지 않는다. 대신 공포의 대상으로 돌변하여 물신에 지배당한 자들을 응시한다. 그리고는 "싸늘한 침묵"과 "징그러운 냉기" 그리고 이유 없이 "꼼짝 못할 함정에 들은 듯이 소름이 쪽 돋"(「노다지」)는 공포를 선사한다. 그들이 "가끔 뒤를 돌아"보고, "뭐가 덤벼들지 모"르는 불안감에 "묘하게도 등줄기를 쪼록 긁는"(「만무방」) 느낌을 받는 것도 자연의 응시 때문이다.

자연은 공포뿐만 아니라 이 세계의 운명에 대해서도 경고한다.

"얼마 안 있으면 산이고 논이고 밭이고 할 것 없이 다 금장이 손에 구멍이 뚫리고 뒤집고 뒤죽박죽이 될 것이다.(중략) 금인가 난장을 맞을 건가 그것 때문에 농군은 버렸다. 이게 필연코 세상이 망하려는 징조이리라. 그 소중한 밭에다 구멍을 뚫고 이 지랄이니 그놈이 온전할겐가.
노인은 제 울화에 지팡이를 들어 삿대질을 아니할 수 없었다.
"벼락맞느니 벼락맞어"(72-74쪽.)

물신의 과잉은 결국 자연의 파국이다. '콩밭'이 "삽 끝에 으스러지고 흙에 묻히는" 모습은 근대의 폭력성에 파괴되어 가는 아름다운 가상의 은유이다. 콩밭만이 아니라 산과 논밭 모두가 "금장이 손에 다 구멍이 뚫려 뒤죽박죽이 될 것"이기 때문이다. 파국의 위기 앞에 자연은 경고의 목소리를 높인다. "이게 필연코 세상이 망하려는 징조이니라", "벼락맞느니 벼락맞어". 김유정의 페르소나인 노인의 목소리는 마치 신의 분노를 전하는 선지자의 외침을 닮았다. 이제 자연은 물신의 욕망을 무화시키는 방식으로 사건을 원점으로 되돌린다. 영식은 빚을 내 산신에게 제사를 지내는 등 온갖 시도를 해보지만 효과가 없다. 자연이 금을 허락하지 않기 때문이다. 불안을 느낀 수재는 달아나고 영식은 파국을 맞이한다.

일차적으로 자연의 공포는 근대적 폭력성에 대한 경고이다. 자연은 폭력적 세계를 살아가고 있는 인물들을 응시하며, 이들이 벌이는 반윤리적인 행위에 대해 공포의 얼굴로 경고한다. 에드먼드 버크(Edmund Burke)의 말처럼 공포는 숭고의 감정을 자아낸다. 숭고는 "어떤 형태로든 고통이나 위험의 관념을 불러일으킬 수 있는 모든 것"[46]에서 태어나며, 그중 공포는 그 어느 것보다도 우리의 마음이 느낄 수 있는 가장 강력한 정서를 배태시키기 때문이다. "두려움만큼 인간의 정신적 활동과 이성적 추론의 능력을 빼앗는 감정"[47]은 없다는 점에서 자연의 공포는 근대성에 대한 강력한 경고이다.

뿐만 아니라 자연은 고립된 폐쇄성을 띠고 있다. "전면이 우뚝한 검은 산에 둘리어 막힌 곳"(「금따는 콩밭」), "겹겹 산속에 묻힌 외진 마을"(「소나기」), "사방이 모두 이따위 산에 돌"린 "험한 산중에도 우중충하고 구석빼기 외딴 곳"(「노다지」), "산이 뺑뺑 둘리어 숨이 콕 막힐 듯한 그 마을"(「만무방」), "숭칙스러운 산으로 뺑뺑 둘러싼 이 산골"(「산골」)처럼 완고하게 고립되고 폐쇄된 세계로 등장한다. 무라카미 하루키의 소설 속 '벽'처럼[48] 자연의 공포와 폐쇄성은 소설 속 사건을 무화시키며,

---

46) 에드먼드 버크, 김동훈 옮김, 『숭고와 아름다움의 이념의 기원에 대한 철학적 탐구』, 마티, 2006, 84쪽.
47) 위의 책, 105-106쪽.
48) 무라카미 하루키의 소설 『세계의 끝과 하드보일드 원더랜드』 1,2권(문학사상사,1996) 속의 '벽'은 "세계의 끝"이라는 도시의 장벽이다. 이 벽은 도시 안의 사람들을 응시하며 도시의

"꼼짝 못할 함정에 들은 듯이"(「노다지」) 인물들을 소설의 시공간에 주저앉힌다. 자연의 폐쇄성은 근대라는 괴물을 감금하기 위한 '저지 전략'인 것이다.

김유정은 저지 전략과 관련해 비유적인 설명을 한 바 있다. 「강원도 여성」에서 "교통이 불편하면 할수록 문화의 손이 감히 뻗지를 못합니다. 그리고 문화의 손에 농락되지 않는 곳에는 생활의 과장이라든가 또는 허식이라든가 이런 유령이 감히 나타나지 못합니다."(484쪽)라고 말한 바 있다. 여기서 "문화"를 '근대문명'으로, "유령"을 '근대성'으로 읽는다면 자연의 공포가 왜 '저지 전략'의 역할을 하는지 이해할 수 있다. 즉, '교통이 불편할수록 문화의 손이 감히 뻗지 못하듯', 근대문명의 접근이 어려울수록 '생활의 과장이나 허식' 같은 근대성의 유령이 감히 나타날 수 없으며, 그 역할을 자연의 공포와 폐쇄성이 담당하고 있다는 비유로 읽을 수 있다. 이로써 "문화의 손에 농락되지 않은 곳", 즉 아름다운 가상의 구원이 가능해지는 것이다. 김유정에게 자연은 "존재자 사이의 다양한 유사성과 질적 차이를 간직하는 친숙성의 관계"[49]가 존속하고 있는 곳이자 '자연 전체 간의 미메시스가 존재'[50]하는 세계이다. 즉 분리와 소외 이전의 세계, '만물은 서로 돕는다'는 상호부조의 원리와 중동태의 윤리가 실천되는 장소이며, 이러한 유토피아가 재현되고 있는 세계가 바로 수필 속 고향인 것이다.

규칙을 위반하는 자들을 징계하면서 도시의 주민들을 감금하는 장치이다. "겨울이 되면 벽은 한층 더 엄하게 이 도시를 조이거든. 우리들이 정확하게 그리고 틀림없이 그 벽 안에 에워싸여 있다는 것이 확인되는 셈이지. 벽은 여기서 일어나고 있는 그 모든 것을 단 한 가지도 그냥 지나치지 않거든."(2권, 218쪽.)

49) 호르크하이머·아도르노, 김유동 외 옮김, 『계몽의 변증법』, 문예출판사, 1996, 34쪽.
50) 위의 책, 40쪽.

VI. 결론

이상으로 김유정의 문학에 나타난 근본윤리와 근대성, 공포로서의 자연의 의미를 중동태의 관점에서 살펴보았다. 김유정이 크로포트킨의 상호부조를 언급하면서 강조했던 '근본윤리'의 모습은 중동태의 세계였다. 근대성 담론은 능동-수동의 인식구조와 다르지 않았다. 그것은 주체와 타자로 구분하는 세계였으며 지배와 종속의 구조 속에서 서로가 서로를 소외시키는 파국의 인식 체계였다. 김유정은 몰락의 세계를 구원하고 대안세계의 모델로서 '상호부조'를 선택했다. 그에게 상호부조란 중동태라는 근본윤리의 실천이었다. 책임 소재를 문책하는 세계에서 벗어나 자신의 행위가 지니는 의미를 성찰함으로써 진정한 의미의 상호부조가 실천되는 '사랑의 공동체'를 꿈꿨던 것이다. 김유정은 세계의 몰락을 재촉하는 근대성을 진지하게 응시하기 시작했으며, 참조점으로 크로포트킨과 톨스토이가 선택했다. 크로포트킨이 사상적 배경을 제공했다면 톨스토이는 예술사와 문명사의 관점에서 근대성을 바라보게 해주었다.

김유정이 선택한 방안은 유토피아의 꿈을 현실로부터 지켜내는 것이었다. 이른바 관념과 현실의 분리인데, 수필(서간)과 소설 속 자연을 분명하게 구분함으로써 오염된 근대로부터 순수한 유토피아 관념의 보존하고 구원하려 했다. 이러한 사고 실험은 소설 속 '공포의 자연'을 통해 행해졌다. 근대성의 비극은 인간과 자연의 분리와 계산가능성의 세계로의 전환 때문이다. 계몽은 자연과 화해하던 세계를 통일성의 이름으로 도구적 이성의 실험 대상이자 지배의 대상으로 전락시켰다. 김유정이 "사물을 개념할 때 하나로 열을 추리하는 것이 우리의 버릇"51)이라고 말했듯 근대적

---

51) 「병상의 생각」, 507쪽.

이성은 자연과의 친밀성을 엄격한 형식논리와 합리적 체계의 이름으로 평준화시켰다. 이로써 자연은 소외되고 지배의 대상으로 전락한다. 김유정은 근대의 폭력에 짓밟힌 자연을 구제하기 위해 소설 속에 거대한 장벽을 설치했다. 공포와 폐쇄성으로 무장한 자연은 근대적 욕망에 사로잡힌 인물들을 응시하고 징벌함으로써 그들을 소설이라는 허구 속에 감금했다. 물신의 욕망은 사라지지 않겠지만 그것은 오직 소설(현실의 재현)의 벽 안에서만 일어나는 사건이 된다. 근대의 폭력성을 소설 속 장벽 안에 가두는 전략은 유토피아의 관념을 훼손되지 않은 채로 보존하는 방법인 것이다. 김유정은 자신이 기획한 유토피아를 비문학의 장 속에서 재현하고 있었다. 그곳은 '사랑'이라는 이름의 '중동태의 윤리'가 상호부조라는 행위로 재현되는 세계이자 아도르노가 개체와의 동화라고 불렀던 '미메시스'가 구현되는 세계이다. 이곳은 책임만을 전가시키는 귀속성(imputability)의 세계를 지양하고 상호관계성 속에서 진심 어린 마음으로 응답하는 책임(responsibility)을 요청하는 세계이다.[52] 이렇게 볼 때 김유정에게 문학 행위는 단순히 허구의 발명이 아니라 근대라는 괴물에 맞서 아름다운 가상을 구원하려는 문학적 응전방식이었다. 파국의 사신(死神)으로부터 세계를 구원하려는 유토피아 기획으로서의 문학 행위는 새로운 윤리를 발견하려는 시도이자 실천의 과정이었다.

---

52) 고이치로는 책임(responsibility) 보다는 귀속성(imputability)을 구분한다. 책임(responsibility)은 response과 ability의 합성어이다. 책임은 자신이 행위로 인한 피해와 피해자가 당한 것에 마음으로 반응하는 '응답'이다. 따라서 책임에는 상호관계성이 존재한다. 진정한 책임은 가해자의 마음이 피해자에게 가 닿은 것이다. 반면 귀속성(imputability)은 마음의 응답 대신에 책임을 전가시키는 것만 남아있다. 이는 행위의 책임자를 물색해 모든 책임을 지우는 것에만 몰두하기에 여기에는 '성찰'이 부재하다. 성찰, 즉 사유능력의 부재는 '변양하는 능력'의 부재로 이어져 모든 사건을 외부의 탓으로 돌리거나 그에 지배당해 자신의 존재론적 본질을 상실하는 사태로 들어간다.(고쿠분 고이치로, 앞의 책, 231쪽.)

참고문헌

● 기본자료
김유정, 이주일 편, 『산골 나그네(외)』, 범우, 2004.

● 단행본
김윤식, 『이상연구』, 문학사상사, 1993.
박홍규, 『표트르 크로포트킨 평전』, 틈새의시간, 2021.
이재선, 『한국현대소설사』, 홍성사, 1978.
고쿠분 고이치로, 박성관 옮김, 『중동태의 세계』, 동아시아, 2019
리처드 할로웨이, 주원준 옮김, 『HOW To READ 성경』, 웅진지식하우스, 2010.
아리스토텔레스, 천병희 옮김, 『니코마스 윤리학』, 숲, 2022.
에드먼드 버크, 김동훈 옮김, 『숭고와 아름다움의 이념의 기원에 대한 철학적 탐구』,
    마티, 2006.
톨스토이, 이강은 옮김, 『예술이란 무엇인가』, 바다출판사, 2023.
P.A. 크로포트킨, 김영범 옮김, 『만물은 서로 돕는다』, 르네상스, 2014.
한나 아렌트, 홍원표 옮김, 『정신의 삶:사유와 의지』, 푸른숲, 2023.
호르크하이머·아도르노, 김유동 외 옮김, 『계몽의 변증법』, 문예출판사, 1996.

● 논문
권경미, 「들병이와 유사가족 공동체 담론」, 『우리문학연구』 66, 우리문학회, 2020,
    131-153쪽.
권창규, 「가부장 권력과 화폐 권력의 결탁과 경합:김유정 소설을 중심으로」, 『여성문학
    연구』 42, 한국여성문학학회, 2017, 159-184쪽.
권채린, 「김유정 문학의 향토성 재고」, 『현대문학의 연구』 41, 한국문학연구학회,
    2010, 107-137쪽.
김양선, 「1930년대 소설과 식민지 무의식의 한 양상-김유정 소설에 나타난 향토의
    발견과 섹슈얼리티를 중심으로」, 『한국근대문학연구』 10호, 한국근대문학회,
    2004, 146-171쪽.
김영일, 「한국어 문법론에서 중동태의 설정을 위하여」, 『한말연구』 55, 한말연구학회,
    2020, 35-78쪽.
金惟邦 抄, 「톨스토이의 藝術觀」, 《개벽》 9호, 1921.3.

방민호, 「김유정, 이상, 크로포트킨」, 『한국현대문학연구』 44, 한국현대문학회, 2014, 281-318쪽.

서동수, 「김유정 문학의 유토피아 공동체와 크로포트킨의 상호부조론」, 『스토리앤이미지텔링』 9, 건국대 스토리앤이미지텔링연구소, 2015, 101-125쪽.

진영복, 「김유정 소설의 반개인주의 미학」, 『대중서사연구』 23(4), 대중서사학회, 2017, 124-154쪽.

최원식, 「모더니즘 시대의 이야기꾼」, 『민족문학사연구』 43, 민족문학사연구소, 2010, 342-366쪽.

홍기돈, 「김유정 소설의 아나키즘 면모 연구」, 『어문론집』 70, 중앙어문학회, 2017, 331-361쪽.

홍래성, 「반(反)자본주의를 위한 사랑의 형상화-김유정론」, 『한민족문화연구』 56, 한민족어문학회, 2016, 131-172쪽.

● 기타

[인문공간 세종] 고쿠분 고이치로, '중동태의 세계와 언어'

https://www.youtube.com/watch?v=dcsI1e04PAs

김유정 소설에 나타난 분배와 상호부조의 (불)가능성
- 「노다지」, 「금」, 「금 따는 콩밭」을 중심으로*

염 창 동

Ⅰ. 머리말

김유정은 1935년 3월 한 달에만 '금 모티브 소설'1) 3편을 서로 다른 지면에서 발표하였다. 흔히 '금(광) 3부작'이라고 불리는 「노다지」(『조선중앙일보』, 1935.3.2.-9.), 「금」(『영화시대』, 1935.3.), 「금 따는 콩밭」(『개벽』, 1935.3.)은 실제로 '금광쟁이 뒷잽이'2) 노릇을 하고 있었다는 그의 자전적 경험이 투영된 작품이다. "김유정의 소설에서, 모든 인물들 사이의

---

* 이 글은 비평문학 제90호(한국비평문학회, 2023)에 실린 글을 일부 수정하여 재수록한 것이다.
1) '금 모티프'소설이란 금이나 금광의 채굴, 사금 채취 또는 금을 찾는 모티프가 관련 모티프나 중심 모티프로 기능하고 있는 소설이다. 그것은 금을 매개로 한 주인공들의 현실적인 욕구와 이상 사이의 갈등이 주 플롯으로 드러나는 것으로서, 금에 대한 탐욕과 자아의 몰락이라는 서사구조를 취하는 소설을 의미한다. 황영규, 「일제말 금광 모티프 소설연구」, 부산외국어대학교 석사학위 논문, 1995, 5쪽.
2) 김문집, 「김유정의 예술과 그의 인간비밀」, 유인순 엮음, 『정전 김유정 전집 2』, 소명출판, 2021, 405쪽. 전봉관은 정확한 기간을 특정할 수는 없지만 김유정이 1934년 3월 이전부터 그해 말까지 예산 등지의 금광에서 '금광쟁이 뒷잽이'노릇을 하고 있었다고 추론한다. 그는 이러한 김유정의 전기적 사실에 대해, 김유정 스스로가 금광을 떠돈 것을 부끄러워하거나 감추려하지 않았음에도 불구하고 전기나 평전에서 김유정의 금광 경력은 다소 축소된 경향이 있다고 비판한다. 그는 오히려 금전판에서도 가장 밑바닥 인생인 '금광쟁이 뒷잽이'였다는 김유정의 이력은, 김유정의 1930년대 농촌과 하층민의 현실을 풍자한 그의 문학적 이력을 이해하는 데 더 유용할 수 있다고 주장한 바 있다. 전봉관, 「김유정의 금광 체험과 금광 소설」, 김유정학회 편, 『김유정의 귀환』, 소명출판, 2013, 148-149쪽.

김유정 소설에 나타난 분배와 상호부조의 (불)가능성   151

관계를 맺고 푸는 기본적인 동력은 '돈'(황금)이다."3)라는 평가 이래로
금 모티브 소설은 주로 돈의 욕망 앞에 무너지는 인간군상을 적나라하게
보여주며, 1930년대 '황금광시대(黃金狂時代)'의 세태와 인간의 욕망을
풍자하는 것으로 평가되어 왔다.4) 더 나아가 김유정 소설에 나타나는 '돈'
의 의미를 적극적으로 해석하여 근대 자본주의적 현실5)을 비판하거나6)
최근에는 기호학7)이나 문학치료 사례8) 등의 관점에서 이들 소설을 읽어내
려는 연구도 시도되었다.

　　한편 최근에는 김유정의 사상적 흔적에 관한 연구도 진행되고 있다.
그것은 주로 그의 말년의 문제적인 글 「병상의 생각」(『조광』, 1937.3.)에
드러난 마르크스나 크로포트킨에 관한 관심에 주목하는 것에서 출발한
다. 이러한 흐름 이래로, 김유정의 산문과 몇몇 작품들에 흩어져있는 사
상의 흔적을 읽어내는 연구들이 진행되고 있다.9) 요컨대 이는 '유목적

---

3) 김철, 「꿈·황금·현실-김유정 소설에 나타난 물신의 모습」, 『문학과비평』 1(4), 탑출판사,
　 1987, 256쪽.
4) 전봉관, 「1930년대 金鑛 풍경과 '黃金狂時代'의 문학」, 『한국현대문학연구』 7, 한국현대문학연
　 구, 1999; 최경아, 「김유정 '금 모티프' 소설 연구」, 경기대학교 석사학위논문, 2008; 전봉관,
　 앞의 논문; 차희정, 「김유정 소설에 나타난 한탕주의 욕망의 실제」, 『현대소설연구』 64, 한국현
　 대소설학회, 2016 등이 있다.
5) 특히 김연숙·진은진은 김유정의 소설을 '식민지적 궁핍-시대적, 제도적 금광 열풍-식민지조
　 선인의 탐욕'의 도식으로 읽어내는 것은 지나치게 평면적일 수 있다고 지적한다. 그러면서
　 자본주의적 특성을 전제로 한 탐욕의 측면에서 김유정의 금 모티브 소설을 읽어야한다고
　 주장한다. 김연숙·진은진, 「1930년대 김유정 소설에 나타난 '금(金)'과 경제적 상상력의 표상-
　 조선후기 야담 〈개성상인(開城商人)〉과 비교를 중심으로」, 『우리문학연구』 71, 우리문학회,
　 2021, 159쪽.
6) 김화경, 「김유정 문학의 근대 자본주의 경험과 재현 양상」, 김유정학회편, 『김유정의 귀환』,
　 소명출판, 2013; 강헌국, 「김유정, 돈을 위해」, 『비평문학』 64, 한국비평문학회, 2017; 김연
　 숙·진은진, 위의 논문.
7) 오은엽, 「김유정 소설에 나타난 정념의 기호학적 연구」, 『한중인문연구』 47, 한중인문학회,
　 2015; 남궁정, 「김유정 소설의 서사 전략 연구」, 『동아시아문화연구』 89, 한양대 동아시아문
　 화연구소, 2022.
8) 한남명, 「김유정 작품 〈금 따는 콩밭〉을 활용한 문학치료 사례 연구」, 『독서치료연구』 11(1),
　 한국독서치료학회, 2019.

활력', '원시적 인물', '유토피아적 공동체', '반(反)개인주의' 등으로 정리된다. 다만 이 글에서 주로 다루고자 하는 '금 모티브' 소설에 대해서는 본격적으로 이러한 접근이 시도된 바가 없다.

'금 모티브' 소설들이 발표된 1930년대 중반 식민지조선의 세속적 상황은 '황금광시대' 즉 황금에 모두가 '미친(狂)' 시대였다.[10] 이전과 비교할 수 없을 정도의 물신주의와 한탕주의 욕망이 일종의 시대정신(Zeitgeist)이 되었던 시기, 김유정은 누구보다 '돈(황금, 자본)'의 문제에 관심을 보였다.[11] 김유정의 '금 모티브' 소설은, 그의 다른 소설들과 비교해볼 때도, 당시 상황 속에서 이 문제와 가장 정면으로 대응하고 있다.

이 소설들에는 당시 광적인 금광열풍이 빚어낸 '(예비)뜨내기'들이 등장한다. 「노다지」의 잠채꾼들, 「금」의 일용직 광부들, 그리고 「금 따는 콩밭」의 소작농이 그들이다. 이들 주변부 민중에 관한 김유정의 관심은, 그가 귀향 이후 벌인 문맹퇴치운동, 노름 퇴치운동, 야학운동, 협동조합운동 등[12]에서도 확인된다. 김유정이 주변부 민중을 그리는 방식은 대체

---

9) 하정일, 「지역·내부 디아스포라·사회주의적 상상력」, 『민족문학사연구』 47, 민족문학사학회, 2011; 방민호, 「김유정, 이상, 크로포트킨」, 『한국현대문학연구』 44, 한국현대문학회, 2014; 서동수, 「김유정 문학의 유토피아 공동체와 크로포트킨의 상호부조론」, 『스토리앤이미지텔링』 9, 건국대학교 스토리앤이미지텔링연구소, 2015; 홍래성, 「반(反)자본주의를 위한 사랑의 형상화: 김유정론」, 『한민족문화연구』 56, 한민족문화학회, 2016; 진영복, 「김유정 소설의 반개인주의 미학」, 『대중서사연구』 44, 대중서사학회, 2017; 홍기돈, 「김유정 소설의 아나키즘 면모 연구-원시적 인물 유형과 들병이 등장 작품을 중심으로」, 『어문론집』 70, 중앙어문학회, 2017; 박필현, 「경계에 서서 바라본 인간의 삶과 '위대한 사랑'」, 『구보학보』 26, 구보학회, 2020.
10) 1930년대 식민지조선의 황금광시대는, ①한반도의 천연자원, ②식민지조선의 값싼 노동력, ③일본의 근대적 과학기술과 자본력, ④일본 정부의 금융정책 등이 복합적으로 주조해 낸 것이다. 전봉관, 『황금광시대』, 살림, 2005, 86쪽.
11) 이에 대해 김유정이 돈과 관련한 현상들을 통해 근대 자본주의의 면모를 정확하게 재현하면서도, 불합리한 돈의 탐색 방법을 서사화함으로써 근대 자본주의 정신에서 벗어난다는 평가나(강헌국, 앞의 논문, 46-47쪽.), 구조주의적 측면에서 식민자본주의 사회구조가 주조해낸 인간의 욕망을 서사화하였다는 평가(차희정, 앞의 논문, 371쪽.)를 참고할 수 있다.
12) 서동수는 이러한 김유정의 활동을 크로포트킨의 사상에 관한 이론적 실천으로 평가한다.

로 특유의 해학으로 집약되기도 한다.13) 그러나 적어도 '금 모티브' 소설에 한정하면, 김유정이 그리는 민중은 단순 해학으로만 설명되지는 않는다. 김유정은 내몰린 최하층 계급인 그들이 겪는 비극을 비참하고 처절하게 그리면서도 그 이면에 옅은 희망도 함께 품고자 하였다. 이는 그들을 계급의식의 각성 대상으로 파악했던 카프나, 계몽의 대상으로 내려다보았던 이광수류의 민족주의와는 구별되는 지점이다.14)

또한 김유정은 단편소설의 분량에서 미학적 완결성을 갖추면서도, 부분적으로 침묵하거나 일종의 미완의 구성을 취하기도 한다. '완결'된 서사 안에 동시에 존재하는 이러한 '여백'과 '미완'은, 그 자체로 작품의 미학적 성취를 가늠하게 하면서도, 동시에 작품 해석의 시원이 될 수 있다. 그러나 이곳에서부터 작가의 사상적 편린과 흔적을 확인하는 작업은, 진영복의 지적처럼 "단편적인 근거에 의지해 해석과 추론으로 논증해야"15)하는 어려움이 따른다. 그런 점에서 김유정의 소설에는 "씌어지지 않았던 것을 읽는다"16)는 말이 적절할지도 모른다.

이 글은 김유정의 '금 모티브' 소설을 크로포트킨의 상호부조론과 연관시켜 그의 사상의 흔적을 재구성하고자 한다. 크로포트킨은 주로 인간의 생산과 노동 활동 가운데 상호부조적인 사례들을 모아 인간의 본성을 탐구하고자 하였다. 김유정의 작품 가운데 금 모티브 소설은 1930년대 황금광세태 속 인간의 생계 문제를 가장 전면화하고 있는 텍스트이다. 그런 점에서 크로포트킨에 관심을 보였던 김유정의 사상의 흔적을 분석하는 데 금 모티브 소설이 적합하다고 판단했다. 특히 이 글은 김유정의

서동수, 앞의 논문, 109쪽.
13) 김윤식 · 정호웅, 『한국소설사』, 문학동네, 2004, 235쪽.
14) 홍기돈, 앞의 논문, 339쪽.
15) 진영복, 앞의 논문, 127쪽.
16) 발터 벤야민, 『발터 벤야민의 문예이론』, 반성완 역, 민음사, 2002, 318쪽.

금 모티브 소설에서 보이는 '분배'의 문제에 주목하여 상호부조의 (불)가능성을 읽어내고자 한다. 이는 김유정의 사상의 흔적을 읽어내려는 시도이며, 나아가 식민지조선의 크로포트킨 사상의 수용사적 측면에서 1930년대 한국근대문학의 한 사례를 확인하고자 하는 시도이다.

II. 1930년대 황금광시대와 『광업조선』

김유정의 '금' 모티브 소설에 접근하기 위해서는 당시 1930년대 황금광시대의 세태를 검토하지 않고 지나갈 수 없다. 다만 시대상에 관한 연구는 기존의 논의를 통해 어느 정도 축적된 만큼, 이 장에서는 이를 참조하여 정리하되[17], 당대의 대표적인 광업전문지였던 『광업조선』을 일부 참고한다. 『광업조선』[18]은 1936년 6월 '조선산금조합(朝鮮産金組合)'에서 발행한 광업전문지로서, 당시 광업 정책과 발전 양상 및 업계종사자들의 견해까지 다각적으로 담고 있다.[19] 또한 『광업조선』에는 다양한 작가들의 작품도 함께 수록되어 있다.[20] 김유정의 금 모티브 소설들과 『광업조선』

---

17) 1930년대 황금광시대에 관한 기존의 연구는 다음을 주로 참고하였음. 임종국, 「식민지의 금광경기」, 반민족문제연구소 편, 『한국문학의 민중사』, 지리산, 1991; 전봉관, 앞의 논문(1999); 전봉관, 앞의 책; 한수영, 「하바꾼에서 황금광까지」, 『친일문학의 재인식』, 소명출판, 2005; 이미나, 「1930년대 '금광열'과 문학적 형상화 연구」, 『겨레어문학』 55, 겨레어문학회, 2015.
18) 『광업조선』의 기본적인 서지사항 일부는 안남일, 「『鑛業朝鮮』 소재 이기영 소설 연구」, 『한국학연구』 43, 고려대 한국학연구소, 2012, 188-196쪽 참고. 안남일은 『광업조선』이 여전히 서지사항조차 충분히 정리되지 않은 상태로 남아있다고 지적한다.
19) 현재까지 이루어진 『광업조선』에 관한 연구는 미진한 편이다. 기존의 연구는 대체로 수록된 작품을 중심으로 개별 양상을 검토하는 것이었다. 안남일, 위의 논문 및 『광업조선(鑛業朝鮮)』 소재 문예물 연구」, 『한국학연구』 47, 고려대학교 한국학연구소, 2013; 이미나, 위의 논문.
20) 『광업조선』에 실린 소설은 모두 30편이며, 김유정을 비롯한 김남천, 박노갑, 이기영, 이무영, 이효석 등의 소설이 수록되어 있다. 수록 작품들의 자세한 목록과 서지사항에 대해서는, 안남일, 위의 논문, 167-168쪽 참고. 이 가운데 약 40퍼센트인 12편이 '금 모티브' 소설에

간의 직접적인 연관성은 부족하지만, 그의 미발표 유작 「형」이 그가 사망하고 2년 뒤 『광업조선』 1939년 11월호에 발표된 것은 분명 눈여겨 볼 지점이기도 하다.21)

1930년대의 금광열풍은 식민지종주국 일본의 경제 상황과 정책의 연관성 속에서 형성된 것이다. 그 흐름을 요약하자면 다음과 같다. 1차 세계대전(1914-1918)의 아시아 유일한 참전국이자 승전국이었던 일본은, 세계대전 기간에만 국민총소득이 30%이상 급증하며 전쟁 특수(特需)로 인한 호황을 맞이한다. 그러나 1920년대에 들어선 일본 경제는 혹독한 침체기를 면치 못했다. 1920년 세계대전의 종전과 그 반작용으로 인한 '전후(戰後)공황', 1923년 대지진에 의한 '진재(震災)공황', 1927년 은행금융권 붕괴에 의한 '쇼와(昭和)금융공황', 그리고 1929년 세계대공황의 여파에 따른 '쇼와대공황'까지. 이 과정에서 일본은 3주간의 모라토리엄(moratorium)을 선언할 수밖에 없는 상황에 처하기도 했다.

걷잡을 수 없는 경제 공황을 타개하기 위해, 일본은 통화와 '금본위제' 정책을 조정하게 된다. 일본은 앞서 1차 세계대전 중이던 1917년 9월 이래로 금 수출을 금지하고 있었다. 그러나 잇따른 경제공황을 타개하기 위해 1930년, 13년 만에 금 수출을 허용하고(金解禁) '금본위제'의 (재)시행을 선언하였다. 금이 곧 본위화폐로서 정화(正貨)의 지위를 갖게 됨에 따라, 금의 생산량은 곧 경제 규모로 이어지게 되었다. 이에 일본은 금 보유고를 늘리고자 식민지조선의 금을 수탈하기 위해 산금정책(産金政

해당한다. 이미나, 위의 논문, 113쪽.
21) 김유정의 「형」이 그가 죽고 2년이 더 지난 후에 『광업조선』에 실리게 된 자세한 경위에 대해서는 파악하지 못했다. 『광업조선』 또한 「형」의 수록 지면에 '미발표'라고만 기입하고, 죽은 김유정이나 작품의 수록 경위에 대해서는 일절 언급하고 있지 않다. 당대 누구보다 '금'의 문제에 관심을 갖고 있었으며, 걸출한 금 모티브 소설을 3편 연달아 발표한 작가인 김유정과 광업전문지 『광업조선』의 관계 역시 논구되어야 할 주제라고 생각한다.

策)을 강하게 추진하였다. 그러나 일본의 이러한 조치는 대공황으로 인한 전 세계 경제 불황의 상황 속에서 예상보다 파급력이 저조했다. 결국 일본은 불과 2년 만에 금 수출을 다시 금지하고(金再禁), 금본위제를 철회하게 된다.22) 이런 상황에서 일본은 1931년 만주사변 이후로 식민지조선에서 군수산업의 원료 조달을 위해 광산개발에 박차를 가하게 된다.

1930년대 식민지조선의 경제상황 역시 좋지 못했다. 우선 1930년대 대규모의 풍작으로 인해 쌀 공급량은 급증하지만 가격은 폭락하는 풍년공황이 터졌다.23) 대공황과 맞물린 대규모의 디플레이션 속에서도, 1930년 재개된 금본위제로 인해 금은 가격이 매우 안정적인 정화(正貨)였다. 그러나 너도나도 금을 탐하던 상황에 다시금 금본위제가 철회되고 일본발 산금정책이 시행됨에 따라 금값이 폭등하게 되었다. 금 본위제의 조정에 따른 금값의 변동에 대해 조선총독부 기사 지하융(志賀融)은 "금 본위제를 포기하고 혹은 산금증가의 정책으로써 금 보유증가에 부심(腐心)하여 왔으므로 금 가격이 등귀(騰貴)되고 주요 산금국의 금광업은 특히 왕성하여 세계 금산액은 급격한 증가를 보게 되었다"24)라고 적는다.

그간 식민지조선의 부자들은 고관대작의 벼슬 부자이거나 지주 중심의 땅 부자인 경우가 대부분이었다. 이들은 자수성가형 부자가 아닌 상속부자들로서, 일반 대중들과는 거리가 멀었다. 그러나 1930년대 황금광열풍과 더불어 최창학이나 방응모 등 신화적인 자수성가형 금광부자가 등장하자 일확천금으로써 빈궁에서 벗어나고자 하는 수많은 사람들이 금점판을

---

22) 1930년대를 전후한 일본의 금 본위제의 시행-철회에 따른 금값과 물가의 상관관계에 관해서는 전봉관, 앞의 책, 305-310쪽 참고.
23) 이른바 풍년공황이라는 아이러니한 상황에 대해 당시 한 잡지에는 "풍년의 덕으로 육백만 석이 증수는 되었으나 팔을 곳이 업다"며 "풍년에 배가 고프니 전고에 없는 일이다. 말세가 가까울 증거로구나"라는 자조를 내비치기도 한다. 「육백만증수」, 『별건곤』, 1930.11, 1쪽.
24) 志賀融, 「조선금광업의 현황」, 『광업조선』, 1936.6, 10쪽.

돌아다니게 된다. 1941년 일본에서는 이러한 식민지조선의 금광열풍을 다룬 영화『대단한 금광(素晴らしき金鑛)』25)이 제작되기도 하였다.

『광업조선』은 창간사에서 당시 식민지조선의 상황을 "산에는 석금(石金), 평야에는 사금(砂金), 만산편야(滿山遍野)에 광구(鑛區) 아닌 촌토가 없으리만치 되었고, 농촌인, 도시인을 물론하고 광구를 가지지 아니한 사람이 드물만치 조선의 광업계는 그 융성기에 들어섰다."26)고 적는다. 한 통계에 따르면, 1929년 2173개의 광구 가운데 가동 광구는 343개였던 것이 1933년에는 3343개의 광구 가운데 가동 1471개의 광구로, 1935년에는 2735개로 급격히 증가하게 된다.27) 이 시기 이른바 '황금광시대'라는 표현이 대중적으로 널리 쓰이게 되며, 당시 세태는 "예전에는 금전꾼이라 하면 미친놈으로 알았으나 지금은 금광 아니하는 사람을 미친놈으로 부를"28) 지경이 되었다.

그런 한편『광업조선』은 근대적 산업으로서의 금광업의 사회적 역할과 함께 광업가들이 지녀야 할 태도에 대해서도 적고 있다. 금광업의 진흥이 단지 국가의 재정을 증가시킬 뿐만 아니라 대공황의 여파 속에서 새로운 일자리를 창출하여 "일 못 가진 사람들에게 반영구적 일을 준다"29)는 데 그것의 사회적 역할이 크다고 자부한다. 또한 "금광열이니 황금광시대이니 하여 광업은 미친 직업이고 광업하는 사람은 미친 사람으로 해석할 만한 기사를 대서특필하는 일이 항다반"30)인 당시 세태에 다소 불만을

---

25) 『대단한 금광(素晴らしき金鑛)』의 주된 내용은 양반집에서 독립한 노비가족이 부랑생활 중에 강가에서 사금을 발견하게 되며 부를 축적하고 단숨에 지역 유지가 되어 성공하는 것이다. 빨래터였던 강가가 대규모 사금채취 시설로 변하게 되며 마을 사람들이 일장기를 들고 만세삼창을 하는 것으로 마무리된다.
26) 「창간사」, 『광업조선』, 1936.6, 2쪽.
27) 전봉관, 앞의 논문, 97쪽; 임종국, 『일본군의 조선 침략사』, 일월서각, 1989, 220쪽 및 앞의 논문, 173쪽 참고.
28) 「금광계 재계 내보」, 『삼천리』, 1934.8, 24쪽.
29) 「산금사업의 발전책과 조선산금조합의 특수사명」, 『광업조선』, 1936.6, 5쪽.

표출하면서도, '광업(狂業)' 소리를 듣도록 자초하는 일부 광업가들의 탐욕을 경계한다. 그러면서 광업가들에게 "광업을 농사 짓 듯이 하여야 한다. 아니 그보다도 더 피나게 하여야 한다."[31]라며 근면성실의 덕목과 함께 광업을 투기 명목이 아닌 근대적 노동과 삶의 일환으로 삼을 것을 당부하고 있다.

Ⅲ. 크로포트킨의 『상호부조론』에 공명한 김유정

위와 같은 1930년대 황금광열풍의 한가운데 '금광쟁이 뒷잽이'를 자처했던 김유정도 서 있었다. 그런데 일련의 금 모티브 소설을 제외하고, 그의 수필이나 서간문 등에서 금광에 관한 언급은 자주 발견되지는 않는다. 다만 말년의 서간문 「병상의 생각」(『조광』, 1937.3)에서 금광에 관한 단편적인 언급을 확인할 수 있다. 많은 연구자들이 지적하듯, 「병상의 생각」은 김유정의 사상적 편린과 문학론이 드러난 거의 유일한 글이라는 점에서 주목을 요한다.

> 두더지같이 산을 파고 들어가 금을 뜯어내다가 몇 십 명이 그 속에 없는 듯이 묻힙니다. 물속으로 쫓아가 군함을 깨뜨리고 광선으로 사람을 녹이고, 공중에서 염병을 뿌리고 참으로 근대 과학은 놀라울 만치 발달되어 있습니다. (중략) 오는 날, 우리가 처할 길은 우리 머릿속에 틀지어 있는 그 선입관부터 우선 두드려 내야 할 것입니다. 그리고 나서 새로이 눈을 떠, 새로운 방법으로 사물을 대하여야 할 것입니다.
>
> 그러나 그 새로운 방법이란 무엇인지 나 역 분명히 모릅니다. 다만 사랑에서 출발한 그 무엇이라는 막연한 개념이 있을 뿐입니다. (중략) 사랑이란 어느 시대, 어느 사회에 있어, 좀 더 많은 대중을 우의적으로 한 끈에 꿸 수 있으면 있을수록 거기에 좀 더 위대한 생명을 갖게 되는 것입니다.

---

30) 「광업(狂業)이냐? 광업(鑛業)이냐?」, 『광업조선』, 1936.7, 40쪽.
31) 위의 글, 43쪽.

오늘 우리의 최고 이상은 그 위대한 사랑에 있는 것을 압니다. 한동안 그렇게도 소란히 판을 잡았던 개인주의는 니체의 초인설, 맬서스의 『인구론』과 더불어 머지않아 암장될 날이 올 겝니다. 그보다는 크로풋킨의 『상호부조론』이나 마르크스의 『자본론』이 훨씬 새로운 운명을 띠고 있는 것입니다.[32]

서두에서부터 "사람!"을 애타게 부르짖으며 시작하는 이 서간문은 '당신'[33]을 향한 일종의 연서이다. 그런데 글의 주된 내용은 연심이라기보다는 근대사회에 대한 김유정의 비판이다. 이 글에서 김유정은 당시의 서구의 신심리주의나 예술지상주의가 내용 없는 기교나 표현에만 집중한다며[34], 그러한 서구의 근대 예술을 '생명력'이 부재한 '기계의 소산'이라고 비판한다. 이는 뒤이어 근대 과학의 놀라운 '발달' 이면의 파괴적인 폭력성에 대한 비판으로 이어진다. 특히 '군함'을 깨뜨리거나 '광선'과 '염병'으로 사람을 해치는 모습은, 전시 살생무기에 이용되는 과학기술을 의미하며, 금을 캐던 사람들이 산속에 파묻혀 죽는 모습은, 황금광시대를 낳은 자본주의와 결합한 그것을 상기시킨다.

저마다 나름의 사연으로 금광을 찾아 나섰던 이들이겠지만, 그들의 욕망은 삶에 대한 그것과 크게 다르지 않았다. 그 욕망 안에서 드물게 몇몇은 기적적인 신화를 일구어 내기도 했지만, 절대다수는 애초부터 '없는 듯이' 스러져갔다. '금광쟁이 뒷잽이' 출신 김유정은 이들을 애도하고 있는 것이다. 그런 점에서 "사람!"을 찾는 김유정의 애타는 부르짖음은,

---

32) 김유정, 「병상의 생각」, 앞의 책, 141-147쪽. 강조는 인용자.
33) 일반적으로 「병상의 생각」에서 언급되는 '당신'은 박봉자로 추정된다. 유인순, 『김유정과의 동행』, 소명출판, 2014, 75쪽. 그런데 서동수는 「병상의 생각」의 주된 내용이 연심이 아닌 근대사회에 대한 김유정의 비판임을 지적하며 '당신'은 '근대(과학)'를 의인화한 것이라 읽는다. 서동수, 앞의 논문, 114-115쪽.
34) 김유정이 이 글에서 특히 조이스의 신심리주의를 비판하고 있는 것은, 1930년대 중반 카프계열 문인들이 김유정을 '신심리주의자'나 '형식주의자'라고 앞서 비판한 것에 대한 반응으로 보인다. 그러나 당시 카프계열 문인들이 제기한 비판이 과연 타당한 것이었는가는 재고될 필요가 있다. 이에 대한 자세한 논의는, 이만영, 「김유정과 문학사」, 『현대소설연구』 85, 한국현대소설학회, 2022, 451-457쪽 참고.

스스로 '염인증'을 앓고 있으면서도 끝없이 '사람'을 연민할 수밖에 없었던 그의 초혼(招魂)에 가깝다.

　나아가 김유정은 대안을 제시하고자 한다. '위대한 사랑'으로 대표되는 그것은 물론 그의 표현대로 '막연한 개념'이다. 그럼에도 꺼져가는 운명 속에서 그가 제시하고자 한 '새로운 운명'을 띤 미래는, 크로포트킨이나 마르크스의 사례로 이어진다는 점에서 눈길을 끈다. 일견 각각의 서로 다른 사상, 특히 식민지조선에서 이미 결별한 아나키즘과 맑시즘이 한데 병치될 수 있는 이유는 무엇인가. 그것은 이들이 기저에서 공명하는 근대 자본주의에 대한 비판적 인식에 근거한다.[35] 다만 둘 가운데 김유정이 조금 더 공명하는 쪽을 고르라면 크로포트킨에 가깝다고 볼 수 있다.[36]

　아나키즘과 맑시즘이 일정 부분 공명하면서도 방향을 달리하는 지점은, 민중에 대한 인식과 투쟁의 방법론이다. 김유정의 작품에서는 조직화된 전위가 등장하지 않고, 주변부 민중이 주인공으로 등장한다. 그가 크로포트킨에 관심을 보였음을 고려할 때, 이는 아래로부터의 대중적·자발적 사회혁명을 중시하는 아나키즘과 이어질 가능성이 있다. 그는 이성보다는 감성, 문명보다는 원시성, 소수의 전위보다는 대중의 자발성을 강조한 아나키즘에서 희망을 발견하고자 한 것이다.[37] 이밖에도 김유정의 몇몇 소설에서 '톨스토이'가 직접 언급되기도 하고, "세계역사상, 어느 시대, 어느 민족의 문화가 훌륭하다 보십니까?"라는 한 설문에 대해 김유정이 "장차 노서아(露西亞)에 우리 인류를 위하여 크게 공헌될 바 훌륭한 문화가 건설되리라고 생각합니다."라고 대답하는 장면[38]은 이를 방증한다.

---

35) 홍래성, 앞의 논문, 141-143쪽.
36) 홍기돈, 앞의 논문, 334쪽. 한편 진영복은 김유정의 '위대한 사랑'을 개인주의와 국가주의에 대한 크로포트킨의 비판과 겹쳐 읽어야만 그것의 진정한 의미를 파악할 수 있다고 주장한다. 진영복, 앞의 논문, 139-140쪽.
37) 진영복, 앞의 논문, 144-145쪽.

1920년을 전후하여 식민지조선에 유입된 아나키즘은 '크로포트킨주의'라고 불러도 될 정도[39]로, 그의 영향은 지대하였다.[40] 김유정도 언급하고 있는 그의 대표저작 『상호부조론』은 당시 유럽에서 폭넓게 수용되던 스펜서의 사회진화론이, 다윈의 진화론을 왜곡하고 있음을 밝히려는 목적으로 쓰인 것이다.[41] 크로포트킨은 진화론의 핵심이 경쟁이나 적자생존이 아님을 정확하게 읽은 것이다.[42] 크로포트킨에 따르면, 자연에는 상호투쟁의 법칙 이외에 상호부조의 법칙이 존재하는데, 종의 보존과 진화를 위해서는 후자가 더 중요하다. 또한 인간에게는 연대성과 사회성이라는 본능이 있으며[43], 이러한 '본능으로서의 이타성'은 상호부조의 원칙

---

38) 「문화문답」, 『조광』, 1937.2, 192-193쪽.(『전집 2』, 308쪽.)
39) 조남현에 따르면, 아나키즘은 그 자체로 여러 갈래를 안고 있다. 본래 '개인'과 '대중의 자발성'을 강조하는 아나키즘은 어떤 통일성이나 체계성을 강구하려 들지 않았다는 것이다. 프루동, 바쿠닌, 슈티르너, 크로포트킨의 아나키즘이 저마다 다른데, 식민지조선에 유입된 아나키즘은 주로 크로포트킨의 것이었다. 조남현, 「한국근대문학의 아나키즘 체험 연구」, 『한국문화』 12, 서울대학교 규장각한국학연구원, 1991, 3-7쪽.
40) 크로포트킨의 상호부조론이 식민지조선에 유입된 과정에 대해서는 다음을 주로 참고하였음. 박양신, 「근대 일본의 아나키즘 수용과 식민지조선으로의 접속」, 『일본역사연구』 35, 일본사학회, 2012; 김성연, 「"나는 살아 있는 것을 연구한다"-파브르 『곤충기』의 근대 초기 동아시아 수용과 근대 지식의 형성」, 『한국문학연구』 44, 동국대학교 한국문학연구소, 2013; 김미지, 「동아시아와 식민지 조선에서 크로포트킨 번역의 경로들과 상호참조 양상 고찰」, 『비교문화연구』 43, 경희대학교 글로벌인문학술원, 2016; 박종린, 「1920년대 크로포트킨의 수용과 『청년에게 호소함』의 번역」, 『사학연구』 142, 한국사학회, 2021.
41) 김택호, 『한국 근대 아나키즘문학, 낯선 저항』, 월인, 2009, 59쪽. 그런 점에서 크로포트킨의 상호부조론에 관한 다음과 같은 서술은 수정될 필요가 있다. "크로포트킨 사상의 요점은 (중략) 다윈의 진화론 깊숙이 개입해 있는 맬서스주의적인 생존경쟁 개념을 비판하고 진화와 존속의 방법으로서 상호 협동의 측면을 강조한 것이다." 방민호, 앞의 논문, 296쪽.
42) 실제로 다윈은 『인간의 유래』에서 인간의 도덕성을 진화론에 입각하여 설명한다. 그는 인간의 도덕성이 공동체 생활을 영위하기 위해 획득한 보편적 기질이라고 보았다. 그에 따르면 도덕성을 바탕으로 협동하는 인간의 진화된 기질 유무가 '문명'과 '야만'을 가르는 기준이 된다. 찰스 다윈, 『인간의 유래』, 김관선 역, 한길사, 2006, 211-233쪽.
43) 물론 크로포트킨의 상호부조론은 엄밀한 의미에서 학술적인 개념으로 쓰인 것이 아니다. 조금 더 비판적으로 보자면, 그것은 인간의 상호부조를 엿볼 수 있는 역사적 사례들만을 '취사선택'한 것으로, 유토피아적인 낙관론에 가깝다는 분명한 한계를 지닌다. 그가 인간의 본능으로 제시하는 연대성, 사회성, 이타성 등의 개념 역시도 다소 모호하여 상호간에 명확히 구분되지는 않는다.

아래에서 인간의 윤리의식과 인간사회의 근간으로 작용한다. 이때 인간은 자신뿐 아닌 타인과 공동체의 권리를 존중하는 정의감과 평등 의식을 무의식적으로 지니고 있다.44) 이러한 상호부조의 원리는 특히 사회의 최하층 계급들에게는 하루하루를 살아가는 근간이 된다.45) 김유정은 식민지기 가난한 민중들에 대한 연민과 애정을 드러낸 작가이다. 이렇게 볼 때, 김유정의 '위대한 사랑'은 단순 연심이나 동정심 같은 감정의 문제가 아니라 사회성이라는 연대 의식이며, 타인의 고통을 공유하는 타자의 윤리학인 셈이다.46)

대체로 아나키즘은 비현실적이고 파괴적이라는 이미지가 지배적이다. 그러나 그것의 핵심은 근대사회가 초래한 과학주의나 물질주의에 맹목적이었던 인간의 본질에 대한 문제제기에서 출발한다.47) 그런데 식민지시기 근대 자본주의 체제 속 인간의 욕망은, 자연을 자본의 도구로 타락시키며 전통적인 농촌 공동체를 해체했다. 전통적인 농업이 지배적 노동의 양식이었던 식민지조선에서, 1930년대 황금광열풍과 더불어 광업은 자본주의와 과학기술이 결합한 근대적 노동으로서 지위가 상승하게 된다. 전국적으로 벌어진 광적인 골드러시 상황은 식민지조선의 민중들이 집단적이고 맹목적으로 근대적 노동을 경험하게 된 계기가 되었다. 황금광세태를 주조한 식민지 근대 자본주의는 "정당한 이윤을 '천직'으로서 조직적·합리적으로 추구"하는 '근대 자본주의 정신'48)과는 거리가 멀었다. 그보다는 세계적인 경제위기 속에서 전시체제를 목적에 둔 식민지 수탈

---

44) P.A.크로포트킨, 『만물은 서로 돕는다』, 김영범 역, 르네상스, 2005, 10-23쪽.
45) 위의 책, 347쪽.
46) 이덕화, 「김유정의 '위대한 사랑'과 글쓰기를 통한 삶의 향유」, 『한국문예비평연구』 43, 한국현대문예비평학회, 2014, 204-206쪽; 진영복, 앞의 논문, 149쪽.
47) 김영일, 「문화운동으로서의 아나키즘」, 『정치사상연구』 4, 한국정치사상학회, 2001, 157-159쪽.
48) 막스 베버, 『프로테스탄티즘 윤리와 자본주의 정신』, 김현욱 역, 동서문화사, 2009, 41-50쪽.

경제가 부추긴 광적인 한탕주의와, (구분하기 어려운) 투자/투기 열풍으로 얼룩진 물신화된 자본주의였다.

Ⅳ. '금 모티브' 소설 속 '분배'와 '상호부조'의 (불)가능성

김유정의 「노다지」, 「금」, 「금 따는 콩밭」은 이 지점을 예리하게 포착하고 있다. 이들 소설에서는 서로 다른 상황에서 금을 욕망하는 잠채꾼, 일용직 광부, 소작농이 등장한다. 그런데 그들의 욕망과 갈등을 둘러싼 서사에서 공통적으로 포착되는 지점은, 소득의 '분배'49) 문제와 공동체적 '상호부조'의 (불)가능성이다. 중요한 것은 이 두 가지가 개별적이고 독립적인 것이 아니라, 서로 인과관계에 놓여 있는 것으로 그려진다는 점이다. 우선 「노다지」의 경우부터 살펴보자.

> 아무렇든지 다섯 놈이 서른 길이나 넘는 암굴에 들어가서 한 시간도 못 되자 감(광석)을 두 포대나 실히 따올렸다. 마는 **문제는 노느매기에 있었다. 어떻게 이놈을 논으면 서로 억울치 않을까.** 꽁보는 금점에 남 다른 이력이 있느니 만치 제가 선뜻 맡았다.50)

「노다지」에는 금점을 찾아 몰래 잠채질을 하러 다니는 꽁보와 더펄이가 등장한다. 이들은 "일년이면 열두 달 줄창 돌아만 다니는 신세"로서 "조선 천지의 금점판 치고 아니 찝쩍거린 데가 없었다."51) 두 사람은 원래 작년부

---

49) 한편 김유정의 「홍길동전」에 대한 관심과 '다시 쓰기(re-writing)'를 참고할 때, '분배'의 문제는 김유정의 오랜 관심사 가운데 하나였을 것으로 추측한다. 김유정은 「홍길동전」을 서구문학에 뒤지지 않는 우리의 전통으로 보고 그 가치를 재발굴하여 직접 다시쓰기도 하였다. 축소와 개작과정에도 김유정이 빼놓지 않은 것은 활빈당의 의적 활동과 지배층의 재산을 가난한 사람들에게 똑같이 '분배'하는 장면이다.
50) 김유정, 「노다지」, 『정전 김유정 전집 1』, 유인순 엮음, 소명출판, 2021, 224쪽. 강조는 인용자.
51) 위의 책, 226쪽.

터 다른 동무 셋과 함께 잠채질을 하던 사이였다. 그런데 어느 날 얻은 금의 '분배' 문제를 둘러싼 다툼이 벌어지며, 물리적 충돌까지 일어나게 된다. 5명 중 남다른 금점판 이력이 있었던 꽁보의 주관으로 금을 배분하지만, 결과에 만족하지 않은 동료가 꽁보를 폭행한 것이다. 구체적으로 5명의 몫을 어떻게 나누었는지는 알 수 없지만, 꽁보는 "우리가 늘 하는 격식"52)으로 배분한 것에 대해 불만을 품는 동료를 질타한다. 그동안 이들이 잠채질을 하며 수확과 허탕을 오가면서도, 수없이 마주했을 분배의 상황에서 '늘' 해왔던 방식에 처음으로 의문이 제기된 것이다.

분배는 곧 근대 자본주의의 주요한 쟁점이다. 그러나 이들의 방식에는 어떤 근대적이거나 객관적인 기준과 방법이 마련되어 있지 않다. '늘' 해왔던 방식이 그만큼 유지될 수 있었던 것은 구성원들의 자발적이고 암묵적 동의53)가 있었기 때문이다. 그러나 현재 그 방식에 누군가 의문을 제기하게 되면서 상호간의 신뢰는 무너지게 된다. 이런 상황에서 상호부조는 성립 불가능하며, 공동체는 해체된다.

공동체 해체의 여파는 인물의 신체에 각인되기도 한다. 꽁보는 1년이 지난 지금까지도 그날의 폭행으로 인해 신체적 고통을 호소한다. 그 후로 꽁보는 금점일에 대해 "세상에 짜정 못해먹을"54) 일이라고 생각하지만, 그럼에도 "금이 다 무언지, 요 짓을 꼭 해야 한담"이라고 한탄할 뿐 여전히 금점판을 떠나지 못한다. 부랑생활을 할 수밖에 없는 최하층 계급으로서 자신의 처지를 잘 알고 있기 때문이다.

---

52) 위의 책, 224쪽
53) 크로포트킨은 러시아의 상호부조의 사례로서 '아르텔'을 예로 들어 설명한다. 아르텔은 '비공식적 협동조합'으로서 당국으로부터 아무 간섭도 받지 아니하면서도 촌락 구성원들 간의 자발적인 합의를 통해 협업과 분배 문제를 상의한다. 크로포트킨은 이러한 아르텔이 "러시아 농민의 삶에 본질적인 부분이 되었다"고 설명한다. P.A.크로포트킨, 앞의 책, 318쪽.
54) 김유정, 앞의 책, 229쪽.

크로포트킨은 이러한 최하층 계급들이 일상을 영위할 수 있는 근간으로서 상호부조를 제시한 바 있다.55) 분배 문제로 인해 기존의 공동체가 해체되었더라도, 그는 혼자 생활할 수는 없었다. 특히 왜소한 체구의 힘없는 자신이 먹고살기 위해서라도 상호부조의 관계를 재정립하는 것은 필수적이었다. 그렇기에 꽁보는 폭행당하던 자신을 구해 준 더펄이와 의형제를 맺는다. 이후 두 사람만이 금점판을 돌아다니며, 별다른 문제없이 1년여를 함께 잠채질을 하며 지내온 것이다. 더펄이를 형으로 모시는 꽁보와 그를 측은히 여기는 더펄이의 관계는, 혈연관계를 초월한 개인 간의 상호부조의 원리를 잘 보여준다. 또한 두 인물의 관계로 미루어 보건대, 그간 잠채로 얻은 수확이라야 변변찮았겠지만, 지금껏 두 사람 사이에서 분배의 문제는 상호협의하에 처리되어 갈등의 원인이 되지 못했던 것으로 보인다. 적어도 이 시점까지의 두 인물의 관계는, 김유정의 금 모티브 소설의 인물들 가운데 가장 이상적인 형태의 상호부조의 관계를 보여준다.

그러나 이들의 관계는 다시금 분배의 문제를 맞닥뜨리며 파국을 맞는다. 꽁보가 천 원어치는 되어 보이는 노다지 덩어리를 발견하자 힘센 더펄이가 대신 캐게 된다. 그러나 꽁보는 곡괭이 소리가 들릴수록 시무룩해지며 더펄이에게 불만을 품게 된다.

> 꽁보는 그 앞에 서서 시무룩하니 흥이 지었다. 금점 일로 할지면 제가 선생이요 형은 제 지휘를 받아왔던 것이다. 뭘 안다고 푸뚱이가 어줍대는가. 돌 쪽 하나 변변히 못 떼 낼 것이…… **그는 형의 태도가 심상치 않음을 얼핏 알았다. 금을 보더니 완연히 변한다.** (중략) **앞서는 형의 손에 목숨을 구해 받았으나 이번에는 같은 산골에서 그 주먹에 명을 도로 끊을지도 모른다.** 그는 형의 주먹을 가만히 내려다보다가 가엾이도 앙상한 제 주먹에 대조하여 보지 않을 수 없다. 그러나 다만 속이 바르르 떨릴 뿐이다.56)

---

55) P.A.크로포트킨, 앞의 책, 347쪽.
56) 김유정, 앞의 책, 233-234쪽. 강조는 인용자.

꽁보는 더펄이의 태도가 노다지를 발견한 이후 급변했다고 여기지만, 사실 태도가 변한 것은 꽁보도 마찬가지다.[57] 심지어 꽁보는 지난날 생명의 은인이었던 더펄이가 노다지를 독차지하기 위해 자신을 죽일지도 모른다는 두려움에 휩싸인다. 결국 이는 사고로 돌무더기에 깔린 더펄이를 외면한 채, 노다지만을 챙겨 혼자 달아나는 꽁보의 선택으로 이어진다.[58] 과거 자신을 구해준 더펄이를 이번에는 자신이 구할 수도 있었지만, 결국 꽁보는 노다지를 빼앗기지 않기 위해 (즉 분배하지 않기 위해) 자신이 맺은 상호부조의 원리를 스스로 깬 것이다.

다음으로 「금」에는 금광에서 노다지를 빼돌리기 위한 일용직 광부 덕순과 동무의 계략이 등장한다. 김유정의 다른 금 모티브 소설과 달리, 「금」에서는 유일하게 근대적 노동자로서 직업 광부가 등장한다는 점에서 주목을 요한다. 정해진 시간에 출퇴근하며 임금을 지불받는 직업 광부인 덕순은 돌아갈 거처와 부양할 가족이 있다. 그런 점에서 앞서 「노다지」에서 고정된 수입도 정처도 없이 돌아다니는 꽁보나 더펄이보다는 그나마 형편이 좀 낫다고 할 수 있을까. 그러나 덕순의 삶도 빈궁을 면치 못하고 있는 것은 마찬가지였다. 그는 "쓰러져가는 납작한 낡은 초가집. 고자리 쑤시듯 풍풍 뚫어진 방문 저 방에서 두 자식을 데리고 계집을 데리고 고생만 무진"[59]해왔을 뿐이다. 당시 일용직 광부들의 일당은 70-80전 정도로, 쉬지 않고 한 달 내내 일해도 겨우 20원 남짓한 급여를 받을

---

57) 김유정의 작품에서 돈은 중요한 '행위'의 원척적인 동기가 되는 동시에 기호로 재현되며 서사를 이끌어가고, 모든 인간과 사물의 속성을 변화시키면서 인물의 성격을 현현한다. 차희정, 앞의 논문, 375쪽.
58) 이후 꽁보의 모습은 서술되지 않지만, 그의 미래는 희망적일 것으로 보이지 않는다. 여기에 김유정의 미학적 소설구성을 고려한다면, 도입부부터 반복적으로 등장한 호랑이의 존재를 간과할 수 없다. 김유정은 전통적 산신의 상징이기도 한 호랑이를 감시자이자 단죄자로서 기능하도록 작품에 배치하였을 것으로 생각한다.
59) 김유정, 「금」, 앞의 책, 242쪽.

뿐이었다. 열심히 일해도 형편이 나아질 기미가 보이지 않자, 그는 먹고살기 위해 자신이 일하는 금광에서 금을 **빼돌리려고** 작정한다.

일본인 감독60)의 삼엄한 감시를 피하기 위해61) 덕순이 택한 것은 자신의 신체를 파괴하는 것이었다. 그 순간 그의 신체는 금을 빼돌리기 위한 도구로 전락해 버리고 만다.62) 동무와 며칠 동안을 계획하여 들키지 않고 금을 빼돌리는 데 성공하지만, 여기서 다시 금의 분배 문제가 떠오른다. 사실 금을 먼저 발견한 것은 동료였지만, 덕순은 자진하여 다리를 분지르는 대신 자신의 몫을 더 챙기기로 한 것이다. 물론 이러한 두 사람의 합의된 계획과 실행은 매우 비참하고 폭력적인 방식으로 이루어 졌다. 그럼에도 이들의 계획과 실행 그 자체만큼은 일본인 감독이 상징하는 식민지배당국의 간섭을 피하고자 한, 내몰린 민중들의 선택이었다. 그런 점에서 이는 일견 크로포트킨이 강조한 상호의존적 관계에서의 민중의 자발성과 저항성으로 읽힐 수도 있다.

> 동무는 그걸 받아들고 방문을 나오며 후회가 몹시 난다. **제가 발을 깨치고, 피를 내고 그리고 감석을 지니고 나왔더면 둘을 먹을걸. 발견은 제가 하였건만 덕순이에게 둘을 주고 원주인이 하나만 먹다니. 그때는 왜 이런 용기가 안 났던**

---

60) 김유정의 소설에서 일본인 등장인물은 흔하지 않다. 「금」은 김유정의 금 모티브 소설 가운데 유일하게 재조일본인이 등장한다. 짧은 분량 속에서 그려지는 그의 단편적인 모습은, 다소 우스꽝스러운 조선어 발음, 월급 때문에 곤혹스러운 일도 수행하는 처지, 주막집 계집에게 품고 있는 망상 등을 통해 일견 한심하고 볼품없게 제시된다. 그러나 그런 그조차도 식민지 권력의 대리자임은 분명한 사실이다. 그의 앞에서 조선인 광부들은 항상 '나체'로 몸수색을 받아야 했고, 그의 처분에 따라서는 당장의 일자리도 빼앗길 수 있는 상황에 놓여있기 때문이다. 여기에 광부들의 수치심이나 생계 문제 등은 전혀 고려 대상이 되지 못한다. 요컨대 「금」에서 묘사되는 볼품없는 재조일본인과 그보다도 더 볼품없는 식민지조선인 사이의 위계에는, 식민지 수탈경제가 주조해 낸 당시 세태에 대한 김유정식의 풍자가 엿보인다.
61) 당시 조선인 광부들이 금을 빼돌리는 방법은 상투 속에 숨기는 것부터 삼키거나 항문에 숨기는 것까지 다양하고도 비참했다. 전봉관, 앞의 책, 98-107쪽.
62) 김주리, 「김유정 소설에 나타난 파괴적 신체 고찰」, 『한국문예비평연구』 21, 한국현대문예비평학회, 2006, 382쪽.

가. 이제 와 생각하면 분하고 절통하기 짝이 없다. 그는 허둥거리며 땅바닥에다가 거칠게 침을 퇴, 뱉고 또 퇴, 뱉고 싸리문을 돌아나간다.

이 꼴을 맥 풀린 시선으로 멀거니 내다본다. 덕순이는 낯을 흐린다. 하는 양을 보니 암만 해도, 암만 해도 혼자 먹고 달아날 장본인 듯. 허지만 설마. **살기 위하여 먹는 걸, 먹기 위하여 몸을 버리고 그리고 목숨까지 버린다.**[63)]

그러나 다리를 다친 덕순 대신에 금을 팔러 가는 순간, 동무는 후회하기 시작한다. 그것은 왜 자신은 덕순처럼 다리를 분지를 '용기'가 없었던 것일까 하는 자책이다. 먹고살기 위하여 목숨까지 버리려는 아이러니한 행위가 '용기'로 치환될 수 있는 이유는, 덕순이 자신보다 두 배의 금을 나눠가지도록 합의했던 탓이다. 이 순간 동무가 후회를 떨쳐 버릴 수 있는 가장 손쉬운 방법은, 덕순과의 합의를 깨고 자신이 금을 독차지하는 것이다. 덕순도 이러한 상황을 불길하게 예감하고 있지만, 다리를 분질러 고통에 신음하는 그가 할 수 있는 일은 동무가 금을 팔고 약을 구해다주기를 기다리는 것뿐이다. 계획 단계에서는 보이지 않던 분배의 문제가 실행 단계에서 동무의 욕망을 통해 전면에 드러나게 된 것이다.

또한 덕순이 자신의 신체를 파괴함으로써, 덕순과 동무의 관계는 비대칭적으로 변한다. 움직일 수조차 없는 덕순은 그저 동무가 금을 팔고 돌아오기를 믿고 기다려야 한다. 게다가 그렇게 상해버린 몸으로는 다시 금광으로 돌아갈 수도 없는 지경이다. 변변찮은 수입이었던 광부일이나마 잃어버리게 된 것이다. 반면에 동무는 어느 것 하나 잃은 것이 없다. 그는 덕순의 불길한 예감대로 금을 독식하고 영영 달아날 수도 있으며, 혹은 아무 일 없었다는 듯이 다시 금광으로 복귀하여 또 다른 금을 빼돌릴 기회를 노릴 수도 있다. 일본인 감독은 오직 피를 흘리며 실려 나온 덕순의 이름만을 외우고 있기 때문이다. 이러한 비대칭적인 상황에서 금에 대한

---

63) 김유정, 「금」, 앞의 책, 243-244쪽. 강조는 인용자.

물신화된 욕망은, 상호의존적이어야 할 최하층 계급 간의 배신을 낳으며 상호부조의 불가능성을 보여준다.

끝으로 「금 따는 콩밭」에는 금광브로커 수재와 소작농 영식을 비롯해 마름과 지주, 금점꾼과 농부 등 다양한 계층의 인물이 등장한다. 「금 따는 콩밭」의 영식은, 「금」이나 「노다지」에서의 인물들과 다르게 "본디 금점에 이력이 없었"[64]고 "금점이란 칼 물고 뜀뛰기"[65]라는 것을 익히 알고 있는 인물이다. 또한 그는 콩밭의 토지경작권을 가지고 있으며 경작 또한 꽤 잘되던 형편이다. 즉 그는 금 모티브 소설 속 주요인물 가운데 풍족하지는 않더라도 가장 먹고 살 만한 인물이었던 셈이다. 그러나 그런 그조차도 브로커의 꼬임에 넘어가 잘되던 농사도 다 망치며 기약 없이 콩밭만 헤집고 있다. 그 이유는 "시체(時體)는 금점이 판을 잡"은 상황에서, "섣부르게 농사만 짓고 있다간 결국 비렁뱅이밖에는"[66] 되지 않기 때문이다. 당시 1930년대 농촌의 소작료는 법적으로 50% 이상을 거두지 못하도록 금지하고 있었지만, 실제로는 60-70% 정도의 소작료를 거둬들였다. 이밖에 농사 밑천이나 세금 등을 제하고 나면, 정말 남는 게 없고 빚만 늘어나는 살림이었다.

영식은 소작농으로서 경작권은 받았을지 모르나 토지의 소유권까지는 보유하고 있지 않았다. 그렇기에 콩밭을 망치는 영식의 행위는 명백히 근대적 사유재산(권)을 침해하는 행위이다. 그런데 이러한 영식에 대해 마름이나 지주는 '대노'할지언정 즉각적인 제재를 가하지 않는다. 마름은 매번 "낼로 당장 징역 갈 줄 알"[67]라며 윽박지르고 지주는 "내년부터는

---

64) 김유정, 「금 따는 콩밭」, 앞의 책, 249쪽.
65) 위의 책, 250쪽.
66) 위의 책, 251쪽.
67) 위의 책, 246쪽.

농사질 생각 말라고 발을 굴렀다."68) 이들은 근대적인 사법체계나 토지분배권 등을 근거로 불만을 표출하지만, 그렇다고 영식의 '금 따는' 행위를 강제로 막을 수는 없었다. 당시 일본의 산금장려정책으로 탐금(探金) 자체가 국책사업의 일환으로 여겨지던 상황69)이었음을 고려할 때, 생업조차 포기하고 금을 찾는 영식의 행위는, 개인의 욕망이나 취지와는 무관하게 국가적 슬로건에 부합하고 있었기 때문이다.

물론 콩밭에서 금이 나올리는 만무하다. 그런데 금 찾기에 몰두하는 영식과 수재의 관계에서 한 가지 간과되어 있는 것은 역시 (미래의) 잠재적인 분배의 문제이다. 만약 콩밭에서 정말로 금이 나왔다면, 그것에 대한 채광권과 토지개발권 등을 둘러싸고70) 영식과 수재는 각자의 몫을 배분해야 한다. 더욱이 여기에는 토지의 실소유주인 지주와 중간관리인인 마름까지 개입될 수 있어 문제가 한층 복잡해진다. 앞서 「노다지」나 「금」의 분배 문제에서 확인했듯, 이를 둘러싼 영식과 수재의 관계는 상호부조의 불가능성을 전제하고 있었다.

그러나 「금 따는 콩밭」은 「노다지」나 「금」과 달리 비극을 전면화하지 않으며, 이러한 문제 역시 다루어지지 않는다. 그럼에도 콩밭을 다 망쳐버린 영식이 겪을 미래를 상상하는 것은 어렵지 않다. 경작권은 박탈당할 것이고, 타인의 사유재산을 훼손한 법적인 대가를 치러야 한다. 이후에는 생계가 요원해진 만큼, 황금의 허상을 좇아 「노다지」의 잠채꾼 혹은 「금」의 일용직 광부로 전락할 가능성도 있다.

---

68) 위의 책, 247쪽.
69) 전봉관, 앞의 책, 80-84쪽.
70) 당시 조선광업령의 시행으로 인해, 땅속에서 나온 금은 땅 주인의 것이 아닌 광업권자의 소유가 되었다. 토지소유권과 별도의 광업권 허가를 당국으로부터 승인받아야 했다. 이때 광업권은 땅 주인이 누구고 그 금을 최초로 캐낸 사람이 누구인지와 무관하게, 먼저 관련 서류를 제출한 사람에게 허가를 내주는 '선원주의(先願主義)'를 따르고 있었다.

김유정은 이러한 비극이 예상되는 영식의 이야기에 가을날 농촌의 추수 풍경을 병치하여 제시한다.

> 금 하는 소리만 들어도 입에 신물이 날 만큼 되었다. 그건 고사하고 꿔다먹은 양식에 졸리지나 말았으면 그만도 좋으리라마는.
> **가을은 논으로 밭으로 누—렇게 내리었다. 농군들을 기꺼운 낯을 하고 서로 만나면 흥겨운 농담.** 그러나 남편은 앰한 밭만 망치고 논조차 건사를 못하였으니 이 가을에는 뭘 걷어 드리고 뭘 즐거할는지. (중략) 볕은 다사로운 가을 향취를 풍긴다. 주인을 잃고 콩은 무거운 열매를 둥굴둥굴 흙에 굴린다. **맞은쪽 산 밑에서 벼들을 베며 기뻐하는 농군의 노래.**[71]

위의 장면에서 추수철을 맞이해 기꺼운 낯으로 흥겹게 노래를 부르며 벼를 베는 농군들의 모습은 영식네의 모습과 선명하게 대조된다. 가을은 농민들의 한 해의 고생을 보답 받는 '약속'된 시간이다. 또한 그 해의 수확량 역시 그간의 경작 상황을 보며 어느 정도는 '짐작'이 가능하다. 즉 농민들은 '예정된' 시기에 '예상한' 수확을 흥겹게 거두어들이고 있는 것이다. 과거의 영식네였다면 그런대로 잘 자란 콩을 수확하고 있었겠지만, 지금의 영식네에게 가을은 아무런 의미가 없다. 그저 기약 없는 시간일 뿐이다. 이 기약 없는 기다림 속에서 인물들은 저마다 지쳐 가고 있었다. 아내는 '금' 소리만 들어도 입에서 신물이 날 정도가 되었고 영식은 신경질적으로 아내를 폭행한다. 이를 지켜보던 수재는 수틀리면 당장에라도 도망칠 궁리를 할 뿐이다.

김유정이 이들과 병치한 농군들의 모습은 단편적인 풍경 정도로만 묘사되어 자세한 내력을 알 수는 없다. 다만 그들의 생태계에는 농촌 공동체의 전통적인 상호부조의 원리가 가장 이상적으로 작용하고 있음을 '짐작'할 수 있다. 가령 상호부조적인 공동 경작의 한 전통으로 품앗이를 들

---

71) 김유정, 「금 따는 콩밭」, 앞의 책, 258-260쪽. 강조는 인용자.

수 있는데, 김유정은 이에 대해 다음과 같이 적는다.

> 그들이 모이어 일하는 것을 보아도 퍽 우의적(友誼的)이요 따라서 유쾌한 노동을 하는 것이다.
> 오월쯤 되면 농가에는 한창 바쁠 때이다. 밭일도 급하거니와 논에 모도 내야 한다. 그보다는 논에 거름을 할 갈이 우선 필요하다. 갈을 꺾는 데는 갈잎이 알맞게 퍼드러졌을 때 그리고 쇠기 전에 부랴사랴 꺾어내려야 한다.
> 이러한 경우에는 일시에 많은 품이 든다. **그들은 여남은씩 한 떼가 되어 돌려가며 품앗이로 일을 해주는 것이다. 이것은 일의 권태를 잊을 뿐만 아니라 또한 일의 능률까지 오르게 된다.** (중략) 논에 모를 내는 것도 이맘때다. 시골서는 모를 낼 적이면 새로운 희망이 가득하다. 그들은 즐거운 노래를 불러가며 가을의 수확까지 연상하고 한 포기 한 포기의 모를 심어나간다. 모는 그야말로 그들의 자식과 같이 귀중한 물건이다. (중략) 산 한 중턱에 번듯이 누워 마을의 이런 생활을 내려다보면 마치 그림을 보는 듯하다. **물론 이지(理智) 없는 무식한 생활이다. 마는 좀더 유심히 관찰한다면 이지 없는 생활이 아니고는 맛볼 수 없을 만한 그런 순결한 정서를 느끼게 된다.**[72]

김유정이 바라본 농민들의 모습은 '우의적'이고 '유쾌'하다. 고된 노동 속에서도 희망을 잃지 않으며 상호간 품앗이를 통해 일의 의욕과 능률을 고취시킨다. 이들에게는 개인주의적 경쟁의식보다 공동체적 협력과 연대의식이 깊게 자리매김하고 있다. 또한 한 포기 모조차 자식처럼 귀중하게 여기는 그들에게서는 자연과 생명을 중시하는 모습도 보인다. 김유정은 이러한 농촌의 전체적인 인상에 대해 "이지 없는 무식한 생활"이라고 보면서도, 그렇기에 비로소 가능한 "순결한 정서"를 애정 어리게 바라보고 있다. 이러한 농촌은 근대 이성을 내세운 자본주의나 과학기술이 미치지 않은 곳으로서, 전근대적 가치가 온전히 남아있는 곳이다.

크로포트킨 역시 근대 이전 서구 사회의 다양한 상호부조적인 사례들을 모아[73], 그것이 근대적 질서가 훼손시킨 인간의 '이타적 본능'임을

---

72) 김유정, 「오월의 산골짜기」, 『정전 김유정 전집 2』, 소명출판, 2021, 88-93쪽. 강조는 인용자.
73) 크로포트킨은 1914년판 서문에서 특히 '원시 시대'와 '중세 시대'의 상호부조에 대해 서술한

증명하고자 했다. 크로포트킨은 다음과 같이 말한다. "상호부조라는 제도가 관습이나 이론상으로는 파괴되고 있지만 3, 4백 년 동안 많은 사람들은 계속해서 이 제도를 기반으로 살아왔다. 사람들은 이 제도를 신성하게 유지하였고 이 제도가 없어져버린 곳에서는 재건하려고 노력하였다 (중략) 현재 만연되고 있는 무모한 개인주의 체제하에서 농민 대중들은 상호지원이라는 유산을 충실하게 유지하고 있음을 여실히 보여준다."[74]

이러한 크로포트킨의 말처럼 김유정은 '시체가 금점판이 된' 상황에서 전근대적인 가치를 보존하고 있는 농촌 공동체를 주목한다. 김유정은 개인주의적 가치가 만연한 근대 자본주의에 대항하는 가치를 상호부조의 원리를 지키고 있는 전근대적 농촌 공동체사회에서 찾고 있는 것이다.

V. 맺음말

이상의 논의를 정리하자면 다음과 같다. 이 글은 김유정의 금 모티브 소설 「노다지」, 「금」, 「금 따는 콩밭」을 대상으로 그의 사상의 흔적을 읽어내고자 하였다. 김유정은 크로포트킨의 상호부조론에 관심을 보이고 있었다. 김유정에게 그것은 당시 1930년대 황금광세태를 주조해 낸 식민지 근대 자본주의에 대항할 수 있는 가능성을 담지한 것이었다. 다만 김유정이 크로포트킨의 사상에 공명하였다는 사실이 곧바로 그가 아나키스트

부분을 독자들이 주목해주기를 바란다고 적고 있다. 그 이유는 무엇보다도 당시 벌어지던 1차 세계대전의 참상에 근거한다. 크로포트킨은 1차 세계대전을 '문명화된' 전쟁이자 위로부터 조직된 '멸절의 현장'이라고 명명한다. 그러면서도 그는 절망 속에서도 그것을 극복할 가능성을 지닌 아래로부터의 인간에게 희망을 건다. **"세계를 비참함과 고통으로 몰아넣은 이 전쟁의 와중에서도 인간에게는 건설적인 힘이 작동한다고 믿을 여지가 있으며, 그러한 힘이 발휘되어 인간과 인간, 나아가 민족과 민족 사이에 더 나은 이해가 증진될 것이라고 나는 진심으로 희망한다."** P.A.크로포트킨, 앞의 책, 9쪽. 강조는 인용자.
74) 위의 책, 273-294쪽.

였음을 의미하지는 않음을 부언하고 싶다.

이 글에서 「노다지」, 「금」, 「금 따는 콩밭」을 통해 주목한 지점은 '금'을 매개로 한 인물 간의 '분배'의 문제와 '상호부조'의 (불)가능성이었다. 근대 자본주의의 주요 쟁점이기도 한 '분배'의 문제는 이들 소설에서 직·간접적인 갈등의 원인이 되며, 이는 경우에 따라 '상호부조'의 불가능성과 공동체의 해체를 야기했다. 특히 김유정은 「노다지」나 「금」에서 '분배'의 문제로 인한 '상호부조'의 불가능성을 보여주며, 「금 따는 콩밭」에서 잠재적인 '분배'의 문제와 더불어 대안으로서 전근대적 농촌 공동체를 통해 '상호부조'의 가능성을 제시하고 있다.

김유정은 일련의 소설을 통해 1930년대 식민지 근대 자본주의가 주조해 낸 황금광세태를 살아가는 가난한 민중들을 그려냄으로써 인간의 욕망과 윤리의 문제를 짚어냈다. 처참한 비극으로 점철된 서사 안에서도 김유정은 특유의 희망을 포기하지 않으려 한 듯하다. 특히 '위대한 사랑'이 내포하는 민중에 대한 그의 연민과 애정은, 크로포트킨의 상호부조론에 희망을 걸었던 그의 사상적 흔적과 더불어 작품에 담겨 있다.

크로포트킨과 한국근대문학의 연관성은 비교적 충분히 논구되지 않았다. 상호부조론에서 아나키즘으로까지 범위를 확장한다고 하더라도, 한국근대문학에서 이는 초기 이광수나 신채호, 혹은 카프 초기 아나키스트들을 대상으로 제한적으로 논의된 경향이 있다. 즉 1910-20년대에 한 해 그 연관성이 논의되어 온 것이다. 이를 전제할 때, 1930년대 김유정이 크로포트킨을 언급한 것은 상당히 특징적이라 할 수 있다. 그렇기에 김유정의 작품을 상호부조론으로 읽어내려고 한 시도는, 한국근대문학에서 크로포트킨의 수용사적 계보에 하나의 시선과 사례를 더해줄 것이다.

참고문헌

● **기본자료**

『광업조선』

김유정, 『원본 김유정 전집』, 전신재 엮음, 강, 2012.

_____, 『정전 김유정 전집 1, 2』, 유인순 엮음, 소명출판, 2021.

● **단행본 및 논문**

강헌국, 「김유정, 돈을 위해」, 『비평문학』 64, 한국비평문학회, 2017, 29-51쪽.

김미지, 「동아시아와 식민지 조선에서 크로포트킨 번역의 경로들과 상호참조 양상
　　　고찰」, 『비교문화연구』 43, 경희대학교 글로벌인문학술원, 2016, 171-206쪽.

김성연, 「"나는 살아 있는 것을 연구한다"-파브르 『곤충기』의 근대 초기 동아시아
　　　수용과 근대 지식의 형성」, 『한국문학연구』 44, 동국대학교 한국문학연구소,
　　　2013, 139-178쪽.

김연숙·진은진, 「1930년대 김유정 소설에 나타난 '금(金)'과 경제적 상상력의 표상-조
　　　선후기 야담 <개성상인(開城商人)>과 비교를 중심으로」, 『우리문학연구』 71,
　　　우리문학회, 2021, 155-182쪽.

김영일, 「문화운동으로서의 아나키즘」, 『정치사상연구』 4, 한국정치사상학회, 2001,
　　　157-188쪽.

김윤식·정호웅, 『한국소설사』, 문학동네, 2004.

김주리, 「김유정 소설에 나타난 파괴적 신체 고찰」, 『한국문예비평연구』 21, 한국현대
　　　문예비평학회, 2006, 341-358쪽.

김　철, 「꿈·황금·현실-김유정 소설에 나타난 물신의 모습」, 『문학과비평』 1(4),
　　　탑출판사, 1987, 256-264쪽.

김택호, 『한국 근대 아나키즘문학, 낯선 저항』, 월인, 2009.

김화경, 「김유정 문학의 근대 자본주의 경험과 재현 양상」, 김유정학회 편, 『김유정의
　　　귀환』, 소명출판, 2013, 165-195쪽.

남궁정, 「김유정 소설의 서사 전략 연구」, 『동아시아문화연구』 89, 한양대학교 동아시
　　　아문화연구소, 2022, 13-32쪽.

박양신, 「근대 일본의 아나키즘 수용과 식민지조선으로의 접속」, 『일본역사연구』 35,
　　　일본사학회, 2012, 127-157쪽.

박종린, 「1920년대 크로포트킨의 수용과 『청년에게 호소함』의 번역」, 『사학연구』
　　　142, 한국사학회, 2021, 83-116쪽.

박필현, 「경계에 서서 바라본 인간의 삶과 '위대한 사랑'」, 『구보학보』 26, 구보학회, 2020, 299-324쪽.

방민호, 「김유정, 이상, 크로포트킨」, 『한국현대문학연구』 44, 한국현대문학회, 2014, 281-318쪽.

서동수, 「김유정 문학의 유토피아 공동체와 크로포트킨의 상호부조론」, 『스토리앤이미지텔링』 9, 건국대학교 스토리앤이미지텔링연구소, 2015, 101-125쪽.

안남일, 「『鑛業朝鮮』 소재 이기영 소설 연구」, 『한국학연구』 43, 고려대학교 한국학연구소, 2012, 185-207쪽.

_____, 「『광업조선(鑛業朝鮮)』 소재 문예물 연구」, 『한국학연구』 47, 고려대학교 한국학연구소, 2013, 161-187쪽.

오은엽, 「김유정 소설에 나타난 정념의 기호학적 연구」, 『한중인문학연구』 47, 한중인문학회, 2015, 135-161쪽.

유인순, 『김유정과의 동행』, 소명출판, 2014.

이덕화, 「김유정의 '위대한 사랑'과 글쓰기를 통한 삶의 향유」, 『한국문예비평연구』 43, 한국현대문예비평학회, 2014, 203-226쪽.

이만영, 「김유정과 문학사」, 『현대소설연구』 85, 한국현대소설학회, 2022, 445-471쪽.

이미나, 「1930년대 '금광열'과 문학적 형상화 연구」, 『겨레어문학』 55, 겨레어문학회, 2015, 109-141쪽.

임종국, 『일본군의 조선 침략사』, 일월서각, 1989.

_____, 「식민지의 금광경기」, 반민족문제연구소 엮음, 『한국문학의 민중사』, 지리산, 1991, 167-187쪽.

전봉관, 「1930년대 金鑛 풍경과 '黃金狂時代'의 문학」, 『한국현대문학연구』 7, 한국현대문학연구, 1999, 79-121쪽.

_____, 『황금광시대』, 살림, 2005.

_____, 「김유정의 금광 체험과 금광 소설」, 김유정학회편, 『김유정의 귀환』, 소명출판, 2013, 146-164쪽.

조남현, 「한국근대문학의 아나키즘 체험 연구」, 『한국문화』 12, 서울대학교 규장각한국학연구원, 1991, 1-44쪽.

진영복, 「김유정 소설의 반개인주의 미학」, 『대중서사연구』 44, 대중서사학회, 2017, 124-154쪽.

차희정, 「김유정 소설에 나타난 한탕주의 욕망의 실제」, 『현대소설연구』 64, 한국현대소설학회, 2016, 365-398쪽.

최경아, 「김유정 '금 모티프' 소설 연구」, 경기대학교 석사학위논문, 2008.

하정일, 「지역·내부 디아스포라·사회주의적 상상력」, 『민족문학사연구』 47, 민족문학사학회, 2011, 84-106쪽.

한남명, 「김유정 작품 <금 따는 콩밭>을 활용한 문학치료 사례 연구」, 『독서치료연구』 11(1), 한국독서치료학회, 2019, 111-134쪽.

한수영, 『친일문학의 재인식』, 소명출판, 2005.

홍기돈, 「김유정 소설의 아나키즘 면모 연구-원시적 인물 유형과 들병이 등장 작품을 중심으로」, 『어문론집』 70, 중앙어문학회, 2017, 331-361쪽.

홍래성, 「반(反)자본주의를 위한 사랑의 형상화: 김유정론」, 『한민족문화연구』 56, 한민족문화학회, 2016, 131-172쪽.

황영규, 「일제말 금광 모티프 소설연구」, 부산외국어대학교 석사학위 논문, 1995.

찰스 다윈, 『인간의 유래』, 김관선 역, 한길사, 2006.

막스 베버, 『프로테스탄티즘 윤리와 자본주의 정신』, 김현욱 역, 동서문화사, 2009.

P.A.크로포트킨, 『만물은 서로 돕는다』, 김영범 역, 르네상스, 2005.

발터 벤야민, 『발터 벤야민의 문예이론』, 반성완 역, 민음사, 2002.

김유정 소설을 통해 본 공감 교육에 대한 투시*

임 경 순

Ⅰ. 머리말

이 글에서는 공감 능력 함양을 위한 문학 교육을 김유정 소설을 통해 논의해 보고, 그 가치의 보편성과 교육적 의의를 따지고, 공감 교육을 교육의 목적 차원에서 강화할 것을 시사하고자 한다. 교육 특히 문학 교육의 방향을 논하는 것은 그 목적 등과 관련되어 있다. 그것은 문학 교육의 내용과 방법에 큰 영향을 준다는 점에서 중요한 의의가 있다. 공감 교육이 그 중 하나임이 틀림없다..

문학 교육의 방향을 문제 삼을 때, 우선 '왜 교육인가?'를 심사숙고해야 한다. 이는 문학 교육의 일반적인 측면과 관련되어 있다. 이와 관련하여 다양한 관점이 제시되어 왔으나, 그것은 '인류의 잘-삶(생존과 번영)'에 기여해야 한다는 것으로 수렴된다. 이런 관점에서 보면, 비록 문학이 인간에게 주는 부정적인 것들이 있을지라도, 궁극적으로 그것은 인간이 인간

---

* 이 글은 『한중인문학연구』 제80집(한중인문학회, 2023)에 실린 "A Study on Literature Education for the Cultivation of Empathy Ability : Focused on Kim, Youjeong's novel"를 수정 보완한 것임.

답게 살 수 있도록 하는 일에 도움을 주어야 한다.

뿐만 아니라 '왜 문학 교육인가?'에 대한 물음에 진지한 응답을 제시해야 한다. 이는 문학 교육의 특수한 측면과 관련되어 있다. 문학 교육에 한정한다면, 문학 교육의 목적으로 제시되고 있는 것은 문학능력이다. 문학능력에는 문학적 소통능력(문학 생산(표현)과 수용(이해)), 문학적 사고력(상상력을 포함하여), 문학지식(개념적 · 절차적 · 전략적인), 사전문학 경험, 문학에 관한 가치와 태도 등이 포함된다.[1]

문학능력은 의사소통, 사고, 지식, 경험, 가치 및 태도 등이 종합된 개념이다. 문학 교육이 교육의 보편성 측면에 기여해야 한다는 것을 받아들일 때, 이 같은 문학 교육의 목적 제시는 문학 교육의 특수성 차원뿐 아니라 보편적 차원을 아우른다는 점에서 바람직하다. 따라서 교육이라는 보편성과 문학 교육이라는 특수성 측면에서 볼 때, 지식, 수행뿐 아니라 태도 교육은 교육의 근본이 되는 축이라 할 수 있다. 따라서 태도 교육과 관련한 논의는 활발하게 논의되어야 할 것이다.

이런 점에서 이 글에서 다루고자 하는 문학을 통한 공감 능력 함양 교육은 의의 있는 작업이 될 것이다. 이것은 '왜 우리는 공감 능력을 길러 주는 교육을 해야 하는가?'에 대한 해답을 찾는 일일 것이다. 오늘날 우리 사회는 의사소통이 잘 이루어지지 않고 갈등이 증폭되고 있다. 그것을 해결하는 근본적인 해결책을 강구해야 하는 현실에 직면해 있다. 그 원인 가운데 하나는 타자에 대한 공감 능력의 상실에 있다. 또한 그것을 통해 유발되는 이타심의 고갈과, 나아가 협력의 연대감이 약화되고 있다는 데에도 그 원인이 있다. 이것의 회복이 중요한 이유는 그것이 인간의 의사소통뿐 아니라 인류의 공존과 번영에 매우 중요하게 역할을 하기 때문이다.

---

1) 김창원, 「문학교육과정의 구성원리」, 『문학교육과정론』, 삼지원, 1997, 110쪽.

따라서 문학 교육은 학습자들로 하여금 이러한 역량을 가질 수 있도록 집중할 필요가 있다.

공감에 대한 연구는 미학, 심리학, 정신분석학, 사회-인지론, 사회정서적 발달론, 미학 등에서 광범하게 진행되어 왔다. 이를 바탕으로 상담과 심리치료, 나아가 최근 문학교육 등 치료와 교육 분야로 응용되고 확장되고 있다.

공감이라는 용어는 비교적 최근에 발생했지만, 그 개념은 19세기 말에 등장했다. 1873년 미학분야에서 비쉐(Vischer)가 Einfühlung를 처음 사용한 이래, 심리학 분야에서 립스(Lipps)로 이어졌다.[2] 티치너(Titchner)는 이를 'empathy'로 번역했다. "공감의 '감(pathy)'은 다른 사람이 겪는 고통의 정서적 상태로 들어가 그들의 고통을 자신의 고통인 것처럼 느끼는 것"[3]을 뜻한다. 이후 공감은 확고히 자리잡게 되었으며, 공감은 수동적인 의미를 갖는 동정과는 달리 적극적인 참여를 의미하며 관찰자가 기꺼이 다른 사람의 경험의 일부가 되어 그들의 경험에 대한 느낌을 공유한다는 의미를 갖게 되었다."[4]

오늘날 공감에 대한 이론은 신경심리학이나 뇌과학 연구에 힘입어 그 근거가 입증되고 있다. 가령 '거울신경세포(mirror neurons)'의 발견은 공감적 반응에 대한 유전적 특성을 뒷받침해주고 있다. 연구자에 따라 공감을 인지적, 정의적, 의사소통적 측면에서 개념을 찾는데, 그것은 그만큼 복합적인 의미를 지닌다는 것을 의미한다. 따라서 공감은 어느 한 측면에서만 규명될 것이 아니라, 그것들의 복합적인 측면에서 접근하는 것이 타당하다고 볼 수 있다. 특히 교육에서 그것을 적용할 때, 방법적 측면까지

---

2) 박성희, 『공감학-어제와 오늘』, 학지사, 2004. 17-18쪽.
3) J. Rifkin, *The Empathic Civilization*, *Jeremy P. tarcher / Penguin*. 2009. p. 19.
4) J. Rifkin, 위의 책, p. 20.

아울러야 하기 때문에 공감을 둘러싼 개념적 확장을 도모해야 할 것이다.

교육학 분야에서는 '정서적 지능(emotional intelligence)'을 강조하면서, 그것이 아동들의 심리 발달을 측정하는 중요한 지표가 된다고 주장한다. 나아가 공감 능력을 길러주기 위한 교육을 강조하고 이를 뒷받침하는 교육과정 등을 개발해 왔다. 특히 문학교육에서의 공감 교육 연구는 박사학위 논문으로 제출되기도 하였다.[5] 이는 공감과 공감 교육에 대한 관심이 고조된 상황을 반영한 것으로, 공감 논의를 교육적 차원에서 재개념화하고, 문학교육에서 공감을 고려한 방안을 모색했다는 의의가 있다. 특히 "공감은 이성과 감정의 동시적 작용, 주체와 대상 사이의 분리, 그리고 대상에 대한 연민 등과 같은 조건에 의해 성립되는 정신적 과정을 의미한다."[6]라고 보는 견해는 그간의 공감과 동정을 중심으로 한 논의를 포괄하고 공감의 조건을 구체화하고 있다는 점에서 의의가 있다. 하지만 공감은 주체와 대상 사이의 분리뿐 아니라 일치도 작용할 뿐 아니라, 그것이 사회적인 개념으로까지 확장될 수 있다는 점을 간과하고 있다는 한계가 있다.

이에 이 글에서는 문학 교육적 차원에서 공감을 넓은 의미로 바라보면서, 공감 교육을 작품과 독자의 관계뿐 아니라, 독자와 독자, 독자와 사회 차원으로까지 확장하는 차원으로 나아가야 한다고 주장할 것이다.

이를 위해 이 글에서는 김유정 소설을 주된 논의 대상으로 삼는다. 이 글에서 논의하는 김유정 소설은 공감 교육에 시사점을 제공해 줄 수 있다고 판단하기 때문이다. 스물아홉이라는 짧은 생을 살다간 김유정(1908~1937)은 소설, 동화 등을 포함한 31편의 서사물을 남겼다. 그의 작품에 대한 평가는 그동안 상당 정도 축적되었다. 그에 대한 연구는 김유

---

5) 오판진, 「가면극 연행 체험 교육 연구 : 인물에 대한 공감을 중심으로」, 서울대박사논문, 2012 ; 박치범, 「문학교육에서의 공감에 관한 연구」, 고려대박사논문, 2015.
6) 박치범, 위의 글, p. i .

정학회, 김유정문학촌 그리고 전문 연구자 등이 펴낸 단행본으로 축적되어 왔다.[7)]

그가 남긴 작품에 비하면 이처럼 연구도 활발할 뿐 아니라, 그와 그의 작품에 대한 인지도도 높은 편이다. 후자는 제도권 교육에 힘입은 바가 크다. 그의 작품은 6차 교육과정(1992-1996)부터 국어 교과서나 문학 교과서에 빠짐없이 실리고 있다. 김유정 문학의 정전 형성은 '대학 교양 국어'에서 출발하며, 이것은 성인 대상 문학전집과 중고등학교 교과서로 전이 되었다.[8)] 또한 외국어로서의 한국어교육에서도 몇 안 되는 작가 가운데 포함되어 있다.[9)]

연구 성과가 축적됨에 따라 「봄봄」이나 「동백꽃」 등의 작품 경향 즉 농촌의 현실을 유머와 해학적인 기법으로 표현한 작품을 썼다는 평가에서[10)] 나아가 그의 작품은 민중적 생명력이나 현실 의식 등을 표현하고

---

7) 김유정학회 편, 『김유정의 귀환』, 소명출판, 2012 ; 김유정학회 편, 『김유정과의 만남』, 소명출판, 2013 ; 김유정학회 편, 『김유정과의 산책』, 소명출판, 2014 ; 김유정학회 편, 『김유정과의 형연』, 소명출판, 2015 ; 김유정학회 편, 『김유정의 문학광장』, 소명출판, 2016 ; 김유정학회 편, 『김유정의 문학산맥』, 소명출판, 2017 ; 김유정학회 편, 『김유정 문학의 감정 미학』, 소명출판, 2018 ; 김유정학회 편, 『김유정문학 다시 읽기』, 소명출판, 2019 ; 김유정학회 편, 『김유정 문학 콘서트』, 소명출판, 2020 ; 김유정학회 편, 『김유정 문학과 문화 충돌』, 소명출판, 2021 ; 김유정학회 편, 『김유정 문학과 세계 문학』, 소명출판, 2022 ; 김유정학회 편, 『김유정 문학의 미학성과 현재성』, 한림대지식미디어센터, 2023 김유정문학촌 편, 『김유정 문학의 재조명』, 소명출판, 2008 ; 유인순, 『김유정을 찾아가는 길』, 솔과학, 2003 ; 유인순 외, 『김유정과 동시대 문학 연구』, 소명출판, 2013 ; 유인순, 『김유정과의 동행 : 그의 생애와 문학, 그리고 문화콘텐츠 이야기』, 소명출판, 2014.
8) 김동환의 논의에 따르면 김유정 문학의 정전 형성은 대학교양국어에서 출발하며, 이는 성인 대상 문학전집, 중고등학교 교과서로 전이되었다. 김동환, 「교과서 속의 이야기꾼, 김유정」, 『김유정의 귀환』, 소명출판, 2012, 35-54쪽.
9) 외국어로서의 한국어교육에서 활용할 수 있는 한국문학 정전 가운데 현대소설 분야에서 김유정의 작품은 「동백꽃」(한국, 미국), 「동백꽃」/「봄봄」(중국) 등이 포함되어 있다. 윤여탁 외, 『한국어교육에서 한국문학 정전』, 하우, 2015.
10) 교과서 속의 「동백꽃」을 검토한 김명석은 교과서에 소개된 김유정에 대한 작가 소개는 교과서 개편 시마다 축소되어 왔으며, 작품 경향 소개도 최소화되어 왔다고 진단한다. 예를 들면 다음과 같다. '주로 농촌의 실상을 해학적인 기법으로 표현한 작품들을 썼다'(지학사), '주로 농촌 현실을

있다고 평가하는 데까지 이르렀다. 김유정의 작품에 대하여 다양한 평가가 가능하겠지만, 이 글과 관련하여 볼 때 공감 교육을 위한 단서를 탐색하는 데 집중할 것이다. 이는 작가와 소설 창작, 작품 분석을 통해 공감 교육에 시사하는 바가 무엇인지 탐구하는 작업이 될 것이다.

II. 창작과 공감의 근원 ; 타자에 대한 사랑

김유정 소설은 크게 자신을 포함한 가까운 지인들의 이야기와 민중을 중심으로 한 타자들의 이야기로 이루어진다. 「두꺼비」, 「생의 반려」, 「따라지」, 「연기」, 「형」 등은 전자에 속하고, 나머지 대부분의 작품들은 후자에 속한다. 이로 보면, 그의 작품의 대부분은 밑바닥에서 생존을 모색하는 사람들의 이야기라 할 수 있다. 따라서 그의 작품 세계를 '웃음'과 과련된 해학으로 단정해 버리는 평가는 재고를 요한다. 그렇기 때문에 「동백꽃」과 같은 작품이 주는 웃음의 해학을 두고 김유정 문학을 대표한다고 할 수 없다. 그의 작품 세계에서 해학이란 비애나 고통의 정서를 담고 있다고 보는 견해가 타당하다는 점에서 그렇다.[11]

김유정이 밝힌 창작의 근원을 살피는 일은 그의 작품 세계를 이해하는 데에 도움이 된다.

> 새로운 방법이란 무엇인지 나 역시 분명히 모릅니다. 다만 사랑에서 출발한 그 무엇이라는 막연한 개념이 있을 뿐입니다. (중략) 오늘 우리의 최고 이상은

토착적인 유머와 해학으로 그려 냈다'(천재교과서), '농촌의 실상을 해학적으로 표현한 작품을 주로 썼습니다'(천재교육). 김명석, 「교과서 속의 「동백꽃」」, 『김유정의 문학광장』, 소명출판, 2016, 330쪽.
11) 정호웅, 「전상국 장편 『유정의 사랑』과 '김유정 평전'」, 『김유정의 문학광장』, 소명출판, 2016, 308쪽.

그 위대한 사랑에 있는 것을 압니다. 한동안 그렇게도 소란히 판을 잡았던 개인주의는 니체의 초인설, 멜더스의 인구론과 더불어 머지않아 암장될 날이 올 겝니다. 그보다는 크로포트킨의 상호부조론이나 맑스의 자본론이 훨씬 새로운 운명을 띠고 있는 것입니다.12)

김유정은 그의 창작 방법론의 근원은 개인주의에 있는 것이 아니며, 타자들에 대한 사랑에 있다는 것을 밝힌다. 그것은 그가 염인증을 벗어나는 일이며, 문학의 길로 들어선 이유이기도 하다. 염인증에서 벗어난 타자에 대한 사랑, 이 속에서 탄생한 그의 소설은 그를 구원(치료)하는 것이자 독서 교육의 방향을 시사하기도 한다.

김유정은 문학하는 길로 들어서게 된 이유를 이렇게 말한다.

다시 말하면 나는 여자에게 염서(艶書)아닌 엽서를 쓸 수가 있고, 당신은 응당 그 편지를 받을 권리조차 있는 것입니다. 나의 머리에는 천품으로 뿌리 깊은 고질이 백여 있습니다. 그것은 사람을 대할 적마다 우울하야지는 그래 사람을 피할려는 염인증(厭人症)입니다. 그 고질을 손수 고쳐 보고저 판을 걷고 나슨 것이 곧 현재의 나의 생활이요, 또는 허황된 금점에서 문학으로 길을 바꾼 것도 그 이유가 여기에 있을 것입니다.13)

김유정이 염인증을 갖게 된 데는 그가 일곱 살과 아홉 살에 각각 어머니와 아버지를 잃었던 점, 치질과 늑막염 등 질병을 앓게 된 점, 가정 파탄과 떠돌이 생활을 했다는 점 등이 크게 작용했을 것이다. 하지만 그는 여기에 함몰되지 않고, 문학을 통해 그것을 극복하고자 했다. 사람을 싫어하는 병인 염인증을 벗어나는 길 가운데 그에게 문학이 놓여 있었다. 특히 인물과 그를 둘러싼 사건을 다루는 소설은 인간에 대한 관심과 사랑이 없이는 형상화가 어렵기 때문에, 염인증을 벗어나는 데에 효과적인 방법 가운데 하나가 될 수 있다. 김유정은 염인증을 벗어나기 위해 문학, 즉 소설 창작

---

12) 김유정, 「병상의 생각」, 전신재 편, 『원본 김유정 전집』, 강, 2012, 471쪽.
13) 김유정, 위의 글, 471-472쪽.

의 길에 들어섰다. 그리고 소설 창작의 근원으로서 인간에 대한 사랑이 놓여 있었던 것이다. 한 연구자의 연구에 따르면 김유정 문학의 창작 동력은 "고향과 그 사람들을 향한 애정 표현, 동시대 현실을 기록하고자 하는 의지, 그리고 인간성의 본질과 인간관계 탐구"14) 등으로 정리해 볼 수 있겠는데, 이를 종합해 보면 결국 인간에 대한 애정 곧 사랑의 형상화와 관련되어 있음을 알 수 있다.

김유정 문학의 특성을 민중에 대한 사랑에서 찾은 논의에 따르면 이 같은 논의가 뒷받침된다. 이덕화는 김유정의 문학적 성취가 가능한 이면에는 그의 민중에 대한 사랑과 책임감이 매개되어 있다고 보았다.15) 그것은 "민중들의 언어, 판소리계 사설, 그들의 원초적 천진성과 강인한 생명력, 가족을 향한 사랑, 회귀식 서사구조"16) 등으로 드러난다는 것이다.

이러한 김유정 문학 창작 원천과 특성을 고려할 때, 이 글이 주목하고자 하는 것은 인물들의 상황이다. 이는 곧 독자들이 그의 작품을 읽으면서 마주치게 되는 인물의 상황일 터이다. 구체적으로 독자가 인물들이 겪는 곤경과 마주치고 공감하는 것이다. 이것은 해학을 다룬 작품도 예외적이지 않다. 이는 김유정의 작품을 읽는 행위가 인물들이 겪는 곤경에 공감하고, 마침내 그것을 통해 도덕적인 행동으로 실천하는 길로 이끌 수 있을 것이다.

---

14) 조동길, 「김유정의 창작 동력에 관한 연구」, 『한국문학이론과 비평』 제65집, 한국문학이론과 비평학회, 2014, 238쪽.
15) 이덕화, 「김유정의 '위대한 사랑'과 글쓰기를 통한 삶의 향유」, 『한국문예비평연구』 제43집, 한국현대문예비평학회, 2014.
16) 이덕화, 위의 글, 203쪽.

Ⅲ. 인물의 곤경과 눈물 그리고 공감

사랑에서 출발한 그의 글쓰기는 타자의 곤경에 관심을 쏟는다. 이 점은 해학적인 어조를 통해 산골 젊은 남녀의 순수한 사랑을 표현하고 있다고 평가받고 있는 「동백꽃」이나 「봄·봄」의 경우도 예외가 될 수 없다.

> '이놈아! 너, 왜 남의 닭을 때려 죽이니?"
> "그럼 어때?"하고 일어나다가,
> "뭐, 이자식아! 누 집 닭인데?"하고 복장을 떼미는 바람에 다시 벌렁 자빠졌다. 그러고 나서 가만히 생각을 하니 분하기도 하고 무안도 스럽고, 또 한편 일을 저질렀으니 인제 땅이 떨어지고 집도 내쫓기고 해야 될는지 모른다.
> 나는 비슬비슬 일어나며 소맷자락으로 눈을 가리고는 얼김에 엉, 하고 울음을 놓았다.17)

아무리 산골 남녀의 순수한 사랑 이야기라고 할지라도, 마름집 딸과 소작인의 아들 사이에서 벌어지는 일련의 사건들에는 어떤 비애감이 감돈다. 그것이 소작인 아들의 '울음'으로 표상되어 있는 것이다.

김유정 소설의 본질을 이루는 특징은 해학을 통한 웃음보다는 비애감에 있으며, 그것은 인물들의 눈물을 통해 나타난다. 가령 「땡볕」의 마지막 장면을 보자.

> 덕순이는 이것이 마지막이라는 생각으로 나머지 돈으로 왜떡 세 개를 사다 주고는 그대로 눈물도 씻을 줄 모르고 그걸 오직오직 깨물고 있는 아내를 이윽히 바라보고 있었다. 그러나 아내가 무슨 생각을 하였는지 왜떡을 입에 문 채 훌쩍훌쩍 울며,
> "저 사촌 형님께 쌀 두 되 꿔다 먹은 거 부대 잊지 말구 갚우."
> 하고 부탁할 제 이것이 필연 아내의 유언이라 깨닫고는,
> "그래 그건 염려 말아!"
> "그리구 임자 옷은 영근 어머니더러 사정 얘길 하구 좀 빨아 달래우."
> 하고 이야기를 곧잘 하다가 다시 입을 일그리고 훌쩍훌쩍 우는 것이다.

---

17) 김유정, 「동백꽃」, 전신재 편, 앞의 책, 226쪽.

덕순이는 그 유언이 너무 처량하여 눈에 눈물이 핑 돌아 가지고는 지게를 도로 지고 일어선다. 얼른 갖다 눕히고 죽이라도 한 그릇 더 얻어다 먹이는 것이 남편의 도릴 게다.

때는 중복, 허리의 쇠뿔도 녹이려는 뜨거운 땡볕이었다.

덕순이는 빗발같이 내려붓는 등골의 땀을 두 손으로 번갈아 훔쳐 가며 끙끙 내려올 제, 아내는 지게 위에서 그칠 줄 모르는 그 수많은 유언을 차근차근 남기자, 울자, 하는 것이다.[18]

「땡볕」은 김유정이 죽은 1937년 3월 29일 직전인 1937년 2월 『여성』에 발표된 거의 마지막 작품이다. 먹고 살기 위해 농촌을 떠나 도시에 사는 부부는 아내의 생명이 위태로운 상황에서 돈이 없어 수술을 받지 못하고, 결국 남편은 남은 돈을 털어 아내를 위해 쓰고, 아내는 자기가 죽는다는 것보다 자기 없이 살아가야 하는 남편과 이웃을 걱정한다. 가난 속에서 어찌할 도리 없이 죽음을 맞이하는 일이기는 하나, 부부의 사랑과 눈물이 녹아 있다.

비애감을 주는 근원적 표상으로서의 눈물은 김유정 소설에서 거의 전편에 나타난다. 농촌 남자들에게 갈보 취급받으며 비인간적인 대우를 받는 나그네(「산골 나그네」), 빚쟁이에 시달리면서 남편으로부터 돈을 구해 오라고 구타를 당하는 아내(「소낙비」), 신분 차이로 인해 딸과 도련님의 사랑을 말릴 수밖에 없는 어머니와 도련님을 체념해야 하는 이쁜이(「산골」), 금을 훔치기 위해 자기 발을 망가뜨린 남편의 발을 보며 눈물을 흘리는 아내(「금」), 들병이와 함께 도망하기 위해 소중한 살림살이를 주어버리는 남편을 둔 아내(「솥」), 양식을 꾸어다가 남편을 봉양하면서도 소장사에게 팔리는 다섯 살 난 아이의 엄마 복만이 아내(「가을」), 오빠(형)로부터 폭행과 냉대를 받으며 공원으로 궁핍하게 살며 동생을 다독이는 누이(「생의 반려」), 난봉꾼인 남편에게 부당한 대우를 받으며 사는 아씨(「정조」),

---

18) 김유정, 「땡볕」, 전신재 편, 앞의 책, 331쪽.

셋방 사는 늙은이의 울음소리에 생계 수단인 손님을 잃어버린 몸 파는 영애(「따라지」), 수술할 돈이 없어 사산한 아이를 두고 죽어야 하는 덕순의 아내(「땡볕」), 14살 때 37살의 남자에게 다섯째 첩으로 팔려가는 딸(「애기」), 굶주림 속에서 부친에게 구타를 당하는 아이(「떡」), 형의 횡포에 영문도 모르고 슬픔에 빠진 나(「형」), 부자간의 불화와 맏이의 가족에 대한 횡포에 병자의 몸으로 눈물과 한탄 속에서 죽어간 아버지(「형」), 가난과 배고픔, 병 중에 있는 아내를 두고서 남는 게 없는 농사 몫을 두고 절망하는 응오(「만무방」) 등이 그들이다.

비인간적인 대우, 신분 차별, 부당한 현실, 가난, 허상을 쫓는 남편, 배신 등은 인물들로 하여금 곤경과 절망 속에서 눈물짓게 한다. 그것은 도시와 농촌을 배경으로 한 소설을 막론하고 나타나는 것이며, 남성보다는 여성에 집중되어 있다. 이들은 그 시대를 몸부림치며 어렵게 살아가고 있는 인물들이다.

억울한 고난을 겪는 약자들은 「땡볕」의 등장인물들처럼 타인의 공감을 받지 못하지만, 「따라지」의 등장인물들처럼 타인에게 공감을 받기도 한다. 가령, 「따라지」에서는 김유정으로 추정되는 소설 쓰는 사람으로 알려진 '톨스토이'는 '밤낮 방구석에 팔짱을 지르고 멍하니 앉아서 얼이 빠져있고', '경무과 제복 공장의 직공으로 다니는 누이의 월급으로' 살면서 누이로부터 구박을 받기 일쑤다. 누이 또한 감독에게 쥐어박히고, '재봉침에 엄지손톱을 박아서 반쯤 죽어오는 적도 있다.' 병자인 노랑퉁이 영감과 버스걸인 딸, 카페 여급인 아끼꼬와 영애, 이들은 월세를 제때 내지 못할 정도로 하루하루를 힘겹게 산다.

> "네가 이놈아! 내 살을 뜯어먹는 거야."
> "그래 알았수, 내가 다 잘못했으니 그만둡시다."
> "듣기 싫어, 물러나."하고 벌떡 떠다밀면 땅에 펄썩 주저앉는 아우다. 열적은

듯, 죄송한 듯, 얼굴이 벌게서 털고 일어나는 그 아우를 보면 우습고도 일변
가여웠다.19)

　　이걸 보면 아끼꼬는 여자고보를 중도에 퇴학하던 저의 과거를 연상하고 가엾
은 생각이 든다. 누님에게 얻어먹고 저러고 있는 것이 오죽 고생이랴.20)

　사직동 허름한 초가에서 살아가는 이들은 갈등을 겪으면서도 '톨스토
이'에 대한 공감을 잃지 않는다. 이러한 공감은 김유정 소설에서 인물
간의 감정일 뿐 아니라, 그의 소설을 읽는 독자들의 인물에 대한 감정일
가능성이 높다.

　독자들은 이러한 상황에 놓인 인물들의 삶에 공감하게 되고, 이들의
삶을 안타까워한다. 그리고 이것은 독자로 하여금 그들의 삶을 어떤 식으
로든지 돕고자 하는 마음을 갖게 한다.

Ⅳ. 공감 능력 함양을 위한 문학 교육

　교육과정에서 인성 교육을 전면에 내세우기 시작한 것은 '2015 개정
교육과정'이다. "이 교육과정은 우리나라 교육과정이 추구해 온 교육 이
념과 인간상을 바탕으로, 미래 사회가 요구하는 핵심역량을 함양하여 바
른 인성을 갖춘 창의융합형 인재를 양성하는 데에 중점을 둔다".21) 인성
교육은 핵심역량, 창의융합 등과 더불어 명기되어 있다.

　우리 교육에서 인성 교육을 강조하기 시작한 것은 인성을 강조하지
않으면 안 되는 사회적인 상황과 관련되어 있다. 이를 단적으로 말해주는
것이 「인성교육진흥법」의 제정이다.22) 「인성교육진흥법」이 규정하고 있

---

19) 김유정, 「따라지」, 전신재 편, 앞의 책, 304쪽.
20) 김유정, 「따라지」, 전신재 편, 앞의 책, 309쪽.
21) 교육부, 「초·중등학교 교육과정 총론 별책 1」, 2017. 3쪽.

는 인성교육은 '타인·공동체·자연과 더불어 살아가는 데 필요한 인간다운 성품과 역량을 기르는 것을 목적으로 하는 교육'을 말한다. '예(禮), 효(孝), 정직, 책임, 존중, 배려, 소통, 협동 등'이 핵심 가치·덕목에 해당한다.23) 「인성교육진흥법」이 제시하고 있는 것들은 교육과정의 총론 차원뿐 아니라, 국어교육과도 밀접하게 관련되어 있다. "국어교육이 국어를 통해 자기 내면을 닦고, 다른 사람들과 더불어 사람답게 사는 통로라는 것을 부정하는 사람을 찾기 어려울 것"24)이기 때문이다. 「국어과 교육과정」에도 "바람직한 인성과 공동체 의식을 기름으로써 국어 교육의 목적을 달성할 수 있다"25)라고 명시하고 있다

교육 일반 차원에서 인성교육의 방법론으로 논의되고 있는 것은 운동, 음악, 독서, 놀이, 일기, 스토리텔링 등이다.26) 이 가운데 문학 교육과 관련된 것은 독서, 일기, 스토리텔링 등이다. 특히 그는 이 가운데 스토리텔링은 "인류가 사용한 가장 흔하고 오래된, 매력적이고 위력적인 인성교육 방법"27)이라고 주장하고 있다.28) 이야기(문학)는 오랫동안 중요한 인성교육의 내용과 방법이었던 것이다.

이야기하는 인간 즉 호모 나랜스(Homo Narrans)는 인간 본질의 한 측면을 규정하는 말이다. 말과 문자 등으로 이야기를 만들어 소통하는

---

22) 「인성교육진흥법」은 2014년 12월 29일 국회를 통과하여, 2015년 1월 20일에 공포되었으며, 2015년 7월 21일에 시행되었다.
23) 「인성교육진흥법」, https://www.law.go.kr/LSW/lsInfoP.do?efYd=20200912&lsiSeq=220857#0000
24) 임경순, 「2015 개정 교육과정과 국어교육의 가능성」, 『국어교육』 159, 한국어교육학회, 2017, 11쪽.
25) 교육부, 「국어 교육 과정」, 2015, 3쪽.
26) 조벽, 『인성이 실력이다』, 해냄, 2016.
27) 조벽, 위의 책, 304-305쪽.
28) 내러티브(서사)의 창의성과 인성과의 관련성에 주목한 논의는 다음을 참고 할 것. 우한용 외, 『국어과 창의인성 교육(중등편)』, 사회평론, 2013 ; 박인기 외, 『국어과 창의인성 교육(초등편)』, 사회평론, 2013.

일은 인간만이 갖는 고유한 특성이다. 인간이 이야기를 하는 행위는 진화론적으로 볼 때 특별한 무엇이 있다고 볼 수 있다. 그것은 인간의 생존과 번식에 이득을 주기 때문이다. 즉 이야기가 사람들로 하여금 사회를 이롭게 하는 행동을 강화시키거나, 정서를 규제하고 길러준다거나 하기 때문에 존속할 수 있다. 그런데 이야기가 소통되기 위해서는 본능적인 차원뿐 아니라, 그것을 생산하고 수용하는 데에 필요한 상당한 능력이 필요하다.29) 이런 점에서 인간은 그것과 관련한 능력이 진화해왔다고 볼 수 있으며, 교육은 이를 보다 효율적으로 기여하는 역할을 해 왔다고 할 수 있다.

공감 교육의 목적으로서 공감 능력을 길러주어야 하는 이유는 다음과 같은 것을 들 수 있을 것이다. 공감 능력이 있는 사람은 긍지를 느끼는 사람보다 더 광범하게 사람들을 배려의 대상자로 삼는다는 점, 사회적 인맥을 더욱 풍성하게 쌓고 배려하는 행동을 보여준다는 점, 타인의 고통을 적극적으로 염려하고 그것이 연민으로 이어지고 타인을 돕는 행위로 이어진다는 점, 공감 능력이 많은 사람은 타인들이 선호하고 존중할 확률이 높고 지도자로 선호할 가능성도 높다는 점 등을 들 수 있을 것이다.30) 공감 능력은 이 모든 능력과 관련되어 있는 능력을 말한다. 공감은 인간에게 본능적 감정이자 무조건적, 정언적 감정이라는 점에서 보편성을 획득한다. 이 보편성은 인간을 뛰어넘어 다른 생명체에게도 미친다.

또한 뇌에서 복내측 전전두피질과 관련되어 있는 공감은 진화와 습관(사회화)에 의해 체득되기도 하고, 교육을 통해서도 발달하기도 한다. 공감 등에 대한 교육적 처지의 근거가 마련되는 셈이다. 이는 (한)국어 교육

---

29) 장대익, 『울트라 소셜: 사피엔스에 새겨진 '초사회성'의 비밀』, Humanist, 2017, 137-145쪽.
30) 황태연, 『감정과 공감의 해석학 1』, 청계, 2015, 407-409쪽.

과 문학 교육의 목적뿐만 아니라 교육의 목적에 대한 증거를 제공함으로써 공감 함양 교육이 중요하다는 것을 확인시켜 준다. 이렇듯 공감 능력을 길러주는 공감 교육은 그 교육적 의의가 정당화될 수 있을 것이다.

공감 능력이란 타자의 감정, 생각, 행동, 경험 등 타자의 삶에 대하여 함께 느끼고, 생각하고, 체험할 뿐 아니라, 이를 통해 타자에 대하여 연민, 이해, 염려, 배려, 돕기, 존중함으로써 현실 속에서도 그러한 마음을 실천해 나가는 능력이라 할 수 있다. 공감 능력은 이성과 감정, 주체와 대상, 타자에 대한 연민뿐 아니라 그것들을 소통할 수 있는 능력 등이 복합적으로 작용하는 데서 발현되는 능력이라 할 수 있다. 따라서 공감 능력은 문학 작품과 독자와의 관계뿐 아니라, 독자와 독자, 독자와 사회의 관계를 포함하는 개념이라 할 수 있다.

김유정 소설을 통해 볼 때, 인물들은 특별한 상황 속에서 곤경에 빠져 있으며, 그것은 인물들의 눈물로 표상된다. 이는 독자로 하여금 인물과 함께 느낄 수 있도록 하며, 나아가 연민을 갖게 함으로써 사회적 공적 체험으로 확장해 나갈 수 있는 발판을 제공한다. 여기에서 연민이란 "사랑의 특별한 유형, 즉 도움이 필요한 어려운 상황이나 곤경에 처한 사람의 심정에 공감하여 사랑 감정에서 그를 안쓰러워하여 구하고 돕고 싶은 감정"[31]을 말한다. 이는 공자의 애긍의 감정, 맹자의 측은지심(惻隱之心)에 해당한다. 그것은 약자에 대한 사랑의 배려심으로서의 도덕감정이다. 도덕감정은 도덕행위의 동기가 되고, 덕성의 단초가 된다.[32] 이 지점은 "타인을 인지적, 감정적으로 받아들여 타인에 대해 연민의 감정을 갖게 되는 타자 지향의 윤리적 행위"[33]에 해당한다.

---

31) 황태연, 위의 책, 397쪽.
32) 황태연, 앞의 책, 398쪽.
33) 박치범, 앞의 글, i쪽.

하지만 작품과 독자의 차원에 멈추지 않기 위해서는 사회적으로 확장되어 나갈 필요가 있다. 독자들이 갖는 인물의 삶에 대한 공감은 현실 속의 타자들과 공유되고 확장되어 나가야 한다. 함께 체험하고 이해하고 느낀 인물의 삶과, 그것과 유사한 자기 자신의 삶에 대하여 타자들과 더불어 해석, 소통, 상호작용하도록 해야 한다.34) 이는 김유정 소설에서 독자가 느끼는 인물의 삶, 즉 슬픔에 처한 인물의 삶에 대한 공감은 그것으로 끝나지 않고 보다 나은 삶으로 향하는 길이 될 것이다.

특별히 울음은 "타인에 대한 도움과 사회적 유대에 대한 바람의 좌절과 외로움"35)이 근본적 원인으로써, 공감 능력과 그 교육은 개인적인 슬픔과 사회적인 비애를 넘어서는 데에 기여할 것이다. 그것은 '공동 경험의 축소, 공유 경험의 붕괴, 경험 교환 가능성에 대한 믿음의 상실'36)로 특징되는 오늘날에 더욱 의미 있을 것으로 보인다. 이는 근대적 의미의 공감의 출현이 "타자들의 삶이 맥락에 상상적으로 개입해서 자신의 감정을 식별해내는 관계지향적인 감각의 발생"37)을 의미한다는 것과, "성별과 계급과 무관하게 타자와 자신의 감정을 동등하게 여기며 이를 통해 관계를 만들어가는"38) 것과 관련되어 있다는 견해로 볼 때, 사회적 연대성으로 확장될 가능성이 높다고 할 것이다.

---

34) 임경순, 『서사, 연대성 그리고 문학교육』, 푸른사상, 2013, 85-88쪽.
35) 황태연, 앞의 책, 306쪽.
36) 유종호, 「근대소설과 리얼리즘」, 『창작과비평』 39, 창작과비평사, 241-242쪽.
37) 박숙자, 「근대국가의 파토스, '공감'의 (불)가능성-『검둥의 설움』에서 『무정』까지」, 『서강인문논총』 32집, 서강대 인문과학연구소, 2011, 74-75쪽.
38) 박숙자, 위의 글, 75쪽.

V. 맺음말

이 글에서는 공감 능력 함양을 위한 문학 교육을 김유정 소설을 통해 논의해 보고, 그 가치의 보편성과 교육적 의의를 따지고, 공감 교육을 교육의 목적 차원에서 강화할 것을 제안하고자 하였다. 문학 교육의 방향은 인류의 잘-삶(생존과 번영)을 지향하는 일과 무관하지 않다. 이를 위해 학습자들의 공감 능력 함양을 위한 교육의 중요성이 강조될 필요가 있다. 특히 문학 교육은 이를 위해 중요한 역할을 감당해 왔고, 앞으로도 그래야 할 것이다.

공감에 대한 연구는 미학, 심리학, 정신분석학, 사회-인지론, 사회정서적 발달론, 미학 등에서 광범하게 진행되어 왔다. 이를 바탕으로 상담과 심리치료, 나아가 최근 문학교육 등 치료와 교육 분야로 응용되고 확장되고 있다. 교육학 분야에서 '정서적 지능'이 강조되어 왔고, 문학교육에서는 공감 교육이 강조되고 있다.

문학 교육에서는 공감 논의를 진행해 왔고, 그 개념을 확장했으며, 그것을 교육 방법론으로 정착시키기 위한 노력을 해왔다. 하지만 그 성과에도 불구하고 여전히 개념적, 방법론적인 탐구가 미흡한 실정이다. 특히 공감 교육에 대한 심도있는 논의가 필요할 뿐 아니라, 공감 교육을 통해 길러지는 공감 능력이 교실을 넘어 사회 차원으로까지 확장되어 나가는 길을 모색할 필요가 있다. 이 글이 김유정 소설을 예로 들어 타자에 대한 공감이 어떻게 사회적 차원으로까지 확장되어 나갈 수 있을 것인지 그 가능성을 탐구한 이유이다.

공감 교육의 목적은 공감 능력의 신장에 있다. 공감 능력이란 타자의 감정, 생각, 행동, 경험 등 타자의 삶에 대하여 함께 느끼고, 생각하고, 체험할 뿐 아니라, 이를 통해 타자에 대하여 연민, 이해, 염려, 배려, 돕기,

존중함으로써 현실 속에서도 그러한 마음을 실천해 나가는 능력이다. 공감 능력에는 이성과 감정, 주체와 대상, 타자에 대한 연민뿐 아니라 그것들을 소통할 수 있는 능력 등이 복합적으로 작용하는 데서 발현되는 능력이라 할 수 있다. 따라서 공감 능력은 문학 작품과 독자와의 관계뿐 아니라, 독자와 독자, 독자와 사회의 관계를 포괄하는 개념인 것이다.

공감 교육의 목적으로서 공감 능력을 길러주어야 하는 이유는 다음과 같은 것을 들 수 있다. 공감 능력이 있는 사람은 사람들을 배려의 주체로 여길 뿐 아니라, 타인의 고통을 적극적으로 염려한다. 나아가 그것은 그/녀에 대한 연민으로 이어지고, 그/녀는 타인을 도울 뿐 아니라, 사람들은 그를 선호하고 존중할 확률이 높고, 사람들은 그/녀를 지도자로 선호할 가능성이 높다는 점 등이다. 이는 공감이 인간에게 본능적 감정이자 보편성을 가지며, 그것은 인간을 뛰어넘어 다른 생명체에게도 미칠 뿐 아니라, 진화와 교육을 통해서도 발달한다는 점에서도 그 근거가 마련되는 셈이다.

김유정 소설을 통해 볼 때, 인물들은 특별한 상황 속에서 곤경에 빠져 있으며, 그것은 인물들의 눈물로 표상된다. 이는 독자로 하여금 인물과 함께 느낄 수 있도록 하며, 나아가 연민을 갖게 함으로써 사회적 공적 체험으로 확장해 나갈 수 있는 발판을 제공한다. 독자가 함께 체험하고 이해하고 느낀 인물의 삶과, 그것과 유사한 자기 자신의 삶에 대하여 타자들과 더불어 해석, 소통, 교감하기 때문이다.

공유하는 경험이 붕괴되고, 모든 것이 교환 가치로 치환되고, 인간의 소외가 심화되어 가는 오늘날, 공감 능력은 인간의 잘-삶과 사회적 연대성으로 확장될 수 있다는 점에서 더욱 의미가 크다 할 것이다.

참고 문헌

● 자료

전신재 편,『원본 김유정 전집』, 강, 2012.

● 논저

교육부,「국어과 교육 과정」, 2015.

교육부,「초 · 중등학교 교육과정 총론 별책1」, 2017.

김동환,「교과서 속의 이야기꾼, 김유정」,『김유정의 귀환』, 소명출판, 2012.

김명석,「교과서 속의 '동백꽃'」,『김유정의 문학광장』, 소명출판, 2016.

김유정학회 편,『김유정의 귀환』, 소명출판, 2012.

_____,『김유정과의 만남』, 소명출판, 2013.

_____,『김유정과의 산책』, 소명출판, 2014.

_____,『김유정과의 형연』, 소명출판, 2015.

_____,『김유정의 문학광장』, 소명출판, 2016.

_____,『김유정의 문학산맥』, 소명출판, 2017.

_____,『김유정 문학의 감정 미학』, 소명출판, 2018.

_____,『김유정문학 다시 읽기』, 소명출판, 2019.

_____,『김유정 문학 콘서트』, 소명출판, 2020.

_____,『김유정 문학과 문화 충돌』, 소명출판, 2021.

_____,『김유정 문학과 세계 문학』, 소명출판, 2022.

_____,『김유정 문학의 미학성과 현재성』, 한림대지식미디어센터, 2023.

김유정문학촌 편,『김유정 문학의 재조명』, 소명출판, 2008.

김창원,「문학교육과정의 구성원리」,『문학교육과정론』, 삼지원, 1997.

박성희,『공감학-어제와 오늘』, 학지사, 2004.

박숙자,「근대국가의 파토스, '공감'의 (불)가능성-『검둥의 설움』에서『무정』까지」,
    『서강인문논총』 32집, 서강대 인문과학연구소, 2011.

박인기 외,『국어과 창의인성 교육(초등편)』, 사회평론, 2013.

박치범,「문학교육에서의 공감에 관한 연구」, 고려대박사논문, 2015.

오판진,「가면극 연행 체험 교육 연구 : 인물에 대한 공감을 중심으로」, 서울대박사논
    문, 2012.

우한용 외,『국어과 창의인성 교육(중등편)』, 사회평론, 2013.

유인순 외, 『김유정과 동시대 문학 연구』, 소명출판, 2013.

유인순, 『김유정과의 동행 : 그의 생애와 문학, 그리고 문화콘텐츠 이야기』, 소명출판, 2014.

_____, 『김유정을 찾아가는 길』, 솔과학, 2003.

유종호, 「근대소설과 리얼리즘」, 『창작과비평』 39, 창작과비평사.

윤여탁 외, 『한국어교육에서 한국문학 정전』, 하우, 2015.

이덕화, 「김유정의 '위대한 사랑'과 글쓰기를 통한 삶의 향유」, 『한국문예비평연구』 제43집, 한국현대문예비평학회, 2014.

임경순, 「2015 개정 교육과정과 국어교육의 가능성」, 『국어교육』 159, 한국어교육학회, 2017.

_____, 『서사, 연대성 그리고 문학교육』, 푸른사상, 2013.

_____, 『서사, 인간 존엄성 그리고 문학교육』, 푸른사상, 2022.

장대익, 『울트라 소셜: 사피엔스에 새겨진 '초사회성'의 비밀』, Humanist, 2017.

정호웅, 「전상국 장편 『유정의 사랑』과 '김유정 평전'」, 『김유정의 문학광장』, 소명출판, 2016.

조동길, 「김유정의 창작 동력에 관한 연구」, 『한국문학이론과 비평』 제65집, 한국문학이론과 비평학회, 2014.

조벽, 『인성이 실력이다』, 해냄, 2016.

황태연, 『감정과 공감의 해석학 1』, 청계, 2015.

Rifkin, J., *The Empathic Civilization*, *Jeremy P. tarcher / Penguin.* 2009.

● 기타

「인성교육진흥법」, https://www.law.go.kr/LSW/lsInfoP.do?efYd=20200912&lsiSeq=220857#0000, 2024. 11. 20. 검색.

생태회복 수기와 돌봄의 윤리*

- 김유정 작품을 중심으로

임 보 람

I. 들어가며

이 글은 김유정의 몇몇 작품을 생태회복 수기(Eco-Recovery Memoir)로 읽기 위한 방법을 돌봄의 윤리 차원에서 모색해보고자 한다. 이 시도는 작가 김유정이 형상화해 놓은 생태적 인식을 좇아가 그의 문학적 상상력의 도움을 빌려 의료와 환경의 접점에서 김유정 작품의 독법을 제시해보려는 것이다.

'생태주의'를 전면에 내세워 김유정의 작품을 분석한 대표적인 논의로는「김유정 문학의 생태주의적 고찰」[1]이 있다. 다. 김희경은 세계를 유기적으로 인식하면서 생명의 상호의존성을 존중하는 의식으로서 '생태주의'를 규정했다. 1930년대 식민지 조선에서 창작된 김유정 작품에서 깊이 있는 생태학적 사유를 발견하는 데 있어 어려움을 먼저 고백하고, 생태학적 의식을 일깨우는 작품이라면 생태문학으로 보아야 한다는 김용민의 주장을 받아들여[2] 김유정 작품에서 나타나는 생태학적 요인들을 다음과

---

* 본 논문은 인문과학연구 79집에 실린 글을 수정 보완한 것이다.
1) 김희경, 「김유정 문학의 생태주의적 고찰」, 신라대학교 교육대학원 석사논문, 2006.
2) 환경 파괴를 형상화한 작품에서부터 현재 생태계의 상황의 원인을 성찰하거나 더 나은 생태사회

같이 네 차원에서 해석했다. 첫째 자연과 인간과의 유기적 관계, 둘째 근대문명의 폭력성과 계층 간의 대립 고발, 셋째 정신 생태계의 파괴에 대한 비판, 넷째 문화적 다양성 상실의 형상화 양상이다.3) 결론적으로 김희경은 문학은 생태 위기에 대한 체계적인 비판과 적절한 대안을 제시하지는 못하지만, 그럼에도 문학의 상상력은 현실과 끊임없이 부대껴가면서 생태 위기에 대한 문제의식과 해결방안을 모색하도록 독자를 이끌어가고 있다고 보고이러한 측면에서 김유정 문학의 가치를 구명하였다.4)

이 글은 이러한 연구의 방향과 궤를 같이하여 생태 문학의 범위를 폭넓게 보고 김유정의 소설, 수필, 서간문 등을 생태회복 수기라는 장르로 다루면서, 수사학적 차원에서 작가 김유정이 돌봄의 윤리를 길어낼 수 있는 전략들을 어떻게 마련하고 있는지 유추해보려고 한다.5) 이 글에서 사용하는 생태회복 수기는 사만다 월튼이 언급한 개념으로 전통적인 자연 글쓰기(traditional nature writing)와 비교해보면 그 의미를 더욱 분명히 알 수 있다.6)

　　전통적인 자연 글쓰기(traditional nature writing)에서는 저자가 직접 관찰하는 자연 풍경과 그 생물 종(種)에 개입하는 시선이 중심이 된다면, 생태회복수기(EcoRecovery Memoir)에서는 저자가 자연에 대한 윤리적·생리적·심리

를 위한 대안을 제시하는 작품까지 넓게 생태문학 범위에 포함한다면, 생태 문제를 여러 관점과 각도에서 다룰 수 있는 문학을 생태문학의 개념으로 파악할 수 있다. 김용민, 『생태문학』, 책세상, 2003, 97-99쪽.
3) 위의 논문, 27쪽.
4) 앞의 논문, 59쪽.
5) 스콧 슬로빅은 생태비평은 거의 무한에 가까운 방대한 범위를 가진 이론으로서 "생태 비평적 해석을 완전히 무시하는 문학 작품은 어디에도 없다"라고 주장한 바 있다. Scott Slovic, "Ecocriticism: Containing Multitudes, Practising Doctrine", *The Green Studies Reader*, New York: Routledge. 2000, p.160.
6) Samantha Walton, "Eco-Recovery Memoir and the Medical-Environmental Humanities", *The Bloomsbury Handbook to the Medical-Environmental Humanities*, New York: Bloomsbury Academic, 2022, p.97.

적 측면을 강조하며 자연에 참여하는 (경험의 차원이) 중심이 된다. 생태회복 수기의 저자들은 우리에게 익숙한 자연 일기(nature journal)와 이보다 더 고백적인 서사의 정신의학 회고를 혼합한 방식을 통해 자연에서 자연과 동물, 풍경과 접촉하며 시간을 보내는 것이 우울, 정서적 장애 또는 정신 건강 치료 경험에 어떤 영향을 미치는지 탐구해 왔다. 무엇보다 생태회복 수기에서는 인간의 건강과 복지가 어떤 방식으로 든 자연 세계에 의존해 있다고 보고, 자연을 인간의 정신 건강에 지대한 영향을 미치는 중요 행위자(agent)로 묘사한다. 자연은 인간을 변화시키고 우리가 이 세계 내에서 감각하고 상호작용하는 방식에 큰 영향을 미친다는 것이다.[7]

위에서 언급했듯이 전통적인 자연 글쓰기에서는 자연 풍경을 관찰하는 저자의 시선이 강조된 후 자연과 인간의 관계가 설정된다. 생태회복 수기에서는 자연이 인간이 세계 내에서 감각하고 상호작용하는 방식에 큰 영향을 미치는 존재로 설정된다. 그래서 저자가 자연에의 경험을 바탕으로 삶의 가치를 구성해간다는 점에서 자연과 인간의 상호의존 관계가 강조된다. 이러한 관계는 특정 장소에서의 정서적 경험을 개인의 정체성과 관련지어 온 낭만주의 계보 위에서 이해된다.

또한 생태회복 수기는 현대 정신의학의 진단 프로세스가 명시적으로 반영되고 있다는 점에서 기존의 자연 체험 수기와 구별된다.[8] 즉, 생태회복 수기에서는 서술자의 고통이 명확하게 드러나며 질병, 진단, 치료, 회복이라는 리듬을 지닌 정신의학의 치유 프로세스에 초점을 맞춘다. 이 프로세스는 의학이나 전통적인 대화 요법에서 해결책을 찾는 방식보다는 자연과의 연결(connection)이라는 구조에서 전개됨을 그 특징으로 한다.[9]

이 글이 김유정 작품을 생태회복 수기로 읽어보려는 시도는 그의 작품이 대부분 농촌을 주요 배경으로 삼고 있는 데서 출발한다. 김유정은 1935

---

7) *Ibid.*, p.97. agent는 행위자로서 어떤 활동이나 동작의 주체로서 인간 주체를 상정한다. 이 글에서는 행위자로 번역하였지만, 자연의 작용 능력을 강조하기 위해 agency에 해당하는 행위능력의 개념으로서 이해하고자 한다.
8) *Ibid.*, p.98.
9) *Ibid.*, p.98.

년에서 1936년까지 약 2년 정도의 짧은 창작 활동을 하면서 31편의 단편소설을 발표했다. 이 중 첫해 발표된 작품들은 농촌소설의 범주에서 언급되어왔으며10) 비극성, 해학성, 향토성 등의 미학적 키워드를 통해 김유정 문학의 중요한 특징을 파악하는 텍스트로 연구됐다.11) 이러한 연구들은 식민지 조선의 농촌에서 살아가는 소작인, 마름, 표랑 농민, 들병이, 노동자 등의 성격과 삶의 모습에 주목하여 당대의 사회상을 읽어내고 여기에서 미학적 특질을 발견하고자 했다.

이상의 연구들에서 주목할 점은 농촌에서 생활하는 작중인물들이 농사를 짓거나 자연과 깊은 관계를 맺지 않는다는 점이다.12)작중인물들은 가난으로 생존의 위협을 받는 최하층 농민으로 형상화되고 이와 달리 그들이 살아가는 농촌의 풍경은 아름답게 형상화된다. 인물과 배경의 대비적 형상화 방식은 당시 일본의 식민지가 된 조선에서 살아가야 하는 인물의 비극성을 부각하기 위한 수사적 전략으로 파악되어왔다.13) 이 글은 이 전략을 생태학적 관점으로 접근하여 작가가 인물들과 자연의 연결된 지점을 독자가 상상할 수 있도록 마련해 놓은 장치로서 이해하고자 한다. 이 가정을

---

10) 김유정은 31편의 단편소설을 발표하였는데 이 중에서 1935년에 발표한 작품들은 대부분 농촌을 배경으로 한다. 박상준은 김유정의 소설 중 도시를 배경으로 하는 소설들이 농촌을 배경으로 하는 소설들에 비해 상대적으로 연구되지 못했다는 점을 언급하며 그 이유를 김유정 문학의 특징을 농촌의 궁핍한 생활로 인한 비극, 아이러니, 해학미 등으로 축소하고 있기 때문이라고 본다. 박상준, 「반전과 통찰: 김유정 도시 배경 소설의 비의」, 『현대문학의 연구』 53, 2014, 10쪽.

11) 이에 대한 기존 논의는 다음에서 확인할 수 있다. 김유정학회, 『김유정의 귀환』(2012), 『김유정과의 만남』(2013), 『김유정과의 산책(2014)』, 『김유정과의 향연』(2015), 『김유정의 문학광장』(2016), 『김유정의 문학산맥』(2017), 『김유정 문학의 감정미학』(2018), 『김유정 문학 다시 읽기』(2019), 『김유정 문학 콘서트』(2020), 『김유정 문학과 문화 충돌』(2021), 『김유정 문학과 세계문학』(2022), 소명출판 참조.

12) 서준섭, 『김유정 문학의 전통성과 근대성』, 전신재 편, 한림대학교 아시아문화연구소, 1997, 339쪽; 김양선, 「1930년대 소설과 식민지 무의식의 한 양상-김유정 소설에 나타난 향토의 발견과 섹슈얼리티를 중심으로」, 『한국근대문학연구』 10, 2003, 150쪽.

13) 그동안 김유정 문학을 해석하는 키워드가 되어 온 아이러니, 유머, 해학성 등도 현실의 비참한 상황을 강조하기 위한 수사법으로 이해할 수 있다.

검증하기 위해 2장에서는 김유정의 작품을 생태회복 수기로 볼 수 있는 이유를 '고통'의 차원에서 실제 김유정의 삶과 관련하여 언급한 뒤, 이어지는 3장과 4장에서는 작중인물과 자연의 연결 고리가 끊어지고 다시 이어지는 양상이 작품에서 어떻게 형상화되고 있는지 이를 통해 드러내고자 하는 작가 의식은 무엇인지 구체적으로 살펴보고자 한다.

II. 고통 수기와 생태회복 수기

김유정 문학은 작가 김유정의 실제 삶과 연관하여 해석되면서 투병기, 병상(病床)의 문학 등으로 일컬어져 왔다.14) 김유정은 어린 나이에 부모님의 죽음을 겪었고, 술주정뱅이였던 형의 학대로 인해 말더듬이, 애정 결핍, 우울증에 시달리며 평탄한 삶을 누리지 못했다. 치질과 폐결핵 등이 발병하였는데도 치료비가 없어서 돈을 벌기 위해 고통을 참아가며 외국 작품을 번역하거나 작품을 창작하여 발표해야 했다. 그는 작가로 활동하면서 50여 편의 작품(소설과 비소설)을 남겼는데 5년도 되지 않는 창작 기간 대부분을 병상에서 투병하며 지냈다.15) 이 시기의 작품을 투병기로 본다면, 그의 작품에서는 질병으로 인한 고통의 흔적이 남아있을 것이며, 이 흔적들은 그의 작품을 해석할 수 있는 틀로 활용될 수 있을 것이다.

---

14) 김미영, 「병상(病床)의 문학, 김유정 소설에 형상화된 육체적 존재로서의 인간」, 『인문논총』 71(4), 서울대인문학연구원, 2014, 45-79쪽. 정주아는 김유정의 문학에 나타난 죽음충동과 에로스에 주목하여 그의 문학적 특징을 신경증에서 찾는다. 정주아, 「신경증의 기록과 염인증자의 연서쓰기-김유정 문학에 나타난 죽음충동과 에로스」, 『현대문학의 연구』57, 2015, 243-276쪽.

15) 1933년 「산골 나그네」를 발표하고, 1937년 3월 「병상의 생각」을 발표하는 것으로 작가생활을 끝낸다. 이 기간에 단편소설 31편, 미완성 장편 소설 1편, 번역 동화 1편, 번역 탐정소설 1편, 수필 11편, 서간문 2편, 그리고 설문에 응답하는 단문 여러 편을 남겼다.

이러한 맥락에서 사만다 월튼의 논의를 참조하면, 김유정의 작품에 나타나는 질병으로 인한 고통의 흔적은 심상치 않고, 어딘가 바람직하지 않으며, 건강 적신호인 것으로 드러나기 때문에 치유를 목적으로 한다.16) 이러한 흔적의 나타남은 1930년대 동시대에 함께 활동했던 다른 작가들의 작품과 비교했을 때 구별되는 지점이다. 이는 연구자들이 김유정의 소설을 '감정' 차원에서 해석해온 맥락과 연결된다. 송주현의 지적처럼 김유정은 "생의 고통과 절망, 우울, 사랑 등 인간의 감정에 천착"17)하면서 소설 작업을 했다. 감정은 외부 세계에 대한 감각이 인지와 판단 및 평가와 결합하여 복합적으로 일어나는 실천이다.18) 작가가 고통의 감각을 그의 작품에서 감정의 차원으로 나타냈다면, 문학적 실천의 차원에서 이 고통을 어떻게든 작품 안에서 치유하고자 했을 것이다.

이 글의 문제의식은 이 지점에서 출발한다. 작가 김유정이 질병의 고통을 극복하기 위한 열정을 작품에 쏟았다고 본다면, 그는 어떠한 수사적 전략을 마련했을까? 이에 대한 답을 구하기 위해 그의 작품 중에서 수필에 주목한다. 수필은 일상적인 체험을 자유롭게 쓰는 장르로서 허구의 세계를 형상화하는 소설에서보다 작가의 자의식을 엿볼 수 있다.19)여러 수필 중에서 자연과 서술자인 '나'의 연결(connection)이라는 구조가 특히 강조되는 수필 「오월의 산골짜기」(1936)에서 그 전략을 이해해보고자 한다.

---

16) Ibid., p.98.
17) 송주현, 「김유정 소설에 나타난 사랑의 의미연구」, 『김유정문학의 감정미학』, 소명출판, 2018, 137-150쪽.
18) 이명호, 「문화연구의 감정론적 전환을 위하여-느낌의 구조와 정동경제론 검토」, 『비평과 이론』 20(1), 2015, 114쪽.
19) 이런 이유로 다음 수필을 투병기로 볼 수 있다. 「나와 귀뚜라미」(1935), 「어떠한 부인을 맞이할까」(1936), 「길」(1936), 「행복을 등진 정열」(1936), 「밤이 조금만 짧았더면」(1936), 「병상영춘기」(1937), 「네가 봄이런가」(1937).

나의 고향은 저 강원도 산골이다. 춘천읍에서 한 20리가량 산을 끼고 꼬불꼬불 돌아 들어가면 내닷는 조고마한 마을이다. 앞뒤 좌우에 굵찍굵찍한 산들이 뻑 둘러섰고 그 속에 묻친 안윽한 마을이다. 그 산에 묻친 모양이 마치 옴푹한 떡시루 같아 하야 동명을 실레라 부른다. (…중략…)

주위가 이렇게 시적이니만치 그들의 생활도 어데인가 시적이다. 어수룩하고 꾸물꾸물 일만하는 그들을 대하면 마치 딴 세상 사람을 보는 듯하다.[20] (밑줄 인용자 강조)

위 수필에서 강조되는 것은 '나'는 고향인 강원도 춘천 실레마을이다. '나'는 고향을 "아늑한 마을", "귀여운 전원", "시적"이고, "딴 세상 사람" 들이 사는 곳으로, 자연 친화적인 공간으로 형상화한다.[21] 그러나 실제 김유정은 고향의 풍경으로부터 떠나 생활해야 했다. 가난과 가족의 불화, 투병의 문제 등으로 서울, 정릉, 경기도 광주, 충청도 광산 등을 전전해야 했기 때문이다.[22] 떠돌이로서 살아야만 했던 그가 겪은 다양한 질병은 생태회복 수기라는 관점에서 볼 때, 고향의 아름다운 자연에서 "쫓겨남의 결과(consquence of displacement)"로 인해 발생했다고 볼 수 있다.[23] 강제로 낯선 곳으로 떠날 수밖에 없는 상황은 자신을 스스로 차단하여 고통스럽게 했던 우울증의 원인이 되었을 것이다.[24]

이 상황에서 작가 김유정은 질병의 공포로 인해 완벽한 서사를 구축하기 어렵기 때문에 작품에서는 슬픔, 분노, 우울 등의 감정 등이 두드러질 수밖에 없다. 그런데도 몇몇 작품에서 확인되는 것처럼 그는 이 감정에 치우쳐있

---

20) 김유정, 『정전 김유정 전집』2, 유인순 편, 소명출판, 2021, 88쪽.
21) "강원지역은 교통의 불편으로 인한 정보 부재, 도회와 단절된 궁핍하고 깊은 산골로서 자연 친화적이고 생태주의적인 특징을 지닌 공간으로 재현되었다." 이미림, 「김유정 소설의 로컬리티와 고향의식」, 『김유정 문학과 문화 충돌』, 소명출판, 2021, 207쪽.
22) 예를 들어 이 당시 창작된 소설에서 도시를 배경으로 쓴 작품 중에서 「심청」(1936), 「봄과 따라지」(1936), 「슬픈 이야기」(1936), 「따라지」(1937) 등에는 거리와 셋방 등이 서사의 중심 장소로 등장한다
23) Ibid., p.97
24) Ibid., p.97. 유인순은 김유정을 우울증자로 규정하고 그의 작품에서 우울증의 원인을 분석하였다. 유인순, 「김유정의 우울증」, 『현대소설연구』 35, 2007, 121-137쪽.

기보다는 삶에 대한 의지를 통해 이 공포를 극복하려고 했다. 예를 들어 수필 「행복을 등진정열」(1936)에서 병을 앓고 있는 '나'는 철이 바뀌기만을 무턱대고 기다리면서도 겨울이 지나면 봄이 온다는 믿음을 통해 다가올 계절에는 지금 나 자신을 괴롭히는 "무거운 우울"을 씻겨줄 것이라는 희망을 품는다.25) 또한 그가 폐결핵으로 사망하기 두 달 전에 쓴 수필 「병상영춘기」(1937)에서 '나'는 친구인 안회남에게 병마와 최후 담판을 벌이면서 끝까지 살아남아 작품을 쓰겠다는 강렬한 의지를 드러낸다.26)

기존 논의에서도 언급되었듯이 김유정이 보여주는 삶의 강렬한 의지에는 자신뿐만 아니라 타인의 생을 존중하려는 의식이 자리하고 있다.27) 타인에 대한 윤리는 자신과 타인의 연결에 기반을 둔 의식에서 비롯된다. 트론토의 논의에 따르면 윤리는 인간과 세계와의 관계에 기반하여, 더 넓은 공동체의 생을 위한 돌봄을 지향하는 인식과 상통한다.28) 트론토가 언급하는 세계는 "우리의 몸, 자아 그리고 환경을 포함하여 복합적이며 생명 유지의 그물망으로 엮을 수 있는 모든 것을 포함"하는 곳이다.29) 그리고 이 세계에서 지향되어야 할 돌봄은 "가능한 세상에서 잘살 수 있도록 우리의 '세상'을 바로잡고 지속시키고 유지시키기 위해 우리가 하는 모든" 활동이다.30)

앞서 언급했듯이 생태회복 수기는 인간의 건강이 어떤 방식으로든 자연 세계에 의존해 있다고 보고, 자연과 인간의 '연결'됨이라는 구조에서

---

25) 앞의 책, 105-107쪽.
26) 위의 책, 118-127쪽.
27) 안아름은 김유정이 소설 속 인물들이 자기 '생'에 대한 맹목성만큼 타인의 '생'의 대해 존중하는 모습을 형상화함으로써 김유정 소설의 바탕에 '생'이 중요하게 자리하고 있음을 알 수 있다고 언급하였다. 안아름, 「김유정 소설에 나타난 생(生)의 상상력」, 『인문과학연구논총』 43(4), 2022, 71-101쪽.
28) 조안 C. 트론토, 김희강·나상원 옮김, 『돌봄 민주주의』, 박영사, 2021, 67쪽.
29) 위의 책, 67쪽.
30) 위의 책, 67쪽.

전개됨을 그 특징으로 한다. 이 구조는 돌봄의 중요한 전제가 되는 "생명 유지의 그물망"과 동일하다. 때문에 작가 김유정이 수사학적 차원에서 어떠한 생태학적 의도로 작중인물과 세계의 관계를 구조화했는지 고찰하는 작업은 자연과 인간을 연결하여 상호 돌봄의 질서로 나아가는 윤리를 그의 작품에서 밝혀낼 수 있게 한다.[31]

이어지는 3장에서는 농촌소설 중에서 작가의 광산 체험을 바탕으로 쓰여[32] 작가의 창작 의도를 유추해볼 수 있는 3편의 소설 「노다지」(1935), 「금따는 콩밭」(1935), 「금」(1935)을 주요 분석 대상으로 삼아, 금광의 채굴로 자연(땅)과 인간이 훼손되어가는 양상을 살펴볼 것이다.

III. 땅의 구멍과 몸풍경[33]

「노다지」, 「금따는 콩밭」, 「금」에 대한 선행연구에서 연구자들은 1930년대 근대 산업화 시대에 일제의 식민지 수탈로 인해 참혹한 상황에 놓인 조선인들의 생존 욕구에 주목하였다. 그래서 금광에 열광할 수밖에 없는

---

31) 조셉 미커(Joseph Meeker)가 언급했듯이 '문학이 우리를 세계로부터 멀어지게 하는 활동'이 되지 않기 위해서는 "인간이 다른 종이나 인간을 에워싸고 있는 세계와 맺고 있는 관계에 문학이 어떠한 통찰을 가져다줄 수 있는지"에 대해서 생각해 보아야 한다. 김욱동, 『환경인문학과 인류의 미래』, 나남출판사, 2021, 99쪽.

32) 1934년 "매형 정 씨의 소개로 3월경 충남 예산에서 금광 관련 회사에 근무(김문집에 의하면 '금광쟁이 뒷잽이'), 이때 경험이 「노다지」와 「금」에 반영된다. 금광에서 누적된 과음으로 몸을 상해 서울로 가다. 이후 창작에 전념하다." 김유정, 『원본 김유정 전집』 2, 유인순 편, 소명출판, 2021, 540쪽.

33) '몸 풍경'은 헨리 오비 아주메즈(Henry Obi Ajumeze)의 "니제르 델타에서 손상된 땅/몸풍경 수행: 님모 바세이의 『우리가 석유라고 생각했던 피』에 대한 초물질적 탐구"라는 논문에서 빌려 온 개념이다. Henry Obi Ajumeze, "Performing Damaged Land-/Bodyscape in the Niger Delta: Transcorporeal Explorations of Nnimmo Bassey's We Thought It Was Oil, but It Was Blood", *The Bloomsbury Handbook to the Medical-Environmental Humanities*, New York: Bloomsbury Academic, 2022, pp.211-221.

주인공의 행위나 사고를 중심으로 서사를 해석했기 때문에 자연(땅)은 인간의 위협으로 훼손된 대상으로 존재한다.

이 글은 기존 논의를 따르되 이 소설들을 인간과 자연의 관계를 회복시키는 서사로 읽어내고자 한다. 세 작품의 서사를 '금과의 조우'라는 맥락으로 보면, 세 작품에서 소설의 주인공들은 외적 갈등으로 인해 금을 캐야만 하는 상황에 놓인다. 금은 작중인물들의 비극적 처지와 파괴된 땅의 모습을 강조한다. 여기서 발견되는 파괴의 이미지는 소설에서 '구멍'으로 형상화된다.

> ① 그러나 이 밤중에 누가 자지 않고 설마, 하고 더펄이는 덜렁덜렁 내려간다. 꽁보는 그 꽁무니를 쿡쿡 찔렀다. 그래도 사람의 일이니 물론 모른다. 좌우 곁을 살펴보며 살금살금 사리어 내려온다. 그들은 오 분쯤 내리었다. <u>따는 커다란 구멍이 하나가 딱 내달았다.</u> 산중턱에 집 더미 같은 바위가 놓였고 고 옆으로 또 하나가 놓여 가달이 졌다. <u>그 가운데다 뻐드름한 돌 장벽을 끼고 구멍을 뚫은 것이다.</u> 가루지는 한 발 조금 못되고 길벅지는 약 서발 가량. 성냥을 그어대보니 깊이는 네 길이 넘었다. <u>함부로 쪼아먹은 구덩이라 꺼칠한 놈이 군버력도 똑똑이 못 치웠다.</u> 잠채를 염려하여 그랬으리라. 사다리는 모조리 떼어가고 밍숭밍숭한 돌벽이 있을 뿐이다.[34] 「노다지」
>
> ② 땅속 저 밑은 늘 음침하다. 고달픈 간드렛불. 맥없이 푸리끼하다. 밤과 달라서 낮엔 되우 흐릿하였다. <u>거칠은 황토장벽으로 앞뒤 좌우가 꼭 막힌 좁직한 구덩이. 흡사히 무덤 속 같이 귀중중하다. 싸늘한 침묵. 쿠덥레한 흙내와 징그러운 냉기만이 그 속에 자욱하다.</u> (…중략…) 밭에 구멍을 셋이나 뚫었다. 그리고 대구 뚫는 길이었다. 금인가 난장을 맞을건가 그것 때문에 농군은 버렸다. 이제 필연코 세상이 망하려는 징조이리라. <u>그 소중한 밭에다 구멍을 뚫고 이 지랄이니 그놈이 온전할 게가.</u> 「금따는 콩밭」(245-253)
>
> ③ 금점이란 헐없이 뚝 난장판이다. (…중략…) 그러면 굿문을 지키는 감독은 그 앞에서 이윽히 노려보다가 이 광산 전용의 굴복을 한 벌 던져준다. <u>그놈을 받아 꿰고는 비로소 굴 안으로 들어간다. 이렇게 탈을 바꿔 쓰고야 저 땅속 백여 척이 넘는 굴 속으로 기어드는 것이다.</u> 「금」(236)

---

34) 김유정, 『정전 김유정 전집』1, 유인순 편, 소명출판, 2021, 230-231쪽. 이후부터 인용하는 김유정 소설의 출처는 쪽수만 표기한다.

먼저 ①, ②, ③의 줄거리를 간략하게 살피면 다음과 같다. ①에서 주인공 꽁보와 더펄이는 늦은 밤 몰래 금광에 금을 채굴하러 구덩이로 기어서 들어갔다가 갑자기 갱이 무너지는 상황에 부닥친다. 더펄이는 무너진 돌에 매몰되고, 꽁보는 더펄이를 외면한 채 구덩이 위로 올라가 도망간다. ②에서 주인공 영식은 금광을 떠도는 수재가 콩밭에서 보이는 붉은 흙을 금맥의 흔적이라고 거짓말한 것을 믿는다. 그래서 소중하게 가꾸던 콩밭을 갈아엎고 흙을 파내어 밭에 구멍을 뚫는다. ③에서 주인공 광부 덕순이는 금광에서 금을 훔치기 위해 자기의 발을 돌로 내리찧고, 몸속에 금을 숨겨 감독의 눈을 피해 밖으로 나온다.

위의 인용문에서처럼 세 소설에는 땅에 파 놓은 '구멍', '구덩이', '굴'의 이미지가 두드러지게 나타난다. 이 이미지의 공간은 지하 세계로서 지상과 철저히 분리되어 "늘 음침"하고, "무덤 속 같이 귀중중"하고 "싸늘한 침묵. 쿠덥레한 흙내와 징그러운 냉기만이 그 속에 자욱"한 곳으로 형상화된다.

땅은 인간을 포함한 모든 생명체에게 생존의 조건을 제공한다. 하지만 파헤쳐진 땅은 그 땅에서 나는 것을 바탕으로 살아가는 다양한 구성 요소들이 생존하지 못하게 만든다. 이 상황은 "필연코 세상이 망하려는 징조"와 같이 땅과 인간의 연결이 깨진 온전치 못한 이미지로 형상화된다. 이는 아래의 인용문에서 확인할 수 있듯 구멍의 이미지에 추락의 이미지가 결합함으로써 비극적 상황이 강조된다.

> ① 그러자 꽁보는 기급을 하여 놀라며 뒤로 물러섰다. 어이쿠 하는 불시의 비명과 아울러 와그르, 하였다. 쌓아올린 동발이 어쩌다 중턱이 헐리었다. 모진 돌들은 더펄이의 장딴지 넓적다리 응뎅이까지 고대로 엎눌렀다. 그는 엎드린 채 꼼짝 못하고 아픈 데 못 이기어 끙끙 거린다. 허나 죽질 않기만 요행이다. 바로 그 위의 공중에는 징그럽게 커다란 돌이 내려구르자 그 밑을 받친 불과 조그만 조각돌에 걸리어 미쳐 못 굴러내리고 간댕거리는 길이었다. 이 돌만 내려

치면 그 밑에 그는 목숨은 고사하고 읍살이 될 것이다. (…중략…) 너무 기가
올라 벼락같이 악을 쓰는 호통이 들리었다. 또 연하여 우지끈 뚝딱, 하는 무서운
폭성이 들리었다. 그것은 거의 거의 동시의 일이었다. 그리고는 좀 와스스하다가
잠잠하였다. 그때는 벌써 두 길이나 넘어 아우는 기어올랐다. 굿문까지 다 나왔을
제 그는 머리만 내밀어 사방을 두릿거리다 그림자같이 사라진다. 더펄이의 형체
는 보이지 않는다. 침침한 어둠 속에서 단지 굵은 돌멩이만이 쫙 흩어진다. 이쪽
마구리의 타다 남은 화롯불은 바야흐로 질듯질듯 껌벅거린다. 그리고 된 바람이
애, 하고는 굿문께서 모래를 쫘륵, 쫘륵 드려 뿜는다.「노다지」(234-235)

② 덕순이는 제 집 가까이 옴을 알자 비로소 고개를 조금 들었다. 쓰러져가는
납작한 낡은 초가집. 고자리 쑤시듯 풍풍 뚫어진 방문 저 방에서 두 자식을
데리고 계집을 데리고 고생만 무진하였다. 이제는 게다 다리까지 못 쓰고 드러누
워있으려니! 아내와 밤낮 겯고틀고 이렇게 복대기를 또 쳐야되려니! 아아! 그리
고 보니 등줄기에 소름이 날카롭게 지난다. 제 손으로 돌을 들어 눈을 감고
발을 나려 찧는다. 깜짝 놀란다. 발은 깨치며 으츠러진다. 피가 퍼진다. 아, 얼마나
어리석은 짓인가? 그러나 그러나 단돈 천원은 그 얼마인가!「금」(242)

③ 등 뒤에서는 흙 긁는 소리가 드윽드윽 난다. (…중략…) 굿이 풀리는지
벽이 우찔하였다. 흙이 부서져 내린다. 전날이라면 이곳에서 아내 한번 못하고
생죽음이 나 안 할까 털끝까지 쭈벗할 게다. 그러나 이젠 그렇게 되고도 싶다.
수재란 놈하고 흙더미에 묻히어 한껍에 죽는다면 그게 오히려 날 게다.「금따는
콩밭」(246)

위의 인용한 부분에 따르면 추락을 이끄는 주체는 땅을 이루는 수많은
돌멩이, 돌, 흙 등이다. 이들은 행위자(agent)처럼 땅을 무너뜨리고 그곳에
서 떨어져 나와 금광(땅)에 침투한 인물들에게 신체적·정신적 훼손을 가
한다. ①에서는 모진 돌들이 "더펄이의 장딴지 넓적다리 응뎅이까지 고대
로 엎눌"누르고, 구덩이를 메우고 있던 바위가 무너져 내려서 더펄이를
파묻는다. ②에서는 덕순이가 든 돌이 그의 발을 찧어 "깨치며 으츠러"지
게 하여 피를 흘리게 한다. ③에서는 콩밭에 흙들이 파헤쳐져 콩 작물들을
죽게 한다. ①과 ②에서 돌과 흙은 더펄이와 덕순의 신체에 직접적으로
해를 가한다. 이와 달리 ③에서 콩밭에 흙들은 영식이가 아니라 작물에
해를 가한다. 그러나 작물이나 인물들 모두 생명을 가진 존재이다. 자연

(땅)이 파괴됨으로써 그 땅에서 나는 것들을 바탕으로 살아가는 인간도 함께 파괴되는 것 자체가 자연과의 상호연결을 역설한다고 볼 수 있다.[35]

①, ②, ③에서 금은 인물들의 몸과 자연은 물론 생활 터전과 인간관계를 파괴한다. ①에서 꽁보는 자신의 목숨을 구해주어 형이라고 불렀던 더펄이가 돌에 묻히자 그를 외면하고 도망간다. ②에서 피투성이가 된 덕순이는 동무에게 금을 돈으로 바꿔달라며 건넸지만, 잠시 후 그가 그 금을 가지고 달아날 것 같다고 생각한다. ③에서 수재는 영식이에게 금이 발견됐다고 거짓말을 하고, 영식이 부부를 속이고 도망갈 결심을 한다.

땅과 인간의 훼손된 형상은 '땅의 구멍', '굴', '죽음', '피' 등과 같이 몸으로 은유된다. 땅과 인간이 결합한 형태를 관통하는 것은 몸이며, 땅, 인간, 몸의 세 구성 요소의 관계는 아주메즈의 말을 빌자면 '몸 풍경(Land-/Bodyscape)'의 개념으로 볼 수 있다. 세 소설의 풍경에서 땅과 인물들은 모두 고통받는 몸이다. 이 풍경은 앨러이모가 지적한 대로 "인간의 몸과 비인간인 자연 사이의 상호연결, 상호교환 그리고 이동"으로 인해 인간의 몸과 자연의 영역을 생각하게 한다.[36] 이러한 연결의 감각은 이들의 고통을 애도하는 서사에서 공동체의 가치를 지향하는 서사로의 이행을 상상하게 한다. 다음 장에서는 인간과 자연의 상호돌봄의 관계로 나아가는 작가의 상상력의 도정을 탐문하고자 한다.

---

35) 또한 행위능력의 차원에서 ②와 ③을 ①과 비교해보면, ②와 ③에서 덕순이가 돌로 자기 발을 찍고, 영식이가 흙을 파내어 밭을 망가뜨리기 때문에 돌과 흙이 작중인물에 의해 사용되고 있다는 점에서 그 힘이 발생하는 양상이 문제가 될 수 있다. 하지만 ①, ②, ③에서 바위, 돌, 흙은 모두 인물들의 신체에 직접적으로 닿아 해를 가한다는 점에서 행위자로 볼 수 있다.

36) 스테이시 앨러이모, 윤준·김종갑 옮김, 『말, 살, 흙: 페미니즘과 환경정의』, 그린비, 2022, 19쪽.

Ⅳ. 구멍 메우기의 상상력과 돌봄의 윤리

2장에서 언급했던 수필 「오월의 산골짜기」에서는 금광 열풍으로 훼손된 땅의 이미지들이 다시 복구될 수 있게 하는 상상력을 엿볼 수 있다.

> 산 한 중턱에 번 듯이 누워 마을의 이런 생활을 내려다보면 마치 그림을 보는듯하다. 물론 이지(理智)없는 무식한 생활이다. 마는 좀 더 유심히 관찰한다면 이지없는 생활이 아니고는 맛볼 수 없을 만한 그런 순결한 정서를 느끼게 된다.
> 내가 고향을 떠난 지 한 사년이나 되었다. 그동안 얼마나 산천이 변했는지 모르겠다. 그러나 금쟁이의 화를 아직 입지 않은 곳임에 상전벽해의 변은 없으리라. 내내 건재하기 바란다.37)

'나'는 오월경 산골에서 생활하면서 "자연의 아름다움을 고요히 느끼"면서, 밤나무, 딱따구리, 꾀꼬리, 뻐꾸기 등과 함께 시간을 보낸다. 고향을 떠나온 지 4년이나 되었지만, 산골의 삶은 그동안 경험하지 못한 "순결한 정서"를 느끼게 한다.38) 이때 '나'는 이 산골과 닮은 고향을 떠올리면서 고향의 산천에 금광이 들어서지 않고 그 아름다움을 간직하기를 바란다. '나'는 금광을 "상전벽해의 변"을 일으키며 자연을 돌이킬 수 없을 정도로 파괴하고 망가뜨리는 위협의 대상으로 인식한다.

금광에 대한 '나'의 인식은 3장에서 살펴보았던 「노다지」, 「금따는 콩밭」, 「금」에서 서술자가 금광의 공간이나 그곳에 속해있는 작중인물의 말과 행동을 묘사한 부분에서 확인해 볼 수 있다. 「노다지」에서 금광 주변에 있는 바위는 감때사나운, 검은 구름, 험상궂은 대가리로 비유되고, 샘물은 호랑이

---

37) 김유정, 『정전 김유정 전집』 2, 앞의 책, 93쪽.
38) "김유정의 고향은 인간과 자연이 화해하는 미메시스의 세계이다. 그곳은 근대적 시선에 포섭된 '결여로서의 자연'이 아니다. 인간과 자연은 고향이라는 공간 속에서 조화롭게 공존하고 있다. 고향의 사람들은 자연이 내는 "성스러운 음악"을 들을 수 있으며, 자연도 인간과 감응한다." 서동수, 「김유정 문학의 유토피아 공동체와 크로포트킨의 상호부조론」, 『스토리& 이미지텔링』 9, 2015, 105쪽.

불처럼 형상화된다. 이 장소에 있는 꽁보와 더펄이는 "꼼짝 못할 함정에든 듯이 소름이 쭉 돋"(223)는 것을 느낀다. 「금따는 콩밭」에서 영식이는 금광을 기대하면서 파헤쳐진 콩밭의 모습을 보며, 자식이 죽는 걸 보는 것보다 끔찍하다고 언급하면 서 흙더미에 묻혀 죽고 싶다고 생각한다. 「금」에서 광산의 굴문을 지키는 감독은 고되고 단조로운 노동으로 인해 "봄이 돌아와 향기로운 바람이 흘러 나려도" "세상 사물에 권태를 느끼며"(238) 산골에 흩어진 동백, 개나리, 철쭉들의 모습에 흥미를 갖지 못한다. 이처럼 세 소설에서는 작중인물이 자연을 인식하고 감각하는 부정적 태도가 부각된다. 이는 자연과 인간의 연결을 강조하기 위한 전략으로 볼 수 있다. 펠릭스 가타리(Félix Guattari)의 논의를 참조하자면 작가는 인물들의 태도를 통해 장소와 의존적 관계를 맺는 윤리의 필요성을 역설한다.[39)]

이러한 윤리적 감각은 산골을 배경으로 하는 다음의 소설에서도 확인할 수 있다. ① 「산골 나그네」(1933), ② 「총각과 맹꽁이」(1933), ③ 「소낙비」(1935) 등은 시작 부분에서 많은 분량을 아름다운 자연 묘사로 시작한다. 산골에는 다양한 존재들이 함께 풍경을 이루지만, 작중인물은 이 관계망에서 배제된 것처럼 형상화된다.

> ① 산골의 가을은 왜 이리 고적할까! 앞뒤 울타리에서 부수수 하고 떨잎은 진다. 바로 그것이 귀밑에서 들리는 듯 나직나직 속삭인다. 더욱 몹쓸 건 물소리, 골을 휘돌아 맑은 샘은 흘러내리고 야릇하게도 음률을 읊는다.
> 퐁! 퐁! 퐁! 쪼록 퐁!
> 바깥에서 신발 소리가 자작자작 들린다. 귀가 번쩍 띄여 그는 방문을 가볍게 열어젖힌다. (78)

---

39) 가타리는 "우리는 장소에 더욱 진정성 있게 거주함으로써—보다 그 장소에 체화되고 그 장소의 삶, 흐름, 인간을 초월하는 시간성에 녹아듦으로써—장소를 더욱 인식하고 감각해 내며 장소와 의존적 관계를 맺는다고 언급한다. 사만다 월튼은 가타리의 이론을 바탕으로 사람과 장소, 즉 환경 사이의 '말 없는 대화' 또는 '침묵의 대화'를 통해 자연이 성장, 치유, 구원의 은유이자 대리인으로서 지속 가능해진다고 주장한다. Samantha Walton, *Ibid.*, pp.102-103.

② 잎잎이 비를 바라나 오늘도 그렇다. 풀잎은 먼지가 보얗게 나풀거린다. 말뚱한 하늘에는 불더미 같은 해가 눈을 크게 떴다.

땅은 닳아서 뜨거운 김을 턱밑에다 풍긴다. 호미를 옮겨 찍을적마다 무더운 숨을 헉헉 뿜는다. 가물에 조잎은 앤생이다. 가끔 엎드려 김매는 이의 코며 눈퉁이를 찌른다. 호미는 퉁겨지며 쨍 소리를 때때로 낸다. 곳곳이 박힌 돌이다. 예사 밭이면 한번 찍어 넘길 걸 서너 번 안하면 흙이 일지 않는다. (93)

③ 음산한 검은 구름이 하늘에 뭉게뭉게 모여드는 것이 금시라도 비 한줄기 할듯하면서도 여전히 짓궂은 햇발은 겹겹 산속에 묻힌 외진 마을을 통째로 자실 듯이 달구고 있었다. 이따금 생각나는 듯 살매들린 바람은 논밭간의 나무들을 뒤흔들며 미쳐 날뛰었다.

뫼 밖으로 농꾼들을 멀리 품앗이로 내보낸 안말의 공기는 쓸쓸하였다. 다만 맷맷한 미루나무숲에서 거칠어가는 농촌을 읊는 듯 매미의 애끓는 노래….

매움! 매애움! (105)

위 소설들의 시작 부분에서는 다양한 자연의 존재들, 떡잎, 맑은 샘, 물결, 하늘, 해, 땅, 도리, 흙, 구름, 바람, 나무, 매미 등이 서로 연결되어 어우러지면서 소리 풍경을 이룬다.[40] ①에서 '그'는 산골 가을의 소리를 듣다가 갑자기 방문한 나그네의 발소리를 듣고, ②에서 뜨거운 햇살 밑에서 김을 매는 농부들은 호미 소리를 듣고, ③에서 농군들은 매미의 애끓는 노래를 듣는다. 작중인물들은 다양한 존재들이 소리와 연결됨으로써 인간과 자연의 상호연결성을 획득한다.

하지만 이 원시적인 소리들은 앞서 「오월의 산골짜기」에서와 같이 '나'에게 '순결한 정서'를 느끼게 했던 감정을 작중인물들에게 전달하지 못한다. 농민들은 생존을 위해 더위에 숨을 헐떡이면서도 호미질해야 하고, "짓궂은 햇발"이 마을을 통째로 자실 듯이 달구고 있음에도 품앗이를 나가야 한다. 작중인물들이 처한 고된 생존의 상황들은 강한 폭염의 이미지로 형상화된다. 불볕더위로 달구어진 땅은 위에 '뜨거움'을 통해 인간뿐 아니라 다양한 생태적 존재들이 서로 연결된 감각을 부각한다.

---

40) 임보람, 「김유정의 「산골 나그네」에 나타난 소리의 수사학」, 『인문과학연구논총』 42(1), 2021, 2021, 13-38쪽.

연결의 의미는 믹 스미스가 언급했던 '장소의 윤리'를 바탕으로 이해해 볼 수있다. 그에 따르면 생태학적인 인식의 차원에서 추구해야 할 윤리는 서로 다른 목적과 이익을 추구하는 존재들이 연민, 공감, 돌봄의 관계로 나아가도록 헤아려져야 한다.[41] 즉, 믹 스미스는 '장소의 윤리'를 통해 인간뿐만이 아니라 다양한 존재들의 관계 맺음이 존중되고, 이 관계가 기존의 세계에서 다른 새로운 세계를 구성해가는 방법으로서 작동하기를 제안한다.[42]예를 들어 「금 따는 콩밭」에서 영식이 파헤쳐진 땅에서 죽어가는 콩 작물에 눈길과 손길을 주고, 자신이 구멍을 낸 땅에 대한 미안한 마음에 산제(山祭)를 준비하는 장면들은 '장소의 윤리'와 상통한다.

이와 같은 윤리에 대한 작가 김유정의 요구는 자신의 문학관을 밝히고 있는 서간문인 「병상의 생각」(1937)에서 확인된다. 여러연구자들에 의해 언급되었듯이 이 작품에서 중요한 키워드는 '위대한 사랑'이다. 그는 사르트르와 니체의 사상이 아니라 크로포트킨의 상호부조론과 맑스의 자본론이 '위대한 사랑'과 부합한다고 보고,[43] 이 사랑이 "우리 전 인류의 여망"이라고 언급한다.

> 다시 생각하면 우리가 서로서로 가까이 밀접하노라 앨 쓰는 이것이 또는 그런 열정을 필연적으로 갖게 되는 이것이 혹은 참다운 인생일지도 모릅니다. 동시에 궁박한 우리 생활을 위하여 이제 남은 한 길이 여기에 열려 있음을 조만간 알 듯도 싶습니다. 그것은 마치 우리 머리 위에 늘려 있는 복잡한 천체, 그것이 제각기 그 인력에 견연(牽連)되어 원만히 운용되어 갈 수 있는 것에 흡사하다 할는지요. 그렇다면 이 기능을 실지 발휘하는 걸로, 언어를 실어 가는 편지의

---

41) Mick Smith, *An Ethics of Place: Radical Ecology, Postmodernity, and Social Theor y*, New York: State University of New York Press, 2001, p.17.
42) *Ibid.*, p.24.
43) 오늘 우리의 최고이상은 그 위대한 사랑에 있는 것을 압니다. 한동안 그렇게도 소란히 판을 잡았든 개인주의는 니체의 초인설(超人說), 맬서스의 『인구론』과 더불어 머지 않아 암장(暗葬)될 날이 올겝니다. 그보다는 크로폿킨의 『상호부조론』이나 마르크스의 『자본론』이 훨씬 새로운 운명을 띠고 있는 것입니다. 김유정, 『정전 김유정 전집』 2, 앞의 책, 147쪽.

사명이라 하겠습니다.[44)

　이 사랑은 우리가 서로에게 가까이 다가가기 위해 애쓰는 것이고, 그런 열정을 갖게 되는 것이 참다운 인생이다. 상호 부조론에서 크로포트킨은 상호부조를 인간의 본능으로 보며, "인간은 연대하며 서로 도와주는 도덕적 본성을 가지고 있"으며, 이 본성으로 인해 "이웃과 평화롭게 연대할 수 있"게 된다고 주장한다.[45) 이처럼 서로 돕고 의지해가는 삶의 방식이 김유정에게는 "궁박한 우리 생활을 위하야 이제 남은 단 한길"이다. 이러한 윤리적 태도는 귀뚜라미와의 관계 맺음을 드러내고 있는 수필 「나와 귀뚜라미」에서 엿볼 수 있다. 부제목인 '나와 동식물'과 귀뚜라미를 고려하여 읽으면, 이 수필에서는 '나', '동물', '식물'이 특정한 시간과 장소에서 긴밀히 연결됨으로써 인간과 자연의 관계를 성찰할 수 있게 한다.

> 　가을이 오면 밝은 낮보다 캄캄한 명상의 밤이 귀엽다. 귀뚜라미 노래를 읊을 제 창밖의 낙엽은 은은히 지고 그 밤은 나에게 극히 엄숙한 그리고 극히 고적한 순간을 가져온다. 신묘한 이 음률을 나는 잘 안다. 낯익은 처녀와 같이 들을 수 있다면 이것이 분명히 행복임을 나는 잘 알고 있다. 그러나 분수에 넘는 허영이려니 이번 가을에는 귀뚜라미 부르는 노래나 홀로 근청하며 나는 건강한 밤을 맞아 보리라.[46)

　'나'는 폐결핵의 고통으로 무더위를 견뎌내기 힘들지만, 귀뚜라미 울음소리를 듣는 자신을 상상하면서 가을을 기다린다. 귀뚜라미 노래는 '나'에게 엄숙하고 고적한 순간을 가져오고, 낯익은 처녀와 같이 누군가와 함께 들을 때 행복이 된다. 굳이 야스퍼스의 한계상황을 참조하지 않아도[47)

---

44) 김유정, 『정전 김유정 전집』 2, 앞의 책, 139-140쪽.
45) 표트르 A. 크로포트킨, 김영범 옮김, 『만물은 서로 돕는다 : 크로포트킨의 상호부조론』, 르네상스, 2005, 47쪽.
46) 김유정, 『정전 김유정 전집』 2, 앞의 책, 87쪽.
47) 칼 야스퍼스, 신옥희 외 옮김, 『철학 II』, 아카넷, 2019. 334-335쪽.

'나'에게 타인과 관계를 맺는 일은 자신이 마주해야 할 불행을 견디게 하며 행복한 삶을 살아가도록 용기를 준다.

이처럼 불행한 삶에서도 의미를 찾으려는 작가 김유정의 문학적 행위에서는, 저자의 고통이 명확하게 드러나며 정신의학의 치유 프로세스에 초점을 맞춘 생태회복 수기에서처럼 질병, 치료, 회복의 리듬이 나타난다. 따라서 아서 프랭크가 제안한 '상처 입은 스토리텔러' 개념으로 작가 김유정을 이해하면, 그의 문학 작업은 아픈 '나'가 자신의 고통을 쓰는 과정이자 타인의 이야기를 듣고 공감해가는 과정이라고 볼 수 있다.48) 이런 측면에서 김유정의 문학적 실천행위는 자신과 관계 맺는 모든 생태 공동체를 돌보는 문학적 윤리로 이어질 수 있다.

V. 나가며

이 글은 김유정의 소설, 수필, 서간문 등을 생태회복 수기라는 장르로 다루면서 직간접적으로 나타나는 작가 자신의 병고와 치유에의 의지를 자연과의 연결및 돌봄의 윤리라는 관점에서 독해해보고자 했다. 이 시도는 작가가 형상화해 놓은 생태적 인식을 쫓아가 그의 문학적 상상력의 도움을 빌림으로써 의료와 환경의 접점에서 김유정 작품의 독법을 제안해 보려는 것이다.

생태회복 수기는 인간의 건강과 복지가 어떤 방식으로든 자연 세계에 의존해 있다고 제안하면서, 자연을 인간의 정신 건강에 지대한 영향을 미치는 중요 행위자로 묘사한다. 인간과 자연과의 연결이 강조되는 구조에서는 자연에 대한 서술자의 윤리적·경험적·심리적 측면이 강조된다. 때문

---

48) Arthur W. Frank, The Wounded Storyteller: Body, Illness, and Ethics, Chicago: University of Chicago Press, 1995, p.182.

에 생태회복 수기에서는 서술자의 고통이 명확하게 드러나며 질병, 진단, 치료, 회복이라는 리듬을 지닌 정신의학의 치유 프로세스에 초점이 맞춰진다. 이 프로세스에 주목하여 김유정의 작품을 생태회복 수기로 이해하면, 작가가 수사학적 차원에서 어떠한 의도로 작중인물과 자연의 관계를 회복의 서사로 나아가도록 구조화했는지 고찰할 수 있다.

2장에서는 김유정의 작품을 생태회복 수기로 볼 수 있는 이유를 찾고자 투병기, 병상 문학, 고통 수기 등으로 일컬어져 온 기존 논의에 주목했다. 떠돌이로서 살아야만 했던 그가 겪어야 했던 다양한 질병의 원인을 고향의 아름다운 자연과 단절된 결과에서 비롯되었다고 보았다. 그리고 작가로서 그가 질병으로 인한 고통을 작품 안에서 형상화한다고 가정하면서 이 고통을 극복하기 위해 수사적 전략을 어떻게 마련하고 있는지 밝혔다. 이어지는 3장과 4장에서는 작중인물과 자연의 연결 고리가 끊어지고 다시 이어지는 회복의 양상이 어떻게 형상화되고 있는지 몇몇 작품들을 분석하였다.

3장에서는 농촌소설 중에 금광의 채굴로 땅의 훼손이 두드러지게 형상화되는 3편의 소설 「노다지」, 「금따는 콩밭」, 「금」을 주요 분석 대상으로 삼아 자연과 인간이 파멸해가는 수사적 상황을 땅의 구멍 이미지, 추락의 이미지, '몸 풍경' 등을 통해 살펴보았다. 4장에서는 김유정의 대표 농촌 소설을 대상으로 땅과 인간의 연결 관계를 회복의 상상력으로 이끌어가기 위한 윤리를 돌봄의 차원에서 모색해보았다.

이상으로 이 글은 돌봄을 인간과 자연의 관계를 회복시키는 대안적 윤리로 이끌고 가기 위해 훼손된 땅과 인간의 고통을 '몸'에 근거하여 함께 성찰하면서, 이 '몸'을 치유해가는 작동 원리로서 상상력을 이해했다. 이 상상력이 땅의 구멍이미지들을 복원하면서, 추락의 이미지를 상승 이미지로 변형시키는 과정에서 지상의 모든 다양한 존재들의 관계 맺음을 존중하고자 하는 작가의 윤리를 발견할 수 있었다.

3부

/

김유정 문학연구의
현재와 콘텐츠 확산

김유정 문학연구의 전개양상

유 인 순

I. 들어가는 말

몽골을 방문 중이었던 어느 한국인 작가, 몽골인 가이드와 함께 말을 타고 광활한 초원을 달렸다고 한다. 말잔등 위에서 한참 속도감을 즐기는 데, 몽골인 가이드는 가끔씩 멈추어 서고는 하더란다. 왜냐고 했더니 '나의 혼이 제대로 따라오고 있는지 돌아보는 중'이라고. 몸은 말을 타고 앞서 달리지만, 혼이 뒤에서 제대로 따라오도록 기다리는 중이라고 하더란다.

김유정학회가 설립(2011. 4.16)된 이래 12 번째의 김유정 연구논문서가 발간되었다. 그동안 김유정 학술연구발표회며 학술세미나에서 발표되었던 논문들을 수합해서 엮은 책자들이다.

열심히 잘 달려왔으니 한 번쯤 숨을 고르며, 그동안 김유정 문학을 사랑하는 이들이 어떤 관점, 어떤 주제의식을 가지고 김유정과 그의 작품에 접근해 왔는지 살펴보아야 할 때가 되었다.

처음 김유정과 그의 작품에 대한 언급이 나오기 시작한 것은 1937년, 『조광』 5월호와 『백광』 5월호에 김유정추모 특집이 나오면서부터였다. 1955년 『사상계』 11월호에는 정창범의 「김유정론」이, 1960년대 후반부터 김유정 연구논문이 나오기 시작했다. 김유정과 김유정문학에 대한 본격적인 조명은 1974년『문학사상』7월호 김유정문학 특집에서부터이다. 당시 이명자가 작성한 김유정관련 논문목록에는 40편의 논문제목과 필자명이 수록되어 있었다.

1994년에는 '삼월의 인물-김유정'이 지정 되면서, 한림대 아시아 문화연구소가 주최한 학술대회 '김유정 문학의 재조명', 한국문협 주최 문학심포지움 '김유정 문학을 통해본 토속문화의 세계화로'가 춘천에서 진행되었다. 그리고1997년에 한림대학교 아시아 문화연구소에서『김유정문학의 전통성과 근대성』을 간행하였다. 이 책에 게재된「김유정 연구사」에서 필자가 수집한 자료는 336편(1937~1996), 여기에는 박사학위 논문6편, 석사학위논문 96편, 일반 논문 및 연구단행본 3권이 포함되어 있었다.

먼저 김유정학회에서 단행본으로 발간한 김유정 연구논문서들을 소개한다.

① 『김유정의 귀환』 2012   ⑦ 『 김유정 문학의 감정미학』 2018
② 『김유정과의 만남』 2013   ⑧ 『김유정문학 다시 읽기』 2019
③ 『김유정과의 산책』 2014   ⑨ 『김유정 문학 콘서트』 2020
④ 『김유정과의 향연』 2015   ⑩ 『김유정 문학과 문화충돌』 2021
⑤ 『김유정의 문학광장』 2016 ⑪ 『김유정과 세계문학』 2022
⑥ 『김유정의 문학산맥』 2017 ⑫ 『김유정 문학의 미학성과 현재성』 2023

김유정학회에서 발간한 12권의 김유정연구단행본 (2012~2023)에 수록된 학술 논문은 135편, 김유정관련 문화콘텐츠 (소설 · 희곡 · 시)는 18편으로, 이들을 자료로 김유정문학연구의 전개 양상을 살펴보려고 한다.

본고에서 언급하는 '연구의 전개 양상'이란 김유정 혹은 김유정의 문학을 어떤 시점에서 어떤 방법으로 보고 접근하였는가에 주목해서 분류하고 그 내용도 간략하게 살펴보려는 것이다. 물론 문학연구란 어느 한 특정한 시점만으로 접근, 이해하고 평가할 수 있는 것이 아니다. 동일한 작품에

대해서도 연구자는 다양한 측면에서 접근하여 새로운 의미와 가치를 찾아
내려고 한다. 이에 본고에서는 가능한 객관성을 유지하면서 분류, 배치하
려고 했으나 때로 자의적일 수밖에 없었음을 인정하지 않을 수 없다.

II. 문학연구의 전개

문학연구 방법에 대해서 르네 웰렉은 크게 문학의 내재적 연구(본질적
연구)와 외재적 연구(비본질적 연구)로 나누고 이들을 편의에 따라서 형
식주의적 방법, 역사주의적 방법, 심리·원형적 방법, 사회· 윤리적 방법
으로 분류했다. 그러나 시대가 바뀌면서 이들 분류방법이 신진 연구가들
의 접근방법을 아우르는 데 한계가 보이기 시작했다. 이에 본고에서도
선행 방법을 수용하면서 새로운 연구방법을 첨가하지 않을 수 없었다.

1. 역사주의적 방법

문학작품에 대한 역사주의적 접근은 가장 고전적인 방법으로 문학작품
의 존재 자체가 역사적 사실이라는 데에서 시작한다. 역사주의적 연구방
법에는 원본비평, 언어연구, 작가 연구, 전통성 연구 등 여러 갈래가 있으
나 자료 연구서에서 찾을 수 있었던 것은 원본연구와 작가연구, 전통성
연구에 해당된 논문이 있었다.

1) 원본비평

원본비평은 저자가 의도한 바 그대로의 텍스트인지의 여부, 텍스트의
진본여부와 개작여부, 혹은 외부 영향으로 인한 변모 혹은 파손여부 등에
주목한다.

김정화 ·문한별의 논문은, 김유정의 공식적인 문단 등단 작품(1935 조선일보 신춘문예 당선작) 인 「소낙비」가 사실상 7회 연재분이 일제의 검열로 사라진, 훼손된 작품이었음을 밝혔다. 두 연구자는 『조선출판경찰월보』에서 행정처분 기록에서 이와 같은 사실을 찾아냈다. 그리고 훼손된 부분이 일어로 축약 기록되어 있음을 확인했다.

이만영은 김유정의 번역소설 「귀여운 소녀」에서 번역의 저본으로 삼은 원작 및 저본이 어떤 것이었는지를 밝혀내었다. 그 결과 「귀여운 소녀」의 원작자는 찰스 디킨스, 원 제목은 「오래된 골동품 상점」, 무라오카 하나코가 일본어로 축역한 「소녀 네리」를 저본으로 했음을 밝혔다.

2) 전기연구

작가가 작품을 쓰는데 결정적인 역할을 한 작가의 물질적 정신적 삶을 주요 자료로 삼는다. 전기연구를 통해 작품 이해에 도움을 받는가 하면, 그 문학형식의 특징에 따른 비밀도 풀어볼 수 있게 된다.

박현선은 김유정 소설의 서술자가 궁핍한 현실과 인물의 비윤리적 행동에 대해서만 유독 함묵하는 이유를 그의 전기적 사실로부터 추론하고,

---

1) 원문자 ⑩은 학회 발행 10번째 김유정연구서 『김유정 문학과 문화충돌』 2021을 표시한 것이다. 이후, 논문제목 뒤의 원문자는 모두 학회발행 연구서의 호수(號數) 임을 이에 밝힌다.

유인순은 김유정의 작가 되기,작품에 반영된 문학적 특성을 고려~근현대에 걸친 춘천의 지역성 및 지역 인물(김평묵, 차상찬) 지인(안회남, 박녹주) 들과 연결시켜 추출한다. 그런가 하면 조동길과 신정숙은 김유정의 전기적 자료와 자전적 작품을 바탕으로 '염인증'을 추출, 김유정의 창작동인은 염인증의 극복에 있었다고 본다. 김미영은 김유정의 작가적 관심이 육체적 존재로서의 인간에 초점을 맞추어 인간을 묘사하려 했다는 것, 특히 김유정 소설의 활달하고 거침없는 문체, 단순한 서사구조와 직접성의 세계를 제시하여 직관적 이미지성이 강한 회화적 감수성을 보여주는데, 이는 김유정이 속한 '구인회'와 친교가 깊었던 화가 그룹 '목일회'의 영향을 받았을 것으로 추정한다.

3) 전통성의 맥락 연구

문학작품의 심미적 특성은 그 과거성 곧 전통과 불가분의 관계라고 한다. 전통의 계승 여부와 발전여부를 보여주는 논문은 두 편이다.

서대석, 「김유정문학과 구비문학」 ④
전신재, 「속이고 속는 이야기의 두 유형 -판소리와 김유정소설」 ⑩

서대석은 김유정문학과 구비문학에서의 공통점은 서민대중의 애환과 인간의 원초적 문제를 다룬다는 것에 있지만, 전승기간과 등장인물의 세계관과 결말처리 등에서 차이점이 더 많다고 지적한다. 결론적으로 김유정문학은 현실주의적 성향이 짙다보니 구비문학이 가진 주인공의 전통윤리나 삶에 대한 성찰과 비전이 부족한데 이는 작가의 비판정신에 문제가 있다고 본다. 전신재는 판소리와 김유정 소설에서 웃음을 유발시키는 방법으로 속이고 속는 화소가 사용되는 방법과 그 의미를 보았다. 그 결과 김유정은 판소리 기법과 정서를 계승하면서도 자기 나름의 독자성을 살리고 있다고 평가한다.

2. 사회·윤리적 방법

1) 사회적 연구

문학과 사회는 서로 상호관계를 맺고 있고, 작가와 예술가는 오직 사회라고 하는 관념의 틀을 통해서만 세계를 경험하고 그 경험을 예술작품으로 형상화할 수 있다는 것을 전제로 작품에 접근하는 연구방법이다.

> 전봉관, 「김유정의 금광 체험과 금광소설」 ①
> 김화경, 「김유정문학의 근대 자본주의 경험과 재현양상」 ①
> 황태묵, 「김유정 소설에 나타난 돈」 ②
> 강헌국, 「김유정, 돈을 위해」 ⑦
> 권창규, 「농민의 일탈을 둘러싼 화폐 권력과 식민지 자본주의」 ⑧
> 김형규, 「식민주의 질서와 농토의 상동성 혹은 거리」 ⑤
> 차희정, 「김유정소설에 나타난 한탕주의 욕망의 실제」 ⑥

전봉관과 김화경은 김유정 소설 속에 나타난 황금에의 욕망, 자본주의 경험과 그 재현에 대한 탐색을 보인다. 전봉관은 김유정이 금광열풍 때문에 비참해진 농민의 모습과 황금과 인간관계에 대한 성찰을 그렸다고 보았다. 김화경은 근대화 도시 및 그 모든 것을 지탱하는 자본, 돈의 의미를 보여주던 '모던'이 지닌 환상과 허구성을 비판, 자본주의 아래에서 화폐가 지닌 전지전능성이 김유정 작품에서는 무력감으로 뒤바뀔 수 있음을 지적했다.

황태묵은 돈의 욕망과 결핍이 물신화 되는 과정에 나타난 폐해, 금전적 가치와 윤리적 가치의 갈등에 이르기까지 돈을 매개로 하는 상상력에 주목한다. 한편 강헌국은 김유정 소설의 대부분이 '돈'과 관련되어 있음에 주목, 작품 속에서 돈의 내적 기능과 효과를 살펴본다. 그 결과 김유정 작품에서 돈은 현실적 결핍을 파악하게 하지만 동시에 희망의 계기가 된다고 보았다.

권창규는 빈곤한 하층민들의 생존모색 과정이 일탈적 행위로 일관되고 있음에 주목, 이는 식민지 자본주의의 착취로부터의 탈피라는 의미를 갖고, 또 위험이 더 이상 일탈이나 비일상적 국면이 아닌 투기 자본주의의 일상적 행위라고 보았다. 김형규는 김유정 작품의 작중 인물들이 '땅'을 둘러싼 소유와 생산의 관계변화를 바탕으로 '땅'을 대하는 태도와 '땅'과 맺는 관계를 추적했다. 차희정은 김유정 소설의 배경이 식민통치 체제하에 동화주의에 있었음을 지적, 작품 속 빈농들의 돈과 황금의 욕망은 정보 수집이나 판단능력의 부재로 그들의 가치는 전도 왜곡되면서 해학을 발생, 이때 만들어진 해학은 충동적 주인공의 좌충우돌이 야기 시킨 모순과 무질서에 기인한 것으로 보았다.

이경, 「자본주의보다 먼저 온 실패의 예후와 대안적 윤리」 ②
손윤권, 「김유정 소설에 나타난 농촌 노총각의 성과 결혼」 ②
노지승, 「성과 농촌, 근대적 가부장제의 외부」 ②
홍순애, 「김유정 소설의 반(半)가족주의와 가(家) 형성 · 존속의 이데올로기」 ⑤

이경은 1930년대 한국에서 자본주의가 본격화 되기 이전임에도 김유정 소설에서 실패한 자본주의 모습에 주목. 이를 위해 자본주의에 대한 페데리치의 이론, 벤야민의 논의에 기대어 김유정 소설을 분석. 김유정소설의 주인공들은 자본주의의 모순에서 비롯된 피해자 자리로부터 저항적 주체와 윤리적 주체로 이동을 시도한다고 보았다. 손윤권은 1930년대 결혼적령기와 노총각의 범위를 살펴보고 이들이 노총각이 될 수밖에 없었던 이유를 사회사적 입장에서 탐색, 이들 노총각들의 고난은 실은 전망 없는 식민지 상황에 대한 하나의 알레고리라고 지적한다.

노지승은 1920~30년대 매춘 모티프를 다룬 소설들과 차별화되는 김유정 소설의 맥락적 의미를 본다. 여타의 소설들에서 여성의 통정 혹은 매춘은 구경꺼리나 가족을 위한 희생으로 그려지나 김유정 작품의 여성들은 농촌의 '풍경'으로 그려진다. 이는 당대 지식인의 근대적 도덕률과 권력을 전복시키는 것이다. 그리하여 김유정 소설은 전근대적 가부장제의 특징과 자본주의화 근대화의 그림자로 농촌을 그리고 있다고 보았다. 홍순애는 가족서사의 재현문제가 그 시대의 이데올로기에 관계되며 식민지 군주체제에서 중요한 의미를 갖고 있음에 주목, 김유정소설에서 재현된 가족서사의 의미를 고찰하고 1930년대 식민지하의 법 ·제도적 측면의 반영, 이들이 갖는 김유정식 가족주의의 이데올로기를 추적한다.

정현숙, 「김유정과 서울」 ③
윤현이, 「김유정소설에 나타난 1930년대 서울의 모습과 의미」 ③

정현숙은 김유정 소설에서 서울 공간이 갖고 있는 내적 메커니즘을 탐구, 그 결과 서울배경 소설에서 공간분할과 전통 파괴와 이에 따른 불균형의 문제, 도시화가 초래하는 변화의 양상 즉 실직과 주택부족, 물질주의와 인간관계의 균열을 찾아낸다. 윤현이는 1930년대 한국인은 근대문물로부터 소외되고, 서울은 수도라기 보다는 '일제식민 통치를 용이하게 하기 위한 일본의 위성도시 정도로 기능했다고 주장한다.

김승환, 「김유정의 「만무방」에 나타난 폭력성」 ②,
신제원, 「김유정 소설의 가부장적 질서와 폭력에 대한 연구 」 ⑥
심재욱, 「김유정 문학의 미학적 정치성 연구」 ⑨

김승환은 폭력과 폭력성의 의미 고찰을 폭력의 표면구조와 이면구조로 나누어 분석, 응칠형제가 룸펜 프로레탈리아로 될 수밖에 없었던 것은 사회의 구조적 모순임을 지적하고, 신제원은 가부장제하의 인물이 겪는 폭력과 고립에 주목, 이때 폭력과 고립이 가부장이 행사하는 처벌이자 가부장적 질서의 통제와 구속을 강화하는 지배기제임을 밝힌다. 그리고 김유정 소설의 가부장제는 지배자의 경제적 편익을 최우선으로 하는 효율

위주의 지배체제라는 점에서 자본주의 체제와 공통점을 갖고 있다고 본다. 심재욱은 리얼리즘적 시각과 텍스트의 무의식적 효과 차원에서 김유정 문학의 미학적 정치성 관련 논의를 정리하고 그 한계를 점검, 이를 극복하기 위해 자크 랑시에르의 '문학의 정치 개념'을 통해 접근했다.

서동수, 「김유정 문학의 유토피아 공동체와 크로포트킨의 상호부조론」 ⑤,
홍기돈, 「김유정 소설의 아나키즘 면모 연구」 ⑩

서동수는 김유정의 수필과 서간문을 대상으로, 이들에 나타난 유토피아 공동체와 크로포트킨의 상호부조론 간의 관련성, 나아가 크로포트킨이 작가 김유정 문학에 끼친 영향을 추적한다. 홍기돈 역시 크로포트킨의 상호부조론에 주목, 김유정 소설 분석에 아나키즘 및 아나키즘 예술론을 적용한다. 그리하여 김유정 작품에 드러난 원시적인 여성들, 들병이에 대한 객관적 시선, 가족과 성과 사회적 불평등을 그대로 드러내어 보이는 것들은 크로포트킨을, 아나키즘 영향의 결과라는 것이다.

2) 사회 · 윤리적 연구

문학작품에 나타난 주제나 관념은 사회윤리와 밀접한 관련을 맺고 있기에 모든 문학작품은 윤리적이어야 한다는 입장에서 작품에 접근 하는 방법이다.

한상무, 「김유정 소설에 나타난 부부윤리」 ①
최성윤, 「김유정소설의 여성 인물과 정조」 ①
이덕화, 「김유정문학의 타자윤리학과 서사구조」 ③
송주현, 「김유정 소설에 나타난 사랑의 의미연구」 ⑦
권경미, 「들병이와 유사 공동체 담론」 ⑩,
박필현, 「경계에 서서 바라본 인간의 삶과 '위대한 사랑'」⑩
김미지, 「농촌 유랑민의 도시 서사와 공생의 윤리」⑩

한상무는 주요인물들이 지향하는 윤리성의 의미와 가치에 주목, '에로스 혹은 성적관계와 그 윤리'/ '삶의 동반자적 관계와 그 윤리'로 나눈다. 전자에서는 탈윤리적 부유층과 성적 아노미에 빠진 하층민을, 후자에서는 윤리적 가치의 형상이 정신적 인격적 감정으로 승화하는 모습을 보인다. 결론으로 김유정은 작품에서 정의적 윤리적 가치를 구현하는 여성인물들을 각별히 돋보이게 그리고 있어서 미래지향적 전망을 보여주고 있다고 주장한다. 최성윤은 작품 이면에 감추어진 작가적 현실인식의 탐색을 시도, 여성인물의 '정조' 의식이 일정한 지향성을 내포하고 있다고 보고, 여성인물 정조가 윤리의식의 유무가 아닌 역사적 의미를 상징하는 것으로 본다. 그래서 작가는 여성인물의 비극적 상항을 통해 민족의 비극적 현실인식을 상징화하고 있다고 주장한다.

　이덕화는 김유정의 소설과 수필에서 언급한 「홍길동전」「상호부조론」「마르크시즘」 등에 주목, 이들이 사회부조리 타파와 자아적 삶에서 타자적 삶으로 영역을 넓혀 민중에 대한 행복을 추구했다고 본다. 김유정 작품에서 보이는 빈자와 약자에 대한 작가의 자기연민과 동일시야 말로 타자윤리학의 메카니즘을 갖고 있고 이 메카니즘이 김유정 작품에서 특유의 서사구조로 나타났다는 것이다. 송주현은 김유정이 '사랑'에 천착한 작품활동을 했음에 주목, 김유정의 생과 문학을 관통하는 '사랑'이 레비나스의 무한책임의 윤리 차원으로 확대되고 있음을 추출했고 박필현은 김유정의 문학관, 인생관으로서의 '위대한 사랑'에 대한 탐색에 나선다. 김유정이 추구한 '위대한 사랑'은 이유나 보상이 없는 자연적 질서이자 법칙으로서의 사랑을 수용하는 것이다. 권경미는 소설 속 몸 파는 여성에 주목, 그들의 성매매가 생계를 위한 능동적 노동행위라는 것, 여성의 먹거리 해결에 의해 유지되는 가족이야 말로 실은 현실적인 경제적 공동체, 유사가족 공동체임을 밝힌다.

3. 형식주의적 방법

작품 자체의 형식적 요건들, 작품의 부분과 전체의 관계, 부분과 부분의 관계에 관심을 가진다. 문학의 자율성을 인정하고 유기체적 구조에 중점을 둔다.

1) 구조주의 · 기호학적 연구

연남경은 김유정소설이 독자에게 재미를 주는 이유 및 주제 전달의 과정을 보여준다. 특히 추리기법이 강한 「산골나그네」「만무방」「가을」을 텍스트로 R.바르트의 코드 읽기를 통해 작품구조를 탐색하고 서사 내적 의미까지 규명한다. 홍혜원은 르네 지라르의 욕망 이론을 토대로 김유정 전 작품에 나타난 모방욕망과 폭력의 양상을 검토한다.

장수경은 그레마스 이론을 토대로 「만무방」의 서사행로에서 인물의 정념이 드러나는 양상 및 인물이 존재 의미를 탐색해 가는 과정을 추적한다. 오은엽 또한 그레마스 이론을 원용 '금' 삼부작에 나타난 '분노'를 정념으로 주제화하여 텍스트를 지배하는 정념의 원리와 규칙성을 규명하려고 한다.

송효섭은 김유정 소설 「산골」에서 공간적 지표들과 서사적 요소들 간의 기호학적 관계 및 이에서 비롯되는 공간수사적인 효과를 추적한다. 김근호는 김유정 소설에 나타난 인물형상화를 화자의 태도 차원에서 고찰. S리몬 케논의 시각·초점화 이론을 차용한다. 조경덕도 초점화와 초점대상 이론 차용하여 「슬픈 이야기」, 「두꺼비」, 「따라지」를 분석한다.

2) 신비평(분석비평)적 연구

곽승숙, 「김유정소설의 '아내'와 열린 구조」 ③
김승종, 「김유정 소설의 '열린 결말'과 이중적 아이러니」 ③
안미영, 「아이러니스트의 봄의 수사학」 ③
박상준, 「반전과 통찰- 김유정 도시배경 소설의 특징」 ④
최성윤, 「김유정의 현실인식과 아이러니의 양상」 ④
최명숙, 「김유정 소설의 명명법과 인물 성격에 대한 연구」 ④
송선령, 「김유정 자전소설에 나타난 슬픔의 기능연구」 ④
임정연, 「 김유정 자기 서사의 말하기 방식과 슬픔의 윤리」 ④
장혜련, 「김유정소설의 대화 양상 연구」 ⑤

곽승숙은 김유정 소설의 원점회귀 구성이 미해결 상태에서의 결말이라는 점에서 이를 '열린구조'로 본다. 그리고 이 열린 구조는 '아내'의 의미와 역할에 따라 '상승구조', 혹은 '하강구조'로 나뉜다. 특히 김유정 농촌배경소설에서 '아내'는 남성인물에게 기표로서의 아내, 욕망의 발현자, 욕망의 대리자로 형상화되고, '아내'의 욕망과 역할에 따라 남편의 욕망실현의 가능성이 좌우된다. 다시 말하면 김유정 소설의 서사구조를 추동하는 주력은 여성인물의 역할에 있다는 것이다.

김승종은 김유정 소설에서 열린 결말과 아이러니의 효과에 주목, 표면적 차원에서의 수사학적 아이러니는 반전의 효과를 가져와 독자의 흥미유발과 서사적 긴장을 형성한다. 반면 사회역사적 차원의 심층적 아이러니는 등장인물의 일탈행위를 통해 당시대의 모순을 증언하고 그에 따른 대안적 윤리를 모색하려는 이중적 아이러니를 성립시킨다고 보았다.

안미영은 소설에 나타난 '봄'의 시공간적 특수성이 소설 수사학의 구현에 영향을 미치고 있음에 주목, 봄에 발견되는 아이러니가 타 계절을 배경으로 한 소설에서 어떻게 변주되고 있는가까지 살폈다. 마지막으로 김유정소설에 나타난 봄의 수사학은 아이러니스트로서 작가의 감수성을 보여주고 세계에 대한 연대감을 주목하고 있다고 지적한다. 박상준은 도시배경 소설 10편을 대상으로 인물서사 구성상의 특징을 분석, 이를 토대로 서술전략을 추론하고 주제 효과까지 검토했고, 최상윤은 김유정 소설 속 인물연구사를 조망, 어린이가 나오는 작품을 대상으로 어린이의 형상화와 그들에 대한 부모의 자세, 작가가 어린이를 통해 그려놓은 것에 초점을 맞춘다.

임정연은 김유정소설에서 파생시킨 슬픔의 정서, 그 정체와 연원을 추적한다. 김유정의 자기 서사는 믿을 수 없는 화자를 통해 자신을 드러내고, 이들 믿을 수 없는 화자들은 불완전한 관찰자가 되기도 하며 이들의 진술은 뒤섞여 복화술의 구조를 지향한다. 이와 같은 과정을 거쳐 김유정의 자기 서사는 슬픔이 사적으로 소비되는 감정이 아니라 타자에 대한 윤리가 될 수 있는 가능성을 보여주게 된다. 장혜련은 대화양상을 보기 위해 대화뿐만 아니라 화자와 시점의 기능까지도 함께 주목, 김유정 소설 속 화자가 대부분 신뢰할 수 없는 화자가 인물들 간의 대화를 주도하고 있다고 지적한다.

손유경, 「취약한 자들의 윤리」 ⑥
김윤정, 「김유정 소설의 정동 연구」 ⑦
이미림, 「김유정 소설의 로컬리티와 고향의식」 ⑩
권미란, 「김유정 소설의 극적요소」 ⑪
이상민, 「김유정 소설에 나타난 비정상의 낯선 익숙함」 ⑪
허진혁, 「김유정 소설에 나타난 '행복'의 구조」 ⑫
안아름, 「김유정 소설에 나타난 생의 상상력」 ⑫
모희준, 「김유정 작품에 나타나는 '죽음'의 일상고찰」 ⑤
김상태, 「김유정의 수필」 ⑤

손유경은 '안회남의 「겸허-김유정전」을 토대로 김유정의 문학과 삶을 이해하기 보다는 김유정의 문학과 삶을 기록하는 관찰자 안회남의 시선을 분석하는데 주안점을 두었고, 김윤경은 김유정 문학의 특징을 정동이론을 통해 추출, 인물 갈등 공간 주제 등에서 상충하는 정동의 효과와 서사적 교란을 자극하고 그것이 김유정문학의 특이성을 이룬다고 주장했다.

이미림은 식민시대 피폐해가는 농촌현실을 리얼하고 비판적으로 그려 낸 김유정 문학의 고향의식, 작중인물, 민요와 민속, 언어미학과 문체에 투영된 로컬리티와 문학적 의미를 추적했고, 안아름은 김유정 수필에서 추출한 동양적 사유(시간의 순환/ 궁즉통)와 사랑의 실천이 그의 소설작품에서 어떻게 작동하고 있는가를 추적한다.

김상태는 김유정 수필 14편을 소재에 따라 나누고 (농촌체험/ 도시체험 / 병상체험/인생관 · 예술관), 유정의 수필문체의 특징을 선택과 결합의 측면에서 추적했다.

3) 해석학적 연구

해석은 또 다른 상징 해석의 행위이다. 상징은 보이지 않은 세계에 대한 직관적 통찰의 획득물이다. 해석학적 비평에는 비약적 직관이 작동하는데 이는 '보이지 않는 기슭을 향해 던져진 다리'와 같은 직관적 상징의 해석을 요구한다.

전신재, 「김유정의 위대한 사랑」 ④
윤홍로, 「김유정의 은유에서 길을 묻는다」 ④
임보람, 「「산골 나그네」에 나타난 소리의 수사학 」 ⑩
임보람, 「「소낙비」에 나타난 '소리풍경'연구」 ⑪
임보람, 「김유정 도시 소설에 나타난 '소리풍경 연구」 ⑫
석형락, 「맹세하는 인간과 처벌 없는 세계- 맹세의 시각에서 김유정 문학 다시
        읽기」 ⑪
석형락, 「못 들은 척과 침묵-김유정 문학에서 듣기의 양상과 그 의미」 ⑫

전신재는 김유정이 작품에서 추구한 '위대한 사랑'의 궁극점을 찾기 위한 노력으로 도달한 것이 공동체에 대한 사랑, 원초적인 사랑, 궁박한 민초들에 대한 사랑, 감정이입 수준의 사랑이었다고 주장한다. 윤홍로는 은유의 개념을 확장, 등장인물들의 삶을 식물은유/ 동물은유/도박은유로 설정하고 은유의 행과 융합의 고리를 관찰, 은유의 변동과 동시대 시대 정신과의 관련성 찾아낸다.

임보람은 소리의 수사적 연구방법을 통해 김유정 소설의 서사 및 캐릭터, 소설의 상징구조를 밝힌다. 그는 소설작품은 일종의 퍼포먼스이고 소리는 배경음악이고 효과음이라고 본다. 「산골나그네」에서 반복되는 물소리는 집-물레방아간- 신연강길로 이어지도록 서사를 이끌고 나그네의 '침묵'은 그녀의 캐릭터를 드러내며 늑대소리는 나그네 부부가 처한 위기는 물론 당시의 시대적 위기상황을 상징한다고 보았다.

석형락은 맹세 관련 동서양의 이론(「논어」 자로편, 한비자 형명론, 아감벤의 맹세의 고고학, 데리다 등) 원용하여, 맹세의 논의를 전개, 이를 김유정의 작품에 적용하여 김유정 작품에 나타난 맹세의 의미와 기능을 추출, 「두포전」「산골」에서 거듭되는 맹세의 불이행은 강한 처벌 또는 비극으로 이어진다. 이에 비해 「따라지」「봄·봄」「가을」「만무방」에서 맹세의 불이행은 처벌이 보이지 않는다. 이는 1930년대 악몽 같은 삶을 견뎌야 하는 식민지 백성에 대한 작가의 연민이 처벌 없는 세계를 그리게 하고 그것이 바로 김유정이 꿈꾸던 '윤리의 세계'라는 것이다.

4) 언어, 문체론 및 담론적 연구

권 은, 「식민지 도시 경성과 김유정의 언어감각」 ⑧
우한용, 「김유정 소설의 언어의식」 ②
문한별, 「계량적 방법론을 통한 김유정 소설 어휘의 통계적 연구」 ⑤
안아름, 「김유정 단편소설에 드러난 페이소스의 문체와 양가적 문체전략- 계량
　　　적 문체 지수를 중심으로」 ⑫

권 은은 김유정의 경성 배경 작품을 중심으로 언어적인 특성을 파악. 경성배경 소설에서 주인공들이 사용하는 어휘는 고유명사보다는 일반명사를, 형용사와 부사를 풍부하게 사용, 배경 묘사에서도 구체적 묘사 없이 인물의 심리묘사에 집중하는 경향을 찾아낸다. 우한용은 소설 언어가 담론의 형식이라는 점에서 김유정 소설의 언어특징을 담론 차원에서 살피고 김유정연구의 지속을 위한 절차와 방법을 탐색했다. 문한별은 김유정 소설의 어휘사용 양상을 통해 김유정 소설의 문체특징을, 김아름은 계량적 문체론과 직관적 문체론을 혼용하여 김유정 소설문체에 접근을 시도했다.

4. 심리·원형적 방법

1) 심리학적 연구(정신분석적 연구 포함)

문학작품은 한 작가의 체험이나 상상력의 소산이라는 전제 아래 시도되는 문학 연구방법이다. 문학에서의 심리적 접근은 작가의 심리 연구, 독자의 심리 연구, 작품의 심리 연구 등이 있다.

> 오태호, 「김유정 소설에 나타난 '연민의 서사' 연구」 ⑧
> 장수경, 「김유정 소설에 나타난 수치심의 양상과 의미-「소낙비」 「생의 반려」를 중심으로」 ⑨
> 천춘화, 「김유정 소설의 폭력의 기억과 서사적 재현」 ⑧

오태호는 작품에 나타난 들병이, 연정, 물욕, 궁핍 등의 제재를 세분화하여 마사 누수바움의 '감정론'을 활용하여 분석했다. 장수경 또한 마사 누수바움의 논의를 참조, 김유정 작품에 나타나는 '모멸' '모욕' '수치'와 같은 어휘에, 특히 수치심에 주목한다. 그 결과 작품 속에서 수치심은 극악한 현실을 견디려는 고투의 행위로 이는 긍정적 자아 이미지를 갖도록 하는 현재적 의미가 있는 것이다.

천춘화는 폭력에 주목한다. 서술자는 폭력의 가해자, 피해자, 관찰자에 대해 다각적으로 접근하며 그 입장을 리얼하게 재현하는데 이는 트라우마와 긴밀하게 연결되어 있음을 파악한다. 그리고 김유정은 이 트라우마를 넘어서 감당하기 어려운 정서적 고통 위에 그의 문학세계를 세운 것으로 보았다.

2) 원형비평적 연구

인류는 집단 무의식에 의해서 시공간적으로 서로 고립되어 있거나 서로 다른 신화를 갖고 있어도 비슷한 모티프나 패턴, 또는 주제에서 일치감을 보여주게 되는데 이것이 바로 '원형'이다. 이때 원형은 집단 무의식에 저장되어 있는 이미지이다.

> 전신재, 「김유정소설의 설화적 성격」 ①
> 한승옥, 「야곱의 데릴사위 모티프와 김유정의「봄 · 봄」」 ③

전신재는 김유정소설의 진술방식은 구연체이고, 소설의 본질적인 이야기성을 회복시키면서 생동성과 신성성을 발휘한다고 보았다. 그래서 그는 김유정소설 속 설화 요소들을 추출, 김유정 소설의 기본구조는 설화구조를 본뜨고 있으나 이때 수용된 설화는 재창조되어 현대성을 획득하고 있음을 밝혔다.

한승옥은 구약에 나온 '야곱의 데릴 사위'모티프와 「봄 · 봄」의 데릴 사위 모티프를 비교하고 이를 신학적, 역사사회학적 입장에서 해명했다.

5. 페미니즘적 방법

페미니즘은 여성에 대한 '성차별과 불평등에 근거한 착취와 억압을 종식시키려는' 인식에서 나온 이론 · 사상 · 신념 · 분석 모형 · 교육 · 운동 등을 의미한다. 페미니즘적 문학연구는 이와 같은 페미니즘적 인식에 입각하여 문학작품에 접근한다.

표정옥, 「김유정소설에 발현되는 아름다움에 대한 삼강적 자의식과 근대적 자의
　　　식의 작용연구」 ③
구자희, 「김유정소설에 나타난 에코페미니즘」 ③
박혜경, 「김유정 소설 속 여성 인물이 구현한 성의 양상」 ③
이태숙, 「김유정 소설의 근대성과 여성의 신체」 ⑦

　표정옥은 김유정의 「산골」「소낙비」「안해」에서 추구하는 여성의 이미지가 각각 다르게 나타남에 착안. 「산골」에서 이쁜이의 아름다움은 자연속에 묻히고 「소낙비」에서 춘호처의 아름다움은 양가성을, 「안해」에서는 외모 콤플렉스에서 벗어나 적극적이고, 사회적 자아관을 갖고 적극적 학습자의 모습을 갖는다. 김유정 소설 속 여성인물은 전통적 삼강적 인물이면서 근대적 가치와 전통적 가치가 충돌하는 양가성을 지닌 여성으로 그려지고 있음을 지적했다.

　구자희는 에코페미니즘이 생태위기의 본질에 입각해 있다는 것에 착안, 김유정소설에서 보이는 '상처 입은 자아와 파괴' '위계적 질서의 생태위기'를 보여주는 작품들을 토대로 위기 속에서 '돌봄의 윤리로 치유'하는 작품 속 인물들을 찾아낸다. 그리고 이와 같은 인물들이 가족관계의 붕괴나 위기에 입각한 인간관계속에서 위기를 극복하는 단초를 제공한다고 본다.

　박혜경은 소설 속 여성인물의 성의식을 고찰하기 위해 인물을 둘러싼 현실과 그 현실에 대한 인물의 대응양식을 분석, 미혼여성/기혼여성/ 직업여성으로서 카페여급과 들병이에게 나타난 성의 양상을 추출했고, 이태숙은 작품에 나타난 들병이에 주목, 푸코의 근대적 신체 개념에 입각하여 들병이의 신체는 푸코의 유사주체가 형성되는 과정을 보여주고 있다고

주장. 결국 들병이는 근대성이 발현하고 확장되는 존재라고 지적했다.

6. 비교문학적 방법

비교문학은 크게 영향연구와 유사대비연구로 나뉜다. 전자가 발신자와 수신자 사이의 영향 관계를 연구하는 것이라면 후자는 어떤 테마, 어떤 모티브를 중심으로 유사성과 차이성을 대비한다. 그러나 본고에서 다룬 자료 논문들은 김유정과 동시대 작가들과의 비교가 월등하다.

조남현, 「김유정 소설과 동시대 소설」 ①
박진숙, 「김유정과 이태준」 ⑤
방민호, 「김유정과 이상」 ⑥
김예리, 「김유정문학의 웃음과 사랑」 ⑥
정하늬, 「경성을 배회하는 지식인 청년과 가장(假裝)의 시선」 ⑥
표정옥, 「문명충돌 속 한국 근대 질병 사상력이 소설 구성에 미치는 영향 연구」 ⑩
김병길, 「식민시기 빈궁에 관한 서사 재현의 두 가지 양상- 최서해와 김유정
　　　　작품을 중심으로」 ⑪
이미림, 「김유정 ·이효석 소설의 음식과 성 비교 고찰」 ⑦
이현주, 「고향의 발견, 호명된 영서(嶺西)」 ⑩

조남현은 김유정 소설 전반을 살펴 반복되는 모티프-폭력, 들병이, 사기, 금점판, 부부공모 등-를 추출하고 이들 모티프에 관련된 작품들을 분류하고 비교한다. 그리고 30년대 농촌배경 소설을 쓴 강경애 외 11명의 작품에서 농민들은 피해자나 약자로 인식하면서도 이들이 가해자나 강자에게 저항의식을 갖지 않는 것에서 김유정과의 공통점을 본다. 그러나 김유정에게서 지식인과 농민의 연대를 보이는 작품이 없음에 궁금증을 제시한다. 한편 동시대 도시배경 소설을 쓴 이기영 외 6인의 작품에서 다루는 등장인물이 지식인, 소설가, 여급, 주의자로 이들에 대해 작가들은 연민과 공감의 시선을 보내나 김유정은 연민도 공감도 부정적인 시선도 보내지 않은 독특한 작가였다고 지적한다.

박진숙은 김유정과 이태준의 소설문체와 언어인식 문제, 어감의 활용 등과 소설 창작과정, 일제 식민 정책에 대응하는 면모등을 추적한다. 방민호는 김유정과 이상의 각별한 친교관계와 작가로서의 공통적인 문제의식, 두 사람의 작품을 근거로 그들이 지향했던 사상적 가치를 추적한다. 김유정은 크로포트킨의 『상호부조론』에, 이상은 『오스카 사카에』와 『상호부조론』에, 두 사람 공히 '비 마르크스주의'적인 새로운 문학을 꿈꾸었다가 요절했다고 애석해 한다.

김예리는 김유정문학의 웃음과 사랑을 전통적인 맥락과 근대성의 맥락에서 추적, 새로운 의미의 가능성을 추출하고 이 의미를 통해서 김유정에 대한 이상의 사랑은 또 어떤 사랑에서 펼쳐진 것인지를 추적한다. 정하늬는 서술자의 신분과 모티프가 비슷한 김유정의 「심청」과 박태원의 「소설가 구보씨의 일일」에서 도시를 배회하는 지식인 청년의 '경성'과 '경성인'이 어떻게 그려지고 있는지 비교하고 대조한다.

표정옥은 중증의 결핵환자인 이상과 김유정의 소설에서 소설의 인물 창조와 갈등 관계, 공간의 설정과 시간 인식에 대한 문학적 형상화를 비교 분석했고, 김병길은 빈궁을 핵심 모티브로 쓴 최서해와 김유정의 창작태도를 비교, 이미림은 김유정·이효석의 소설에 나타난 음식과 성을 비교했다.

최배은, 「「두포전」과 동아시아 아기장수 설화 」 ⑨
박영기, 「김유정과 그의 벗, 현덕의 문학연구-들병이 소설과 「두포전」을 중심으로」 ⑨
김연숙·진은진, 「1930년대 김유정 소설에 나타난 '金'과 경제적 상상력의 표상」 ⑪

최배은은 「두포전」의 인물과 중심사건을 동아시아 아기장수 설화와 비교하여 그 변용의 원인과 의미를 당대 사회 및 작가의 상황을 고려하여 추적한다.그 결과 「두포전」은 일제 말기의 식민지 작가가 극한의 시련을 표현한 한 방법이었음을 지적한다. 박영기는 김유정과 현덕의 들병이 소재 소설과 「두포전」의 관계를 분석했다. 김연숙·진은진은 김유정 '금'소재 소설과 야담 <개성상인>을 대상으로 경제적 상상력의 변화양상을 살폈다.

안슈만 토마르(Anshuman Tomar), 「김유정과 쁘렘짠드 소설의 여성상 비교-
　　매춘의 양상을 중심으로-」, ⑪
조비(Cao Fei), 「1930년대 한·중 매춘 모티프 소설에 나타난 비극적 가정서사
　　비교」 ⑪
표정옥, 「근대적 미의식의 양가적 충돌과 타자적 여성성에 대한 서로 다른 두
　　시선」 ⑪

안슈만 토마르는 인도 작가 쁘렘짠드의 소설과 김유정 소설의 여성상을 매춘의 양상을 중심으로 비교했다. 두 작품 공히 빈곤과 매춘의 원인을 식민지 수탈정책과 사회 부조리에 두고 남성보다 강한 여성의 생활력에서는 유사점을 보였다. 또한 김유정은 비극적 상황에서 그 극복의 방법을 제시하지 못했고, 쁘렘짠드의 경우 인도의 카스트 제도를 철폐할 수 있는 방안을 제시하시 못한 아쉬움을 보였다. 조비는 김유정의 「소낙비」와 중국 작가 러우스(柔石)의 「노예가 된 어머니 爲奴隸的母親」을 비교했다. 두 작품은 1930년대 농촌현실의 비극을 핍진하게 그린 것에 유사점을, 남편의 강요에 매춘으로 나간 아내의 형상화에서 춘호처가 매춘에 적극적 동조를, 이에 반해 황팡의 아내는 소극적 수용으로 차별화된다는 것이다. 표정옥은 너새니얼 호손의 「반점 斑點」과 김유정의 「아내」에 나온 두 여성을 근대와 여성이라는 측면에서 비교 분석했다.

7. 문학사·비평사적 방법

김세령, 「1950년대 김유정론연구」 ②
이만영, 「김유정과 문학사- 1930~60년대 김유정론의 전개 양상을 중심으로-」 ⑪

양문규, 「김유정 리얼리즘 ·바흐친 ·탈식민주의」 ⑨
박근예, 「 김유정 문학의 비평적 수용양상 연구」 ④
김동환, 「지배적 비평 용어와 김유정문학」 ⑧

김세령은 정창범, 정태용,윤병로의 김유정론을 정밀 분석했다. 정창범
은 김유정에게 부정적인 평가를 내렸지만, 정태용은 김유정을 겸허한 문
학, 능동과 달관의 니힐니즘 문학,민족의 육감이 느껴지는 어휘 등 긍정적
으로 평가. 윤병로는 비교적 성공한 사소설 형식, 전통적 어휘구사와 인생
파적 태도 등을 들어 긍정적으로 평가한다. 1950년대 김유정론에서 초기
연구라 제약이 있기는 하지만 김유정문학이 한국문학사에서 자리매김
할 수 있었던 것은 50년대 김유정론에 빚지고 있음을 지적한다. 이만영은
1930~60년까지 김유정론 전개 양상을 분석하고 김유정이 문학사적 의미
를 획득해온 궤적을 추적, 그 결과 30년대는 형식주의자 내지는 신 심리주
의자로, 50년대 중반에 이르러서 해학적 전통과 세계문학적 보편성을 가
진 작가로 평가 받게 되었다고 주장한다. 양문규는 김유정 문학연구사에
서 1960~70년대에는 리얼리즘론, 1980~90년대에는 바흐친, 2000년대
이후에는 탈식민주의 이론이 김유정 문학연구를 어떻게 조명했는지를
추적했다.

박근예는 1930~70까지 김유정문학의 비평사적 수용양상을 고찰, 김유
정 문학이 각 시대 문학담론의 장에서 어떻게 배치되었는가를 파악했다.
김동환은 김유정 관련 다양한 연구논문을 자료로 이들에 나타난 지배적인
용어에 대한 통계적 방법을 시도했다. 결과는 일반 논문에서'토속'과 '해
학'이,학위논문에서는 '해학'과 '인물'이 최다수를 보였다. 이들로 미루
어, 앞으로 김유정 문학연구에는 좀더 다변적이고 다중적인 연구가 필요
하다고 보았다.

8. 문학교육적 방법

정동환, 「교과서 속의 이야기꾼, 김유정」 ①
김명석, 「교과서 속의 「동백꽃」」 ⑤
김지혜, 「김유정문학의 정전화 연구」 ②

김유정 작품과 국정 및 검인정 교과서와의 관련상을 살핀 연구논문들
이다.

김동환은 국정·검인정 교과서에 수록된 김유정작품 빈도수/ 단원편성
에 드러난 양상/교과서 비평양상/ 작가 기술에 대한 문제/ 교과서 정본문
제를 살폈다. 그리고 김유정소설에 대한 접근통로의 확산, 문학사적 가치
를 높이기 위한 고찰, 교과서 비평 텍스트의 생산, 교과서적 작가론의
구축, 정본 확립의 필요성을 제시했다.

김명석은 2011년 개정 국어과 교육과정에 따른 중학교 국어교과서
9종에 수록된 「동백꽃」을 문학교육적 측면에서 접근, 현행교과서의 해석
과 학습목표 설정 및 단원구성에서 보이는 문제점들, 텍스트에 인용된
판본에서 잘못 된 어휘 및 그들 어휘 설명에서 나온 오류를 추출하고
이들 오류에 대한 시정을 요구했다. 김지혜는 김유정의 작품이 중등교과
서의 정전이 된 배경과 과정, 7차 교육과정의 개정에 따라 김유정 작품의
선정 및 학습활동의 변모를 추적했다.

정진석, 「「동백꽃」의 '나'를 믿지 않게 가르치기」 ⑥
김근호, 「김유정 소설에서의 반전과 감정의 정치학」 ⑦
진용성, 「김유정 소설의 국어교육적 활용에 관한 연구」 ⑥
우신영, 「문학교육에서 김유정 문학 읽기의 지평과 전망」 ⑨
홍인영, 「김유정 도시소설의 교육적 가능성 고찰」 ⑨
김지은, 「「동백꽃」의 어수룩한 '나'의 감정 '다시' 보기」 ⑪
최선영, 「김유정의 문학 작품과 독서토론 교육의 의의」 ⑤
최희영, 「김유정 소설의 일제 기생문화 이해하기- 텍스트로서의 가능성 모색」 ⑫

정진석 김근호 진용성 우신영 홍인영 김지은은 모두 교육현장에서 김유정 작품에 어떻게 접근할 것인가에 관심을 가진 연구논문들이다. 한편 최선영은 독서교육에서 김유정 작품 활용에 대한 관심을, 최희영은 김유정 작품에 나온 기생들을 주목, 이들을 역사교육 현장에서 활용하려고 한다.

정진석은 「동백꽃」의 '신빙성 없는 화자'에 주목, '신빙성 없는 화자'에 대한 종래의 개념과 이에 대조되는 신빙성에 대한 판단문제를 제기한다. 김근호는 반전이라는 서사 장치의 내적 에너지는 인물들이 서로 속고 속이는 행위에 있으며 그것은 김유정 단편소설의 깊이와 넓이를 더해주는 원리임을 파악한다.

최선영은 대학 기초교양 교육의 하나인 독서교육적 측면에서 독서토론 교육의 방법, 토론 이후 활동 및 정리에 이르는 과정을 제시한다.

최희영은 기생이라는 특별한 직업을 가졌던 여성사를 쓰는 것, 일제강점기 여성사의 이해 확장과 함께 역사교육학계의 새로운 흐름 수용의 측면에서 김유정 소설을 텍스트로 삼았다.

오은엽, 「김유정의 「봄·봄」에 나타난 웃음문화와 외국인을 위한 문학교육」 ③
조수진, 「한국어교육에서 해학의 정서 표현 교육방안」 ⑦
김승희, 「한국어교육에서 문학작품을 활용한 문화교육- 김유정소설의 '아내 팔기' 모티프를 중심으로」 ⑫
이규정, 「김유정 소설에 나타난 눈치문화」 ⑨

오은엽 조수진 김승희 이규정은 모두 외국어로서의 한국어교육 및 문학교육의 현장에서 김유정 작품의 교수 학습을 위한 관심을 보여주고 있다. 오은엽은 교육현장에서 직접 실행할 수 있는 실제적인 교수 학습 방안을 제시했다. 이를 위해 텍스트 읽기 전 활동과 어휘학습, 「봄·봄」의 이해를 돕기 위한 한국의 웃음문화 소개, 내면화 단계에서 역할극이나 토론 제시,

정리단계에서 일기쓰기, 주인공에게 보내는 편지쓰기 등이 그것이다. 조수진은 한국어 교육에서 언어와 문화적 사고의 집합물인 문학의 정서에 주목, 외국인을 위한 문학교육을 도모하고, 이규진은 외국어로서의 한국어 교육 학습자에게 한국인의 의사소통에 중요한 역할을 하는 눈치에 주목, 김유정 소설 가운데 「봄·봄」과 「동백꽃」에 나타난 눈치 문화를 분석했다.

우신영, 「장소기반 문학 경험연구- 문학관 교육을 중심으로 -」 ⑫
이현주, 「구인회 문인의 문학관- 구인회 문인 문학관의 현황과 구인회 문학관의
        건립 추진에 대한 제안」 ⑫

우신영은 '현재 문학관들이 문학교육의 경험의 장소로서 의미 있게 기능하고 있는가?'라는 질문에서 그의 논지를 펼쳐나간다. 아울러 장소기반 교육의 장으로 문학관이라는 공간 속 문학경험의 성격, 다양한 문학관 교육 사례 등을 검토한다. 그가 생각하는 문학관은 작가의 장소, 작품 속 장소, 독자의 장소가 중첩되는 경험을 할 수 있도록 디자인 되어야 한다고 본다.

이현주의 글은 구인회 문학관 설립을 제안하기 위해 씌어진 것으로, 실체 없는 실체인 구인회 문학관 건립이 논의 된다면, 구인회 문인들의 관한 자료를 구축할 수 있는 토대가 되리라고 생각한다. 이들 자료들의 확보만으로도 구인회 문학관 설립은 긍정적인 물결을 탈 것이기 때문이다. 구인회문학관 설립을 기대하는 논자의 간절함이 배어 있는 글이다.

9. 스토리텔링 관련 연구

최병우, 「스토리텔링 연구의 성과와 반성」 ③
김종회, 「김유정 소설의 문화산업적 활용방안 고찰」 ⑥
이상진, 「문화콘텐츠 '김유정' 다시 이야기하기」 ①
표정옥, 「현대문화와 소통하는 김유정 문학의 놀이 상상력」 ①

스토리텔링(문화콘텐츠.문화산업 포함) 전반에 걸친 이론 및 실제와 관련 사업 분야에 걸친 전망과 반성, 제안을 담고 있는 연구논문들이다.

최병우는 현대는 스토리텔링시대, 사이버공간에서 이루어지는 스토리텔링 연구 업적을 디지털 스토리텔링/현실공간의 스토리텔링/ 문화사업관련 스토리텔링으로 나누어 검토, 마지막으로 김유정문학의 스토리텔링 연구현황을 소개하고 앞으로의 스토리텔링 연구의 과제를 제시한다.

김종회는 김유정작품의 특징을 파악한 뒤, 문화산업의 활용방안을 위해 4가지 구체적인 방안을 제안했다. 문학촌 운영에서 1.지적욕구인 예술성 전달을 위해서 독서토론이나 에세이 쓰기 2.정동적 감응성을 주기 위한 서정성 전달- 고백하기의 형식마련, 기념이 될만한 기록 및 문건 구비 3. 현실 반경과 연계를 위해, 당면 문제를 거꾸로 생각하기 취미 유발 4. 다면적 인식과 다양한 해석을 위해 텍스트 이어쓰기 등이 그것이다.

이상진은 김유정 문화콘텐츠에 대한 대중의 반응과 재가공 현황에 대한 점검, 김유정 스토리텔링의 전문성과 대중성 다양성을 높일 수 있는 구체적 방안 제시의 시도, 콘텐츠 전반 자료를 1~4차 콘텐츠로 범주화하고 문제점 지적, 김유정작품의 거점 컨텐츠로서 캐릭터의 목적과 분석내용에 따라 적절한 스토리텔링 개발을 제안한다.

표정옥은 김유정이 갖고 있는 문화생산성에 주목한다. 김유정의 문학정신이 놀이의 창조적 상상력으로 이어진다는 점에 착목, 문화 콘텐츠와의 연계 가능성을 게임, 영상, 신화, 비언어 텍스트로 확대하고 지속적으로 읽힐 수 있는 김유정 텍스트의 가능성을 살펴보았다.

정호웅, 「전상국의 장편 『유정의 사랑』과 '김유정평전」 ⑤
유인순, 「「봄・봄」의 아바타연구」 ②
이금란, 「김유정의 「봄・봄」과 HD TV <봄, 봄봄>의 서사변연용구」 ⑤

스토리텔링 곧 완성된 문화콘텐츠-평전, 드라마, 연극, 판소리 연계-
점검과 반성을 다룬 연구논문들이다.

정호웅은 『유정의 사랑』이 자료에 의한 객관적 태도와 작품에 대한
자유로운 독자 태도가 잘 융합된 성공적 평전으로 본다. 그러나 김유정의
전기적 생애와 작품에 대한 전상국교수의 새로운 해석에 주목, 해석은
새롭지만 충분한 근거를 갖지 못한 것을 지적하고, 소설쓰기, 창작방법론
들에 대해 집중 검토하고 새로운 해석의 가능성을 찾아보려고 한다. 유인
순은 「봄·봄」을 토대로 생산된 아바타들을 추적하고 이들 사이의 변이
의 양상과 의미를 탐색했고, 이금란은 「봄·봄」과 「봄, 봄봄」에서 공통점
은 장인과 사이의 갈등으로, 그러나 후자에 이르면 시공간 및 중심서사,
주제의식, 등장인물 및 인물사이의 갈등관계에서 대폭적인 변화를 보이고
있음을 추출했다.

조미영은 김유정의 「동백꽃」과 티브이 드라마 <동백꽃 필 무렵>에서
'동백꽃'에 대해 크게 오해하고 있었다. 김유정 작품에 나오는 '동백꽃'은
학명 '생강나무'의 또 다른 이름이고. 티브이 드라마에 나오는 '동백꽃'과는
전혀 다른 품종임을 오해하면서 논지를 전개하는 실책을 범했다.

김정화는 김유정 신문연재소설과 삽화의 관계양상에 주목, 삽화의 소
설재현 방법을 통해 소설텍스트가 시각화된 모습을 살펴보았고, 양세라는
김유정의 「봄·봄」을 개작한 오태석의 연극대본 <김유정 봄 ·봄>의 각
색방식을 고찰했다.

박성애는 전상국외 6인이 「봄·봄」의 이어쓰기를 한 작품집 『다시, 봄·봄』을 텍스트로, 논자는 김유정의 주제의식이 어떻게 심화되고 변주되고 있는지를 보기 위해 '시점' '타자적 인물의 연대' '글쓰기' '타자의 목소리 드러내기 방식'을 추적, 매개자로서 작가의 역할을 고찰했다.

이학주는 김유정 작품 속에 등장하는 아리랑의 표상을 살펴보고, 김유정의 소설 14편을 선정, 각 작품의 핵심을 잡아서 직접 '창작 <김유정 아리랑>' 작품을 제시했다.

10. 기타

석형락은 30년대 후반 작고 작가에게 바쳐진 애도의 내용을 담은 조사, 강연, 회고록, 시, 소 설 등을 자료로 이들에 나타난 그 서술양상과 의미를 밝혔다. 그가 본 애도문은 억압적 사회에서 사회적 발언, 고인의 삶과 문학을 일반에 알리려는 글- 작가론 문학론 회고록 반성문 고백록 편지글 공개장, 전, 소설로 나타나고 있음을 보았다.

전흥남은 문학치료학 테스트로서의 김유정 소설의 가능성을 탐색했다. 특히 김유정 소설에 나타난 웃음의 기제와 담론을 통해 문학치료학 텍스트로서의 가능성을 탐색했다. 결론은 소설 속 웃음의 기제가 독자로 하여금 동일시의 효과를 통한 감정 이입의 순기능을 발휘할 가능성이 높다는 것이다.

유인순의 글은 '김유정문학 전공자'로서 유인순과 김유정과의 만남, 김유정 문학촌 개관, 실레마을 이야기, 파락호로 오해받고 있는 김유정의 형님인 김유근씨 관련 이야기, 김유정학회 설립 과정 등을 풀어나간 일종의 회고담이다.

이현준은, 작가로서 김유정의 출현 이후 문단과 학계에서의 반응, 김유정 문인비 건립과 김유정기념사업회 발족, 김유정전집 발간, 김유정문학촌 설립 및 운영에 이르기까지, 관련 자료들을 수집·정리해서 작성한 보고문이다.

11. 스토리텔링 작품들

다음은 김유정의 생애와 작품을 자료로 창작된 김유정관련 문화컨텐츠(창작품)들이다.

소설작품 16편, 시작품 1편, 희곡작품 1편이다.

박정규, 「봄·봄·봄」①
송하춘, 「마적을 꿈꾸다」②
우한용, 「찬밥 식은밥-「만무방」후지」③
박정애, 「따라지 2014」③
우한용, 「나리도꽃」④
이덕화, 「초원을 달리다」⑤
김종성, 「바다울음」⑥
우한용, 「마누라에 대한 현상학적 환원시고」⑥
전상국, 「춘천아리랑」⑦
우한용, 「유정/ 무정」⑦
이덕화, 「하늘 아래 첫 서점」⑦
박정규, 「손거울 혹은 빛바랜 사진」⑧
우한용, 「목욕하는 여자」⑧
황영미, 「명동의 달」⑨
오윤주, 「유정을 읽다」⑨
하창수, 「「有情」과「理想」의 날들 장편소설「미드나잇 인 경성」구상 전말기」⑪
권혁수, 「유정, 봄을 그리다」⑪
박세형, <김유정역 갑니까> ⑦

박정규의 「봄·봄·봄」에서 사위는 방글라데시 출신의 이주노동자다. 이주노동자의 노동력을 착취하는 장인과 이에 항거하는 사위의 갈등이 코믹하게 그려졌다. 박정규의 또 다른 작품 「손거울 혹은 빛바랜 사진」에서는 김유정과 이상의 합동 추모식이 치루어진 이듬해, 현상윤과 박선생(박노갑)이 만나서 문단사에 얽힌 여러 이야기를 나눈다. 작중인물 현상윤은 자신이 김유정과 박노갑의 문학적 영향을 받았노라고 고백하기도 한다. 이 글을 쓴 작가 박정규는 박노갑 선생의 아들이다.

송화춘은 김유정의 생애와 작품을 자료로, 시공을 초월해 작가 김유정이 젊은 시절의 그 자신과 그의 작중 인물인 점순을 만나서 나누는 이야기다. 서울로 온 점순은 청계천변 또는 혜화동 골목에서 작가 김유정을 만나고, 김유정이 쓴 작품들은 독자를 향한 편지라고 말한다. 점순의 입을 빌어 김유정이 자신의 문학관을 말하고 동시에 작가 송하춘이 그의 문학관을 현대의 독자에게 전하는 형식을 취하고 있다.

이덕화는 「초원을 달리다」에서 중환중인 김유정의 꿈속으로 찾아들어온 독립운동가이며 의사인 이태준(1883~1921)이 김유정을 몽골로 데려가고, 몽골 초원에서 함께 말을 달린다. 김유정과 이태준은 각자 자신들이 살아온 이야기를 나누며 행복을 느낀다. 김유정은 이태준이 소개해준 아키꼬를 닮은 몽골여성과 함께 밤을 보내고 그 여성의 품에 안기어 행복한 종말을 맞게 된다는 이야기다. 이덕화의 또 다른 작품 「하늘 아래 첫 서점」에서 퇴직교수 출신 서점주인 찬경은 그가 집을 비운 사이, 마음 주던 여자에게 거금이 들어 있는 그의 저금통장과 도장을 절취 당한다. 병든 걸인 남편을 위해서 덕돌과 사기 혼인을 한 「산골나그네」에서 모티브를 가져온 작품이다.

김종성의 「바다울음」은 <사하촌>과 <노다지>를 연상시키는 가난의 문제를 다루고 있는 작품, 빈민들의 마을인 궁촌과 해명공단 사택촌 사람들의 갈등을 다룬다

우한용의 「마누라에 대한 현상학적 환원시고」에서는 일명 가방끈이 긴 부부의 애환을 다룬 작품이다. 문학박사인 주인공은 학원강사, 철근조립 노동자로 일하기도 한 현재는 실직자다. 역시 가방끈이 긴 아내는 들병이처럼 남편과 자식을 위해 생활전선에 뛰어들지만 부부 앞에는 수난만 이어진다. 우한용의 또 다른 작품 「유정/ 무정」은 김유정과 이상을 연상시키는 인물을 등장 시켜, 이 두 사람의 과거와 현재시대 시대와 세대, 말과 기호, 의미와 무의미가 뒤섞인 작품이다. 그 외에도 우한용은 「목욕하는 여자」, 「찬밥 식은밥-「만무방」후지」, 「나리도꽃」을 발표했다.

전상국의 「춘천 아리랑」에서 작품의 큰 줄기는 「동백꽃」의 후일담이지만 점순의 내면심리를 확장하기 위해 「산골」, 「산골 나그네」 「소낙비」의 등장인물들이 켜켜에 스며들어가 있다. 뿐만 아니라 1930년대 유랑농민이 국내에서 국외(만주)로까지 떠나는 모습을 보여준다.

위의 소설작품 외에도 박정애, 황영미, 오윤주, 하창수의 작품들 모두 김유정의 생애와 문학작품을 자료로 문화콘텐츠를 생성했다.

그런가 하면 박세현은 김유정 관련 시작품을, 권혁수는 희곡작품을 썼다.

Ⅲ. 나가는 말

김유정학회 발행 김유정연구 단행본 12권에 수록된 글들(135편의 논문류, 18편의 문화콘텐츠)을 일별 했을 때, 김유정문학 연구방향에 변화의 바람이 불고 있음을 본다. 물론 아직은 르네 웰렉적인 분류에 배치하기 수월한 논문들이 절대 다수로 보이기는 한다. 그럼에도 종래의 분류표대로 배치하기에는 새로운 시선들, 페미니즘적 방법들, 비교문학적 방법(공시적 비교), 문학사 · 비평적 방법, 특히 문학교육적 연구와 스토리텔링 연구는 전에는 보기 힘들었던 접근 방법들이 보였다. 여기에 문학치료적 접근 방법도 나왔다. 문학연구가 교육현장으로, 문화연구로 확장되고 있다.

종전의 연구방법이 문학의 비본질적 연구에 더 많은 투자를 했다면, 우리들의 자료에서는 문학의 본질 연구 방법에 무게를 두면서 이들을 위해서 비본질적 연구가 조미료 역할을 하는 수준이다. 형식비평의 방법도 전에는 신비평 위주라면, 지금은 구조주의와 기호학적 접근, 초점과 화자 연구 등으로 그 범위를 넓히고 있다.

김유정문학연구는 절대적 객관성과 과학성을 요구하는 학자의 연구만으로 한정되는 것은 아니다. 이곳에서 다시 보아야 할 것은 김유정과 그의 작품에 대한 천착을 토대로, 김유정 작품과 같으면서도 다른, 스토리텔링이라 부르는 문화콘텐츠, 김유정 관련 창작품이 나왔다는 것이다. 이번 문화콘텐츠로 등장한 작품들은 모두 전문작가들에 의해서 창작되었다. 이들 작가들은 학자들 못지않은 집중력과 분석력, 애정을 가지고 김유정에 대한 연구를 했고 그것을 토대로 창작품을 생산했다. 이와 같은 문화콘텐츠 생성-창작품 생산은 우리 시대 타 작가들과 비교했을 때 아주 색다른 작업이며 업적이 아닐 수 없다.

세상은 누가 어떻게 보느냐에 따라서 새로운 세상이 열린다. 김유정문학에 대한 새롭고도 다양한 시선들이 많이 나올수록 김유정의 작품은 더 많은 의미들을 펼칠 것이다. 그의 작품은 충분히 그 어떤 시선 앞에서도 새로운 의미를 펼쳐낼 수 있게 겹겹으로 단단히 포개진 의미층으로 이루어져 있다.

김유정문학에 대한 지속적인 관심과 애정을 바란다.

문학의 실감 미디어 콘텐츠 구현을 위한 생성 AI 분석 기반의 장소성 연구
- 김유정의 수필 '전차가 희극을 낳아'를 중심으로*

이 유 진

I. 서론

1. 연구 배경 및 목적 그리고 필요성

텍스트 생성 AI는 문학 연구의 정량적 분석에 유용한 도구이다. 이는 AI의 자연어 처리(NLP) 기술이 분석 연구 방향을 제시하는 것에 있어 시간과 비용의 두 가지 측면을 만족시키며, 대규모 문학 데이터 연구에 효과적이라는 사실을 방증한다.

생성 AI는 독자의 몰입 경험을 설계하는 콘텐츠 디자인 분야에서도 탁월한 인사이트를 제공하고 있다. 특히, 실감 미디어 문학 콘텐츠를 구현하는 삼차원 디지털 가상공간 디자인 분야는 향후 AI와 가상공간 기기를 결합한 새로운 형식의 서사 콘텐츠(메타버스 콘텐츠)에 주목하고 있다. 이 추세는 문학이 단지 언어 예술에 국한된 분야가 아닌, 가상공간 융복합 예술 분야로 나아가는 길을 터주고 있다.

* 이 저서는 2022년 대한민국 교육부와 한국연구재단의 지원을 받아 수행된 연구임.(NRF-2022 S1A5B5A16053952)

일반적으로 문학의 장소성은 인간의 상호작용을 이해하는 경험의 층위를 다룬다. 예를 들어, 어떤 특정 단편 소설의 배경인 '도시의 어두운 밤길'은 물리적 공간만이 아니라 긴장, 불안, 외로움, 고독과 같은 심리적 감정이나 사회적 분위기를 이해하는 지표로 작용한다. 생성 AI는 문장에 포함된 이 지표를 장소적 요소로 정교화하여 분석할 수 있다. 즉, AI는 텍스트에서 장소 관련 단어와 문장을 자동으로 탐지하여 서사에서 어떤 텍스트가 어떤 상호작용을 하고 있는지 통합적으로 해석한다(Kreiss, E., Brunner, J., & Schütze, H., 2023).

생성 AI를 활용한 문학의 장소성 분석은 실감 문학 콘텐츠 설계의 기초 자료이다. 예컨대 AI를 통해 실감 문학 콘텐츠의 감각적 몰입을 강화하고, 다양한 문학 체험에 참여하는 독자의 상호작용을 구현하는 것은 AI와 문학의 혁신적 만남을 이끄는 기회를 제공하고 있다. 이것은 문학의 장소 텍스트 데이터를 기반으로 감각적 요소를 최적화하여 몰입 콘텐츠를 설계하는 분야에서 두루 쓰일 수 있다.

물론 현재의 AI가 개개의 인간 경험 층위와 해석 차이를 이해하는 것은 아니다. 기계는 단지 인간의 언어를 학습에 따라 추론하고, 이를 확률적 결과로 제공하는 것뿐이다. 따라서 문학의 심층적 이해와 성찰의 차원은 온전히 해당 문학 작품을 읽고 경험한 독자의 몫이다.

이 연구는 학제 간 확장적 연구의 이해를 돕고자 문학의 장소성을 데이터로 가공하고, 이를 실감형 문학 콘텐츠의 기초 자료로 활용하는 방법에 대해 다룬다. 이를 위해 장소 이론에 토대한 생성 AI의 정량적 문학 장소성 분석 과정과 실감 미디어 문학 콘텐츠를 위한 연출 기법 분석 과정을 연구의 주요 논제로 삼고자 한다.

장소성 분석 대상은 한국 근대 문학 작가인 김유정의 '전차가 희극을 낳아'이다. 이 작품은 대중에게 잘 알려지지 않은 김유정의 수필로서 1930년대의 경성(서울)이 주요 배경이며, 도시 서민의 애환과 풍속을 담고 있다.

지금까지 한국 근대 문학을 대상으로 장소성을 연구한 선행 사례는 종종 있었지만, 이를 생성 AI로 정량화하고, 문학 장소의 데이터 필요성을 강조한 연구는 드물며, 문학의 장소성을 주관적 해석 차원이 아닌 다양한 장소 이론과 접목한 연구 또한 전례가 없다.

그러므로 본 연구는 생성 AI를 활용하여 문학의 장소성을 장소 이론의 틀로 분석하고자 하며, 문학 텍스트의 장소성이 실감형 문학 콘텐츠에서 어떻게 연출될 수 있는지 살피고자 한다.

이를 통해 실감 미디어 문학 콘텐츠를 독자와 문학 작품 간의 확장된 서사 양식으로 제안함으로써, 문학의 디지털 융복합 서사 콘텐츠의 창발을 돕고자 한다.

2. 연구 범위 및 방법 그리고 과정

본 연구의 범위와 연구 대상, 그리고 연구 방법은 다음과 같이 구성된다.

첫째, 연구의 필요성과 목적을 명확히 제시하여 본 연구가 지니는 학문적 위치를 밝힌다.

둘째, 장소에 관한 이론적 틀을 제시하고자 폴 투르니에, 에드워드 랠프, 이 푸 투안의 장소성 이론을 종합하여 각 이론의 핵심적 장소성 이론을 분류하고, 이를 문학 텍스트의 장소성 분석 틀로 논의하고자 한다.

셋째, 실감 미디어 콘텐츠의 정의와 특성을 요약하고 실감 미디어 콘텐츠의 생성 AI 적용 범주를 정리하여, 생성 AI를 활용한 문학의 실감 미디어 콘텐츠 사례를 기술하고자 한다.

넷째, ChatGPT로 문학의 장소성 및 장소감을 분석하는 과정과 장소성 분석 모델을 제시하고자 한다.

다섯째, 사례 분석 대상인 김유정의 수필 '전차가 희극을 낳아'의 장소성 및 장소감을 장소성 분석 모델로 평가하고자 한다.

여섯째, 분석 결과를 바탕으로 장소성과 장소감의 평균 분포, 문장 순서에 따른 장소성과 장소감의 평균 추세 분석, 문장 요약 기반 장소성 및 장소감의 분석 등으로 나누어 고찰하고, 각 요소 간 상관관계를 해석하고자 한다.

일곱째, 분석 내용으로부터 실감형 문학 콘텐츠로 재구성할 때 필요한 연출과 장면화의 정량 분석을 시도하고자 한다. 이 분석에서는 연출, 카메라 초점, 감정 흐름, 독자 몰입도 예측이 포함된다.

여덟째, 분석 내용을 종합하여 실감 미디어 문학 콘텐츠 구현을 위한 문학 텍스트 데이터의 분석 의의를 밝히고자 한다.

아홉째, 연구의 한계와 향후 연구 방향을 논의하고자 한다.

II. 장소 이론 및 문학의 장소성

1. 장소 이론과 문학의 장소성 이해

폴 투르니에는 장소를 인간이 맹목적으로 '있는 공간'이 아닌, 삶의 목적과 관계를 형성하는 '머물 자리'로 본다(투르니에, P., 2008). 그는 장소가 인간에게 소속감을 제공하고, 혼란 속에서 질서를 찾는 원동력이라고 주장한다. 장소는 인간이 자신을 이해하고, 타인과 관계를 형성해 삶의 목적을 발견하는 기반이기도 하다(Tournier, P., 1968). 그러므로 인간에게 장소 상실은 단순히 물리적 장소의 부재가 아니라, 정체성, 안정감, 소속감을 잃는 것과 마찬가지이다(투르니에, P., 2010). 따라서 특정 장소는 개인의 정체성 형성에 깊이 관여하여 인간의 존재 이유와 의미를 발견하는 토대가 된다(Tournier, P.,1962).

한편, 에드워드 랠프는 장소성이 인간 경험과 상호작용을 통해 의미를 부여받는 본질임을 강조하였다(Relph, E. 2005). 그는 장소성이 인간 경험을 통해 독특한 정체성과 의미를 갖는 공간의 성질이라고 정의하면서, 물리적 환경과 인간의 감정적, 사회적 상호작용이 결합한 결과이며, 단순한 지리적 위치가 아닌 감정, 활동, 문화 맥락이 결합한 경험 공간이라고 특정하였다(홍성희, 박준서, & 임승빈, 2011).

문학의 장소를 설명하기에 합당한 또 다른 장소 개념은 이 푸 투안의 공간과 장소의 차이점에서 발견할 수 있다. 그는 인간 경험이 어떻게 장소에 내재되는지 고찰하면서 장소가 특정한 경계와 의미를 지닌 구체적인 인간 경험과 기억이 담긴 환경이라고 지정하였다(Tuan, Y.-F., 1977). 그에게 장소란, 인간이 경험한 의미 부여에 따라 공간과는 다른 가치를 지닌다. 다시 말해, 인간이 공간을 경험하고 장소에 의미를 부여하는 과정에서 감정, 기억, 인식 등이 장소성을 규정짓는 기준이 되는 것이다(Casey, E. S., 1993). 따라서 특정 공간에 대한 감정적, 문화적 연결이 장소의 의미와 가치를 발견하는 결정적 요인이 된다(Tuan, Y.-F., 1980).

이처럼 공간의 상징적 이해와 장소의 구체적 경험이 상호작용하면서 하나의 관계를 형성하는 것은 인간 경험과 인지에 바탕을 둔다. 이것이 곧 장소성이다. 위에서 언급한 총 세 가지 장소 이론은 장소에 대한 인간의 인식과 경험이 다양한 환경으로부터 영향을 받아 개인의 정체성을 형성하는 근원임을 명시하고 있다.

일반적으로 문학 작품의 장소는 허구의 인물을 통해 문화적, 사회적 관계로 연결된 특정한 정체성을 형상화한다. 그러므로 문학의 장소는 비록 가상의 인물이나 대상일지라도, 독자에게 상징적 의미와 구체적 경험을 전달하는 총체적 장소성을 제공하고 있다.

2. 장소성 이론에 따른 문학의 장소성 분석 모델

장소는 문학 세계 안에서 시간적, 공간적 대상 요소의 상호작용으로 구성된다. 문학은 언어로써 환기되는 기억과 경험이 인간 보편의 감각 경험과 정서를 촉발한다는 점에서 문화적 정체성과 사회 구성원의 공감대를 형성하는 데 이바지한다. 문학의 장소성은 시대의 보편적 감성과 의미가 포진된 감각과 감정의 기록이자 인간의 총체적 경험을 다루는 공감 차원의 기록이다.

문학의 장소성에 대해 세 가지 장소성 이론을 비교하면 아래 <표 1>와 같다.

〈표 1〉 장소 이론에 따른 장소성 비교

장소 이론가	장소성 주요 내용
폴 투르니에 (장소 정체성)	장소를 통해 인간이 정체성을 형성하고 영적 성장을 이룬다는 점에서 관계를 다루지만, 주로 개인 내면과 장소의 연결에 중점을 둠
에드워드 랠프 (장소 경험성)	인간과 장소 간의 정서적 유대보다는 경험의 총체적 의미에 초점을 둠
이 푸 투안 (장소 애착성)	장소와 인간의 정서적 관계를 중심으로 분석하기 때문에, 장소 관계를 탐구하기 적합

<표 1>에서 보는 바와 같이 문학의 장소성 분석은 이 푸 투안의 장소애가 가장 적합하다고 볼 수 있다. 그러나 문학은 인간의 총체적 경험을 다루고 정체성과 내면적 심리를 포함하므로 랠프와 투르니에의 장소 이론 역시 문학 장소성 분석의 틀로 적합하다고 볼 수 있다.

따라서 본 연구에서는 이 세 가지 장소 이론을 조합하여, '장소 정체성', '장소의 경험 강도', '장소의 정서적 애착성'의 세 가지로 분류하고, 아래 <표 2>로 문학의 장소성 분석 모델을 구체화하였다.

〈표 2〉 장소성 이론에 따른 문학의 장소성 분석 모델

구분	지표	평균 점수	해석
장소성	장소 정체성	계산값(5~10)	점수가 높을수록 정체성 강하게 나타남
장소감	장소 경험성	계산값(5~10)	점수가 높을수록 경험성 강하게 나타남
	장소 애착성	계산값(5~10)	점수가 높을수록 애착성 강하게 나타남

<표 2>의 문학 장소성 분석 모델은 문학 작품의 인물, 배경, 사건, 시간과 공간 등을 텍스트의 체언과 용언으로부터 추출하여 장소성과 장소감을 평가하는 방식이다. 각각의 지표에 따라 점수화한 값은 평균값을 내어 해석한다. 예를 들어, 평균값이 5에 가까울수록 장소성이 낮고, 10에 가까울수록 장소성이 높다.

Ⅲ. 실감 미디어 문학 콘텐츠의 장소성 분석 개요

1. 실감 미디어 콘텐츠의 정의와 특성

실감 미디어 콘텐츠는 가상현실(VR), 증강현실(AR), 혼합현실(MR), 확장현실(XR) 등의 기술에 사용자가 실제와 유사한 경험을 하도록 설계된 디지털 콘텐츠를 말한다(Jeon, M., 2017). 이는 사용자의 감각을 자극해 몰입감과 현실감을 더한다(Slater, M., & Wilbur, S., 1997).

아래 <표 3>은 실감 미디어 콘텐츠의 기기 종류와 기술 내용이다.

〈표 3〉 실감 미디어 콘텐츠의 기기 장치[1]

장치 종류	기술 내용
VR 헤드셋	완전히 몰입된 가상 환경을 제공하며, 3D 입체 화면과 머리 움직임을 추적하는 기술이 포함
AR 장치	현실 환경에 가상의 이미지를 덧입힌 증강 현실 장치
MR 기기	현실과 가상 환경을 융합하여 상호작용하는 혼합현실 기술이 적용된 기기
햅틱 장치	촉각 피드백을 제공하여 실감 나는 경험 제공 햅틱 글러브와 햅틱 의자
모션 캡처	움직임을 정밀하게 추적하여 실시간으로 가상 환경에 반영 영화, 게임, 교육 콘텐츠 제작 등에 활용
360도 카메라	다양한 시점에서 영상을 경험

<표 3>의 실감 미디어 콘텐츠의 특성과 기술을 요약하면 아래와 같다. 첫 번째, 몰입성이다. 사용자가 콘텐츠에 몰두하여 현실 세계와의 단절

---

1) Korea Science. (2013). 스마트 시대에서의 실감 미디어 기술 동향. 한국과학기술학회지, 23(5), 292-300. https://koreascience.kr/article/JAKO201302757805292.pdf

을 경험하고, 콘텐츠 속 환경에 완전히 빠져드는 특성을 말한다(Steuer, J., 1992).

두 번째, 상호작용성이다. 이는 사용자가 콘텐츠와 능동적으로 상호작용할 수 있는 능력으로, 개인화된 경험을 제공한다(Ryan, M.-L., 2001).

세 번째, 현실감이다. 콘텐츠가 실제와 유사한 감각적 경험을 제공하며, 사실적으로 표현됨을 의미한다. 예를 들어, 삼차원 모델링과 물리 엔진을 활용한 실감 환경 구현 등이 이에 속한다(Sherman, W. R., & Craig, A. B., 2002).

네 번째, 확장성이다. 이것은 실감 미디어가 다양한 플랫폼과 환경에서 사용되며, 콘텐츠의 적용 범위가 넓음을 의미한다. 예를 들어, VR에서 교육용 콘텐츠를 사용하거나, AR을 활용한 상업적 홍보를 하는 것 등이 이에 속한다(Craig, A. B., 2013).

다섯 번째, 다감각(Multimodality)의 성질을 포함한다. 감각 기관인 시각, 청각, 촉각 등을 자극하여 사용자의 경험을 풍부하게 만든다. 이를 구현하는 기술은 햅틱 피드백, 360도 사운드 디자인 등이 있다(Choi, K., Jung, K., & Noh, S., 2017).

여섯 번째, 사회적 네트워크이다. 이는 사용자 간의 실시간 연결과 협업을 조율하여 공동체 경험을 지원하는 특성을 말한다. 가상공간의 회의나 증강현실 기반 다중 사용자 게임이 여기에 속한다(Kaplan, A. M., & Haenlein, M., 2010).

이러한 특성을 종합하면, 실감 미디어 콘텐츠를 메타버스의 하위 개념으로 이해할 수 있지만, 엄밀한 의미에서 실감 미디어 콘텐츠는 삼차원 디지털 가상공간의 콘텐츠 구현에 초점이 있고, 메타버스는 디지털 가상공간에서의 콘텐츠 생산, 판매, 소비에 무게를 둔 개념이다. 그러므로 양질의 실감 미디어 콘텐츠는 메타버스 활성화에 영향을 미치며, 기존 예술

영역의 감각적 통합과 융합을 이끄는 기폭제가 될 수 있다.

2. 실감 미디어 콘텐츠의 생성 AI 활용 사례

생성 AI를 활용한 실감 미디어 콘텐츠는 확장 범위가 매우 넓다. 먼저, 콘텐츠 생성 자동화에 생성 AI가 사용된다. 이는 실감 미디어 콘텐츠에서 생성 AI가 텍스트, 이미지, 음성, 동영상 등의 다양한 콘텐츠를 자동으로 생성하는 것을 말한다.[2]

AI는 사용자의 선호도, 행동 데이터를 분석하여 사용자 맞춤화와 개인화 경험을 제공할 수 있으며, 콘텐츠 사용자의 심층 분석 과정에도 사용될 수 있다(Aggarwal, C. C.. 2016). AI의 감정 및 감각 분석은 사용자의 감정 및 반응을 분석하여 실감형 콘텐츠를 실시간으로 조정할 수 있고, 이를 데이터로 활용하여 난이도를 조정하거나 장르를 조정할 수도 있다 (Kapur, A., Kapur, S., & Maes, P., 2005).

예를 들어, 아래 <그림 1>은 실시간으로 인간과 상호작용하는 AI 챗봇의 소설 쓰기 과정을 전시한 'AI X 채굴 노동자'의 사례이다.

〈그림 1〉 소설 쓰는 AI 챗봇(성수 CT 페어-AI X 채굴 노동자)[3]

---

2) 한국전자통신연구원. (2021). 인공지능 기반 영상 콘텐츠 생성 기술 동향. ETRI Electronics and Telecommunications Trends, 34(3), 34-42. https://ettrends.etri.re.kr/ettrends/177/0905177004/34-3_034-042.pdf 참조.

<그림 1>에서 전시장 관람객은 생성 AI 챗봇과 대화로 소설을 제작하고, 결과물을 대형 스크린의 시각물로 확인한다. 사례에서 보듯이 AI와 인간이 상호작용하여 미디어 융합 문학 콘텐츠를 생성하는 것은 문학 활동의 사용자 참여, 몰입형 스토리텔링의 실시간 체험이 가까운 시일 내에 주요한 경험 콘텐츠가 될 가능성을 시사한다. 이것은 미디어와 문학의 경계를 허물어 사용자 참여 문학의 변주를 선사한다. 이처럼 생성 AI는 텍스트 생성뿐만 아니라, 텍스트에 기반한 대규모의 복잡한 가상공간을 설계하거나 자연스러운 시뮬레이션 공간을 창출하는 데에도 사용된다.

3. 실감 미디어 문학 콘텐츠의 장소성 분석 과정

텍스트 생성 AI는 문학의 텍스트로부터 장소의 성질과 인물의 관계를 확인하는 효과적 대안이 될 수 있다. 그러나 상징이나 은유, 반어와 같은 심층 의미 분석은 아직 제한적인 편이다(이유진, 2024). 이는 인공지능의 학습 데이터가 기존 학습 자료에 근거하고 있으므로 특정 국가의 문화적 맥락에 기반한 텍스트 데이터가 양적으로 방대할 경우, 이에 잠재된 사회적 선입견이나 편향을 완전히 제거하기 어렵다는 것을 의미한다.

따라서 본 연구는 장소 이론 모델을 기준으로 문학 텍스트의 표면적 의미만을 고찰하고자 하며, 은유나 상징과 같은 심층 의미 분석은 제외하였다. 이것은 문학의 장소가 독자에게 어떠한 감정을 전반적으로 전달하는지 그리고 이에 적합한 장소감 모델을 어떻게 구현하는 것이 타당한지에 관한 실마리를 제공한다. 이러한 분석 방법은 삼차원 가상공간 실감 문학 콘텐츠 디자인을 위한 지침 마련에 도움을 줄 수 있다.

아래 <표 4>는 문학의 텍스트로부터 장소성을 추출하는 방법을 요약한

---

3) 성동문화재단 creative x seongsu https://www.creativexseongsu.co.kr/ctfair 전시 사례.

것이다.

<표 4> 텍스트 생성 AI를 통한 장소성 텍스트 분석 내용

요소	분석 과정	항목
정체성	명사 추출. 특정 장소와 인물의 심리적, 정체성 연결을 묘사하는 단어나 구절 분석 및 경험 추론	①
경험성	동사 추출. 특정 활동과 행동의 단어를 중심으로 경험 분석. 활동 빈도 수치화	②
애착성	감정 형용사 추출. 긍정적/부정적 형용사로 분류하여 감정반응 분석 및 감정 강도 수치화	③
장소성 (조합)	동사(행동)와 명사(대상)를 조합하여 장소의 역할을 도출. 형용사(감정)와 명사 (대상)를 조합하여 장소의 상호작용 추론	① ②③
장소감 (조합)	문장 맥락을 분석. 장소가 독자에게 전달하는 총체적 느낌(장소감)을 도출. 동사(행동)와 형용사(감정)를 종합하여 장소에 대한 심리적·감정적 반응 추론	① ②③+α
※ α는 독자 몰입도와 공감도를 가상의 값으로 설정		

문학 텍스트를 데이터로 구성하기 위해서는 기계가 인간의 언어를 이해하는 수치형 자료로 변환해야 한다. 이에 문학 텍스트를 <표 4>의 기준에 따라 장소성과 장소감으로 정량화하였다. 이 기준은 세 가지 장소성 이론의 조합으로 마련한 것이다.

장소 이론은 각각 장소 정체성, 장소의 경험적 강도(장소 경험성), 장소의 정서적 애착 강도(장소 애착성) 등이며, 각각 체언의 빈도 분포, 용언의 경험 강도, 용언의 감정 강도 등을 평가한 점수로 환산하였다.

장소 평가 점수는 장소 형성이 서사의 주요 사건이나 감정을 주도하는 정도에 따라 조절하였다. 이를 위해 특정 문장에서 감정적 대립이나 철학적 탐구의 장소가 되는 경우, 공간의 다층적 의미가 포함된 경우, 인간 본성과 욕망을 탐구하거나 사회적 갈등을 반영하는 경우 등이 나타날 때마다 높은 점수를 부여하였다.

평가 점수는 문장별로 장소 정체성, 장소의 경험적 강도, 장소의 정서적 애착 강도 등으로 산출하여, 해당 점수의 평균값을 계산한 것으로 한정하였다.

아래 <표 5>는 문학 텍스트로부터 장소성과 장소감을 점수화한 기준이다. 각 항목의 세부 평가 기준을 종합하면 아래와 같다.

<표 5> 문학 텍스트의 장소성과 장소감 점수화 기준 개요

분석 요소	평가	분석 내용	점수
장소 정체성	상	장소가 다층적 의미, 서사와 밀접히 결합, 정체성 명확함	9-10
	중	장소가 일부 제한적 의미, 서사와 제한적 결합, 정체성 보통임	7-8
	하	장소가 제한적 배경 역할, 정체성 형성 약함	5-6
장소 경험성	상	장소에서 사건이 감정적으로 물리적으로 강한 몰입	9-10
	중	장소에서 사건이 있으나 제한적 몰입	7-8
	하	장소에서의 사건 강도 및 몰입이 약함	5-6
장소 애착성	상	공간에 대한 정서적 연결이 복합적이며 강렬함	9-10
	중	정서적 연결은 있지만 일부 단편적임	7-8
	하	정서적 연결이 약하거나 명확하지 않음	5-6

Ⅳ. 김유정의 '전차가 희극을 낳아' 장소성 분석

1. 텍스트의 장소성 데이터 분석

김유정의 '전차가 희극을 낳아'는 단편 소설과 유사한 구조이다. 굳이 수필로 분류하지 않았다면, 독자는 소설의 한 장면을 마주하는 듯한 착각을 일으킨다. 이 작품은 1930년대 경성(현 서울)의 풍경을 담고 있다는 점에서 김유정의 대표 작품과는 결이 다르다.

이번 연구에서는 해당 작품의 장소성과 장소감을 정량화하여 전체 문장의 관계를 분석한다. 이로부터 해당 텍스트의 경향성을 포착하고, 전체 장소성과 장소감의 평균값을 도출하여 장소 특성을 시각화한다. 이와 같은 텍스트의 장소성 분석은 실감 문학 콘텐츠의 효과적인 장면 추출과 관점 이동(카메라 이동) 등의 기초 아이디어를 제공할 수 있다.

1) 기초 통계량 분석

본 연구에서는 '전차가 희극을 낳아'를 총 55개의 문장으로 분류하였다. 그리고 이를 수치형 데이터로 구성한 후, 장소 정체성, 장소 경향성, 장소 애착성을 종합해 전체 문장의 장소성과 장소감 평균 분포를 측정하였다.

아래 <그림 2>는 장소성과 장소감의 점수 분포를 나타내는 박스 플롯이다.

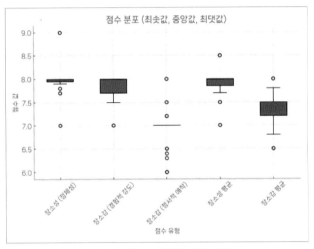

〈그림 2〉 장소성과 장소감 점수 분포

<그림 2>는 장소성과 장소감의 점수 분포는 각 점수 유형의 최솟값, 중앙값, 최댓값을 분석한 결과로써 데이터의 분포와 경향은 다음과 같이 해석할 수 있다.

첫째, 모든 점수 항목의 중앙값은 7~8 사이에 있으며, 이는 데이터가 전반적으로 높은 점수를 중심으로 분포하고 있음을 의미한다.

둘째, 최솟값과 최댓값의 범위가 비교적 좁아 데이터의 변동이 크지 않다. 이는 문장들이 일정 수준 이상의 일관성을 유지하고 있음을 말한다.

셋째, 장소 정체성은 최솟값 7.0, 최댓값 9.0, 중앙값 8.0으로 다른 점수에 비해 최댓값과 중앙값이 높게 나타난다.

넷째, 장소의 경험적 강도는 최솟값 7.0, 최댓값 8.0, 중앙값 8.0으로, 최솟값과 최댓값의 차이가 가장 좁다. 이는 문장들이 경험적 강도를 일관성 있게 반영하고 있음을 말한다. 중앙값이 최댓값과 일치하는 점은 데이터의 상위 점수 경향성을 강조하며, 문장이 경험적 강도를 강하게 느끼는 부분에 집중되어 있음을 말한다.

다섯째, 장소의 정서적 애착성은 최솟값 6.0, 최댓값 8.0, 중앙값 7.0으로 가장 낮은 최솟값을 가지며, 이는 정서적 애착을 느끼는 문장이 상대적으로 적었다는 것을 반영한다. 중앙값이 다른 항목들보다 낮은 것은 정서적 애착성에 비해 장소 정체성, 장소 경험성에 초점이 있음을 의미한다.

장소성 평균 및 장소감 평균 점수의 분포는 원천 데이터인 장소성 및 장소감 하위 항목의 분포와 유사하게 나타난다. 즉, 장소성 평균은 최댓값 8.5로 가장 높은 값을 기록하며, 정체성 점수가 데이터의 중심축임을 확인할 수 있다. 한편, 장소감 평균은 중앙값 7.5로, 정서적 애착 점수의 낮은 값이 전체 평균에 영향을 미쳤음을 알 수 있다.

이를 통해 활동 중심의 용언이 상태 및 묘사 중심의 용언보다 더 많이 쓰이거나 행동 중심의 에피소드가 나타나고 있음을 짐작할 수 있으며, 개인적이고 정서적인 감성보다는 생생한 현장 중심의 상황이 벌어지는 문장 빈도가 높았다는 것을 추론할 수 있다.

2) 장소성 평균과 장소감 평균의 상관 관계 분석

우선 장소성 평균과 장소감 평균 간의 연관성을 살펴보자.

아래 <그림 3>의 산점도는 장소성 평균(x축)과 장소감 평균(y축) 간의 관계를 나타낸다.

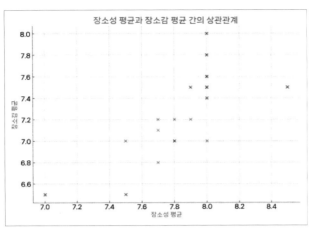

〈그림 3〉 장소성 평균과 장소감 평균의 상관관계

　　〈그림 3〉은 대부분 점이 x축과 y축을 따라 두 점수 간에 양의 상관관계에 있음을 보여준다. 장소성 평균이 높은 문장은 장소감 평균 또한 높게 평가되었고, 대체로 7~8.5 범위에 분포하고 있으며, 극단적으로 낮거나 높은 점수는 나타나지 않았다. 이는 데이터가 특정 문장에 치우치지 않고 안정적으로 평가되었음을 의미한다.

　　이 결과는 장소성 평균과 장소감 평균이 서로 강하게 연관되어 있으며, 장소와 관련한 정체성과 감정 사이가 조화롭게 표현되고 있음을 말해준다. 그러나 일부 선을 벗어난 점도 있다. 이것은 특정 문장이 장소성은 높지만, 장소감은 낮게 평가되었음을 의미한다.

3) 장소성 평균과 장소감 평균의 추세 분석

　　이번에는 문장 순서에 따른 장소성과 장소감의 평균 추세 변화를 살펴보자. 아래 〈그림 4〉는 점선이 데이터값의 변화를, 굵은 실선이 장소성과 장소감의 평균 추세(5점 이동 평균)를 나타내고 있다. 평균 추세는 데이터의 단기적 변동과 장기적 경향성을 동시에 확인하는 방법이다.

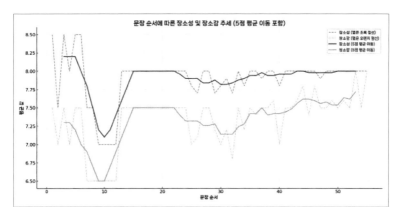

〈그림 4〉 문장 순서에 따른 장소성 및 장소감 평균 추세 분석

<그림 4>의 문장 순서를 도입, 중간, 결말의 3개 구간으로 나누어 장소성과 장소감의 평균 추세를 분석하면 다음과 같다.

도입부(1~18번 문장)에서 장소성은 1번 문장(8.5)에서 최고치를 기록했다. 이 첫 번째 문장은 공간적 설정을 명확히 전달하고 있다. 반면, 도입부 최저점 문장인 9번(7.0)은 특정 공간 요소보다 사건이나 감정적 요소에 초점을 맞추며 배경을 보조적으로 설정했다.

도입부 장소감도 1번 문장(7.5)에서 최고점을 보였다. 이는 첫 문장이 공간적 배경과 정서적 몰입의 주요 감각 요소를 강하게 표현하고 있음을 의미한다. 반면, 장소감 최저점인 7번 문장(6.5)은 공간적 경험과 정서적 애착이 일시적으로 약화된 구간으로, 서사가 장소적 몰입보다 다른 서술적 요소를 강조하는 지점이다.

중간부(19~36번 문장)에서는 장소성 최고점이 19번 문장(8.0), 최저점이 26번 문장(7.7)으로 나타났다. 19번 문장(7.5)은 주요 서사가 공간적 정체성을 중심으로 전개되는 부분이다. 반면, 장소성 최저점인 26번 문장(6.8)은 공간적 정체성이 서사의 부차적 요소로 전환되는 구간으로, 서사가 사건 중심으로 이동하고 있음을 보여준다.

중간부 장소감 최고점은 19번 문장(8.0)으로, 공간적 경험과 정서적 애착이 드러나는 부분이다. 여기서 독자는 공간적 경험에 강하게 몰입할 수 있는 서술적 전환점을 경험한다. 반면, 32번 문장(6.8)은 서사의 정서적 몰입도가 상대적으로 약한 사건에 초점을 맞춰 장소감이 최저점을 기록했다.

결말부(37~55번 문장)에서 장소성 최고점은 37번 문장(8.0)으로, 서사가 공간적 정체성을 다시 강조하여 독자의 몰입을 유지하려는 의도를 반영한다. 최저점인 40번 문장(7.8)은 서사의 전체 맥락을 정리하는 흐름을 보여준다.

결말부 장소감 최고점은 53번 문장(8.0)으로, 독자에게 강렬한 정서적 여운을 남기기 위해 공간적 경험을 강조했다. 장소감 최저점인 40번 문장(7.0)은 서사가 결말을 향해 마무리되는 부분이다.

분석 결과, 도입부는 장소성과 장소감 모두 최고치를 기록하며 서사의 주요 공간적 배경과 정서적 몰입을 강하게 설정한다. 중간부는 장소성과 장소감이 서서히 감소하며 사건 전개와 정서적 흐름이 나타나는 전환 구간으로, 19번 문장에서 서사의 공간적 정체성이 강조된다. 결말부는 장소성과 장소감이 약간 상승하여 정서적 여운을 남기기 위한 공간적 경험을 강조한다.

이 분석은 서사의 각 구간에서 장소성과 장소감의 변화를 명확히 보여주며, 서술적 전략에 따라 독자의 몰입과 감정을 조율하는 방식을 제시한다. 이는 서사의 맥락에 따른 장소성 및 장소감 요소의 작용을 판단하는 기준이 될 수 있다.

문학의 장소성과 장소감 평균 추세 분석은 독자의 감정 몰입과 서사 이해를 유도하는 스토리텔링 전략에 활용될 수 있다. 예를 들어, VR 사용자 몰입 경험을 설계할 때 공간 환경과 독자의 정서적 연결이 필요한 부분에 서사 구간별 장소성과 장소감 평균 추세 분석을 적용하면, 인터랙티브 문학 콘텐츠 경험 디자인의 최적화 방향을 논의할 수 있다.

2. 실감 미디어 문학 콘텐츠를 위한 데이터 분석

문학 텍스트 기반의 장소성 및 장소감 분석 데이터를 토대로 실감 미디어 문학 콘텐츠 구현에 필요한 초점 분석, 카메라 연출 기법, 감정 분석, 가상의 독자 반응 예측은 어떻게 분석할 수 있을까?

이에 본 연구는 실감 미디어 콘텐츠 구현을 위해 문장 단계별 카메라 연출법을 설정하였다. 이를 위해 ChatGPT-4.o를 활용해 '전차가 희극을 낳아'의 장소성 데이터를 실감 미디어 몰입 콘텐츠 데이터로 재가공하였다. 그런데 현재의 생성 AI는 한국어 자연어 처리에 있어 감각 정보를 통합적으로 학습하지 않았기 때문에 텍스트 분석 시 감각 분석 과정의 오류(Hallucinations)가 잦다(이유진, 2024).

따라서 데이터를 정제하려면 아래와 같이 장면 분석 기준을 프롬프트로 작성하고, 이에 준하는 생성 값을 도출하는지 여러 차례 검토해서 데이터를 구성해야만 한다.

〈표 6〉 문장 단계별 연출을 위한 카메라 기법 요약[4]

장면 분석	카메라 기법	내용
감정 강조	Close-Up	인물이나 배경의 세부 묘사 강조
감정 최고조	Extreme Close-Up	극적 순간 극대화 사건 최고조
배경 강조	Long Shot	배경과 인물의 관계 맥락 전달
배경 여운	Extreme Long Shot	사건의 종결과 여운
상호작용 강조	Medium Shot	인물 간의 관계, 대화, 상호작용
움직임 강조	Tracking Shot	갈등이 고조되며 긴장감 강조
번갈아 강조	Alternating Shot	대립하는 상호작용 번갈아 이동

---

4) Brown, B. (2016). Cinematography: Theory and practice: Image making for cinematographers and directors (3rd ed.). Routledge. 참조.

<표 6>의 문장 단계별 연출을 위한 카메라 기법 기준은 문장별 초점 이동의 공간적 범위에 따라 구성한 것이다. 이것은 장소에 따라 초점 전환이 일어나는 구간을 살핌으로써 카메라 연출 기법의 타당한 방법을 찾기 위함이다.

1) 초점 전환 빈도 분석

일반적으로 공간을 구현하는 초점은 중경과 근경이 서사의 핵심적 진행을 전달한다. 그리고 원경은 공간의 확장과 배경의 맥락을 보조한다. 만약 특수한 사건의 극적 강조가 필요하다면, 초근경이 사용될 수 있다(Vineyard, J., 2000).

아래 <그림 5>는 각 초점 전환 유형의 빈도를 시각화한 결과이다. 이는 초점 전환 유형이 장소성 분석 데이터에서 어떻게 구분되는지 보여준다.

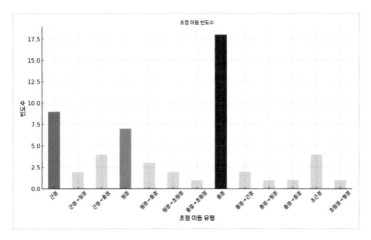

〈그림 5〉 초점 전환 빈도 분석

<그림 5>는 가로축이 초점 이동 단계, 세로축이 초점 빈도수를 나타내며, 여기서 초점은 시각적 공간 범위를 의미한다.

초점 이동 유형 중 중경이 18회로 가장 빈번하게 나타났다. 이 초점은 주로 대화 장면이나 사건의 전반적인 부분에서 활용된다. 다음으로 근경이 9회로, 인물이나 특정 사건을 강조하여 감정 몰입을 유도하고 사건의 집중도를 높이는 데 사용된다. 원경은 총 7회로 세 번째로 높은 빈도를 보이며, 공간적 확장을 표현하거나 배경을 강조하는 역할을 한다.

분석 결과, 중경은 전체 서사와 공간 연출에서 가장 높은 빈도를 보였고, 근경과 원경은 각각 감정적 몰입과 공간적 맥락을 제공하는 데 기여하고 있다. 이러한 빈도 분포는 중경과 근경에서 인물과 배경 간의 연결을 효과적으로 구축한다. 반면, 빈도가 낮은 초근경과 초원경은 극적 장면을 연출하기 위한 제한된 문장에서만 등장했다.

2) 초점 이동 단계와 세부 숏 유형 간 상관성 분석

앞서 분석한 초점 이동 단계는 영화나 내러티브에서 사용되는 세부적인 카메라 숏(shot) 유형과 밀접하게 연관될 수 있다. 초점 이동 단계와 세부 숏 유형 간의 관계를 분석함으로써, 초점이 서사 연출의 카메라 변화와 어떻게 상호작용하는지, 그리고 각 장면 유형이 특정 카메라 연출 방식을 통해 어떻게 효과적으로 전달되는지 심층적으로 이해할 수 있다.

이러한 분석은 내러티브의 시각적 구성 방식을 더욱 정교하게 파악할 수 있게 해주며, 공간과 사건의 표현 방식에 대한 깊이 있는 통찰을 제공한다. 카메라 숏의 변화는 단순한 기술적 선택을 넘어 독자나 관객의 시각적 경험과 감정적 반응을 조율하는 중요한 서사적 전략이 될 수 있다.

아래 <그림 6>은 절대 빈도를 기반으로 초점 이동과 카메라 기법 간의 빈도를 시각화한 히트맵이다. X축은 카메라 기법을, Y축은 초점 이동을 나타내며, 색이 진할수록 높은 빈도를 나타낸다.

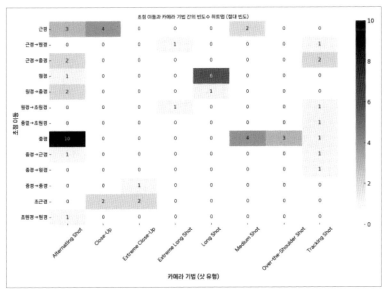

〈그림 6〉 초점 이동과 카메라 기법 간의 빈도수 히트맵

<그림 6>에 따르면, 중경은 Alternating Shot 조합이 10회로 가장 높은 빈도를 보였다. 원경과 Long Shot의 조합은 6회로 나타났으며, 이는 주로 공간적 맥락과 규모를 강조할 때 활용된다. 근경과 Close-Up 조합 역시 높은 빈도를 기록하여 인물의 감정과 세부 사항을 부각시키는 데 사용되었다.

이러한 조합을 분석하면 초점 이동에 따른 카메라 기법의 활용 패턴이 명확해진다. 히트맵에서 중경과 Alternating Shot이 10회로 가장 빈번하게 결합되었고, 그다음으로 Medium Shot이 4회 나타나 균형 잡힌 시각적 구도를 유지했다.

근경은 Close-Up과 4회 결합하여 감정 몰입을 강조하는 장면에서 주로 사용되었다. 흥미로운 것은 Close-Up이 Medium Shot에서도 2회 나타나는데, 이는 다수의 인물이 등장하는 장면에서 특정 인물의 서사를 전달하는 데 활용되었을 가능성을 시사한다.

원경은 Long Shot과 6회 연결되어 배경과 공간의 맥락을 강조하는 장면에서 자주 사용되었다. 복합 초점 이동(근경에서 중경 등)은 Tracking Shot과 결합하여 동적인 장면 전환을 구현했으며, 초근경은 Close-Up 및 Extreme Close-Up과 함께 감정을 극대화하는 데 기여했다.

이처럼 초점 이동 단계는 카메라 연출 기법과 긴밀히 연동되어 서사적 전환점, 감정 몰입, 공간적 배경 등을 효과적으로 전달한다. 각 연출 조합은 특정 서사의 의도를 강조하고 관객의 몰입을 유도하는 전략적 방법을 제시한다. 따라서 이러한 분석은 실감 미디어 문학 콘텐츠 제작 시 서사 효과를 극대화하기 위한 중요한 연출 지침으로 활용될 수 있다.

3) 문장 순서별 초점 이동 및 카메라 기법 분석

이번에는 문장 순서별 초점 이동 및 카메라 기법을 분석해 보자.

아래 <그림 7>은 문장 순서별 초점 이동과 카메라 기법을 종합한 선 그래프이다.

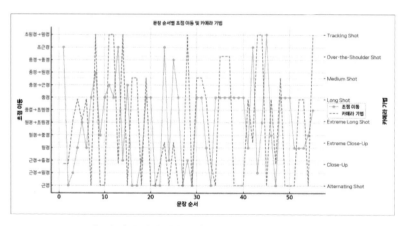

〈그림 7〉 문장 순서별 초점 이동 및 카메라 기법 분석

<그림 7>은 문장 단계별 초점 이동과 카메라 연출 기법을 통합적으로 시각화하여, 서사적 흐름과 시각적 연출 간의 상호관계를 보여준다.

주요 특징으로, 푸른 실선의 초점 이동은 특정 문장에서 공간적 전환과 시각적 강조를, 붉은 점선의 카메라 기법은 시각적 스토리텔링의 서사를 강화한다.

<그림 7>에서 초점 이동은 문장 순서에 따라 일관된 방향으로 확장되지 않았다. 대신 서사의 필요에 따라 초근경, 근경, 중경, 원경이 선택적으로 사용되었다. 카메라 기법 또한 장면에 따라 다양하게 활용되었다. 예를 들어, Close-Up과 Extreme Close-Up은 감정 전달과 디테일 강조에, Long Shot과 Extreme Long Shot은 배경 설명과 공간적 크기 표현에 사용되었다. Alternating Shot은 다양한 문장에서 반복적으로 등장하며, 인물 간 상호작용과 대화 장면을 효과적으로 전달하였다.

초점 이동과 카메라 기법은 서사적 강조와 시각적 연결을 위해 동기화된다. 근경에서 중경으로의 이동과 Tracking Shot 조합은 동적인 장면 전환을, 중경에서 원경으로의 이동과 Long Shot 결합은 서사의 확장과 맥락을 지원한다.

그러나 초점 이동과 카메라 기법의 선택은 대부분 독립적이어서, 연출자의 의도에 따라 언제든 다른 조합으로 변경될 수 있다. 이러한 분석은 초점 이동과 카메라 기법 간 상호작용이 서사적 요구에 따라 어떻게 변화하는지 한눈에 보여준다. 따라서 다양한 실감 미디어 문학 콘텐츠의 시각적 스토리텔링 디자인을 위한 청사진으로 활용할 수 있다.

4) 문장 순서별 독자 반응 예측 분석

앞서 분석한 자료를 통해 가상의 독자 반응은 어떻게 예측할 수 있을까?

이를 분석하기 위해 데이비드 보드웰과 크리스틴 톰프슨이 분석한 관객 관점의 심리적 감정적 공감 유도 기준에 근거하여(Bordwell, D., & Thompson, K., 2010), 독자나 관객 관점의 몰입 지점을 고찰하였다. 위 연구자들의 주장에 따르면, 일반적으로 관객의 몰입감은 특정 장면에서 인물의 심리나 사건에 공감했을 때, 사건으로부터 갈등이 시작되어 최고조에 도달할 때, 그리고 사건이 마무리되어 긴장감이 해소될 때 나타난다.

본 연구에서는 문장 순서에 따른 감정 점수와 몰입 구간을 정교화하여 가상의 독자 반응 예상치를 분석하였다. 독자 반응 예측 방식은 데이터에 포함된 감정 점수에 몰입 구간을 추가하여 독자의 반응 정도를 수치화한 것이다. 이 점수는 임의로 설정된 가중치로 계산하였다. 아래는 독자 반응 예측의 선형 모델 공식이다.

$$Y = \beta 0 + \beta 1 \cdot X1 + \beta 2 \cdot X2 + \epsilon$$

(Y(독자반응예측)=3+0.5 · (감정점수)+0.2 · (몰입구간)+ε)

β0 = 3 독자 반응 기본값(독립 변수가 모두 0일 때의 값)
β1 = 0.5 감정 점수가 독자 반응 예측에 미치는 영향력
β2 = 0.2 몰입 구간 점수가 독자 반응 예측에 미치는 영향력
ε: 랜덤 노이즈(임의의 불확실성 및 변동성 반영)

독자 반응 예측은 문학 작품, 영화, 또는 기타 창작물의 몰입 요소를 종합적으로 분석하는 방법이다. 공식에서 독자 반응 예측 선형 모델의 핵심 메커니즘은 감정 점수와 몰입 구간 점수가 독자 반응에 미치는 영향을 수량화하는 것이다. 구체적으로, 감정 점수가 1 증가할 때 독자 반응 Y는 0.5만큼, 몰입 구간이 1 증가할 때는 0.2만큼 증가한다.

모델에서 상수 3을 더하는 목적은 현실적인 예측을 위한 기본값을 설정하는 것이다. 이는 감정 점수나 몰입 구간이 0일 경우에도 독자 반응의 최소값을 3으로 보장하여 극단적으로 낮은 반응을 방지한다. 노이즈항 ε은 데이터의 자연스러운 변동성을 반영하여 모델의 유연성을 높인다.

이 예측값은 감정 점수와 몰입 구간 점수를 기반으로 독자의 잠재적 반응을 추정하는 시도이다. 실제 독자 반응 데이터 없이 진행되는 모델링의 한계를 인정하면서도, 문장의 감정적 특성과 몰입도가 독자 경험에 미치는 영향을 탐색하는 유의미한 접근법이라 할 수 있다. 이러한 데이터 기반 접근은 향후 더 정교한 독자 반응 예측 모델 개발로 이어질 수 있다.

아래 <그림 9>는 문장 순서별 감정 점수와 몰입 구간 점수를 비교한 독자 반응 예측 결과의 시각화이다.

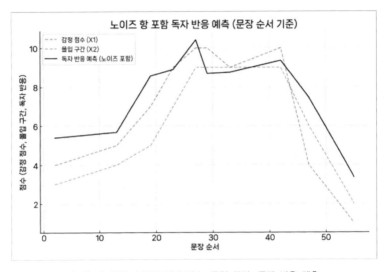

〈그림 8〉 문장 순서별 감정 점수, 몰입 구간, 독자 반응 예측

<그림 8>은 선형 모델을 통해 각 변수의 기여도를 평가하고 노이즈 항의 변동성을 고려한 예측값 변화를 보여준다. 위 <그림 8>에서 보는 바와 같이 가운데 붉은 점선의 감정 점수(X1)와 하단 초록 점선의 몰입 구간 점수(X2)로부터 상단 파란 실선의 독자 반응 예측 목표값(노이즈 포함)을 도출하였다.

독자 반응 예측값은 문장 순서별 감정적 점수와 몰입 점수 간 상관관계

를 통해 규명된다. 문장 순서 기준 데이터 시각화는 각 문장이 독자 반응에 미치는 영향을 직관적으로 파악하게 해주며, 특히 극단적 반응을 보이는 문장의 내용을 구체적으로 확인할 수 있다.

분석 결과, 감정 점수는 문장 순서에 따라 비교적 일정한 패턴을 유지했다. 몰입 구간 점수는 감정 점수와 유사한 경향을 보이면서도 일부 문장에서 더 높은 변동성을 나타냈다. 독자 반응 예측값은 감정 점수와 몰입 구간 점수의 기여를 바탕으로 계산했으며, 노이즈 항의 영향으로 특정 문장의 예측값이 변동하였다.

감정 점수와 몰입 구간 점수는 서로 작용하며 독자 반응에 독립적이면서도 유의미한 영향을 미친다. 다만, 두 변수의 높은 상관관계는 결과 해석의 복잡성을 증가시킬 수 있어 다양한 변수와 노이즈 항의 특성을 고려한 분석 모델이 필요하다.

분석에서 최고 반응 지점은 문장 27번으로 색시가 자존심을 회복하기 위해 표를 차장에게 내팽개치는 문장이다. 반면 최저 반응 지점은 문장 55번으로 전차 이야기를 정리하고 사건을 마무리 짓는 마지막 문장이 이에 해당한다.

〈표 7〉 독자 반응 예측 변곡점, 최고 반응, 최저 반응 문장 번호

독자반응	문장 번호	감정점수(X1)	몰입구간점수(X2)	노이즈 영향
변곡점	13	5	4	-0.62
	23	9	7	0
	27	10	9	0.62
	42	10	9	-0.45
	47	4	6	1.26
최고	27	10	9	0.62
최저	55	1	2	-0.53

<표 7>의 문장 번호에 따른 내용을 살펴보면, 13번 은 여학생이 전차에 급히 올라타는 모습, 23번은 전차가 멈추며 갈등이 정점을 이루는 모습,

27번은 색시가 자존심을 회복하기 위해 표를 차장에게 내팽개치는 순간, 42번은 승객과 차장의 갈등이 정점을 이루며 전차 내부의 긴장감이 지속되는 모습, 47번은 사건이 실화임을 드러내는 장면, 그리고 55번은 이야기의 마지막 문장 등이다.

분석 내용은 문학 텍스트를 시각적으로 설계하거나 서사 구조를 콘텐츠로 구성할 때 유용한 방향을 제공한다. 특히, 데이터가 선형적인 경우, 과적합 위험성이 낮아 안정적인 예측이 가능하다. 그러나 감정 점수와 몰입 구간 간의 상호작용, 비선형적 변화는 반영하기 어렵기 때문에 특정 구간에서 감정 점수의 영향이 커지는 경우 예측을 벗어날 수 있다. 그러므로 실제 데이터가 복잡할 때는 비선형 모델 분석을 사용해야 할 것이다.

이러한 결과는 실감 미디어 문학 콘텐츠 디자인 전략의 하나로 독자 혹은 콘텐츠 관람자의 몰입도를 높이기 위한 감정 변화량을 조절하거나, 감정 최고조 구간을 배치하는 방법 등을 예측하는 지침으로 활용될 수 있다.

3. 종합 논의

지금까지의 분석 내용을 요약하면 아래와 같다.

첫째, '전차가 희극을 낳아'의 기초 통계 분석은 장소성과 장소감의 평균값을 도출한 것으로 한정한 결과, 장소성과 장소감의 점수 분포는 장소 정체성의 평균 점수가 가장 높았던 반면, 장소 애착성은 상대적으로 낮은 값을 기록하고 있음을 확인하였다.

둘째, 상관성 분석에서는 장소성 평균이 높은 문장은 장소감 평균 또한 높게 평가되었고, 장소성 평균과 장소감 평균이 서로 양의 상관관계로 강하게 연관되어 있었으며, 장소와 관련한 정체성과 감정 사이가 조화롭게 나타나고 있음을 확인하였다.

셋째, 문장 순서에 따른 추세 변화를 선 그래프로 확인했을 때, 문장 초반의 점수가 비교적 높게 유지되고 있었고, 중반 이후 약간의 하락이 관찰되었다. 이는 문장 서술 방식의 변화와 관련이 있다.

넷째, '전차가 희극을 낳아'의 서술적 특성은 장소 정체성과 장소 경험성에 초점을 두었고 장소의 정서적 애착성은 상대적으로 덜 강조되었다는 사실을 알 수 있었다.

다섯째, 텍스트의 장소성과 장소감 분석 데이터로부터 실감 미디어 문학 콘텐츠 구현을 위한 정량 분석을 진행한 결과, 문장 순서별 초점 이동과 카메라 기법 유형 관계는 서사적 전환점, 감정 몰입, 사건의 공간적 배경 등을 전달할 때 동기화됨을 확인하였다.

여섯째, 문장별 감정 점수와 몰입 구간 점수를 독립 변수로 지정해 가상의 독자 반응 예측 분석을 진행한 결과, 독자 혹은 콘텐츠 관람자의 몰입도를 높이기 위한 감정 변화량을 조절하거나, 감정 최고조 구간을 배치하는 방법을 문장 구간별 최고값과 최저값의 문장에서 찾을 수 있었다.

일곱째, 이처럼 문학 텍스트를 데이터로 재구성하고 정량적으로 살펴보는 것은 전체 텍스트의 장소성 및 장소감을 확인하는 효과적인 방법이다.

여덟째, 문학의 장소성에 관한 정량적 분석은 전체 문장의 맥락을 파악하여 작품의 경향을 도출하고 이를 어떻게 콘텐츠로 재구성할지에 관한 기초 아이디어를 제공한다.

V. 결론

본 연구는 문학 작품의 텍스트 데이터를 체계적으로 분석하여 실감 미디어 문학 콘텐츠 제작에 활용할 수 있는 새로운 방법론을 제시하였다. 특히 장소성, 인물, 사건 등의 요소를 데이터로 변환하고, 이를 생성 AI와 연계하여 시각적 콘텐츠로 연출하는 방법에 대해 정량적 분석을 시도하였다.

본 연구가 제시한 장소성 분석 방법은 기존의 텍스트 마이닝 분석 방법과 차별화되며, 한국 문학 작품의 다양한 장소성과 장소감을 생성 AI로 분석할 수 있음을 보여준 사례이다. 이러한 분석을 통해 문학 데이터를 AI 프롬프트로 작성하여 몰입형 실감 미디어 콘텐츠 제작의 지침으로 활용할 수 있다.

그러나 생성 AI를 통한 정량 분석은 문학 텍스트를 데이터 세트로 구성한 결과일 뿐, 특정 장면 연출은 전적으로 콘텐츠 제작자의 의도에 따라 달라질 수 있음을 인지해야 한다. 또한, 독자 반응 예측도 가상의 독자 반응 지점을 살핀 것에 불과하다. 그러므로 향후 연구에서는 문학 텍스트와 이를 해석하는 독자 반응에 관한 정성적 분석이 뒤따라야 할 것이다.

참고문헌

이유진, 「ChatGPT를 활용한 한국 근대 단편 소설의 실감 미디어 콘텐츠 공간 체험 디자인 요소 추출에 관한 연구: 김유정 '옥토끼'의 감정 및 감각 정보 분석을 중심으로」, 『한국공간디자인학회 논문집』 19(5), 2024, 337-350쪽.

투르니에, P., 최재석(역), 『당신이 있어야 할 자리』, 두란노, 2008.

투르니에, P., 정경옥(역), 『당신이 있어야 할 자리』, IVP, 2010.

홍성희 · 박준서 · 임승빈, 「장소성 정의 및 개념 연구」, 한국경관학회 학술발표대회, 2011(1), 39-52쪽.

Aggarwal, C. C., Recommender systems: The textbook, *Springer*, 2016.

Bordwell, D., & Thompson, K., *Film art: An introduction*, McGraw-Hill Education, 2010.

Casey, E. S., *Getting back into place: Toward a renewed understanding of the place-world,* Indiana University Press, 1993.

Choi, K., Jung, K., & Noh, S., Haptic technologies for virtual reality and gaming: A review of research trends. *Multimedia Tools and Applications*, 76(2), 2017, pp.2723-2743.

Jain, A. K., Data clustering: 50 years beyond K-means, *Pattern Recognition Letters*, 31(8), 651-666. https://doi.org/10.1016/j.patrec.2009.09.011, 2010.

Jeon, M., Emotions and presence in virtual reality: A review of research. *Multimodal Technologies and Interaction*, 1(4), 2017, 14쪽.

Kaplan, A. M., & Haenlein, M., Users of the world, unite! The challenges and opportunities of social media. *Business Horizons*, 53(1), 2010, pp.59-68.

Kreiss, E., Brunner, J., & Schütze, H., Grounding characters and places in narrative texts. arXiv preprint. https://arxiv.org/abs/2305.17561, 2023.

Relph, E., Place and placelessness, Pion, 1976.

Relph, E., 김덕현, 김현주, & 심승희(번역), 『장소와 장소상실』, 논형, 2005.

Ryan, M.-L., Narrative as virtual reality: Immersion and interactivity in literature and electronic media, Johns Hopkins University Press, 2001.

Sherman, W. R., & Craig, A. B., Understanding virtual reality: Interface, application, and design, *Morgan Kaufmann*, 2002.

Slater, M., & Wilbur, S., A framework for immersive virtual environments (FIVE): Speculations on the role of presence in virtual environments. *Presence: Teleoperators & Virtual Environments*, 6(6), 1997, pp.603-616.

Steuer, J., Defining virtual reality: Dimensions determining telepresence. *Journal of Communication*, 42(4), 1992, pp.73‒93.

Tournier, P., The meaning of persons. Harper & Row, 1962.

Tournier, P., A place for you. Harper & Row, 1968.

Tuan, Y.-F., Topophilia: A study of environmental perception, attitudes, and values, Columbia University Press, 1974.

Tuan, Y.-F., Space and place: The perspective of experience, University of Minnesota Press, 1977.

Tuan, Y.-F., Topophilia: A study of environmental perception, attitudes, and values, Columbia University Press, 1980.

Tuan, Y.-F., 김봉렬(역), 『공간과 장소』, 한길사, 2019.

Tuan, Y.-F., 박찬익(역), 『토포필리아: 장소에 대한 애착과 정체성의 기원』, 아카넷, 2020.

Vineyard, J., Setting up your shots: Great camera moves every filmmaker should know, Michael Wiese Productions, 2000.

텍스트 네트워크 분석을 이용한 김유정 문학촌 방문객의 장소경험에 대한 연구*

김 승 희 · 이 한 나

I. 서론

김유정 문학촌은 김유정 작가의 삶을 기억하고 문학 작품을 보존하며 작품 속 공간을 건축학적으로 재현한 장소이다. 김유정 문학촌은 2002년 김유정 작가의 고향인 실레마을에 조성되었으며1), 그 후 14년 만에 김유정 이야기집, 체험관 4동, 야외공연장이 추가 조성되면서 문학관광지의 면모를 갖추게 되었다. 또한 김유정 작가의 이름은 김유정 문학촌이 위치한 인근의 경춘선 신남역이 김유정역으로 명칭을 변경하면서 춘천을 대표하는 이름으로 인식되었다.2) 그리고 김유정 문학촌은 2020년 강원특별자치도 제1호 공립문학관으로 등록되면서 강원도를 대표하는 문화예술자산으로 그 가치를 인정받게 되었다.

---

* 이 글은 "A Study on the Place Experience of Visitors to The Literary Village of Kim You Jeong Using Text Network Analysis", Journal of Humanities Therapy Vol.15, No.2. pp.97-113. (2024.12)를 번역, 수정·보완하여 재수록 한 것입니다.
1) 김유정 문학촌은 강원특별자치도 춘천시 신동면 실레길 25번길 생가터 일대에 조성되어 2022년 처음 개관되었다.
2) 춘천시 신남면에 위치한 (구)신남역은 문인과 지역주민들의 요청에 의해 2004년 12월 1일 한국 철도 최초로 인물명을 딴 김유정역으로 바뀌게 되었다.

김유정 문학촌은 김유정 작가의 작품 수집, 보존, 관리, 전시 등을 통해 후대에 문학적 가치를 전승시킬 수 있는 박물관의 역할을 담당하고 있다. 때로는 문학을 매개로 근대의 시대상을 엿볼 수 있는 향토 자료관이 되기도 하며, 다른지역의 방문객에게는 강원지역의 생활사와 문화예술자원을 알릴 수 있는 홍보관이 되기도 한다. 이러한 기능에 따라 문학촌의 장소적 역할은 김유정 작가의 문학세계와 문학적 장소성을 경험할 수 있도록 지원하고, 관광지로서 방문객이 재방문할 수 있도록 장소적 속성을 발굴하여 대중성 확보하도록 운영해야 한다. 또한 지역사회와 협력을 통해 지역의 대표 문화콘텐츠로 활용될 수 있는 방안을 수립하여 문화예술 사업의 확산을 도모할 필요도 있다.

이에 본 연구는 김유정 문학촌이 개관한 후 약 22년이 경과 한 시점에서 김유정 문학촌이 장소적 역할을 어떻게 수행하고 있는지에 착안하여 진행되었다. 김유정 문학촌의 장소적 역할을 밝히는 것은 다시 말하면 장소적 속성을 분석하는 것과 그 의미가 연결된다. 이러한 장소적 속성은 현재 그 장소에서 관계를 맺고 있는 방문객의 활동을 분석함으로써 파악할 수 있다. 장소적 속성은 장소 그 자체로 나타나는 것이 아니라 네트워크를 맺고 있는 인간의 활동과 연관되어 있다. 장소에서 드러나는 인간의 활동은 현존하는 삶을 나타낸다고 볼 수 있으며, 현재의 의식활동은 잠정적인 의식활동까지 포함되어 있다. 따라서 장소에서 나타난 인간의 활동을 분석하는 것은 지평적이면서 지향적인 장소적 속성을 밝히는 데 실마리가 될 수 있다.3) 김유정 문학촌이라는 장소에서 느끼는 방문객의 감정,

---

3) 조광제(1977)는 후설의 현상학을 적용하여 장소는 네트워크이자 지평적인 장임을 밝히면서, 현존하는 삶을 사는 인간은 이 장소에서 상호 관계를 맺는다고 주장하였다. 장소에서 일어나는 인간의 의식활동은 현재 속에 머물러 있는 상태를 의미하지만, 현재는 인간의 잠정적인 의식활동까지 포함하므로 이를 분석하는 것은 장소에서 벌어지는 인간의 의식작용과 의식대상의 지향적인 상관관계를 분석하는 것이라고 하였다. 김성환 외7(1977), 장소철학Ⅰ, 장소의 발견

사고, 경험은 현재의 장소적 속성을 분석하는 것이자, 미래의 지향해야 할 장소적 속성을 밝히는 작업이 될 수 있다.

따라서 본 연구는 김유정 문학촌 방문객의 경험, 구체적인 장소감을 분석 대상으로 데이터에 나타난 장소적 속성을 밝히고자 하였다. 분석자료는 '김유정문학촌'을 검색어로 입력하였을 때 수집된 구글 및 네이버 리뷰데이터 754건을 분석 대상으로 활용하였다. 정량 데이터는 파이썬을 이용하여 수집하였으며, 수집된 데이터를 토대로 KH-Corder를 이용하여 텍스트 네트워크 분석을 실시하였다. 김유정 문학촌 방문객의 개별적 인식에 기초한 감정, 사고, 활동을 텍스트 네트워크 분석을 통해 장소적 의미와 속성을 도출하였다.

II. 이론적 배경

1. 김유정 문학촌의 기능

김유정 문학촌은 김유정 작가와 관련된 자료의 수집, 관리, 전시뿐만 아니라, 김유정 학회와의 학술적 교류를 통해 조사·연구를 지원하며, 다양한 지역 사회 문화예술단체 연계를 통한 문화예술 협력 사업을 수행하고 있다. 김유정 작가의 선양사업으로 '김유정 추도 행사'를 개최하고, 문학을 통한 지역문화 및 축제 활성화 사업으로 '김유정 문학축제', '춘천 실레 이야기길 걷기 행사', '김유정 시 낭송 대회'등 가시적인 사업들을 추진하고 있다.

또한 김유정 문학에 대한 장소 기반 교육의 거점이자 김유정 문학의 산실로서 '김유정 백일장', '김유정 학술상', '김유정 신인문학상', '김유정

: 1부 4장, 조광제, 네트워크 장소의 모색: 후설의 현상학을 바탕으로, 71-90쪽.

푸른문학상'을 시상하여 다양한 신진연구인력 및 청년작가와 신예작가를 발굴하여 현대 문학 정신을 계승하는 작업도 수행하고 있다.

그리고 김유정 문학촌은 지역의 문화예술 산업·관광자원으로서 '금병산', '김유정역', '책인쇄 박물관', '닭갈비', '레일바이크' 등 지역사회 관광상품과 연계하여 지역의 전체 공간을 명소화하고 있다. 김유정 문학촌은 해당 지역의 전체 공간을 브랜딩하면서 지역의 대표적인 이미지를 형성하고 있으며(박일우, 2017)[4), '문학 관광'의 일부로서 새로운 관광산업의 측면에서 지역·환경·문학관이 함께 상생할 수 있는 방안을 지속적으로 모색하면서(정윤경, 2018)[5) 나아가고 있다.

2. 방문객의 장소경험

방문객의 장소경험은 개인의 의식 세계와 의식 활동에 따라 다르게 나타난다. 방문객이 김유정 문학촌을 역사·문화적 관광지로 인식할 때와 자연·휴양 관광지로 인식할 때, 또한 농촌·전원 관광지로 인식할 때의 경험과 장소에 대한 상호작용은 다르게 나타날 것이다.

특히 방문객은 김유정 문학촌에서 김유정 작가의 생애와 문학정신을 간접적으로 체험할 수 있는 기회를 갖게 된다. 우신영(2022)은 이를 장소 기반 문학 경험으로 정의하면서 "지역 사회의 특정한 장소를 문학적 감각과 배움의 원천으로 삼고, 문학 작품 속 장소, 현실 공간의 장소, 해석과 상상된 장소의 중층성을 경험하며, 궁극적으로는 이러한 문학적 장소들을 매개로 지역 사회의 문학, 문화, 문제에 깊이 연루되고 참여하게 하는 경험" 이라고 하였다.[6)

---

4) 박일우(2017), 문학텍스트의 공간구현을 통한 도시브랜드 구축에 관한 연구-조정래의 소설 『태백산맥』의 서사공간을 중심으로, 한국문예창작 16(3) 146쪽.
5) 정윤경(2018), 문학관광자원으로 본 문학관의 활성화 방안 연구, 문화콘텐츠연구 (13), 139-174쪽.

예를 들면 방문객은 김유정 작가의 「봄·봄」에서 나타난 실레마을에 대한 지식이 없는 상태에서 오직 물리적 장소(physical place)로 경험할 때와 미리 「봄·봄」을 읽고 추론하고 상상했던 문학적 장소(Literary place)로 경험할 때의 차이는 매우 크다.7) 특히 방문객은 새로운 장소를 찾아가는 경우가 대부분이므로 사전 정보가 없는 상태에서 문학촌을 둘러보는 경우가 상당할 것이다. 장소감은 문학촌을 단순한 장소가 아닌 친밀한 장소로 인식하는 데서 느껴지는 감정이므로 개인의 과거 경험과 서로 다른 상황적 맥락에 따라 그 밀도가 다르게 나타날 것(Trauer & Ryan, 2005)으로 예상할 수 있다.

본 연구는 방문객의 장소 경험에 대한 범위를 '물리적 장소로 인식하는 긍정적 경험, 물리적 장소로 인식하는 부정적 경험, 문학 작품을 알고 문학적 장소로 친밀감을 느끼는 경험, 전혀 친밀감을 느끼지 못하는 경험'을 모두 포함하여 분석하였다. 이를 통해 장소와 상호작용하는 방문객의 경험, 감각, 맥락이 다르다는 점을 고려하고자 하였다.

3. 장소의 치유적 가능성

「2023 주요관광지점 입장객 통계」에 따르면 2020년부터 약 3년간 코로나 19 펜데믹으로 이동이 제한되고 격리가 의무화되던 시기에도 김유정 문학촌의 유료 입장객 수는 연평균 3만명이 다녀간 것으로 나타났다. 또한 구글과 네이버의 분석데이터 작성 현황을 살펴보면 총 754건 중

---

6) 우신영(2022)은 "문학관에서 우리는 구경하는 관람자, 인증하는 관광객 외 누군가가 될 수는 없을까? 이를테면 문학관과 해당지역이라는 장소에 대한 애착감, 문학관이라는 장소가 전시하고 은유하는 '문학' 그 자체에 대한 향유자, 혹은 문학관 경험을 공유하는 이들과의 공동체가 될 수는 없을까."라고 기술하면서 문학관을 문학적 교류의 장으로 간주하였다. 장소기반 문학 경험 연구: 문학관 교육을 중심으로, 한국언어문학회, 제122권, 한국언어문학회, 122쪽.
7) 우신영(2022), 장소 기반 문학 경험 연구, 한국언어문학 제122권, 127쪽에 박경리 『토지』를 예시로 나타난 것을 저자가 김유정 『봄·봄』으로 재인용하여 작성하였다.

324건에 해당하는 54%의 리뷰가 이 시기에 작성되었고, 방문객의 선호 현상이 뚜렷하게 나타났다.8) 이 시기 김유정 문학촌의 방문객은 왜 급격히 증가하였는가?

이 시기 방문객이 경험한 장소 경험을 분석하기 위하여 사회적 배경, 장소와의 상호작용이 어떻게 이루어졌는지 관심을 기울일 필요가 있다. Relph(1989)는 장소성은 외적으로 존재하는 실체가 아니라 사회적 구성물로서, 이를 이해하기 위해서는 결과와 함께 거듭되는 만남과 복잡한 관련들을 통해 우리의 기억과 관심 속에 건설되는 과정에 관심을 기울여야 한다고 하였다. 따라서 코로나19 펜데믹 상황에서 김유정 문학촌 방문객이 전염의 위험을 감수하면서 이동한 것은 자연풍경에 둘러싸인 고즈넉한 장소를 찾아 떠나는 치유적 장소로서 가능성을 유추하게 한다.

또한 Gatrell(2013)은 장소(place)뿐만 아니라 이동(movement)에도 치유의 힘이 있음을 주장하였다. 즉, 치유적 모빌리티(therapeutic mobilities)를 제시하였는데, 걷기, 자전거, 자동차, 기차, 비행기 등 다양한 형태의 모빌리티가 건강, 웰빙, 치유에 기여할 수 있다고 보았다.9) 이 개념을 적용하여 본다면, 코로나19 펜데믹으로 이동이 제한적인 상황 속에서 방문객이 김유정 문학촌을 찾아가는 것, 기차와 자동차로 이동하면서 기분의 전환을 꾀하는 것, 등산하고 산책하는 행위를 통해 건강, 웰빙을 도모하는 것은 감염병에 대한 불안을 해소하고 신체적 활동의 증진을 통해 치유적 모빌리티를 경험하기 위한 장소라고 할 수 있다.

---

8) 김유정 문학촌의 입장객은 2014년 82만명이 다녀갔으며, 2016년에 유료 개관하면서 12만명이 다녀간 것으로 나타났다. 입장객은 2020년부터 2022년까지 코로나 펜데믹19 기간에 연평균 3만명이 방문하였고, 2023년에는 51만명이 방문하였다. 문화체육관광부, 「주요관광지점 입장객통계집」, 2020-2023년도

9) Gatrell, A.C., 2013, "Therapeutic mobilities: walking and 'steps' to wellbeing and health," Health & Place 22, 98-106쪽.

이에 본 연구는 김유정 문학촌이 갖는 장소의 치유적 가능성을 탐색하기 위하여 리뷰 데이터를 2015년-2019년, 2020년-2022년, 2023년-현재까지 시기별로 구분하였고 주요 키워드를 산출하여 방문객의 경험 속에 나타난 치유적 의미와 내용을 분석하였다.

Ⅲ. 분석 방법 및 설계

1. 텍스트 네트워크 분석

텍스트 네트워크 분석은 텍스트에 출현하는 단어와 단어 사이의 연결관계를 링크로 표시함으로써 구축되는 네트워크를 이용하여 현상을 해석하는 분석기법이다. 주요 텍스트에 나타난 전체의 형상을 파악하여 의미 연결망 구조를 나타내고, 이를 해석하고 분석한다. 이를 통해 계량적으로 분석된 정보를 노드와 링크로 표현된 네트워크 구조로 구축하고, 엄밀한 정량화와 객관적 해석을 통해 대상에 대한 의미적 연관구조를 파악하는 것이 가능하다.

네트워크 분석에는 연결중심성 분석, 매개중심성 분석, 위세중심성 분석이 있다. 연결중심성은 네트워크상의 노드들이 얼마나 많은 연결을 가졌는지 그 연결정도를 측정한다. 한 노드에 직접 연결된 다른 노드들의 개수를 의미하고, 네트워크 내에서 연결된 노드의 합을 의미한다. 매개중심성은 한 노드가 네트워크상 다른 노드들 사이에 위치하는 정도를 측정한다. 매개중심성이 큰 노드는 네트워크상에서 다른 노드들이 가장 많이 거치게 되는 노드이므로 정보에 대한 영향력이 크다고 해석할 수 있다. 위세중심성은 위세 지수 또는 아이겐 벡터라고 불리며, 한 노드가 전체 네트워크상에서 중요한 위치에 있는 다른 노드와 연결된 정도를 의미한다 (차화숙, 2016)[10].

2. 분석개요

자료는 '김유정문학촌'을 키워드로 구글, 네이버 검색창에 검색하였을 때, 리뷰로 등록된 총 754건에 대한 데이터를 분석자료로 사용하였다. 먼저 기초통계량을 파악하기 위하여 작성 건수, 방문 연도, 방문 월, 방문 횟수를 분석하였고, 시기별 빈출어 변화와 의미의 관계성을 파악하기 위하여 키워드 분석, 연결중심성, 매개중심성, 다차원척도법을 이용하였다.

〈표 1〉 텍스트 네트워크 분석 개요

구분	내용
분석시기	2015년부터 2024년 9월까지
분석자료	구글 김유정 문학촌 리뷰데이터 총 561건 네이버 김유정 문학촌 리뷰데이터 총 193건
분석내용	KH Corder를 이용하여 키워드, 매개중심성, 위세중심성, 다차원 척도화 분석

Ⅳ. 분석결과

1. 주요 키워드 분석

전체 데이터를 1구간(2015년-2019년), 2구간(2020년-2022년), 3구간(2023년-2024년 9월)으로 나누고 각각 207건, 324건, 223건을 분석하여 상위 30개의 키워드를 도출하였다. 동일한 단어라도 연도별 빈출어 순위가 달라지고, 다른 단어와 결합하여 새로운 의미를 형성하고 있었다. '김유정', '좋다' 빈출어는 모든 구간에서 1, 2순위를 차지하였으며, '곳',

---

10) 차화숙(2016), 빅데이터 분석을 이용한 도자교육의 연구동향, 한국도자학연구, 제13권 제1호, 142쪽

'문학', '가다', '체험'등 <표 1>의 빈출어가 구간별 하위 순위를 차지하고 있었다.

특히 '곳'이라는 빈출어는 1구간에서 가족, 연인, 아이와 함께 서울 근교의 관광지를 방문하여 사진찍기 좋은 관광명소로의 의미가 크게 나타났다. 2구간에서는 문학촌을 주변의 금병산 경관과 어우러져 한적한 교외에서 쉴 수 있는 휴식의 장소로 힐링의 의미가 크게 나타났다. 3구간에서는 김유정 작가를 알 수 있는 곳으로 학습의 장소, 배움의 장소로 그 의미가 변화하고 있었다.

> [1구간] 아이들과 함께하기에 좋은 곳입니다. 그런대로 볼거리와 주변 먹거리가 함께 있어 잠깐의 시간을 내어 공부와 여행을 함께 하기 좋네요. / 사진찍기 좋은 곳들이 몇 곳 있어요./ 좋아요, 서울에서 가까운 곳으로......(중략)

> [2구간] 고즈넉한 곳이다. / 문학과 풍경이 어우러진 곳, 일제강점기 천재 소설가의 힘들었던 삶을 알 수 있다./ 겨울, 석양의 삭막함이 더한 그곳은 아름다웠습니다./ 김유정 소설과 한적한 공원이 좋아요.

> [3구간] 학습효과 있는 곳 / 김유정의 생애와 작품을 접하고 다녀오면 뜻깊은 곳 / 김유정 작가에 대해 자세히 아는 시간, 생가, 작품, 사모했던 여인, 애니메이션 등/ 김유정 작가의 짧은 생애와 그의 작품세계를 이해하는 데 많은 도움이 되었습니다.

그리고 '문학'이라는 빈출어는 1구간에서 문학 작가, 문학 공간, 문학 산책로, 문학전시관 등 문학적 볼거리가 있는 장소로 이야기되었다. 2구간에서 문학과 풍경, 문학마을, 문학 생활, 문학 이야기, 문학 동네, 문학 정취를 느낄 수 있는 장소로 변화하고 있다. 문학을 향유 하면서 풍경을 즐기고 이야기하는 공간으로 나타났다. 3구간에서는 김유정 작가의 생애를 이해하고, 구체적으로「봄·봄」,「동백꽃」과 같은 작품을 설명하는 의미로 기술되었음을 알 수 있었다.

> [1구간] 한국의 대표적인 단편문학작가 김유정의 고향인 실레마을에 조성한

문학공간……문학산책로가 있고, 문학전시관이 있고(중략)/ 문학전시관, 외양관, 디딜방앗간……(중략)

[2구간] 김유정 작가의 문학이야기가 있고, 둘레길도 걸을 수 있어서 유익한 시간을 보냈다./ 고즈넉하고 조용한 일일 탐방 장소. 꼭 문학적 소양이 없더라도 교과서에서 읽은 소설의 단편을 볼 수 있는 곳

[3구간] 젊은 나이에 요절하신 김유정 소설가의 생가터와 그의 문학적 근간이 되었던 여러 문학들을 직접 파악할 수 있었던 시간이었습니다……(중략)

이밖에 '실레마을','마을'의 단어는 1구간에서 김유정 작가의 고향, 춘천시에서 조성한 공간의 의미로 나타났으나, 2구간에서 문학마을, 한가하고 조용한 힐링 공간의 의미로 사용되었고, 3구간에서는 김유정 생가, 실레마을 이야기길 등 문학촌 내 구체적인 장소를 나타내는 표현들이 나타났다. 특히, 코로나19 펜데믹을 겪었던 2구간에서 힐링, 문학마을, 정취, 풍경과 같은 의미와 연결되어 일상 스트레스를 벗어나 심신의 휴식, 회복과 같은 개인의 욕구를 충족시키기 위한 활동이 수행된 것으로 나타났다. 김유정 문학촌은 서울 근교에 위치하여 이동이 편리하고 산책과 등산에 적합한 장소로 방문객에게 잠깐의 여행으로 심신의 안정과 회복을 도모할 수 있는 장소가 되고 있었다. 여기에 Gatrell(2013)이 제시한 치유적 모빌리티의 개념을 적용한다면, 운동, 걷기, 여행을 통해 육체적 정신적 건강을 모두 도모하고, 부모님, 아이, 연인과 동행하면서 사회적인 상호작용을 수행하고, 날씨, 바람, 오감, 자연환경을 통해 공간, 시간, 신체적 측면에서 치유를 경험한다는 의미와 연결될 수 있다. 즉, 김유정 문학촌에서 방문객은 장소를 매개로 감정적, 정서적, 정신적으로 보완되고 회복되는 과정을 경험한 것으로 나타났다.

2015년-2009년			2020년-2022년			2023년-2024년 9월		
순위	추출어	출현횟수	순위	추출어	출현횟수	순위	추출어	출현횟수
1	김유정	94	1	좋다	160	1	좋다	140
2	좋다	91	2	김유정	123	2	김유정	95
3	곳	60	3	보다	55	3	보다	36
4	가다	31	4	곳	53	4	생가	29
5	보다	30	5	작가	42	5	작가	25
6	많다	29	6	문학	36	7	곳	22
7	역	25	7	하다	36	8	가다	20
9	작가	24	8	작품	35	15	작품	16
10	문학	21	9	가다	34	17	문학	15
17	체험	14	22	체험	16	21	알다	12

2. 연결중심성 및 매개중심성 분석

자료의 연결중심성과 매개중심성을 분석한 결과 총 13개의 클러스터로 나타났다. 이 분석은 단어 간 연결성과 관계성을 파악하는 분석으로 특정 단어가 차지하는 위치를 측정하고 관계를 이해하는 데 유리하다. 전체 리뷰에서 다른 키워드가 많은 클러스터는 1번, 2번, 클러스터로 나타났다.

1번 클러스터는 '김유정'단어를 중심으로 문학촌, 생가, 작품, 작가, 이야기, 입장료 등의 단어와 볼거리, 보다, 많다, 대하여 알다 등 서술어가 연결되어 있었다. 2번 클러스터는 '실레마을'을 중심으로 소설, 속, 고향, 동백꽃, 애니메이션, 문화해설사, 설명, 읽다 등 단어가 연결되어 있었다. 이는 방문객들은 김유정 문학촌에 들러서 생가를 들러서 작품과 작가에 대해 알게 되고, 주로 볼거리가 많다고 느끼고 있었다. 또한 실레마을이라는 구체적 장소가 김유정의 고향이자, 소설 속 배경임을 인식하고 동백꽃 애니메이션을 보거나, 문화해설사의 설명을 들으면서 김유정 문학 작품을 접하고 경험하는 것을 알 수 있다.

〈그림 1〉 매개중심성 서브그래프 분석

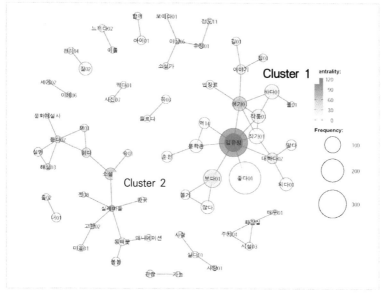

3. 다차원 분석

김유정 문학촌 방문객의 종합적인 장소 경험을 파악하기 위하여 Qin(1999)의 연구에서 제시한 4사분면 이론을 적용하여 분석하였다. Quadrant 1은 중심이면서 성숙한 분야로 주류가 되는 키워드로 볼 수 있으며, Quadrant 2는 중심이지만 미성숙한 분야로 깊이 들여봐야 할 키워드이다. Quadrant 3은 주변이지만 성숙한 분야로 독자적으로 봐야 할 키워드이며, Quadrant 4는 주변이면서 미성숙 된 연구분야로 최근 1-2년 사이 새롭게 등장한 주류 키워드이다.[11]

따라서 1사분면에서 방문객의 중심 의견은 가족, 아이와 함께 김유정 문학촌과 레일바이크를 타는 나들이, 힐링 관광을 하는 장소로 분석되었

---

11) Qin, H. (1999), Knowledge discovery through co-word analysis. Library Trends, p.142.

다. 힐링, 분위기, 다양한, 박물관, 찍다, 둘러보다, 주변, 레일바이크, 닭갈비, 아이, 가족 등의 단어가 모여 있어, 문학촌을 관람하고, 레일바이크를 타고, 닭갈비를 먹는 등 현재의 인식과 체험을 중심으로 한 의견으로 나타났다. 2사분면에서 방문객의 주목해야 할 의견은 춘천에 오면 꼭 한번 들러야 할 장소로, 볼거리가 있고 좋아하는 장소로 분석되었다. 키워드는 볼거리, 재밌다, 좋아하다, 추천, 여행, 친절, 관리, 꼭, 유익으로 장소에 대한 긍정적 인식이 나타났다. 문학촌을 적극적으로 추천함으로써 현재의 인식을 바탕으로 미래에도 방문해야 할 장소로 친밀한 장소감을 형성하고 있었다. 3사분면에서 방문객의 독자적 의견은 작가의 고향과 1930년대 척박한 삶을 보여주는 장소로서 과거의 이야기를 체험하는 장소로 분석되었다. 키워드는 한국, 사랑, 삶, 이상, 실레마을, 멋지다, 보이다, 고향, 이야기, 체험으로 문학촌에 전시된 시설물을 감상하면서 시대적인 배경을 이해하고, 이야기와의 상호작용을 통해 장소성을 형성하고 있는 것으로 나타났다. 4사분면에서 방문객의 새롭게 등장한 의견으로는 「봄.봄」, 「동백꽃」등 소설 속 등장인물에 대한 설명과 김유정 문학작품에 대해 배우는 장소로 분석되었다. 학생, 문학동호회 회원 등 문학 애호가라면 꼭 들러야 할 장소로서 전시물, 책, 문화해설사의 설명을 통해 새롭게 지식을 습득하고 알게 되는 장소로 인식하고 있는 것으로 나타났다.

　따라서 김유정 문학촌 방문객의 대부분은 가족, 친구, 연인과 함께 대중적인 관광지로 방문하게 되지만, 김유정 문학관 시설, 볼거리 등을 통해 친밀한 장소감을 갖게 되면서 재방문에 대한 긍정적 인식을 보유하게 되었다. 그리고 작품과 이야기를 통해 시대를 이해하게 되면서 공간 속에서 장소 기반 문학 경험을 심층적으로 수행하고 있는 것으로 나타났다. 과거의 이야기를 통해 시대적 상황과 우리 삶에 대한 현실 인식을 새롭게 하는 것은 물론이고 김유정 문학에 대한 앎과 지혜를 습득하는 교육의 장소로서 인식하고 있었다.

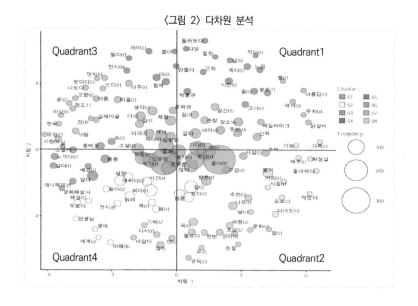

〈그림 2〉 다차원 분석

V. 결론

김유정 문학촌은 강원도를 대표하는 문화예술자산으로 김유정 작가의 문학작품을 수집, 보존, 관리하는 기능 외에 근대 문학 교육 및 학술조사·연구의 산실이자 지역문화 활성화를 위한 관광콘텐츠로서 다양한 기능을 수행하고 있다.

본 연구는 방문객의 장소경험을 바탕으로 김유정 문학촌의 다양한 장소적 기능이 어떻게 나타나는지를 확인하였다. 분석자료는 구글과 네이버에서 작성된 방문객 리뷰데이터 754건을 대상으로 하였고, 분석방법은 텍스트 네트워크 분석을 활용하여 진행되었다. 이를 통해 방문객의 개별적 인식에 근거한 장소경험이 어떻게 나타나는지 다차원적 의미와 장소적 속성을 분석하였다.

먼저 김유정 문학촌의 시기별 방문객 수를 살펴보면, 특히 2020년부터 3년 간 코로나 19펜데믹으로 이동이 제한된 시기임에도 유료 방문객 수는 연평균 3만명으로 비교적 높게 나타났다. 의미연결망 분석결과 방문객은 문학과 풍경이 어우러진 곳, 조용하고 한적한 곳에서 쉴 수 있는 곳 등 문학의 정취와 자연환경을 함께 감상하면서 장소에 대한 친밀감을 나타내었다. 김유정역, 김유정 문학촌, 실레마을 이야기길, 금병산 등산로, 금병산 산림욕장으로 이어진 장소는 치유 경관으로 어우러지면서 힐링을 목적으로 한 방문객에게 치유의 경험을 제공하였다. 이는 김유정 문학촌이 가진 독특한 장소적 특성으로 일상 스트레스를 벗어나 심신의 휴식, 회복, 재충전의 욕구가 큰 개인에게 감정적, 정서적, 정신적 회복을 경험하게 함으로써 치유적 장소와 치유적 모빌리티로 발전할 수 있는 가능성을 보여주었다.

또한 시기별 키워드를 분석한 결과, 김유정 문학촌은 문학을 매개로 한 장소성이 강화되는 경향을 보였는데, 2015년부터 2019년까지 방문객은 서울 근교의 관광명소로 문학촌을 방문하여 사진 찍고, 닭갈비 먹고, 레일바이크를 탔다. 2023년부터 2024년 9월에 다녀간 방문객은 김유정 문학작품에 대한 이해, 문학에 대한 관심과 사랑을 바탕으로 작품세계와 시대적 배경들을 이해하고자 하였다. 시간이 경과할 수록 문학적 장소성이 강화되고 있음을 알 수 있었다.

연결중심성과 매개중심성을 분석한 결과, '김유정'이라는 단어를 중심으로 문학촌, 생가, 작품, 작가, 입장료 등이 연결되었고, '실레마을'이라는 단어를 중심으로 소설, 속, 고향, 동백꽃, 문화해설사, 설명 등으로 연결되었다. 즉, 방문객은 김유정 문학촌에 들러서 생가와 작가에 대해 알게 되는 경험이 인상깊었으며, 작품 속 실레마을의 재현된 공간을 통해 「봄.봄」, 「동백꽃」 등 작품세계에 대한 상호작용을 활발히 하는 것으로 나타났다.

　다차원 분석 결과 방문객의 중심적인 의견은 가족, 연인, 아이와 함께 들러 나들이와 힐링하는 장소로 분석되었다. 이러한 긍정적 인식을 바탕으로 주목해야 할 의견은 춘천에 들르면 꼭 방문해야 할 장소로 친밀한 장소감을 형성하고 있었다. 또한 독자적 의견으로는 문학촌에 전시된 시 설물을 감상하면서 1930년대 한국의 시대상을 이해하고 현재의 삶과 맞 물려 회상하는 장소로 분석되었다. 마지막으로 새롭게 등장한 의견으로는 김유정 문학작품을 읽고, 문화해설사의 설명을 들으면서 새롭게 지식을 습득하는 것으로 나타났다. 이러한 장소 경험은 특정 장소가 인간에게 미치는 영향으로 이해할 수 있다. 이상으로 방문객의 장소 경험을 통해 나타난 김유정 문학촌은 개인의 다양한 의식활동이 전개되는 네트워크적 장소로 발전하고 있었다. 김유정 문학촌의 독창성을 강화하기 위하여 새 롭게 등장한 의견에 주목할 필요가 있으며, 김유정 문학의 저변을 확대하 기 위한 다양한 활동이 전개되어야 할 것이다.

　다만 이 연구는 구글과 네이버에 작성된 리뷰데이터를 텍스트 네트워 크 분석을 이용하여 의미 연결성을 파악한 연구로, 핵심 단어의 출현 빈도 를 가지고 신뢰 및 비신뢰 요인을 파악하기 어려운 한계를 가지고 있다. 이러한 한계를 보완하기 위하여 핵심 단어와 주변 연관 단어의 연관성을 종합적으로 고려하여 분석하였다. 따라서 향후 후속 연구를 통해 장소 경험에 따른 방문객 유형을 세분화하고 유형별 장소적 속성 요인을 실증 적으로 분석하여 김유정문학촌의 역할과 방향을 모색해야 할 것이다.

참고문헌

김나현·양희진, 「비정형 빅데이터를 활용한 장소경험 변화 분석: 인천 강화도를 사례로」, 『도시연구』 제22호, 인천연구원, 2022, 181-209쪽.

노윤선, 「장소성 기반 인물기념관 계획에서 고려해야 할 사항에 대한 연구」, 성균관대학교 디자인대학원 석사학위논문, 2013.

박일우, 「문학 텍스트의 공간구현을 통한 도시브랜드 구축에 관한 연구: 조정래의 소설 태백산맥 공간 서사를 중심으로」, 『문학창작연구』 제16권 제3호, 한국문학창작연구학회, 2017, 137-159쪽.

박향기, 「치유적 모빌리티와 네트워크의 얽힘_서울시민 힐링 프로젝트 속마음버스를 사례로」, 『문화역사지리학회지』 제36권 제2호, 한국문화역사지리학회, 2024, 116-132쪽.

우신영, 「장소 기반 문학 경험 연구: 문학관 교육을 중심으로」, 『한국언어문학』 제122권, 한국언어문학회, 2022, 121-151쪽.

이태헌·정하영·이새미, 「코퍼스 분석을 활용한 지역재생정책 연구: 감천문화마을 관광 활성화를 위한 정책 제언」, 『지역사회연구』 제28권 제1호, 한국지역사회학회, 2020, 22-43쪽.

전윤경, 「문학관광자원으로 본 문학관의 활성화 방안 연구」, 『문화콘텐츠연구』 제13권, 건국대학교 글로컬문화전략연구소, 2018, 139-174쪽.

차화숙, 「빅데이터 분석을 통한 도자 교육의 연구동향」, 『한국도자학연구』 제13권 제1호, 2016, 37-151쪽.

천우용, 「서울의 기념인물과 장소의 역사성」, 『서울학연구』, 서울학연구소, 2004, 89-122쪽.

Gatrell, A.C., 2013, Therapeutic mobilities: walking and 'steps' to wellbeing and health, Health & Place 22, pp.98-106.

Qin, H., Knowledge discovery through collaborative word analysis, *Library Trends*, Vol.48 No.1, 1999, p.133-159.

김유정 신인 문학상 수상작 동화에 나타나는 '아이다움'에 관한 연구*

윤 인 선

I. 들어가며

본고는 김유정 신인 문학상 수상작 동화에 나타나는 '아이다움'에 관해 연구한다. 이를 위해 김유정 신인 문학상 수상작 동화에서 재현하고 있는 아동의 세계(상)과 인식 양상에 대해 살펴볼 것이다. 이상의 논의를 통해 본고는 김유정 신인 문학상 수상작 동화가 상정하고 있는 아동과 성인의 '경계'에서 나타나는 아이다움에 대해 생각해 볼 것이다.

아동은 정서적·사회적으로 미완의 존재로, 공동체의 사회화 과정을 통해 성장해 나간다. 이러한 시기에 만나는 동화는 아동의 삶에서 중요한 사회·문화적 사건이라고 할 수 있다.[1] 동화를 읽거나 듣는 과정은 아동이 새로운 사회를 만나고 공동체의 문화와 지식에 관해 배우며, 더 나아가 정서적으로 성장해 나가는 중요한 과정이기 때문이다. 따라서 다양한 매체가 범람하는 상황 속에서도 동화를 읽거나 듣는 행위의 중요성은 사라지지 않는다.

과거부터 전승되던 전래동화를 비롯한 작품들은 아동에게 친숙한 상황 속에서 보편적인 가치와 삶의 모습을 소통한다. 하지만 상대적으로 현시

---

* 본 논문은 어문연구 212호에 실린 글을 수정 보완한 것이다.
1) 잭 자이프스, 김정아 역, 『동화의 정체』, 문학동네, 2008, 12쪽.

대적 감각에 대한 형상화에서는 다소 약점을 보인다. 따라서 전통적인 전래동화뿐만 아니라, 변화하는 시대적 상황과 감각을 반영하는 새로운 신인 동화작가를 발굴하는 것이 중요하다.

다양한 문학상은 신인 동화작가 발굴의 중요한 창구가 될 수 있다. 현재 국내에서는 50여 가지가 넘는 아동문학상이 존재한다. 하지만 해외 아동문학상과 비교해 볼 때 권위 있는 수여 기관의 부재, 심사 기준 미공개, 어린이·청소년 독자 참여 제한, 정보 접근성 및 홍보 부족과 같은 문제로 확인할 수 있다.[2] 따라서 권위 있는 아동문학상에 주목할 필요가 있다.

본고는 이러한 아동문학상의 중요성을 바탕으로 신인 동화작가의 등용문 중 하나인 김유정 신인 문학상 수상작 동화에 주목한다. 강원도민일보사와 김유정문학촌은 "토착적 언어와 해학으로 한국 단편소설문학의 금자탑을 세운 김유정의 문학혼을 기리기 위하여"[3] 1995년부터 매년 김유정 소설 문학상 공모를 통해 역량 있는 신예작가를 발굴해 왔다. 2012년부터는 김유정 소설 문학상을 김유정 신인 문학상으로 확대·개편하여 동화 부분에 대한 수상을 아래와 같은 진행해 왔다.

회차	년도	수상자	수상작
제18회	2012	강미진	〈하늘이만 아는 비밀〉
제19회	2013	정유담	〈고양이탐정〉
제20회	2014	정보리	〈별빛〉
제21회	2015	김나은	〈나무피리〉
제22회	2016	김현례	〈께끼 도깨비〉
제23회	2017	박그루	〈마법 샴푸〉
제24회	2018	신전향	〈딱풀마녀〉
제25회	2019	정선옥	〈무지개를 뽑는 아이〉
제26회	2020	이수진	〈쉿, 천천히 가는 중입니다〉
제27회	2021	이창민	〈여우비의 가면〉
제28회	2022	소향	〈또 정다운〉
제29회	2023	정복연	〈장마가 끝났다〉

2) 이슬, 「한국 아동문학상 제도의 실태와 개선 방향」, 공주대학교 석사학위 논문, 2019, 42~74쪽.
3) http://www.kimyoujeong.org/theme/basic/html/exhibition/award.php

김유정 신인 문학상에서 지향하는 '문학혼'은 성인뿐만 아니라, 아동에게도 공동체 구성원으로서 지녀야 할 교육적 요소와 함께 '토착적 언어와 해학'에 바탕을 둔 유희적인 요소를 통한 재미와 정서 발달을 위해 소통될 수 있는 보편적인 가치이다. 따라서 신인 동화작가의 등용문으로 역할을 해온 김유정 신인 문학상은 새로운 동화 창작과 소통을 위한 창구로서 주목해 볼 만한 가치가 있다. 이러한 맥락에서 아동을 매개로 무엇을 어떻게 이야기하고 있는가에 대한 논의를 통해 김유정 문학상 수상작 동화가 그동안 이어온 가치를 판단할 수 있다.

일반적으로 동화는 아동의 모습이나 그들이 알아야 하는 사회적 규범이나 도덕, 더 나아가 과학이나 언어를 비롯한 지식을 쉬운 표현이나 아동에게 친숙한 매개체(그림 등)를 통해 서술한다. 이때 동화를 통해 전달하고자 하는 내용은 아동들이 재미를 느끼는 유희적 요소나 아동의 세계를 반영하는 소재와 같은 아동 고유의 특성을 반영하는 것뿐만 아니라, 성인에 의해 선택된 교육적 지식이나 사회화를 위한 규범 등이 포함된다. 다만 그것을 전달하는 방식에 있어서 아동의 언어나 모습 혹은 그들에게 매력적이고 쉽게 소통할 수 있는 전략을 활용한다. 이는 아동뿐만 아니라, 성인에게도 효과적인 소통 방식이 될 수 있다. 보편성을 지닌 사회적 가치를 매개로 서술된 동화의 경우 아동뿐만 아니라, 성인도 함께 향유 할 수 있는 작품이 된다. 따라서 동화는 기본적으로 아동을 위한 문학이면서 경우에 따라서는 아동을 매개로 성인들을 위한 장르이기도 하다.

동화가 지닌 아동과 성인의 경계적인 모습이 나타나는 원인에 대해 잭 자이프스(Jack Zipes)는 "동화에 대한 대부분의 독자와 작가, 대리인, 편집자나 비평가, 출판업자들 뿐만 아니라, 책을 보급하고 소유하고 있는 사람들조차 성인들"[4]이기 때문이라고 말한다. 다시 말해 동화는 아동을 대상으로 하는 아동을 위한 것이지만, 아동 스스로가 창작하는 것이 아니기 때문에 내용과 형식 구성에 있어서 자율성에 대한 논란에 바탕을 둔 경계적인 모습이 어렵지 않게 나타나는 것이다.

이러한 맥락을 전제로 본고는 김유정 신인 문학상 수상작 동화가 아동을 매개로 '무엇을' '어떻게' 창작하는지, 더 나아가 궁극적으로 동화의 경계성 속에서 '아이다움'[5]을 어떻게 형상화하고 있는지에 대해 살펴볼 것이다.

II. 김유정 신인 문학상 수상작 동화에 재현된 아동의 세계(상)

동화는 관점에서 따라서 '아동을 위한 문학' 혹은 '아동을 매개로 성인이 함께 공유하는 문학' 등과 같이 다양하게 정의 내릴 수 있다.[6] 그럼에도 불구하고 김경중의 "아동문학은 동심 세계의 문학이라고 정의한다. 동심 세계의 문학이란, 어린이의 마음 자체를 느끼고, 생각하고, 표현하는 문학이다."[7]라는 정의에서 알 수 있듯이, '아동' 혹은 '아동의 마음(세계)'를 매개로 서사가 전개되어야 한다는 점은 부정할 수 없다. 따라서 김유정 신인 문학상 수상작 동화에 나타나는 '아이다움'에 대해 논의하기 위해서

---

4) Jack Zipes, *Sticks and Stones: The Troublesome Success of Children's Literature from Slovenly Peter to Harry Potter*, New York:Routledge, 2001, p.40.
5) 본고에서 상정하는 '아이다움'이란 작품 안에서 '아동을 어떠한 존재로 인식하고 서술하고 있는가'에 바탕을 둔다. 다시 말해, 아이다움이란 동화의 작가가 아동의 삶을 매개로 서사를 전개하는 과정에서 독자로서 상정한 아동의 자질이나 모습을 의미한다.
6) 박화목은 "아동문학은 문학 작가가 일차적으로 어린이를 독자 대상으로 창조한 동심의 문학이다."이라고 정의하면서 동화의 독자를 아동(어린이)로 한정한다. 하지만 대부분의 선행 연구는 동화의 독자를 아동과 서인 모두로 설명한다. 대표적으로 석용원은 "아동문학이란 작가가 어린이나 동심의 고향으로 돌아가고자 하는 어른에게 읽힐 것을 목적으로 창조한 시, 동화, 소설, 희곡의 총칭한다."고 정의하였다. 즉 동화의 독자를 아동과 어른 모두로 상정하고 있다. 신현재, 『아동문학의 이해』, 박이정, 2010, 23쪽.
7) 김경중, 『〈그래, 그게 바로 나야〉: 김경중 창작 동화집』, 신아출판사, 1994, 3쪽.

는 먼저 작품에 나타나는 '아동의 세계' 즉, 작품 안에서 아동이 살아 움직이는 구체적인 세계의 모습에 관해 살펴보아야 한다.

장 피아제(Jean Piaget)에 따르면 아동은 성인의 것과 구분되는 고유한 세계를 지닌다. 따라서 아동은 성인과는 다른 자신만의 방법으로 세상을 이해하고 표현한다. 그는 성인과 구별되는 아동 고유의 세계를 '실제론', '물활론', '인공론'의 관점에서 설명한다. 먼저 '실재론적 세계'란 아동은 주체와 객체를 구분하지 못하며 자신의 시각을 절대적인 것으로 여긴다는 것을 의미한다. 따라서 아동에게 꿈이나 환상은 외부 세계에서 벌어지는 것이 아니라, 실재 자신의 세계와 연결되어 그 안에서 실재하는 것으로 나타난다. 다음으로 '물활론적 세계'란 아이의 시선에서 세상의 모든 것들은 살아 있는 대상, 즉 의식이 있는 것으로 간주하는 양상을 의미한다. 따라서 아이들에게 환상적인 존재, 무생물, 인공물 등은 모두 살아 있는 것이며 이들과의 소통은 당연한 것으로 간주한다. 끝으로 '인공론적 세계'란 모든 사물을 누군가가 특정한 이유로 만든 것으로 보는 경향을 의미한다. 따라서 아동은 성인의 상식에서 벗어날지라도 세상의 모든 대상 사이에서 인과관계를 발견할 수 있다.[8]

앞서 살펴본 아동의 세계(상)은 합리성과 논리에 기반한 성인의 것과 다르게 환상이나 마법의 모습을 통해 효과적으로 나타난다. 따라서 동화에서의 환상성을 형상화하는 장치들은 작품의 문학성을 결정하는 중요한 요소가 되기도 한다.[9] 이러한 환상성은 독자로서 아동에게 문학을 놀이의 대상으로 간주하여 재미를 경험할 수 있게 한다.[10] 뿐만 아니라, 환상성을

---

8) 변학수, 『아동문학의 발견-마법과 환상, 그리고 아이다움』, 경북대학교 출판부, 2023, 40~90쪽 참조.
9) 선주원, 「한국 환상 동화의 환상성 구현 방식 연구」, 『한국아동문학연구』 제20호, 한국아동문학회, 2011, 214쪽.
10) 이지영, 「환상동화 텍스트의 재미 요소 연구」, 『한국아동문학연구』 제24호, 한국아동문학학

지닌 서사는 "말해지지 않은 부분, 보이지 않는 것, 즉 지금까지 침묵 당하고 가려져 왔으며 은폐되고 '부재 하는' 것으로 취급되어 온 것들을 추적"[11]하는 과정에서 사회적인 모습이나 타자성을 드러내기도 한다. 다시 말해, 아동의 세계(상)을 보여줄 수 있는 환상과 마법의 소재 역시 놀이성에 바탕을 둔 아동의 모습과 사회의 이면을 드러내는 경계성을 지닌다.

이러한 맥락 속에서 2012년부터 2023년까지 김유정 신인 문학상 수상작 동화에 나타나는 환상이나 마법을 소재로 한 작품을 살펴볼 수 있다. 이를 위해 김유정 신인 문학상 수상작 동화에 나타나는 주요 사건을 정리하면 아래와 같다.

작품명	주요 사건
〈하늘이만 아는 비밀〉(2012)	이혼한 어머니에게 편지쓰기
〈고양이탐정〉(2013)	고양이를 찾아주는 주인공
〈별빛〉(2014)	할머니에게 마음을 고백하는 편지쓰기
〈나무피리〉(2015)	장애가 있는 형과 뮤지컬 보러가는 동생의 이야기
〈께끼 도깨비〉(2016)	손자에게 줄 케이크(사실 손자는 이미 죽음)를 엄마가 없는 도깨비에게 나누어주는 할머니
〈마법 샴푸〉(2017)	반려견의 죽음과 상실의 아픔
〈딱풀마녀〉(2018)	학교 폭력에 대해 거짓말을 해야 하는 상황
〈무지개를 뽑는 아이〉(2019)	교통사고가 난 엄마를 위해 무지개를 뽑고 싶은 주인공
〈쉿, 천천히 가는 중입니다〉(2020)	요양원에 사는 치매 걸린 할머니
〈여우비의 가면〉(2021)	외모 콤플렉스 마주하는 주인공
〈또 정다운〉(2022)	학교 폭력으로 인해 전학을 간 상황과 대인기피
〈장마가 끝났다〉(2023)	무섭게 생긴 아저씨에 대한 오해 풀기

이때 김유정 신인 문학상 수상작 동화 12편 중 5편에 해당하는 〈하늘이만 아는 비밀〉(2012), 〈께끼 도깨비〉(2016), 〈마법 샴푸〉(2017), 〈딱풀마녀〉(2018), 〈여우비의 가면〉(2021)은 각각 '소원을 이루어 주는 느티

회, 2013, 294쪽.
11) 로즈마리 잭슨, 서강여성문학연구회 역, 『환상성』, 문학동네, 2007, 12~13쪽.

나무', '도깨비', '나쁜 기억을 지워주는 마법 샴푸', '말을 못하게 만들어 주는 마녀', '멋진 외모를 만들어주는 가면'과 같은 환상이나 마법 소재를 매개로 서사를 전개한다. 그 외에 <고양이탐정>(2013), <별빛>(2014), <나무피리>(2015), <무지개를 뽑는 아이>(2019), <쉿, 천천히 가는 중입니다>(2020), <또 정다운>(2022), <장마가 끝났다>(2023)에는 아동이 살고 있는 현실사회를 배경으로 한다.

먼저 환상과 마법을 소재로 하고 있는 작품 중 <하늘이만 아는 비밀>(2012)은 '소원을 이루어 주는 느티나무'라는 환상성이 개입된 소재를 매개로 서사가 전개된다.

> 언젠가부터 아이들은 고민이 있거나 비밀이 생기면 느티나무를 찾아가 털어 놓곤 하였습니다. 아이들이 소원을 빌수록 느티나무는 점점 더 푸른 색을 띠었습니다.

위 인용에서 나타나는 작품의 초반 설정과 같이 <하늘이만 아는 비밀>(2012)에서는 인공물인 느티나무도 인간과 소통할 수 있는 생명을 지니고 살아있으며, 아이들의 고백을 통해 고민을 들어준다는 환상적인 이야기를 통해 물활론적이며 인공론적인 세계를 재현한다. 하지만 서사가 전개되는 과정에서 이러한 설정은 거의 활용되지 않는다. 오히려 어버이 날에 이혼으로 인해 자신에게 소홀한 부모님에게 자신의 마음을 담은 편지를 써야 하는 상황에서 울먹이는 주인공 하늘이의 모습을 아래와 같이 서술한다.

> "이건 비밀인데, 느티나무에 소원을 빌 때 꼭 지켜야 하는 건 바로 마음을 다해서 빌어야 한다는 거야."
> 하늘이가 해맑게 웃습니다. 이제야 그 의미를 알 것 같습니다. 힘이 들더라도 마음을 맞추기 위해 노력하다 보면 더 큰 행복이 찾아오는 걸 말입니다.

즉 작품에서는 가족에 대한 사랑이라는 맥락 속에서 부모님의 마음을 이해하는 모습을 보여주기 위한 도구로서 환상성이 개입된 소재인 느티나무를 활용한다. 이러한 환상성이 개입된 소재는 서사 전개에 핵심적인 역할을 하기보다는 작품의 주제라고 할 수 있는 이혼 가정에서 부모와 자식 간의 상호 이해를 위한 노력을 극적으로 보여주기 위한 도구로서 작용한다.

<께끼 도깨비>(2016)는 도깨비라는 환상성을 지닌 소재를 통해 아동의 물활론적인 세계를 보여준다. 이 과정에서 도깨비와 할머니가 서로의 상황을 이해하고 함께 가족을 이루는 모습이 나타난다. 손자를 위해 케이크를 준비하던 할머니가 발을 다친 도깨비를 만나면서 벌어지는 사건에 대해 아래와 같이 서술한다.

> "도깨비는 신이 났어요. 발이 벌써 다 나은 것 같았지요. 도깨비는 유모차에 낑낑대고 올라타며 말했어요."
> 할머니는 더없이 좋았어요. 몇 해 전 병으로 멀리 떠난 손자가 다시 살아온 것만 같았거든요. 할머니는 허리 아픈 줄도 모르고 발걸음이 빨라졌지요."

위 인용에서 확인할 수 있듯이, <께끼 도깨비>(2016)는 각각 부모와 손자를 잃어버린 도깨비와 할머니가 함께 의지하며 살아가게 되는 결말을 보여준다. 이때 <께끼 도깨비>(2016)는 도깨비라는 현실에 존재하지 않지만, 다양한 마법 능력을 지닌 환상의 소재를 활용한다. 하지만 작품 안에서 도깨비를 결손 가정의 아동으로 치환하여도 서사 전개 과정에 문제가 발생하지 않는다. 다시 말해, <께끼 도깨비>(2016)에 활용된 도깨비는 마법 능력을 지닌 존재라기보다는 아동이 흥미롭게 관심을 가질 만한 특징을 지닌 존재로서의 도구적 기능을 한다. 그리고 도깨비라는 소재를 통해 <께끼 도깨비>(2016)의 주제 의식이라고 할 수 있는 결손 가족의 할머니와 어린 도깨비의 만남과 이질적인 존재가 서로를 위하는 모습을 흥미롭게 보여준다.

<마법 샴푸>(2017)는 나쁜 기억을 지워주는 마법 샴푸 가게를 운영하는 미스터 장의 이야기를 바탕으로 서사가 전개된다. '샴푸를 통해 기억을 지운다'라는 마법은 성인의 상식에서는 벗어날지 모르지만, 아동의 입장에서는 머리를 감는 과정, 즉 머리를 깨끗하게 하는 과정을 통해 나쁜 기억을 지운다는 고유의 인과적인 논리를 지니며 서사가 전개되는 인공론적 세계상을 보여준다. <마법 샴푸>(2017)의 주인공 조이는 "머핀이 죽었다는 기억을 지우면 난 행복해질까?"라는 인용에서 알 수 있듯이, 반려견 머핀이 죽은 고통스러운 기억에서 벗어나기 위해 미스터 장의 가게를 찾는다. 하지만 궁극적으로 조이는 자신이 마주한 상황에 대해 아래와 같이 이야기 한다.

> 힘든 기억 속에서도 머핀이 있어요. 아무리 지우려 해도. 힘들지만 머핀이 죽은 건 너무 너무 슬프지만 그 기억을 지우면 난 머핀의 모든 걸 기억하는 친구가 아닌 걸요. 그럴 순 없어요.

그리고 이러한 조이의 모습에 대해 미스터 장은 아래와 같이 반응한다.

> 미스터 장은 처음으로 자신이 하는 일에 대해 생각했지. 인정하고 싶지 않았지만 뭔가 잘못되었다는 걸 깨달았어. 힘든 기억은 스스로 극복해야하는 걸. 그 과정을 통해 진정으로 멋진 어른이 될 수 있다는 걸 말이지.

이처럼 <마법 샴푸>(2017)은 아동인 조이의 행동을 통해 성인인 미스터 장이 교훈을 얻는 과정에서 작품의 주제를 형상화한다. 이때 마법 샴푸라는 마법의 도구는 아동이 아닌, 성인을 각성시키는 수단이 된다. <마법 샴푸>(2017)에서 조이는 마법 샴푸가 지닌 능력과 상관없이 자신의 상황을 판단한다. 즉 마법 샴푸라는 소재를 통해 환상이나 마법에 기반한 아동의 활동이 그려지기보다는 마법 샴푸로 기억을 지울 수 있다는 인공론적 세계관 속에서 기억 지우기를 거부하는 아동의 모습을 통해 '힘든 기억의 극복'이라는 작품의 주제를 형상화한다.

<딱풀마녀>(2018)는 학교 폭력에 대해 어른들의 강요로 인해 거짓말을 해야 하는 상황에 놓인 주인공 민우가 마녀에게 소중한 것을 주고(친구의 전학) 획득한 딱풀 마법을 통해 입이 붙어서 말을 할 수 없게 되는 상황 속에서 벌어지는 사건을 서술한다. 소중한 것을 주고 얻은 마법 딱풀로 입을 붙여 준다는 설정은 도깨비와 같은 물활론적 세계상과 '딱풀의 접착성=입을 붙인다'는 인과적 논리를 지닌 인공론적 세계상을 보여준다. 하지만 <딱풀마녀>(2018)의 서사는 아래와 같이 마무리된다.

> "저 소원 취소요."
> "뭐야. 이랬다 저랬다 하는게 어디 있어."
> 아직 기회는 있을지도 몰라. 나는 펄펄 뛰는 마녀를 뒤로하고 다시 교장실을 향해 달리기 시작했어."

즉 주인공 민우는 잘못된 어른들의 뜻을 따르기 위해 딱풀마녀와 거래했던 진실을 함구하는 상황을 거절하고, 소중한 친구를 지키며 불의를 밝히기 위해 나아가는 모습을 보여준다. 이때 <딱풀마녀>(2018)의 서사 전개에서 마녀의 마법을 주인공 민우의 내적 갈등만으로 대체해도 주제나 서사 전개에 큰 변화는 없다. 이는 <딱풀마녀>(2018)의 서사 전개에 있어서 성인을 위한 소설이라면 주인공의 내적 갈등으로 보여주었을 상황을 마녀와 딱풀을 활용한 마법이라는 아동에게 흥미로운 상황을 통해 보여주는 것이다. <딱풀마녀>(2018)에서의 마법은 학교 폭력에 대해 함구하느냐, 진실을 말하느냐에 관한 주인공의 내적 갈등 상황을 반영하는 도구라고 할 수 있다. 이러한 서사 전개를 통해 <딱풀마녀>(2018)에서는 학교 폭력과 같은 사회적 문제를 마주하는 아동의 모습을 흥미롭게 형상화하는 과정에서 마법 소재를 도구적으로 활용한다.

끝으로 <여우비의 가면>(2021)은 외모 콤플렉스로 인해 고민하는 주인공 노단의 모습을 보여준다. 노단은 학교 연극에서 인어공주를 하고 싶지만, 예쁘지 않은 외모로 인해 오디션조차 참여하기 어려운 상황에 놓인다. 이때 노단은 여우비를 만나 얻은 가면으로 인해 예쁜 모습을 가질 수 있게 되었다. 하지만 그것이 자신의 진짜 모습이 아니고 상대를 속인다는 생각과 언젠가 자신의 진짜 모습이 들킬 수도 있다는 불안감에 내적인 갈등을 경험한다. <여우비의 가면>(2021)에 나타난 가면은 외모를 변화 시켜줄 수 있는 가면이라는 마법의 소재로서 앞서 살펴본 도깨비와 같은 존재인 여우비의 등장과 마법 샴푸와 같이 신비한 마법 능력을 지닌 대상이라는 점에서 아동의 물활론, 인공론적 세계상을 보여준다. 하지만 <여우비의 가면>(2021) 역시 이전 작품과 다르지 않은 결말을 구성한다.

> "나도 알아. 이게 내 모습이 아닌 거. 나도 안다고!"
> 문을 벌컥 열었다. 번개가 번쩍이더니 천둥소리가 내 마음을 쾅 때렸다.
> "처음부터 인어공주가 자신의 모습으로 그대로 다가갔다면 왕자가 진심으로 알아봤을지도 몰라. 나는, 나는! 인어공주처럼 살지 않을 테야. 물거품이 되긴 싫어"

이는 앞서 살펴본 <딱풀마녀>(2018)에서와 같이 주인공의 내적 갈등을 고조시키며, 우리 사회의 잘못된 외모지상주의에 대한 경종을 울리기 위한 소재로 마법을 활용하는 모습이라고 할 수 있다.

이처럼 김유정 신인 문학상 수상작 동화 중 <하늘이만 아는 비밀>(2012), <께끼 도깨비>(2016), <마법 샴푸>(2017), <딱풀마녀>(2018), <여우비의 가면>(2021)에서는 환상성이나 마법을 소재로 활용하면서 '실재론, 물활론, 인공론'에 기반한 아동의 세계상을 보여준다. 하지만 서사의 전개 과정에서 이러한 아동의 세계상은 이혼 가정에서 부모와 자식 간의 이해(<하늘이만 아는 비밀>(2012)), 결손 가정에서 아이와 할머니의 따뜻한 만남(<께끼 도깨비>(2016)), 상실의 아픈 기억을 대하는 자세(<마법 샴푸>(2017)), 학교 폭력과 어른들의 부당한 지시(<딱풀마녀>(2018)), 외모 지상주의 비판(<여우비의 가면>(2021))와 같은 작품의 현재 우리가 살아가는 사회의 문제를 담은 주제들을 형상화하기 위한 도구로서 활용된다. 다시 말해, 환상성이나 마법의 소재와 같은 아동의 세계상을 반영한 요소들이 서사 전개를 통해 그들의 꿈이나 모험, 아동 고유의 무의미성12) 등을 보여주기보다는 결손 가정, 학교 폭력, 외모 지상주의와 같은 현시대의 사회적 문제를 보여준다. 이를 통해 마법이나 환상과 같은 아동의 세계(상)이 반영된 소재들은 작품에 나타난 사회적 문제에 대해 쉽게 소통하기 위한 매개 도구로서 활용된다. 이를 통해 김유정 신인 문학상 수상작 동화에 재현된 아동의 세계(상)은 아동이 주체적으로 설계하고 체험하는 세계 혹은 아동의 특징이 반영된 세계라기보다는, 현시대의 '사회적 결핍이나 이슈에 기반한 세계를 소통하기 위한 도구'로서 형상화된다. 다시 말해, 김유정 신인 문학상 수상작 동화에 나타나는 환상이나 마법은 놀이적 요소보다는 로즈마리 잭슨이 논의한 것과 같이 서사를 매개로 사회 이면의 모습 혹은 한 단면을 보여주는 기능을 하는 것이다.

이러한 모습 <고양이탐정>(2013), <별빛>(2014), <나무피리>(2015), <무지개를 뽑는 아이>(2019), <쉿, 천천히 가는 중입니다>(2020), <또 정다운>(2022), <장마가 끝났다>(2023)과 같이 환상성이나 마법의 소재를 다루지 않고 있는 작품에서 더욱 명확하게 나타난다. <고양이탐정>(2013)은 집을 나간 고양이를 찾아주는 어린이 탐정 최강록의 활동을 보여준다. 하지만 작품을 마무리하면서 주인공이 고양이탐정으로 활동하

---

12) 코르네이 추콥스키, 홍한별 역, 『두 살에서 다섯 살까지 : 아이들의 언어 세계와 동화, 동시에 대하여』, 양철북, 2006, 143쪽.

게 되었던 이유에 대해 아래와 같이 말한다.

> "모든 돈으로 엄마를 찾을 것이다. 고양이탐정은 훈련일 뿐이다. 엄마를 찾기
> 위한 훈련. 내가 정말 찾고 싶은 건 바로 우리 엄마다."

주인공 최강록이 살아가는 세상은 고양이탐정이라는 아동을 위한 모험이 존재하는 것이 아니라, 이혼 가정에 대응하며 살아가는 아동의 삶을 형상화한다.

이외에도 <별빛>(2014)에서는 할머니와 살아가는 가정의 주인공 율이가 자신의 마음을 표현하는 모습이, <나무피리>(2015)에서는 청각장애를 지닌 형을 부끄럽게 생각하던 동생의 모습이, <쉿, 천천히 가는 중입니다>(2020)에서는 치매에 걸린 할머니를 만나는 손자의 모습이, <또 정다운>(2022)에서는 학교 폭력으로 인해 대인 기피가 있는 주인공 정다운이 친구에게 마음을 열어가는 모습이, <장마가 끝났다>(2023)에서는 무서운 외모 때문에 거리를 두었던 옆집 아저씨와 친해지는 모습이 나타난다. 이를 통해 작품 안에서는 이혼 및 결손 가정, 이웃 간의 소통, 장애 및 형제 가족 등과 같은 현시대의 '사회적 결핍이나 이슈에 기반한 세계'를 형상화한다.

다만 <무지개를 뽑는 아이>(2019)의 경우 아동의 시선이 아닌, 인형 뽑기 기계 속 인형으로 의인화하였다는 점에서 다른 작품들과 차이를 보인다. 하지만, 무지개 인형을 뽑으려는 민우를 통해 '자신을 구하려다 사고가 난 어머니의 병을 낫게하고 싶어하는 아이의 모습'을 보여주며 가족 간의 사랑이라는 사회적 이슈에 기반한 세계를 형상화한다.

이처럼 김유정 신인 문학상 수상작 동화에서는 성인과는 다른 아동 고유의 세계(상)보다는 가정, 이웃, 장애, 학교 폭력, 외모 지상주의와 같은 현시대 우리 사회의 가치나 이슈를 매개로 하는 세계(상)을 형상화

한다. 그리고 마법과 환상에 기반한 아동의 세계(상)을 반영하는 소재들은 작품에서 주어진 현시대의 구체적인 사회적 가치나 이슈로 인해 나타나는 문제 상황을 독자들에게 흥미롭게 소통하기 위한 '도구'로 기능한다.

III. 김유정 신인 문학상 수상작 동화의 아동 인식 양상

김유정 신인 문학상 수상작 동화에 재현된 아동의 세계(상)은 학교 폭력, 외모 문제, 결손 가정과 같은 현시대의 사회적 이슈나 가치를 소통하기 위한 양상으로 전개된다. 김유정 신인 문학상 수상작 동화에 나타나는 아이다움에 관해 논의하기 위해서는 이러한 세계(상) 속에서 아동을 어떤 존재로 인식하고 서술하는지에 대해 생각해 볼 필요가 있다.

필립 아리에스(Philippe Ariès)는 아동이 그려진 회화 작품에 대한 분석을 통해 아동에 대한 인식은 시대에 따라 변화해 왔음을 밝힌다. 그는 13세기 말까지의 로마네스크 양식의 회화 속에서 아동은 특정한 방식이 없이 축소된 어른으로 그려졌다. 또한 17세기 벨라스케스가 그린 작품에서는 아동이 성인과 같은 옷을 입고 있으며 표정 역시 성인과 큰 차이가 없음을 지적하며, 당시에는 아동에 대한 별도의 인식과 관점이 없었다고 주장한다.[13] 즉 그는 회화 구성에서 아동 고유의 주체적인 모습이 나타나지 않으며, 단지 성인에 대한 모방적 존재로서 나타난다는 점을 통해 당시 아동에 대한 수동적인 인식 양상을 분석하였다.

이러한 필립 아리에스의 논의에 따라 김유정 신인 문학상 수상작 동화

---

13) 필립 아리에스, 문지영 역, 『아동의 탄생』, 새물결, 2003, 109쪽.

에 나타나는 아동에 대한 인식은 서사적 상황 속에서 그들이 어떠한 행위를 하는 존재로 그려지는지에 대한 분석을 통해 확인할 수 있다. 이는 작품 안에서 주어진 서사적 문제 상황을 아동이 어떻게 해결하는지를 통해 나타난다.[14]

김유정 신인 문학상 수상작 동화에 나타나는 서사적 문제 상황과 이에 대한 아동의 대응 양상은 아래와 같이 정리할 수 있다.

작품명	문제 상황	대응 양상
〈하늘이만 아는 비밀〉 (2012)	이혼으로 인해 자신에게 소홀한 어머니	자기-성찰 (주어진 상황에 대한 고민)
〈고양이탐정〉 (2013)	엄마의 부재	자기-성찰 (주어진 상황에 대한 대응 행동)
〈별빛〉 (2014)	부모님의 부재와 할머니에 대한 원망	관계성의 형성 (할머니와의 대화)
〈나무피리〉 (2015)	장애를 가진 형에 대한 부끄러움	자기-성찰 (주어진 상황에 대한 고민)
〈께끼 도깨비〉 (2016)	손자를 잃은 할머니와 부모를 잃은 도깨비	관계성의 형성 (결핍 상황에 대한 상호 이해와 의지)
〈마법 샴푸〉 (2017)	반려동물을 잃은 아픔	자기-성찰 (주어진 상황에 대한 고민)
〈딱풀마녀〉 (2018)	학교 폭력 상황에 대해 거짓말을 하라는 어른들의 지시	자기-성찰 (주어진 상황에 대한 대응 행동)
〈무지개를 뽑는 아이〉 (2019)	자신을 구하려다 다친 어머니에 대한 미안함	자기-성찰 (주어진 상황에 대한 대응 행동)
〈쉿, 천천히 가는 중입니다〉 (2020)	치매에 걸린 할머니에 대한 어색함	관계성의 개선 (할머니에 대한 이해)
〈여우비의 가면〉 (2021)	외모 콤플렉스	자기-성찰 (주어진 상황에 대한 고민)
〈또 정다운〉 (2022)	학교 폭력으로 인한 대인기피	관계성의 형성 (자기와 비슷한 상황의 친구와 공감대 형성)
〈장마가 끝났다〉 (2023)	무서운 옆집 아저씨	관계성의 개선 (아픈 어머니를 도와주는 사건을 통해 편견 극복)

---

14) 김세희 · 김민희, 「한국창작그림책에 나타난 아동의 주도성 분석」, 『어린이 문학교육 연구』 8권 1호, 한국어린이문학교육학회, 2007, 49쪽.

위 표를 통해 확인할 수 있듯이, 김유정 신인 문학상 수상작 동화에 나타나는 아동이 마주하는 문제 상황은 부모의 이혼, 반려동물을 포함한 가족 구성원의 죽음을 비롯하여 치매에 걸린 할머니와 장애를 가진 가족, 자신을 구하려다 다친 어머니, 이웃 간의 소통 부재로 인한 오해, 외모지상주의, 학교 폭력을 비롯한 사회적 문제에 이르기까지 다양하게 나타난다. 하지만 이러한 다양한 문제 상황에 관해 주인공으로서 아동이 주도적으로 대응해 나가는 행위는 '자기-성찰'과 '관계성의 개선'으로 유형화할 수 있다.

먼저 김유정 신인 문학상 수상작 동화에 나타나는 문제 상황에 대해 아동의 '자기-성찰'을 통한 깨달음과 이를 통한 행동의 변화 양상으로 대응해 나가는 유형이다. 이러한 모습은 <하늘이만 아는 비밀>(2012), <고양이탐정>(2013), <나무피리>(2015), <마법 샴푸>(2017), <딱풀마녀>(2018), <무지개를 뽑는 아이>(2019), <여우비의 가면>(2021)에서 나타난다.

<하늘이만 아는 비밀>(2012)에서는 이혼으로 인해 바쁜 상황 속에서 자신에게 많은 신경을 쓰지 못하는 어머니에 대한 섭섭한 마음에 대해 주인공 하늘이는 아래와 같이 생각하면서 눈물을 보인다.

> 당장이라도 편지를 써야 한다면 하늘이는 이렇게 쓰고 싶습니다. 그게 선생님이 말하는 진짜 마음인 것만 같습니다. 하지만 하늘이에게 사실을 말해주기까지 엄마는 얼마나 힘이 들었을까요? 또 얼굴도 보지 못한 아빠는 얼마나 속이 상하셨을까요? 하늘이는 가슴 속 깊이 있는 마음이 무엇인지 정말 모르겠습니다.
> "하늘아, 매일 혼자 두는 시간이 많아서 미안해."
> "우리 아들, 혼자서도 씩씩하게 잘 견뎌줘서 고마워."
> 엄마가 매일 해준 말들이, 그냥 가슴 속에 콕 던져버렸던 말들이 하늘이의 가슴에서 슬그머니 떠오릅니다. 깊숙한 그곳에서 엄마의 말들이 빗방울처럼 툭툭 튀어오를 때마다 하늘이의 눈시울이 더욱더 붉어집니다.

다시 말해, <하늘이만 아는 비밀>(2012)에서 주인공 하늘이는 자신이 마주한 문제 상황에 대해 어머니가 매일 해준 말을 되새기고, 그것을 생각하면서 어머니의 상황을 이해하려고 노력한다. 그리고 이러한 하늘이의 모습에 담임 선생님은 "하늘이가 이제야 진짜 마음을 찾았나보구나."라며 긍정적인 반응을 보인다.

문제 해결 과정에 있어서 아동의 자기-성찰적인 모습은 <고양이탐정>(2013)에서도 찾아 볼 수 있다. <고양이탐정>(2013)의 주인공 최강록은 자신이 고양이를 찾는 이유를 집을 나간 엄마를 찾기 위한 연습이라고 생각하면서 아래와 같이 이야기한다.

"아빠도 나처럼 엄마에게 무관심했겠지. 그러니까 엄마는 아빠와 내가 잃어버린 거야."

즉 엄마가 집을 나간 것이 아니라, 아빠와 자신이 엄마를 잃어버린 것이므로 고양이 탐정 연습을 통해 엄마를 찾겠다고 스스로 다짐하면서 문제 상황에 대응해 나간다.

이외에도 <나무피리>(2015)에서는 장애를 자신 형을 부끄러워하는 동생이 뮤지컬 관람 후 형과 함께 돌아오지 않은 상황 속에서 형과의 추억이 담긴 나무피리 소리를 통해 자신의 잘못된 행동을 반성하며 형과의 우애를 형성한다. 또한 <무지개를 뽑는 아이>(2019)에는 주인공 민우를 구하려다 다친 엄마를 낫게하고 싶은 마음을 인형을 뽑는 행위에 투영하며 서사를 전개한다.

이처럼 <하늘이만 아는 비밀>(2012), <고양이탐정>(2013), <나무피리>(2015), <무지개를 뽑는 아이>(2019)에서는 주어진 문제 상황에 대해 특정한 소재나 상황(진실을 말하면 들어주는 느티나무, 고양이 탐정, 형과의 추억이 담긴 피리소리, 인형 뽑기)을 매개로 아동의 자기-성찰이 나타나고, 이를 통해 마음을 고쳐먹는다. 그리고 더 나아가 이를 바탕으로 하는 아동이 특정한 행위를 하도록 서사를 구성한다.

동화 속 아동이 스스로 고민과 성찰을 통해 서사적 상황에 대응해 나가는 모습은 <마법 샴푸>(2017), <딱풀마녀>(2018), <여우비의 가면>(2021)에서도 나타난다. <마법 샴푸>(2017), <딱풀마녀>(2018), <여우비의 가면>(2021)의 주인공은 각각 반려동물이 죽은 상황과 학교 폭력에 관해서 거짓말을 해야 하는 상황 그리고 자신의 외모에 대해 고민하는 문제 상황에 대해 성찰하며 아래와 같이 대응한다.

> "힘든 기억 속에도 머핀이 있어요. 아무리 지우려 해. 힘들지만, 머핀이 죽은 건 너무, 너무너무 슬프지만 그 기억을 지우면 난 머핀의 모든 걸 기억하는 친구가 아닌 걸요. 그럴 순 없어요."
>
> <마법 샴푸>(2017)

> "마녀가 가져간다는 소중한 것이 겨운이었나 봐. 나한테 뛰어오던 겨운이가 생각났어. (중략) "저 소원 취소요."
>
> <딱풀마녀>(2018)

> "처음부터 인어공주가 자신의 모습으로 그대로 다가갔다면 왕자가 신심으로 알아봤을지도 몰라"
>
> <여우비의 가면>(2021)

<마법 샴푸>(2017)에서 주인공 조이는 마스터 장에 의해 나쁜 기억이 지워지는 과정에서 경험한 다른 아이들을 보면서 가지게 되었던 고민을 통해, <딱풀마녀>(2018)에서 주인공 민우는 딱풀의 대가로 마녀가 가지고 가기로 한 소중한 것이 자신의 친구였다는 사실을 알게 되면서 친구를 지키기 위한 고민을 통해, 끝으로 <여우비의 가면>(2021)에서는 외모 콤플렉스에서 벗어났지만 또 다른 불안함으로 인해 고민하던 자신의 모습에 대한 성찰을 통해 서사적 상황에 대응해 나간다. 다시 말해, <마법

샴푸>(2017), <딱풀마녀>(2018), <여우비의 가면>(2021)에서는 주인공이 주어진 문제 상황 속에 스스로 '경험하는 구체적인 다른 사건들'을 매개로 주어진 문제에 대해 성찰하고 이를 통해 문제에 대응해 나가는 방향으로 서사가 구성된다.

이처럼 김유정 신인 문학상 수상작 동화에 나타나는 문제 상황에 대해 서사 전개 속에 나타나는 아동의 경험이나 깨달음을 바탕으로 '자기-성찰'을 통해 대응해 나가는 유형에서는 주인공이 특정한 사건이나 소재를 매개로 문제 상황에 대한 마음을 고쳐먹거나, 문제 상황에 대한 다른 경험을 통해 변화하는 양상으로 나타난다. 이러한 서사 전개 속에서 아동은 문제 해결의 주도성을 지니는 모습으로 그려진다. 다만 이때 아동은 천진난만한 존재가 아니다. 그들은 주어진 상황에 대해 고민하는 것뿐만 아니라, 서사 속에서 경험하는 다양한 상황을 통해 메타적으로 성찰할 수 있는 마치 성인과도 같은 능력을 지닌 존재로 나타난다.

다음으로 김유정 신인 문학상 수상작 동화에 나타나는 문제 상황에 대해 아동이 주변 타인과의 '관계성 개선'을 통해 대응해 나가는 모습에 관해 생각해 보겠다. 이는 <별빛>(2014), <께끼 도깨비>(2016), <쉿, 천천히 가는 중입니다>(2020), <또 정다운>(2022), <장마가 끝났다>(2023)에서 확인할 수 있다.

<별빛>(2014)과 <쉿, 천천히 가는 중입니다>(2020), <장마가 끝났다>(2023)에서는 문제 상황에 직접적으로 연관된 타인과의 대화나 경험을 통해 대응해 나가는 아동의 모습이 나타난다. <별빛>(2014)에서는 주인공 율이가 경험한 부모님의 부재와 할머니에 대한 원망의 상황을 할머니와 함께 리어카를 타고 가는 과정에서 나눈 대화를 통해 해결해 나간다. 즉 대화를 통해 할머니의 속마음을 이해하고 관계성을 재구성하면서 문제 상황에 대응해 나간다. 이러한 모습은 <쉿, 천천히 가는 중입

니다>(2020), <장마가 끝났다>(2023)에서도 마찬가지로 나타난다. <쉿, 천천히 가는 중입니다>(2020)에서는 주인공이 이해하기 어려웠던 치매 걸린 할머니와의 만남을 통해, <장마가 끝났다>(2023)에서는 주인공이 무서워하던 이웃집 아저씨를 직접적인 만남과 경험을 통해 대상을 새롭게 인식하고 이전과는 다른 관계를 형성해 나간다. 다시 말해, <별빛>(2014)과 <쉿, 천천히 가는 중입니다>(2020), <장마가 끝났다>(2023)에서 주인공 아동은 서사의 전개 과정을 통해 자신이 처한 문제 상황을 일으켰던 존재들과의 오해를 풀고 관계를 재구성하며 상황에 대응해 나간다.

<께끼 도깨비>(2016)와 <또 정다운>(2022)에서는 주인공이 자신과 유사한 상황에 처한 타인과의 관계를 새롭게 형성하면서 문제 상황에 대응해 나가는 모습이 나타난다. <께끼 도깨비>(2016)에서는 손자를 잃은 할머니와 부모를 잃은 도깨비가 '가족의 부재'라는 서로의 유사한 상황에 대한 공통의 이해를 통해, <또 정다운>(2022)에서는 학교 폭력으로 대인기피를 지닌 주인공이 어린 시절 틱장애로 인해 대인기피를 가졌던 친구와의 동질성에 바탕을 둔 관계 형성을 통해 문제 상황에 대응해 나간다. 이처럼, <께끼 도깨비>(2016)와 <또 정다운>(2022)에서는 자신과 유사한 상황에 놓인 타인과 새로운 관계를 형성하며 서사적 상황(문제)에 대응해 나간다.

다시 말해, 김유정 신인 문학상 수상작 동화에 나타나는 문제 상황에 대해 아동이 주변 타인과의 관계 형성(재구성)을 통해 대응해 나가는 유형에서 주인공 아동은 문제를 일으키는 대상에 대한 오해를 푸는 과정을 통해 타인과 개선된 관계를 형성하거나 혹은 자신과 유사한 상황에 놓인 타인과 새로운 관계를 형성하면서 문제 상황에 대응해 나갈 수 있는 능력을 지닌 존재로 그려진다.[15]

이처럼 문제 상황에 대해 '자기-성찰'과 '관계 개선'을 통해 대응해 나가는 유형의 작품 안에서 아동은 서사의 주인공으로서 '스스로 문제를 해결할 수 있는 주체성'을 지닌 존재로서 나타난다. 이는 아동을 주어진 문제 상황에 대해 스스로 성찰할 수 있으며, 관계 형성(개선)을 통해 새로운 세계를 넓혀나가는 적극적이고 능동적인 존재로 인식하기 때문에 가능한 서사 구성이다. 이는 아직 정서적·사회적으로 미완의 존재로서의 아동이 아닌, 동화를 통해 성인이 사회 구성원으로 성장하기를 바라는 아동의 모습을 반영하고 있는 것이다.

이는 필립 아리에스 분석한 벨라스케스가 그린 작품에 나타나는 성인과 같은 옷을 입고 있으며 표정 역시 성인과 큰 차이가 없는 아동의 모습과 큰 차이가 없는 것이다. 다시 말해, 김유정 신인 문학상 수상작 동화에 나타나는 아동은 자율성을 지닌 독자적인 존재가 아니라, 성인의 모습과 유사한 혹은 성인들이 원하는 모습을 지닌 존재로서 인식되고, 이를 통해 서사가 구성된다.

Ⅳ. 마치며

지금까지 본고는 김유정 신인 문학상 수상작 동화에 나타나는 아동의 세계(상)과 인식 양상에 대해 살펴보았다. 김유정 신인 문학상 수상작

---

15) 이러한 문제 상황에 대해 '관계성의 개선'을 통해 서사를 전개하는 유형의 작품은 궁극적으로 주인공의 상황에 대한 인식과 성찰을 매개로 한다는 점에서 앞서 살펴본 '자기-성찰' 유형과 유사한 모습을 보인다. 하지만 '자기-성찰' 유형이 서사 전개 안에서 주인공의 내적 서술에 초점을 두고 있다면, '관계성의 개선'의 유형에서는 문제 상황 속에 놓인 타인과의 '사건 전개'와 관계 개선을 통한 이후 변화된 상황 서술에 초점이 맞추어져 있는 차이를 보인다.

동화에서 전개되고 있는 세계(상)은 아동의 주체적이고 고유한 모습이 아니다. 마법이나 환상성을 통해 재현되는 아동의 세계(상)은 작품에서 주어진 사회적 가치나 이슈로 인해 나타나는 현대적 문제 상황을 독자들에게 소통하기 위한 매개체로서 기능한다. 또한 이러한 동화의 세계상 속에서 아동은 자기-성찰성과 관계성 형성과 같은 성인의 자질 혹은 아동이 지니길 원하는 성인과 같은 자질을 매개로 문제 상황에 적극적으로 대응해 나갈 수 있는 존재로 인식되어 서사가 구성된다.

이러한 모습을 통해 본고는 김유정 신인 문학상 수상작 동화에서 상정하고 있는 '아이다움'에 대해 생각해 볼 수 있다. 김유정 신인 문학상 수상작 동화에서 아동은 현실적인 세계 속에서 '성인과 같은 모습' 혹은 '성인들이 바라는 자질'을 지닌 존재로서 형상화된다. 이를 통해 김유정 신인 문학상 수상작 동화는 환상이나 마법을 통해 아동의 천진난만함이나 미성숙함, 모험심을 재현하기 보다는, 그것들이 일으키는 유희적 요소를 매개로 아동을 교육하고 사회화시킨다. 이 과정에서 '어린이나 동심의 고향으로 돌아가고자 하는 성인'들을 위한 작품으로 기능한다.

동화는 '아동의 삶이나 세계'라는 장르적 고유성을 매개로 독자로서 '누구'를 위한 문학인가에 따라서 그리고 그것을 매개로 '어떠한 메시지'를 구성하며, 이를 통해 '어떠한 기능'을 추구하는가에 따라서 다양한 스펙트럼을 지닐 수 있다. 다시 말해, 동화의 독자는 아동이면서 동시에 성인일 수 있다. 또한 동화를 통해 성인과 다른 아동 고유의 세계 그 자체를 보여줄 수도 있으며 동시에 아동의 시선을 통해 현실 세계를 보여줄 수 있도 있다. 그리고 이 과정에서 동화는 유희적 기능이 강조될 수도 있으며 동시에 교훈/교육적 기능이 강조될 수도 있다. 이때 김유정 신인 문학상 수상작 동화는 '어린이나 동심의 고향으로 돌아가고자 하는 성인'

에게 '아동의 삶과 세계'를 매개로 생각해 볼 수 있는 우리가 살아가는 '현실 세계의 모습'을 보여준다. 그리고 이 과정에서 사회적 문제에 대한 아동의 주체적 해결 양상을 통해 '교훈/교육적 기능'을 강조하는 문학상으로서의 모습을 보여준다.

참고문헌

김경중, 『<그래, 그게 바로 나야>: 김경중 창작 동화집』, 신아출판사, 1994.

김세희 · 김민희, 「한국창작그림책에 나타난 아동의 주도성 분석」, 『어린이 문학교육 연구』 8권 1호, 한국어린이문학교육학회, 2007, 45-70쪽.

로즈마리 잭슨, 서강여성문학연구회 역, 『환상성』, 문학동네, 2007.

변학수, 『아동문학의 발견-마법과 환상, 그리고 아이다움』, 경북대학교 출판부, 2023.

선주원, 「한국 환상 동화의 환상성 구현 방식 연구」, 『한국아동문학연구』 제20호, 한국아동문학회, 2011, 209-238쪽

신현재, 『아동문학의 이해』, 박이정, 2010.

이 슬, 「한국 아동문학상 제도의 실태와 개선 방향」, 공주대학교 석사학위 논문, 2019.

이지영, 「환상동화 텍스트의 재미 요소 연구」, 『한국아동문학연구』 제24호, 한국아동 문학학회, 2013, 263-301쪽

잭 자이프스, 김정아 역, 『동화의 정체』, 문학동네, 2008

코르네이 추콥스키, 홍한별 역, 『두 살에서 다섯 살까지 : 아이들의 언어 세계와 동화, 동시에 대하여』, 양철북, 2006.

필립 아리에스, 문지영 역, 『아동의 탄생』, 새물결, 2003.

Jack Zipes, Sticks and Stones: The Troublesome Success of Children's Literature from Slovenly Peter to Harry Potter, New York:Routledge, 2001.

김유정 문학촌 홈페이지 http://www.kimyoujeong.org/

4부

/

창작
단편소설

아즐

이 현 준

'뭐지. 이 냄새는?'

바리케이드를 넘어 들어선 길 초입부터 기분이 좋지 않았다. 춘천에서 화천으로 넘어가는 길 중간에 있는 이 도로는 내가 삶에 지칠 때마다 찾는 비밀스런 장소였다. 2005년 부다리터널이 생기면서 쓸모없게 된 3km 남짓의 구도로는 이내 폐쇄되었고, 더 이상 차는 다닐 수 없는 곳이 되었다. 간혹 강풍에 쓰러진 나무에 의해 전선이나 전봇대가 훼손되는 경우가 아니면 관리자들도 거의 찾지 않는 곳이었다. 사실 터널이나 새로운 길이 뚫렸다고 구도로를 폐쇄하는 경우는 별로 없다. 중간에 마을이 있거나 개인소유의 땅이라도 있다면 불가능한 일이어서, 이런 별스러운 공간이 주는 특별함은 늘 나를 설레게 했다. 더구나 가을 색이 완연한 아스팔트 도로 위를 혼자 선선히 걷는 상상만으로도 스트레스의 눅진한 알갱이들이 피부를 빠져나가는 듯했다. 그런 평온한 곳에서 생각지도 못한 악취를 느꼈으니, 시작점부터 뭔가가 엉키는 기분이었다.

"가을엔 편지를 하겠어요. 누구라도 그대가 되어 받아 주세요……."

부러, 뇌를 거치지 않고 입에 달싹대는 노래를 크게 토해냈다. 그와 동시에 조금은 긴장된 내 눈은 길가 옆 계곡과 풀숲을 연신 두리번댔다. 분명 냄새를 뿜어내는 원인체가 있을 것이었다. 그러다 문득, 노래의 작사

아즐 329

가인 시인 고은이 떠올랐다. 워낙 많은 가수가 리메이크한 노래라서 이제는 원곡 가수가 흐릿해지긴 했지만 내 나이대 사람이라면 여전히 이동진이나 김민기의 목소리가 판화처럼 박혀있을 것이다. 그리고 고은이 작사했다는 후광은 항상 이 곡을 더 분위기 있게 만들었다.

"넌 아직도 그 노래를 좋아하니?" 냉소가 섞인 누군가의 목소리가 떠올랐다. 미투 운동이 점차 확산되고, 불미스러운 일로 고은이 사람들 입에 오르내리던 탓이었다. 한국 문단에서 노벨문학상에 가장 근접했다는 평가를 받았던 노 시인의 위대한 이미지는 이미 많이 훼손되어 있었다. 찌라시가 마치 찌 인양 입을 벌리는 나 정도의 인간 됨됨이로 섣불리 판단할 일은 아니었다. 지켜보고는 있지만 여러 가지 이유로 슬퍼지고, 한숨이 피스슥 새어나오는 건 어쩔 수 없다. 그나저나 내게 냉소를 보낸 사람이 떠오르다 말았고, 나도 생각하기를 그만두었다.

'크등'

소리를 들은 듯했다. 나 여기 있다, 말하는 듯했다. 걸음을 옮겨 길을 따라 흐르고 있는 계곡 아래를 내려다보았다. 아, 거기엔 내가 상상하지 못할 크기의 무언가가 물길을 방해하며 누워있었다. 티브이 프로에서 가끔씩 사냥꾼에 의해 쫓기거나 총에 맞고 누워있는 녀석들을 본 적은 있지만 직접 내 눈앞에 놓여있는 모습은 존재의 크기가 남달랐다. 언젠가 덩치가 큰 동물의 목숨을 더 값있게 여기는 우리들의 모습에 고민하던 때가 떠올랐다. 작은 아이들을 학대하는 사람들도 그런 것인지, 알 수 없는 일이었다. 그렇다고 빗자루를 들고 다니며 벌레들을 쓸어 낼 수도 없으니, 나도 본의 아니게 함부로 죽인 목숨을 생각하며 그다지 할 말이 없고, 정답도 없다는 생각이었다.

아무튼 내 눈앞에 놓인 물체의 죽음은 꽤 묵직했다. 시체 전체로 하얀

구더기들이 득실거리며 벌써 일부에선 허연 뼈대를 드러내 보였다. 마치 골짜기를 가득 채운 악취가 썩어가는 멧돼지의 것이 아니라, 구더기들의 체취라는 착각에 빠질 정도였다. 사냥꾼과 사냥개들은 어찌 이를 놓쳤을까. 그 악착같은 추적을 따돌리던 멧돼지의 공포 젖은 숨소리가 들려왔다. 가해자들과의 거리가 충분해졌을 때 그는 얼마나 목이 말랐을까. 그 드센 코를 계곡에 박고 물을 마시는 소리가 계곡에 진동했다. 죽지 않을 방법은 없었을까. 의사라는 존재가 없는 동물 세계가 어쩐지 박하다는 생각이 들었다. 뭐, 있어도 어쩔 수 없는 인간 세상이기도 하지만.

묻어줘야 하나. 애당초 가능하지도 않은 별스런 생각이 전두엽을 헤집었다. 다시 덩치와 목숨값 간의 비례와 관련된 풀리지 않는 생각이 떠올랐다. 신발 밑창에 얼마나 많은 작은 생명체의 사체를 달고 돌아다녔을까. 생각을 바꾼 나는 이내 걸음을 옮겼다. 내년 봄 쯤 다시 이곳을 온다면 피와 살덩이로 대변되는 자신의 존재를 잃은 그를 보게 될 것이라 생각했다. 뼈에는 말라비틀어진 구더기 하나도 존재의 이유처럼 달고 있지 못할 터였다.

뜻밖의 풍경 탓인지 걸음이 무거워졌다. 더구나 숨이 끊어진 지 오래임을 확인했음에도 멧돼지의 크덕대는 숨소리가 자꾸 들려와 마음이 심란했다. 노래는커녕 라디오도 들을 생각을 못했다. 오달지게 붙은 악취는 꽤나 멀리 걸어왔는데도 사라질 기미가 없었다. 풀리지 않는 여러 질문과 답이 내 머릿속을 오갔다. 목적했던 가을풍경 즐기기는 이미 포기한 지 오래였다. 언제 끼었는지 워킹화 바닥에 끼인 돌 하나가 발을 내 딛을 때마다 비명을 질러댔다. 찌익거리는 소리에 소름이 돋았지만 이유 모를 무기력에 빠진 나는 그 소리에도 아무런 조치를 하지 못했다.

"부탁이야. 다 잊어줘."

순간 누군가의 말이 떠올랐다. 목소리는 기억나지 않았다. 그냥 활자화되어 그의 말이 내 머리에 박혀있었던 것이 분명했다. 놀랍게도 여자였는지, 남자였는지도 떠오르지 않았다. 걸을 때의 장점은 역시 걸음의 진동에 맞춰 턱턱 흐트러진 종이 서류의 귀퉁이들이 맞아 드는 것과 같다. 하지만 때론 그 반동에 정리된 서류가 더 엉망이 되기도 한다. 분명 청각으로 남은 기억이었는데, 시각의 기억처럼 활자가 떠오르다니 알 수 없는 일이었다. 난 천천히 걸으며 엉킨 서류뭉치를 들추어대기 시작했다. 경험대로라면 곧 목소리의 주인을 찾을 수 있다고 생각했다. 하지만 갑작스런 풍경에 모든 궁리질은 멈추었다. 그건 생경한 모습의 승용차가 내 앞에 나타난 탓이었다.

차는 온전한 모습이 아니었다. 폐쇄된 길 양 끝에 바리케이드가 있는 탓에 차의 등장은 뜻밖의 것이었다. 차는 부다리 고개 정상 부근이 보이는 곳에 놓여있었다. 들들거리는 작은 소리가 가까이 갈수록 커지고 있었다. 어디론가 가려 시동은 걸려있었지만, 차는 계속 헛발질을 했다. 공기를 움켜쥐어봤자 제자리라는 것을 차는 알지 못하는 듯했다.

'미치겠군.'

가슴이 펑펑 터지는 울림을 전했다. 머리로는 침착하다고 착각할 뿐, 이미 등골을 타고 흐르던 땀이 바지 허리춤으로 연신 스며들었다. 차의 앞부분은 반파되었고, 사고의 충격으로 완전히 뒤집혀있었다. 운전자는 크게 다쳤을 것이 분명했다. 폐쇄된 도로에서 사고가 났으니 도움도 받지 못했을 것이다. 이내 빠르게 머리에 피가 돌았다. 여전히 시동이 걸려있다는 것은 차 사고가 난 지 길어야 수일이 채 지나지 않았음을 의미했다. 또한 켜있는 라이트는 사고 난 시점이 적어도 낮은 아니라고 말하고 있었다.

'운전자는 어디 있는 거지?'

놀란 눈으로 주위를 살펴보지만 흔적이 보이지 않았다. 그가 남긴 것은 피가 살짝 고였다 끈적일 듯 말라가는 검붉은 반점이었다. 하지만 이상했다. 차 앞부분이 찌그러진 정도라면 어딘가에 부닥쳤을 텐데 주변 어디에도 그런 흔적은 보이지 않았다. 더구나 아스팔트 위엔 브레이크를 잡은 흔적조차 없다. 마치 하늘 어디에서 뚝 떨어진 듯했다. 나는 양옆 언덕을 올려다봤지만 낙석을 위한 가드레일은 풀에 갇힌 채 세상 편한 모습이었다.

'우웅 웅우웅 웅웅.'

처음엔 귓바퀴를 도는 날벌레 소리라고 생각했다. 긴장된 탓에 쫓을 생각도 안 하는 인간이 얼마나 좋았을까. 소리는 멈추지 않았다. 휘이, 결국 못 참고 손부채질을 하지만 소리는 여전하다. 어? 벌레가 아닌 듯했다. 난 가만히 귀 기울였다. 그리고 놀랍게도 소리가 차에서 나오고 있음을 깨달았다. 표현 그대로, 심장이 굳어버렸다. 어디선가 비슷한 상황을 겪었던 것 같은 기시감이 나를 사로잡았다. 순간 평소에 겪어보지 못한 두통이 머리 전체로 퍼져나갔다. 뭐지, 난 가만히 주저앉았고, 통점이 촘촘해지며 과거의 한때가 꽤 선명하게 그 위로 각인되고 있었다.

"농담이 아니야. 날 그곳에 데려다줘."

정말 오랜만의 연락이었다. 몇 년 전 동문회에서 술자리를 같이했던 게 마지막 만남이었다. 좀 오래되기는 했지만 결혼을 할 거라는 소문을 들었던 터라 결혼식에 와달라는 뻔뻔한 안부 전화 정도로 생각했다. 과거의 친함을 떠올리며 반가운 티를 냈지만 미희는 허겁지겁 인사도 대충 미루고 엉뚱한 부탁을 했다. 무턱대고 내가 말했던 한 장소를 꼭 집어 그곳으로 가고 싶다고 했다. 사실 처음 그녀가 말을 꺼냈을 때 나조차도 그 장소를 내가 말한 적이 있나 싶을 정도로 오랜 기억이었다.

"아니 왜?"

"그냥 데려다만 줘."

미희는 항공료와 여행경비도 다 자신이 준비할 테니 도와달라고 부탁했다. 하지만 나는 이해할 수가 없었다. 그녀가 원하는 장소는 관광지도, 그렇다고 상식적으로 갈만한 그런 곳이 아니었기 때문이었다. 나는 골치 아픈 일에 얽혔다고 생각했고, 조금 시간을 달라고 부탁했다. 아내에게 대학 시절 알던 여자와 여행을 간다는 걸 어떻게 설명해야 할지 난감했다. 회사는? 연차는 쓸 수 있던가? 머릿속이 빈틈없는 낙서장이 되어가고 있었다.

"진짜? 거길 왜?"

내가 와이오밍 주에 간다고 하자 친구가 눈을 데룩거리며 물었다. 사실 미국 대도시와 비교해보면 그곳은 말 그대로 산과 벌판만 있는 곳이었다. 와이오밍이란 이름도 인디언 어로 '대초원'을 말한다. 인구로만 봐도 오랜 시간 동안 채 60만이 안 되는 정체된 지역이었다. 큰 도시에서 와이오밍 출신끼리 만나는 일은 로또에 맞는 일보다 어렵다는 우스갯소리가 있을 정도다. 남한의 두 배가 훌쩍 넘는 면적의 땅에 작은 도시들이 흩어져있으니 막상 그곳에서 느끼는 인구밀도는 실제로 상상을 넘어 훨씬 홀홀했다. 그나마 주 서쪽에 자리한 옐로우스톤이나 티톤 국립공원은 관광객이 끊이지 않는 곳이지만 다른 지역은 동물을 만나는 일이 사람 만나는 일보다 더 쉬운 일이었다.

서른 살을 얼마 남겨두지 않았던 과거의 한때, 나는 따로 목적지를 두지 않고 와이오밍주를 2주 넘게 돌아다니던 중이었다. 차에 싣고 다니던 침낭 하나면 모든 것이 해결되었고, 당시 미국의 저렴한 유가는 하루에 8시간씩 운전하는 것이 그리 부담스러운 일이 아니었다. 8시간이라고는 하지만 필름 카메라에 풍경을 담으려고 정차를 반복하는 느리디느린 여행이었다. 처음 와이오밍주를 간다고 했을 때, 트레킹 코스를 걷는 것이 아니라면 옐로우스톤도 4일이면 충분하다는 친구의 말은 납득할 만한 것이었다. 하지만 나는 와이오밍의 모든 곳에 가보고 싶었다. 미국인들조차 볼 게 없어 그저 국토횡단의 기착지로만 여기는 곳이었지만, 난 무작정 달리다 길이 나 있으면 비포장도로도 개의치 않았다. 긴 시간을 달려 들어간 곳이 막다른 길이라서 다시 돌아오는 일도 흔했지만, 그 과정에서 내가 겪는 사소한 것들에 큰 의미를 두던 시절이었다. 네비도 없던 시절이라, 중간중간 차를 세우고, 지도책을 펼치고 한참을 고민하다 갈 곳을 정했다. 그렇게 지도책 한 권에 의지해 달리고 또 달리던 시절이었다.

"이곳으로 가면 아무것도 없어요."

와이오밍주와 몬태나주 경계에 있는 빅혼 강을 따라 나 있는 37번 지방도로 들어섰을 때였다. 주유기 번호를 말하고 20달러를 내밀었을 때 동양인이 신기한 듯 나를 위아래로 훑던 주인이 '아무것도'에 강조점을 주며 내뱉은 말이었다. 상관없다고 했지만 그는 극구 만류하며 가봤자 기름만 버린다는 것을 한 번 더 강조했다. 그의 반대에도 가보겠다는 표정을 짓자 그는 그나마 'Devil's Canyon'을 내려다볼 수 있는 뷰포인트가 있다고 알려주었다. 동네 사람들이 아니면 잘 알지도 못하는 곳인 모양이었다. 어찌 되었건 고마운 일이었다. 나는 목적지가 생겼고, 뷰포인트에서 마실 요량으로 커피도 한잔 사 들고 출발했다.

풍경은 지난 며칠 동안 그랬듯 보기에 따라서는 비슷비슷한 삭막한 풍경이 이어졌다. 그나마 길가로 간간이 나타나는 계곡을 따라 나무들이 자라고 있어, 그곳에 자리 잡은 민가가 한둘씩 보이는 정도였다. 그러나 문득 '레이아웃'이란 이름의 작은 강을 따라 형성된 비포장도로를 발견했고 모험심이 슬근대기 시작했다. 사실 강 이름을 알리는 표지판이 있었던 것도 아니었다. 우연히 지도에서 발견한 강 이름의 의미를 되새기다 그저 가보고 싶어졌다. 말이 강이지 건기여서 지도에만 표기가 있는 정도인 작은 하천이었다. 나는 묘한 긴장감을 즐기며 비포장도로로 들어섰다. 앞에 'Historic'이란 단어가 붙은, 오래된 목장 하나가 길 초입에 있고, 지금은 기념물로만 지정되었는지 사람의 흔적은 보이지 않는 낡은 통나무 집 두어 개가 눈에 띄었다.

그 이후의 길은 사륜구동이 아니었다면 시도하기 힘들었을 길이 이어지고 있었다. 더 길이 험해진다면 바로 빠져나가야 한다고 생각했다. 차에 문제가 생기면 한국처럼 보험회사 직원이 달려올 수 있는 상황도 아니었기 때문이다. 비용 문제로 보험 옵션에서 긴급출동 서비스는 가입하지 않은 탓에 인근 정비소까지의 견인 비용도 걱정거리였다. 덕분에 바닥에 돌이 닿을까 조심하며 굼벵이 걸음으로 길의 흔적이 남아 있는 상류까지 차를 끌고 갔다. 그리고 절벽이 놓여 더 이상 갈 수 없는 지점에 다다라 차에서 내렸다. 휴우, 한숨을 내쉬고 담배를 꺼내 물었다. 주유소 직원이 말한 뷰포인트는 이미 구경한 후였지만, 이곳도 몹시 훌륭한 경치였다. 이내 나는 어슬렁대며 나무들로 우거진 하천의 상류 지점을 기웃거렸다. 지표를 흐르는 물은 거의 없었지만 그 아래로 나무들이 기댈만한 수분을 가지고 있는 것이 분명했다.

'뭐지?'

예상치 못한 풍경에 걸음을 멈춘 건 그때였다. 차를 세워둔 곳에서 한참 걸어 나왔는데, 작은 나무숲이 보이고 그 안쪽으로 이상한 소리가 들렸기 때문이다. 멀리서 듣는 라디오 소리라는 표현이 딱 맞을 듯했다. 난 조심하며 소리가 나는 방향으로 걸음을 옮겼다. 그리고 멀지 않은 곳에 놓여있는 누군가의 캠핑카를 발견했다. 의아한 일이었다. 길도 없는데 어찌 들어갔을까? 아무리 바닥 면을 유심히 봐도 차가 들어갔던 자국은 남아 있지 않았다. 하늘에서라도 떨어졌나. 순간 상상의 공이 사방으로 튀기 시작했다. 난 걸음을 옮겼고, 가까이 다가가자 사람의 손길이 오래 닿지 않았음을 직감했다. 이미 멋대로 웃자란 나무들이 캠핑카를 둘러싸고 있었다. 제일 무서운 게 사람이었던가. 인적이 없음에 나의 마음이 편해졌고, 적극적으로 다가가 살피기 시작했다. 미국에서의 캠핑카는 집 대용으로도 많이 쓰인다는 걸 잘 알고 있었다. 하지만 대부분은 노후된 캠핑카를 경제적으로 어려운 사람들이 저렴하게 사들여 집으로 쓸 뿐이었다. 내 눈앞에 놓인 캠핑카는 기껏해야 10년 정도 된 신형처럼 보였다.

"벌써 이 사람이랑 4년째 여행 중이에요."

한 오토캠핑장에서 만난 노부부의 말이 떠올랐다. 캠핑카 여행자의 절반이 은퇴자라는 말처럼 정말 많은 노인이 여행을 하고 있었다. 일에 매달린 지난 세월을 보상받으려는 듯한 그들의 모습은 멋지면서도 한편으론 걱정이 되기도 했다. 여행 중에 돌연사라도 하면 어쩌나 하는 그런 뻔한 걱정 말이다. 생각이 여기까지 미치자 난 캠핑카 안에 누군가의 시신이 있을지도 모른다고 생각했다. 아니 나무들이 웃자란 시간을 생각하면 아마도 백골이 되어있는 것이 타당해 보였다.

주저했다.

문고리에 손을 대고 몇 번 숨을 골랐고, 긴장감에 살짝 눈을 감아가며 문을 잡아당겼다. 푸스슥, 안쪽에 찼던 오래된 공기가 서둘러 차 밖으로 빠져나왔다. 역한 냄새는 아니었지만 오래된, 정말 오래된 냄새가 엄습했다. 에이, 순간 나는 실망했다. 거기엔 기대와 달리 조금 먼지가 쌓이긴 했지만 꽤 깔끔하게 정리된 가재도구들이 눈에 들어왔다. 안쪽에 자리한 널찍한 침대 위에도 침구가 주인이 빠져나간 흔적을 고스란히 담은 채 자리하고 있었다. 나는 가만히 입구 근처에 놓여있던 의자를 끌어다 앉았다.

도대체 뭘까. 이내 상상 놀이가 시작되었다. 한 시간 두 시간, 지치지 않는 내가 신기했다. 그렇게 나는 그곳에서 일주일을 지냈다. 주변을 꼼꼼히 탐험하며 내 상상처럼 사고사를 당한 사체나 백골이 된 뼛조각을 찾아보기도 했다. 밤에는 주인 잃은 와인도 마셔가며, 오래 누군가를 기다렸을 캠핑카와 교감했다. 그리고 더 머무를 수 없다고 판단했을 때 다시 여행길에 올랐다. 난 주인이 된 것처럼 단단히 문단속했다.

기약 없지만, 언제고 다시 오겠다 했다. 캠핑카의 주인이 정말 어디선가 사고를 당한 거라면, 이 캠핑카는 이후 수십 년 동안 발견되지 않은 채 있을 수도 있다는 판단이 들었다. 내가 다시 찾지 않으면 세월에 해어지는 게 캠핑카의 일일 것이라 생각했다. 바람이 거의 빠진 채 주저앉아버린 바퀴를 보며 그가 안쓰러웠다. 짐을 챙겨 차로 가는 도중 나는 처음 들었던 묘한 소리를 다시 듣게 되었다. 유령 소리라도 듣게 된 건지 알 수 없었지만 내 인문학적 상상력이 차가 노래한다고 정의했다. 답례로 '다시 오마' 한 번 더 거짓말을 했다. 그렇게 떠난 것이 벌써 오래전 일이었다.

"거짓말이 아닌 것이 분명해?"

동문회 술자리에 동석했던 미희는 내 경험담이 끝나자마자 심문하듯이 같은 질문을 반복했다. 대학 시절부터 공상가였던 나의 말을 못 믿는 눈치였다. 기분이 상한 나는 구글맵까지 보여주며 위치를 확인시켜줬다. 혹시나 하는 마음에 위성사진을 확대해 봐도 계곡 안쪽 무성한 나무숲만 보일 뿐이었다. 내 행동이 우스웠는지 그녀는 믿으니 그만하라며 내 등을 다독였다. 미희 특유의 보이시한 행동거지, 그녀는 변한 것이 별로 없었다.

그녀와 나는 학과 내 동아리인 '여성학 모임'에서 처음 만났다. 동갑이지만 학번이 왕이었던 그 시절에, 그녀는 후배인 내게 처음부터 말을 놓으라고 친히 허락해주었다. 그래요? 반신반의했지만 그녀 말은 진심이었다. 덕분에 우리는 꽤 친해졌다. 그리고 그녀의 거칠었던 대학 생활을 군대 가기 전 2년 동안 고스란히 눈에 담은 목격자가 되었다. 여자도 길에서

담배를 피울 수 있다는 걸 보여주기 위해 흡연을 시작했고, 관습적으로 여성 비하적인 발언을 하는 교수들의 수업을 대자보를 통해 고발했다. 모든 학생의 존경을 받았던 학과 교수의 발언까지 문제 삼는 그녀를 당시에는 이해하기 힘들었다. 모두 그녀를 피했고, 덕분에 나는 그녀를 독차지할 수 있었다. 그녀와의 술자리는 내게 강의보다 중요한 일과가 되었다. 분명 짝사랑 비슷한 감정이 내처 날 휘감았고, 그것은 입대 전날까지도 지속되었다.

제대 후 그녀가 떠나버린 학교는 내게 심심한 곳이었다. 그녀보다도 여리디여린 남자들과의 우정은 참 시시하고 뻔했다. 그녀가 그리웠지만, 연락할 방도가 내겐 없었다. 생각해 보니 그녀는 군대에 가 있던 내게 연락 한 번 하지 않았다. 서운했고, 감정은 점차 과거의 것이 되고 있었다.

그렇게 헤어진 그녀를 동문회에서 다시 만난 건 내겐 일대 사건이었다. 다른 동문들도 그녀의 참석에 놀라는 눈치였다. 그녀가 아무렇지도 않게 공격했던 교수들도 다 참석하는 자리라는 것을 그녀가 모를 리 없었다. 더구나 욕설이 그득한 대자보를 붙이고 자퇴를 했다던 그녀였다. 그러니까, 정확히 말하면 동문도 아닌 셈이었다.

"무슨 생각으로 온 거야?"

술에 취한 내 노골적인 질문의 저의를 그녀는 찰떡처럼 알아들었다. 잠시 빤히 나를 바라보던 그녀는 내 어깨를 힘껏 내리치는 걸로 답을 대신했다.

"나 보험 아줌마잖아. 됐니?"

이후 내뱉은, 진의를 알 수 없는 그녀 말에 나는 피식 웃어버렸다. 헤어지는 길, 나는 그녀 말이 진짜라면 보험이라도 들어줄 요량으로 내 명함을 건네며 연락처를 물었다. 하지만 내 손에서 명함만 사라진 채 그녀는 벌써 저 멀리 걸음을 옮기고 있었다. 와, 저 씩씩함. 난 그녀가 여전하다는 생각에 피식 웃고 말았다. 그렇게 다시 몇 년이란 시간이 흘러서, 뜬금없이 그녀의 전화가 온 것이다. 그간의 안부 인사도 없이 대뜸 네가 말했던 캠핑카에 데려다 달라니, 여전히 알 수 없는 사람이었다.

함께 여행을 떠나기로 한 시간이 다가오고 있었다. 여행 준비로 미희와 몇 번이나 통화를 했지만 끝내 그녀는 여행의 목적을 말하지 않았고, 나의 상상병은 꽤나 심각해져 있었다. 하지만 그녀 삶의 기반을 모르는 나의 상상은 분명 사실 근처에도 다다르지 못했을 것이다. 똑깍 똑깍, 들리지 않던 작은 시계들의 초침까지 들릴 정도로 난 예민해졌고, 빨리 여행을 떠나야 해결될 것 같았다.

"그게 전부야?"

내 말에 그녀는 뭐 어때서라는 표정으로 어깨를 으쓱해 보였다. 아무리 여름이라고는 하지만, 기내 가방 정도로 작은 캐리어를 끌고 공항에 나타난 그녀를 보고 아연실색했다. 1박2일의 여행에도, 커다란 캐리어 두 개를 꽉 채우는 아내를 생각하니 여전히 그녀가 별종이란 생각이 들었다. 상황이 그러니, 오히려 그 안에 뭐가 들었는지 궁금해질 정도였다.

아무튼, 여행은 순조로웠다. 모르는 사람들이 보았다면 꽤 즐거운 여행을 떠나는 커플로 여겼을지도 모른다. 우리는 쉬지 않고 수다를 떨었다. 앞에 앉은 백인 여자가 승무원을 통해 정식 항의를 할 정도였다. 하지만 그 수다의 소재는 어디까지나 단순한 에피소드들의 나열이었다. 과거에 있었던, 상대가 즐거워할 만한 그런 것들. 난 그녀가 여행의 목적을 말해줄 거라고 믿었지만 입국심사를 하고 렌터카를 빌리는 동안에도 그녀는 과거의 이야기에서 나올 생각이 없어 보였다. 그나마 그녀의 진지함을 보았던 것은 와이오밍으로 향하는 차 안에서의 짧은 이야기뿐이었다.

그때 우리는 몬테나 주 북부에 있는 '글레이서 국립공원'을 가로지르는

12번 국도를 달리던 중이었다. 목적지까지 한참을 돌아가야 하는 길이었지만 내 의견에 그녀는 선뜻 동의했다. 1년 중 여름 한 철에만 열리는 길이어서 예전 여행 때도 가보지 못한 길이었다. 길은 무척이나 험하고, 느닷없이 나타나는 동물들 때문에 속도는 더디기만 했다. 시애틀 공항에서부터 매일 10시간 가까이 운전했지만 나의 마음 탓인지 빅혼 강까지의 거리는 별로 좁혀지지 않았다. 물론 미희도 그리 급해 보이지는 않았다. 그 이유의 다름은 큰 문제가 아니었다.

"세상엔 이런 곳도 있었구나."

미희는 하루에도 몇 번씩 같은 말을 반복했다. 유럽이나, 한국에서 지척인 나라엔 몇 번 다녀왔다는 미희는 그쪽과는 또 다른 풍경에 푹 빠진 듯했다. 여행 전 목적지까지 약속한 4일이라는 시간이 훌쩍 지났지만 여정의 반이 여전히 남은 상태였다. 툭하면 샛길로 빠지는 내 탓이었지만, 내심 그녀도 그런 상황을 즐기는 것이 분명해 보였다.

"정교수님 강의 생각나?"

미희가 정교수를 직접 거론한 것은 뜻밖이었다. 난 두 사람을 악연으로 기억하고 있었기 때문이다. 타 대학에서 정년퇴임을 하고 우리 대학에서 명예교수로 교직의 마지막을 보내던 분이었다. 그 명성 탓에 항상 강의 인원이 꽉 차고는 했다. 나는 청강까지 세 번이나 수업을 들었고, 그분이 학생들이 졸릴 때 해주는 몇몇 이야기가 늘 반복된다는 걸 눈치챘다.

그날의 예는 소설가 김유정에 관한 것이었다. 정교수는 아이들이 졸거나 집중도가 떨어지면 김유정이 박녹주와 박봉자를 외사랑한 이야기를 늘 재미있게 펼쳐내고는 했다. 논리학 수업과는 거리가 있지만, 아마 춘천 소재 대학에서 해줄 수 있는 의미 있는 이야기라 생각했을 것이다. 하지만 미희가 예상치 못한 반기를 들었다. 정교수의 의도와 상관없이 미희는 스토커의 이야기를 우스갯소리처럼 떠들어대는 교수자의 수준을 비난했다. 정말 그건 뜬금포였다. 아무도 그렇게 받아들이지 않았기에 그녀의 반격은 누구의 이해도 얻지 못했다. 늘 평화롭던 노교수의 표정도 일그러졌다.

"그런 의미가 아니잖아. 그리고 당시 시대상을 반영하지 못한 그런 평가는 폭력이야."

"폭력이요? 폭력을 휘두른 건 교수님이죠!"

미희의 눈에 불꽃이 튀었다. 그녀를 오래 지켜본 나는 이미 말릴 수 없다는 것을 알았다. 몇몇 남자 선배들이 교수의 편을 들었고, 함께 여성학 모임을 하던 여자 선배도 미희를 질타했다. 이미 싸움은 누구도 말릴 수 없게 번지고 있었다. 수업 후, 예상대로 미희는 대자보를 붙였고, 정교수는 이듬해에 미련 없이 명예교수직을 던졌다. 학생들은 미희를 비난했고, 겉으로 미희는 그런 반응에 심드렁했다. 정말 대단하다. 난 조금은 두려움에 가까운 경외감으로 그녀를 보았다.

"정교수님 기억나긴 하지. 어떤 걸 말하는 거야?"

"아니 미안해서."

"교수님한테?"

"아니, 유정에게."

뜻밖의 대답에 실소가 터져 나왔다. 웃다가 슬쩍 눈치를 봤는데, 미희는 괘의치 않는 표정이었다. 진심이라고 다시 언급했다. 잠시 비슷한 표정을 한 적이 있다는 생각이 들었지만 잘 기억이 나지 않았다. 어떤 나무 아래에서였다. 내가 고개를 주억거리는 사이, 이내 정교수에 대한 이야기가 이어졌다.

"왜 있잖아. 당사자에게 해가 되지 않는다면 그것이 잘못일까라는 이야기 말이야."

기억을 찬찬히 되짚어야 했지만, 그녀가 말하려는 지점이 무엇인지 나는 금세 캐치했다. 내 기억이 맞다면 정교수는 '한국에 사는 A라는 사람의 성관계 영상이 도촬되어 아프리카에서 선풍적인 인기를 끌었다는 전제 하에, 죽을 때까지 이 사실을 A가 몰랐다면 이것이 A에게 해가 될까'라는 질문을 과제로 주었다. '해'가 되는 것과 '죄'가 되는 것도 구분해야 한다는 점에서 까다롭고 흥미로운 주제였다. 학생들과 교수 사이에 많은 이야기가 오갔지만, 결국 논리적으로는 당사자에게는 해가 되지 않는다는 결론을 얻었던 기억이 떠올랐다. 물론 단 한 명, 미희의 분노로 일그러진 표정과 함께 말이다.

　"그건 갑자기 왜?"

　"아니, 그냥 생각이 나서."

　내 질문에 미희는 잠시 반짝이던 눈빛을 거두고 금세 지루한 표정을 지었다. 이후로 우리는 3일을 더 달려 빅혼 강 유역에 도착했다. 10여 년 전 내가 들렀던 낡은 주유소도 그 자리에 그대로였다. 네가 말했던? 미희가 눈빛으로 말했다. 크진 않았지만 내 기억이 맞다면 목표지까지 가기 전 마지막 가게여서 우리는 지역 특산물이라는 육포를 비롯해 몇 가지 먹을거리를 샀다. 이젠 노인이 된 주인은 과거의 한때처럼 나를 찬찬히 훑어보고는 어디로 가냐고 물었다. 37번 도로! 내 말에 그는 배시시 웃어 보였다. 날 기억하는 것이 분명했다. 최근 중국인 관광객이 몰려드는 미국이라지만, 여전히 와이오밍은 관광객이 들를만한 곳은 아니었다. 몇 년에 한 번씩 보는 동양인일 테니 그가 나를 잊는 것이 오히려 이상한 일일지도 몰랐다. 가게를 나오며 나와 주인은 턱짓으로 짐짓 친함을 표했다. 왠지 이별이 아쉬운 내 감정 상태가 놀라울 따름이었다.

　37번 도로는 변한 것이 하나도 없었다. 정확히 기억하는 것은 아니었지만 과거의 느낌이 고스란히 담겨있었다. 레이아웃강과 만나는 교착지점엔 여전히 언제 세웠는지 모를 울타리가 길가 옆에서 쓰러져가고 있었다.

"거의 다 왔어."

나는 레이아웃강을 따라 나 있는 비포장도로로 진입하면서 짐짓 긴장된 말투로 말을 건넸다. 어처구니없게도 우리는 큰 비용과 시간을 투자해 이젠 존재하지 않을지도 모를 내 기억 속의 장소로 향하고 있었다. 예전에 스치듯 지났던 길 초입에 있는 'Ewing Snell Historic Ranch Site'에서 잠시 차를 정차했다. 여전히 사람의 흔적은 없었지만 몇몇 안내판이 새로 조성되어 있었고 농기구 따위를 아무렇게나 야외에 전시해 놓았다. 크게 달라진 점은 내가 보았던 건물 중 하나는 불타고 흔적만 남은 정도였다. 10년도 훌쩍 넘는 시간을 고려하면 어쩌면 이 정도의 변화는 당연한 것일지도 몰랐다.

"여기도 사람이 살았었구나. 이것 봐."

표지판이 있던 자리에 잠시 학교가 있었고, 학생이 세 명이었다는 등의 소소한 이야기가 쓰여 있었다. 그것도 1940년대의 이야기였다. 스토리텔링 시대라고는 하지만, 와이오밍과 몬태나 정도가 아니라면 이야깃거리도 될 수 없는 소재였다. 어쨌거나 사람이 살았던 흔적이 그녀는 반가운 모양이었다. 하긴 도보여행 중 외로울 때는 사람이 세웠을 산속 전봇대가 위로가 되는 것과 별반 다르지 않을 것이었다. 우리는 곧 차에 올랐고, 과거와 동일한 방식으로 천천히 차 바닥이 거친 지면에 긁히지 않게 조심하면서 앞으로 나아갔다. 정말 아직 캠핑카는 그 자리에 있을까. 미희 때문에 시작된 여행이었지만, 나에게 더 의미 있는 여행이 되어가는 느낌이었다.

"정말 있었네."

마치 동화 속에라도 들어가 있는 느낌이었다. 내가 기억하는 그 자리, 그 숲에 캠핑카는 놓여있었다. 달라진 점이 있다면 캠핑카 주변을 둘러싼 나무들이 이젠 캠핑카 지붕 위로 훌쩍 자라 매우 깊은 그늘을 만들고 있다는 것뿐이었다. 이것 봐. 나는 문 손잡이에 걸어놓았던 작은 묵주를 가리켰다. 나무로 만들어진 묵주는 그간 세월을 말해주듯 검게 색이 변하고 심지어 작은 이끼도 자라있었다. 한편으로는 그동안 아무도 오지 않았다는 것을 대변하고 있어, 나는 마음이 놓이면서도 뭔가 씁쓸했다.

미희는 기대 이상이라는 반응이었다. 그녀답게 겁도 없이 문까지 활짝 열어젖히고 안으로 성큼 들어섰다. 순간 숲이 우거져서인지 뭔가가 후다닥 뛰쳐나와 나무 그늘로 숨는 듯한 느낌이었지만, 아마 일본 애니에 심취했던 내 젊은 시절의 환영 탓이라고 생각했다. 내부를 잠시 둘러보던 미희는 차로 가더니 자신의 짐을 옮기기 시작했다. 차가 주차된 곳과는 거리가 꽤 있어 내가 뒤따라가서 그녀를 도왔다. 짐을 옮기고 물티슈로 함께 내부 곳곳을 청소하고 나서 우리는 멀뚱멀뚱 캠핑카 안에 서 있었다.

"이제 가야 하지 않을까?"

"우리?"

"아니 너."

미희는 예전처럼 단호한 말투였다. 하긴 말은 안했지만 미희가 이곳을 가고자 했을 때 이미 예상한 일이었다. 술자리 이야기로 나왔던 버려진 캠핑카를 그녀가 어떤 이유에서인지 도피처로 여기고 있다는 것은 바보가 아니고서는 모를 수 없었다. 다만 나는 그 이유를 알고 싶었고, 동행으로서 그 정도는 듣고 싶었다. 하지만 그녀는 아무런 말도 없이 내게 그만 가라고 밀쳐내고 있었다. 왠지 모를 서운함이 몰려들었다.

"왜?"

미희는 내 마음을 읽었는지 조금은 누그러진 말투로 말을 건넸다. 돌아갈 비행기 일정도 있으니 가야 하지 않겠냐고, 아내랑 아이들에게로 돌아가라고, 미안했다고 도돌이표를 돌리듯 이야기하고 있었다. 무안한 상황이 되어버려 난 그 무한반복을 끊어내고 앞으로의 계획을 물었다.

"그냥 있을 거야."

'그냥'이란 단어에 할 말을 잃었다. 거기엔 대꾸할만한 마땅한 단어가 없었기 때문이다. 하지만 난 걱정이 되었다. 마지막 읍내에서 이곳까지의 거리를 체크해 보니 22마일에 이르렀다. 킬로 수로 하면 35킬로미터는 족히 넘는 거리였다. 물이라도 한 병 사려면 그녀는 하루를 내처 걸어가야 할 형편이었다. 미국은 차 없이 살 수 없다. 내가 단호히 말하자 그녀는 괜찮다고 했다. 어떻게든 살아질 거라고. 이번에도 '어떻게든'이라는 단어가 내 입을 막았다. 왠지 미희라면 가능할 것 같다는 비논리적인 생각에 스스로 놀라고 있었다. 나는 떠나길 주저했고, 그녀는 계속 내 등을 떠밀었다. 그나마 죽으려 이곳까지 온 것은 아니란 생각에 내심 마음이 놓였다. 여행 내내 그녀가 이 장소를 도피처로 삼을지 자살처로 삼을지 걱정했기 때문이었다.

결국 난 선택권이 없었다. 미희 말대로 곧장 4일은 달려가야 시애틀에서 렌트카를 반납하고 귀국행 비행기를 탈 수 있었기 때문이었다. 아내에게 계속 거짓말을 해야 하는 상황도 끝내고 싶었다. 못이기는 척 걸음을 옮기며 난 계속 연락하자고 말했지만, 들여다본 핸드폰엔 안테나가 사라지고 없었다. 정말 미희를 두고 가도 될지 알 수 없었다.

"…… 아무에게도 말하지 말고."

차까지 배웅하겠다고 따라 나오며 미희는 반복해서 당부했다. 나는 대답 대신 와이오밍의 겨울에 대해 말해주었다. 너무 추워 땅에 반쯤 묻듯이 집을 지을 정도라고. 또 눈이 오면 얼마나 많이 오는지 모른다고. 곧 그녀에겐 따뜻한 옷도 필요할 텐데, 내 말끝마다 그녀는 '어떻게든'이라는 표현으로 모든 것을 해결했다. 더 이상의 말이 필요 없음을 느끼는 순간이었다. 나는 미리 준비해 둔 달러 뭉치를 그녀에게 건넸다. 웬일인지 그녀가 받아주었다. 처음으로 나를 받아들인 듯해 난 어쩐지 울고 싶었다.

차에 오르기 전 미희에게 악수를 청했다. 그러자 그녀가 자연스럽게 다가와 내게 가볍게 키스를 했다. 짧은 행위가 끝나자, 우정의 키스야. 그녀가 확답을 주었다. 내가 그토록 짝사랑했던 여자의 키스는 긴 여행을 보상할만한 울림이 있었다. 당황한 나는 얼떨결에 차에 올랐고, 정신을 차려보니 이미 차는 포장도로에 거의 다 도착한 상황이었다. 다시 돌아갈까 고민했다. 여행 내내 기대했던, 영화나 드라마에서처럼 그녀와 한 번더 키스를 하고 깊은 관계가 되는 장면을 상상했다. 하지만 그럴 그녀가 아니란 걸 잘 알고 있었다. 애초에 나와 그녀는 서로에 대한 감정이 달랐을 테니까. 예전 주문진 바닷가에서의 키스가 생각났다. 그때도 키스 이후의 우리 관계는 전혀 달라지지 않았다.

되돌아가는 일 대신 나는 잠시 차를 정차하고 문자를 보냈다. 문자가 가리란 확신은 없었지만, 시내에 큰 마트가 있으니 100달러 정도면 쓸 만한 중국산 자전거를 살 수 있다고. 자전거만 있다면 22마일 정도는 서너 시간 정도에 왕복할 수 있으니 생활이 가능할 거라고 말이다. 그녀에게 닥칠 갖가지 일들이 자꾸 떠올라 난 긴 문자를 보내려다 말았다. 어떻게든 될 거라는 그녀의 확신을 믿고 싶었기 때문이다.

시애틀로 돌아오는 길 내내 난 그녀에 대해 생각했고, 입술을 문질렀다. 조금은 흐렸거나 잊혔던 기억들이 되감겨졌다. 그리고 내가 한때 그녀를 불렀던 애칭이 생각났다. 모꼬지 전성기라고 불렀던 그때, 우리 여성학 모임에서도 엠티를 갔다. 멤버 한 명의 부모가 주문진 근처 공무원 연수원을 예약해 줬기 때문이었다. 그날 우리는 바다에 도착하자마자 바다로 뛰어들었다. 지금처럼 수영복 입는 것이 부끄러웠던 우리는 다들 반바지와 티셔츠 차림으로 물장구를 쳤다. 늘 그랬듯 누군가를 빠트리고, 밀고,

물싸움하고, 누군가는 발을 문질러 모래 속 조개를 잡았다. 얼마지 않아 다들 지쳐갔고, 하나둘씩 숙소로 돌아갈 때쯤 미희가 나를 잡았다.

"내 손 좀 잡아줘. 좀 더 깊이 들어가보자."

키가 작은 미희는 내 손을 잡았다. 난 동해안 해안은 갑자기 깊어질 수 있다고 경고했지만 자꾸 내 손을 바다 쪽으로 잡아끌었다. 아…, 결국 우리는 오도 가도 못하는 신세가 되었다. 아니 '죽음'이라는 단어가 수면 위로 찰랑거렸다. 이미 미희의 발은 바닥에 닿지 않아 내 목을 껴안고 있었고 나 역시 까치발로 겨우 서 있었다. 아마 내 얼굴은 몹시 굳고 창백했을 것이다. 침착하지 않으면 우리 둘 다 익사할 것이 분명했다. 수영 혹시 할 줄 알아? 미희는 대답 대신 고개를 저었다. 파도가 해안가로 몰려갈 때 난 발끝에 힘을 주고 조금씩 전진했다가, 물이 빠질 때 최대한 밀려나지 않으려고 애썼다. 그렇게 30분 남짓 시간이 지났을 때 난 발이 바닷물 속 모래 언덕에 닿는 걸 느꼈다. 다행이다. 내가 발이 닿는다고 말하던 그 순간 미희가 내가 키스를 했다. 뭐지? 자칫 다시 먼 바다로 밀려날 뻔했고, 잠깐이지만 그래도 좋을 순간이라고 생각하기도 했다. 그렇게 우리는 물가로 나왔고, 그녀는 뻔뻔하게 '아, 즐거워!'라는 4음절을 내뱉고는 날 두고 숙소로 걸어갔다. 어이가 없었다. 하지만 그 4음절이 귀에 맴돌았다. 그리고 그건 언젠가부터 그녀의 애칭이 되었다. 아즐. 물론 아주 오래전 기억 중 하나이다.

난 한국에 돌아왔다. 한때 짝사랑했던 여자를, 3개월 후 불법체류자가 될 여자를 두고 한국으로 돌아왔다. 계속 그녀가 머리에 맴돌았다. 두고 온 것이 잘못이었는지도 몰랐다. 다시 가봐야 할까, 고민은 일상이 되었다. 하지만 시간과 함께 점차 무뎌지는 날 느꼈다. 잊지는 않았지만, '어떻게든 될 거야'라는 그녀의 말을 믿고 의지하는 날 발견했다. 그렇게 미희는 내 기억에서 활자화되어 시간의 먼지에 덮인 신세가 되었다. 그러다 문득 군대 가기 전 미희와의 마지막 일이 생각났다. 입대 전 수강한 마지막 문학 수업의 과제로 우린 함께 춘천역에서 기차를 타고 신남역에서 내렸다. 김유정이 심었다는 나무로 향하는 길이었다. 유정에게 미안하다고 했던 그녀의 표정이 과거 그 나무 아래에 매달려 있었다.

어느새 두통이 가시고, 난 전복된 차량의 유리창에 기대어 꽤 오랜 시간 미희와의 일을 떠올렸다. 거기엔 최근의 일이 같이 맞물리고 있었다. 동기 중 한 명이 술자리에서 그녀의 이야기를 꺼냈기 때문이었다. 중국 P2P사이트에서 받은 동영상 한 편에 미희와 닮은 여자가 나왔다는 말이었다. 다들 학창 시절 그녀를 잘 알기에 시답잖은 농담으로 치부했고, 나 역시 더 캐묻지 않았다. 말을 꺼낸 친구도 멋쩍게 그냥 그랬다며 말을 흐렸기 때문이었다. 하지만 나는 불현듯 정말 영상 속 여자가 미희일지도 모른다고 생각했다. 그녀가 뜬금없이 꺼냈던 정교수의 수업 이야기가 떠올랐던 탓이다. 나는 도통 알 수 없는 일이라고 중얼댔다. 갑자기 목이 타던 나는 아까부터 햇빛에 반사되던 생수병 하나를 전복된 차 안에서 꺼내어 벌컥벌컥 들이마셨다. 그 찰나였다. 난 아스팔트 바닥에서 반짝이는 점을 발견했다. 심호흡하고 천천히, 그리고 가만히 들여다보았다.

'뭐지?'

마시던 물을 묻혀 바닥을 문질렀다. 그건 분명 반질반질하게 표면이 굳은 핏방울이었다. 자세히 보니 핏방울로 보이는 흔적이 간격은 넓지만 한 방향으로 일렬로 나 있었다. 가슴이 두근거렸다. 어쩌면 운전자가 도움을 청하러 걸어 나가다가 안 좋은 상황에 처했을지도 모른다고 생각했다. 난 벌떡 일어나 천천히 핏방울의 흔적을 찾아 따라가기 시작했다. 얼마나 걸었을까. 크덩, 하는 낯익은 소리가 들려왔다. 정신을 차렸을 때 나는 핏방울이 멧돼지가 누워있는 계곡을 향하고 있음을 인지했다.

　두통과는 다른 어지러움이 머릿속을 엄습했다. 현실과 어떤 세계와의 경계를 넘나드는 이질감 탓이라고 생각했다. 고은, 이동진, 김민기, 사냥꾼, 멧돼지, 구더기, 버려진 캠핑카, 전복된 차량, 정교수, 김유정, 동영상, 핏방울 그리고 미희. 많은 키워드가 자리를 잡지 못하고 있었다. 순간 계곡 아래에서 낯익은 소리가 들려왔다. 그건 캠핑카가, 전복된 차량이 내던 소리와 다를 바 없었다. 여긴 어디지? 혼란은 가중되고 있었고, 나는 미희와 운전자, 멧돼지를 구분할 수 없다는 것을 깨달았다. 그저 이 순간, 내가 아무것도 알 수 없다는 것을 알고 있다는 사실만이 허세처럼 내 머리를 맴돌고 있었다.

필자소개(수록순)

서보호(徐普淏, Seo Bo-ho)

신라대학교 국어교육과 교수이다. 「AI를 활용한 소설 교육 방안 연구」(2024), 「네트워크 분석을 활용한 염상섭 『삼대』의 인물 연구」(2024), 「빅데이터 분석 방법을 활용한 교육 방안 연구」(2023) 등의 논문이 있다. 근현대소설 및 문학교육, 디지털인문학을 활용한 문학연구 방법론에 관심을 두고 있다. 현재 대학에서 현대문학 및 문학교육을 강의하고 있다.

박보름(朴보름, Park Bo-reum)

한국문학 연구자. 서울대학교 국어국문학과 현대문학전공 박사과정 수료. 「김명순 소설의 필명 선택 전략 연구」(석사학위논문, 2021), 「1930년대 어문환경과 김유정 문학어의 이해」(2023), 「'4.19'와 '4.19'가 아닌 것 – 강신재 『오늘과 내일』론」(2024) 등의 논문을 발표하였다.

김아름(金아름, Kim A-rum)

신한대학교 리나시타교양대학 교수. 동국대에서 「문학적 글쓰기와 미적 문체 연구- 1930년대 중반 박태원 중단편 소설을 중심으로」(2016)로 박사학위를 취득했다. 이후에도 「박태원 소설에 드러난 산책자의 문체 표상」(2018), 「이태준 소설에 드러난 문체적 특징」(2019)을 발표하였다. 김유정을 비롯한 근현대소설가들의 작품을 문체론적으로 분석하는 데 관심을 두고 있다.

서동수(徐東秀, SeoDong-soo)

신한대학교 리나시타교양대학 교수이다. 북한 과학환상문학과 노인 인문학에 관심을 갖고 있다.
최근의 연구로는 「탈정치적 생명정치와 노인의 존재론」(2024), 「북한 과학환상소설과 성충동의 역능「(2024), 「북한 중, 장편 과학환상문학에 나타난 '수령 없는 공동체'와 18-19세기 유토피아 사회주의」(2023), 「전환의 시대, 교체되는 부르주아와 자본주의의 유령들-찰스 디킨스의 <크리스마스 캐럴>(1842)을 중심으로」(2022) 등이 있다.

염창동(廉昌東, Ryuem Chang-dong)

연세대학교 미래캠퍼스 국어국문학과에서 한국 근대소설을 공부하고 있다. 「관전사로 본 1910년대 『신한민보』 연재 서사물의 1차 세계대전 전유 양상」(2024), 「1920년대 지식인/노동자 청년의 3.1 운동과 그 문학적 재현에 관하여」(2023), 「1920년대 말 대중화론에 관한 김기진의 문학적 실천 혹은 한 가능성」(2021), 「하근찬 장편소설 『야호(夜壺)』의 관전사(貫戰史)적 연구」(2018) 등의 논문이 있다. 요즘에는 특히 식민지시기 한국 근대문학과 세계대전의 관계에 관심을 두고 있다.

임경순(林敬淳, Lim, Kyungsoon)

서울대학교 사범대학 국어교육과를 졸업하고 동 대학원 국어교육과에서 석사학위와 박사 학위를 받았다. 현재 한국외국어대학교 교육대학원 교수로 재직 중이다. 한중인문학회 회장, 김유정학회 회장을 역임하였다. 주요 연구 분야는 삶·서사·교육과 관련된 것으로 인문·사회·자연과학의 통섭을 모색하면서, 틈틈이 창작 활동을 하고 있다. 주요 저서로 『서사, 인간 존엄성 그리고 문학교육』, 『서사, 연대성 그리고 문학교육』, 『서사표현교육론 연구』, 『문학의 해석과 문학교육』, 『국어교육학과 서사교육론』, 『한국어문화교육을 위한 한국문화의 이해』, 『한국어교육을 위한 한국문화교육론』, 『인생이란 어디론가 떠나는 것』(여행수필집), 『파도가 하늘을 쏟아낼 때』(3인 시집) 등이 있다.

임보람(林보람, Im Bo-ram)

강원대학교 인문과학연구소 전임연구원이다. 「아픈 몸풍경과 약사여래의 치유적 상상력: 최성각의 「약사여래는 오지 않는다」를 중심으로」(2024), 「생태회복 수기와 돌봄의 윤리: 김유정의 소설을 중심으로」(2024) 『초연결시대, 새로운 연결의 미학』(2024)등 다수의 저서와 논문이 있다. 2024년 김유정학술상을 수상했다. 현재 타자들과 관계 맺는 방식을 수사학적으로 연구하고 있다.

유인순(柳 仁順, Yoo, In-soon)

강원대학교 명예교수, 김유정학회 명예회장. 한국현대소설학회 및 한중인문학회 고문이다. 이화여대에서 『김유정의 소설공간』으로 문학박사 학위를 받았다. 저서로 『김유정 문학연 구』, 『김유정을 찾아가는 길』, 『김유정과의 동행』, 공저로 『김유정과 동시대 문학연구』, 『김유정문학의 전통성과 근대성』, 『김유정문학의 재조명』, 『한국의 웃음문화』 등. 편저로 김유정 단편문학선인 『동백꽃』, 『정전 김유정문학전집 1~2』, 이태준 단편선집 『석양』, 춘천 소재 소설 선집 『춘천에서 만나다』 등이 있다.

이유진(李維眞, Lee You-jin)

서울과학기술대학교 IT·디자인융합전공 디자인학 박사이다. 前 서울시립대학교 조형대학 원 공공환경디자인전공 강사 및 前 서울과학기술대학교 디자인학과 강사로 재직하였다. 최근 논문으로는 「문학관 정보 디자인 개선을 위한 탐색적 연구 : 사회 네트워크 분석을 중심으로」(2023), 「메타버스 문학 경험 디자인 계획을 위한 핍진성 요소에 관한 연구 : UX 피라미드의 의미성 모델을 중심으로」(2023), 「ChatGPT를 활용한 한국 근대 단편 소설의 실감 미디어 콘텐츠 공간 체험 디자인 요소 추출에 관한 연구 : 김유정 '옥토끼'의 감정 및 감각 정보 분석을 중심으로」(2024) 등이 있다. 현재 문학과 디자인 그리고 IT의 융복합 관점의 연구를 진행하고 있다.

김승희(金承熹, Kim Seung-hee)

강원대학교 부동산학과 교수로 공간 및 주거복지와 관련한 학술연구를 지속적으로 하고 있다. 일본과 한국의 광역단위 연구원에서 지역 및 공간복지 필드연구를 거쳐 2014년 8월부터 강원대학교 부동산학과에 재직중에 있다. 부동산산업의날 우수논문상(국토부장관상)을 여러차례 수상하였고 주거관련 다수의 논문 및 단행본을 발표하였다.

이한나(李漢娜, Lee Han-na)

강원대학교 부동산학과를 졸업하고 강원대학교 일반대학원 교육인문협력학과 BK21 교육연구단에 연구교수로 재직 중에 있다. 지역사회 공동체 재생을 위한 인문학적 가치와 사회과학적 방법론을 토대로 지역재생 융합연구를 수행 중에 있다. 지역사회와 학교의 교육인문협력을 통한 지역문제 해결에 관심이 있다.

윤인선(尹寅善 Yoon, In-sun)

국립한밭대학교 교수이다. 「<책중일록>에 나타나는 자기-서사의 수사학」(2024), 「생성형 AI 시대의 교양교육으로서 글쓰기 교육과 리터러시 역량」(2023), 「외국인 선교사의 조선 경험 서사를 활용한 다문화 리터러시 교육」(2023) 등 다수의 논문을 발표했다. 대학에서 리터러시 교육을 중심으로 문학과 스토리텔링에 관한 강의를 담당하고 있으며, 경험 서사 쓰기를 중심으로 문학과 글쓰기 교육에 대한 연구를 진행하고 있다.

이현준(李賢俊, Lee, Hyun-joon)

소설가, 한림대학교 강사. 2005 평화신문 신춘문예로 등단했으며, 여수해양문학상 대상, 제1회 인터파크 K-오서어워즈 대상을 수상했다. 대학에서 글쓰기 및 문학 관련 과목을 맡고 있으며, 단독 저서로는 『묘중후군』과 『김유정문학촌, 지난 20년을 이야기하다』, 『이야기로 마시는 강원의 술』 등이 있다. 최근에는 춘천 출신 언론인 차상찬 선생 선양사업에 힘쓰고 있다.